허즈번즈

허즈번즈

박소해 장편소설

TXTY

등장인물 소개

권수향(여, 14~20세)

창백한 피부, 겁에 질린 듯한 큰 눈을 가진 소녀. 독서를 좋아하고 친구가 별로 없다. 어린 시절, 제주도에서 심방이었던 외할머니에게 굿을 받고 아기 심방이 된다. 그 이후로 남들이 보지 못하는 것을 보고 듣지 못하는 것을 듣게 된다.

나가스 마사키(남, 22~28세)

흰 피부의 야윈 청년. 백면서생처럼 약해 보이지만 강단이 있는 성격. 어머니를 일찍 여의어 어린 시절에 상처가 많다. 책을 좋아하며 경성제국대학 의학부 출신. 부유한 나가스가 장남이지만 아버지 그늘에서 벗어나고 싶어 한다.

최영우(남, 25세~26세)

온화하고 예민한 성격. 평생 아버지의 쌀가게 안에 갇혀서 자랐다. 아버지가 학교를 보내주지 않았지만 혼자 교회를 다녀서 한글을 뗐다. 독서가 큰 낙이다. 어린 시절 소아마비를 앓아서 다리를 조금 절고 눈이 나빠서 안경을 쓴다.

월터 콜린스(남, 28~29세)

미 공군 대위. 텍사스의 청교도 집안에서 자라나 보수적이고 건실한 청년. 2차 세계대전 때 공군 조종사로 활약했다. 6·25 전쟁이 터지자 머나먼 동양의 작은 나라를 돕기 위해 조종사로 자원한다.

김은도(남, 41세)

조선민주주의인민공화국 인민군 대좌. 냉철하고 유능하다. 소련 계열 공산주의자라는 불리한 점을 딛고 맨몸으로 북한에서 대좌 자리까지 올라간 입지전적인 인물. 아버지와 형이 독립군 전투에서 사망해서 일본을 증오한다.

권도진(남, 40~46세)

수향의 아버지. 출세를 위해서라면 상사에게 아부할 줄 아는 현실적인 성격. 딸만 연달아 낳은 수향의 친모를 버리고 송난실과 결혼한다. 총독부, 미군정, 이승만 정권 모두에서 토지과 관료로 승승장구한다.

송난실(여, 32~38세)

도진의 처. 남편 못지않게 세속적인 여자. 남들 앞에선 미모와 교양을 뽐내지만 사실 지적인 능력은 부족하다. 남편과 아들에게는 지극히 잘하지만 전처의 자식 수향에게는 표독스럽기 짝이 없다.

최두만(남, 62세)

나가스 저택 근처 쌀가게 주인. 머리 회전이 빠른 인물. 키는 작지만 힘이 세고 근육질이다. 아내가 출산 중에 죽어서 아들에 대한 집착이 남다르다. 6·25 전쟁이 나고 서울 안에 식량이 부족해지자 입지가 상승한다.

나가스 시게루(남, 56세)

권위적이고 자기중심적인 성격. 한일합병 이후 조선 반도에 건너와 석유와 양초를 팔아 거부가 되었다. 나가스 저택을 짓고 화족 출신 미츠코와 결혼했다. 조국이 항복하자 본국으로 서둘러 귀환해서 다시 사업을 일으키려 한다.

그 밖의 인물들

최 집사	설영
교코	방울이
미츠코	서창훈

나가스 저택 배치도

목차

Prologue
1990년, 봄 13

1부
1945~1950년, 수향 27

2부
1945~1950년, 마사키 187

3부
1950~1951년, 남편들 339

Epilogue
1990년, 봄 493

작가의 말 520

일러두기
하나. 모든 표기는 출판사 편집 매뉴얼의 교정 규칙에 따르되, 작가의 의도에 따라 필요하다 판단될 경우 절충하여 표기하였습니다.
둘. 발행 도서는 『』로, 텍스트 작품 제목은 「」로, 간행물은 《》로, 그 외 저작물은 ◇로 표기하였습니다.
셋. 본 작품에서 구사하는 방언은 전문가의 감수하에 쓰였습니다. 단, 독자의 이해를 돕기 위해 일부 단어나 어휘는 표준어를 사용하였습니다.
넷. 본 작품은 역사적 실화를 기반으로 한 픽션임을 밝힙니다.

북서풍이 심하게 불던 새벽

홀로 깨어 『폭풍의 언덕』을 읽던

어린 소녀에게

Prologue
1990년, 봄

놋쇠 종이 딸랑 하고 울렸다.

'카페 대나무관'의 문이 열리고 백발의 남자가 들어왔다. 잘 다린 갈색 정장을 입고 낡은 가죽 가방을 든 남자는 카페 안을 두리번거렸다. 남자는 안에 아무도 없는 걸 확인하고 실망한 표정을 지었다. 그가 걸음을 옮기자 마룻바닥이 삐걱거렸다. 남자는 머뭇거리다가 카페 구석으로 향했다. 오래된 주택을 개조한 내부 공간에는 몇십 년은 된 듯한 낡은 서까래와 기둥이 남아 있었다. 남자는 흰 벽을 손으로 어루만지며 무언가를 찾으려는 듯했다. 한동안 벽을 만져보던 남자는 카페 직원이 메뉴판을 든 채 자신을 의아한 얼굴로 쳐다보자 동작을 멈췄다.

"죄송합니다. 여기가 예전에 알던 집이라서……."

남자가 중얼거리자 직원은 어색한 미소를 지었다.

"어디 앉으시겠어요?"

남자는 통유리 창 너머로 잔디 마당과 대나무 숲이 보

이는 자리에 가서 앉았다. 직원이 다가오자 남자는 작은 목소리로 아메리카노 한 잔을 주문했다. 카페에는 오래된 재즈곡이 흐르고 있었다. 화요일 오전이라 그런지 손님이 없었다.

남자는 화상 흔적이 희미하게 남은 오른손으로 가방 안에서 두툼한 봉투를 꺼냈다. 'AIR MAIL' 소인이 찍혀 있는 국제우편 규격 봉투였다. 이윽고 그는 봉투에서 컬러사진 한 장을 빼냈다. 느리고 신중한 동작이었다. 남자는 희고 긴 손가락으로 사진을 들고 창밖 풍경과 사진 속 풍경을 비교했다.

사진 속 마당은 겨울 눈밭인데 카페 마당은 초봄 잔디 정원이었고 멀리 보이는 대나무 숲은 사진처럼 울창했다. 흑죽림(黑竹林). 흑죽은 여름까지는 초록색이지만 겨울이 되면 몸통이 온통 검게 변한다. 그 증거로 사진 속 대나무 줄기는 칠흑같이 어두운 색이었다.

'40년이 흘렀어도 저 대나무 숲은 여전하군.'

남자는 사진을 테이블 위에 올려놓았다. 겨울 대나무 숲 앞에 서 있는 젊은이 여러 명을 찍은 단체 사진이었다. 무명 치마저고리 위에 두툼한 누비옷을 입은 키 작은 아가씨 옆에 청년 넷이 서 있었다. 아가씨 왼쪽에 나란히 선 세 청년은 한국인 같았다. 세 청년은 통이 큰 바지 위에 나일론 셔츠를 입고 겨울 코트를 걸치고 있었다. 아가씨는 환한 얼굴로 웃고 있었고, 곁에 선 한국인 청년들은 사진이 익숙하지 않은 듯 경직된 표정이었다. 아가씨 오른쪽에 서서 밝은 미소를 짓고 있는 청년은 한국인 청년들보다 머리 하나가 더 큰 백인이었다. 금발의 백인 청년은 미 공군 군복을 입었고 다리를 다쳤는지 왼쪽 허벅지에 붕대를 칭칭 감고 있었다.

이 다섯 명으로부터 떨어진 한쪽 구석에 한국인처럼 보이는 청년이 한 명 더 서 있었다. 청년은 흰 와이셔츠에 검은 바지를 입고 무릎까지 내려오는 흰 가운을 걸쳤다. 목에는 카키색 목도리를 두르고 있었다. 그는 흰 털에 검은색과 주황색 얼룩이 섞인 삼색 고양이를 양팔로 안고 있었다. 황금빛 눈동자의 고양이는 다소곳하게 안긴 채 꼬리를 청년의 팔꿈치 아래로 늘어뜨리고 있었다. 청년은 일행으로부터 멀리 떨어져서 지쳐 보이는 창백한 얼굴로 물끄러미 카메라를 바라보고 있었다. 찌푸린 미간에 웃음기도 없었다.

'이날, 월터가 고집을 부려서 이 사진을 찍었지.'

남자는 옛 기억이 떠올라 싱긋 웃었다. 그날 몹시 피곤했고 사진을 찍고 싶지 않았다. 월터는 언젠가 우리 모두 헤어질 거라며 기념사진을 찍자고 강하게 주장했다. 그 쇠심줄 같은 고집이 아니었다면 우리 여섯 명을 찍은 사진은 이 세상에 단 한 장도 남지 않았겠지. 문득 월터에게 고마웠다.

남자는 손가락으로 사진 한가운데에 있는 여자의 얼굴을 부드럽게 어루만졌다. 몇십 년 만에 보는 얼굴. 그동안 이 여자 얼굴을 떠올리려고 할 때마다 기억은 흐릿한 안개처럼 흩어져버리곤 했다. 안간힘을 다해 떠올리려고 할 때마다 신기루처럼 사라져버렸다.

이 여자가 이렇게 작았던가.

이 여자가 이렇게 말랐던가.

이 여자가 이렇게 환하게 웃었던가.

한때 이 여자를 미워하려고 노력했지만 실패했다. 시간은 미움을 지우고 그 자리에 그리움을 채워 넣었다. 그저 그리웠다.

남자는 사진을 한참 바라보다가 뒤집었다. 뒷면에는 기울어진 글씨체로 단 한 줄, 적혀 있었다.

기억나요? 이 시절 우리.

남자의 눈에 물기가 맺혔다. 그는 손수건을 꺼내 눈가를 닦았다. 봉투 안에 들어 있던 편지지를 꺼내어 펼쳤다. 얇은 줄이 그어진 고급스러운 편지지였다. 편지지 칸마다 글씨가 촘촘했다. 남자는 은테 안경을 집어 들었다.

이제 돋보기 없이는 글씨를 읽기 힘들었다. 이미 몇 번이나 읽은 편지를 다시 읽었다.

> 오랜만이에요.
>
> 제 편지가 반갑지 않겠죠. 잘 알아요.
>
> 저에게 편지를 쓸 자격이 있는지 잘 모르겠어요.
>
> 우리가 헤어지던 날을 생각하면…… 그래요. 전 편지를 쓸 자격이 없어요. 그럼에도 이렇게 편지를 쓰고 제 귀국을 알리는 이유는 월터 때문이에요.
>
> 한국에 두 번 다시 돌아오지 않으려고 했어요. 내 나라, 내 고국이지만 잊고 싶었어요. 한국을 생각하면 '그 집'의 기억이 되살아나니까요. 그 집을 다시 떠올리는 건 숨이 막혔으니까요.
>
> 그런데 월터가 소포를 보내왔어요. 아, 놀라지 말아요. 월터와 나는 종종 편지를 주고받는 사이랍니다. 같은 나라에 살고 있으니까요. 우리 둘은 몇 번 만나기도 했어요. 혹시 월터 소식이 궁금할까 봐 미리 말해두자면 그는 고향 텍사스주에서 화목한 가정을 꾸리고 잘 지내요. 자녀를 세 명 낳았고 손주도 여덟 명이나 있어요. 지극히 그 사람다운 풍요로운 삶을 누리고 있죠.

월터의 편지는 이렇게 시작했어요.

[미스 권, 잘 지내는지 모르겠군요. 당신을 마지막으로 만난 지 벌써 10년이 지났네요.

오랜만에 편지를 쓰는 건 이유가 있습니다.

낡은 일본식 차 상자에 보관했던 슬라이드 필름 몇 통을 몇십 년 만에 발견했습니다. 인화해보니 그 필름 통들은 40년 전 그 집의 시간이 고스란히 담긴 타임머신이었습니다.]

편지가 든 박스 안에는 이 사진 두 장과 그 시절 '우리'를 찍은 수십 장의 컬러 사진들이 들어 있었어요. 이 사진을 보자 오랫동안 굳게 잠갔던 기억의 빗장이 풀리고 마치 밀물처럼 모든 것이 한꺼번에 밀려오더군요.

[이 사진을 찍을 때 나중에 모두에게 한 장씩 나눠주겠다고 약속했죠. 오랜 시간이 지났고 이제 사진 속 여섯 명 중에서 살아남은 사람은 당신, 나, 그리고 한국에 있는 그 사람밖에 없어요 미스 권. 당신에게 우리를 찍은 이 사진 두 장을 보냅니다. 한 장은 당신이

갖고 나머지 한 장은 한국에 가서 그 사람에게 직접 전해줘요. 나를 위해서 그렇게 해줄 수 있을까요?

나도 같이 가면 좋겠지만 요새 무릎이 영 시원치 않아요. 아내 건강 문제도 있고 어맨다는 내가 하루라도 집을 비우면 불안해해요.

그리고 그 사람과 당신은 직접 만나서 할 이야기가 아직 남아 있지 않습니까?]

우리.

사진 속에는 우리가 있었어요.

밤새도록 사진 더미에 파묻힌 채 전 미친 사람처럼 울다가 웃다가를 반복했어요. 우리 여섯 명은 젊었더군요! 흰머리도 주름도 없었죠. 전쟁 중이었지만 우린 그 집에서 나름대로 행복했어요. 전 그때가 제 인생에서 가장 비참한 시절이라고 생각해서 당시 기억을 몽땅 잊으려고 했지만⋯⋯. 사진 속에서 우린 생생하게 살아 있었어요. 그때 우리가 함께 보냈던 시간은 분명히 실재했어요. 아무리 부인하려고 해도 부인할 수 없는 준엄한 진실입니다.

월터는 편지를 이렇게 끝맺었어요.

[미스 권. 나는 약속은 꼭 지키는 사람입니다.

내가 약속을 지킬 수 있게 도와줘요.

당신의 월터로부터.]

저는 다시 돌아와야만 했어요.

서울로.

그 시절 우리가 있던 곳으로.

아, 오해는 하지 마세요. 제가 한국에 돌아온 건 월터 부탁 때문이 아닙니다. 저는 자발적인 의지로 서울로 돌아왔어요. 귀국은 제 뜻이에요.

이 사진을 우편으로 미리 보내고 오늘 만나자고 한 건 다른 용무 때문이에요.

당신에게 꼭 할 말이 있어요.

이미 늦었지만, 더 늦기 전에.

한국 지인이 알려줬어요. 흑죽관이 카페로 변했다고 하더군요.

그곳에서 만나요.

남자는 편지를 다 읽은 후 안경을 벗었다.

축축한 눈으로 통유리 창 너머 전망을 바라봤다. 봄바람에 대나무 숲이 거세게 흔들리고 있었다. 그의 마음도 마구 흔들렸다. 겨우 잊었는데. 거의 잊은 줄 알았는데. 아니었다. 단 한 번도 이 여자를 잊은 적이 없었다. 이 여자는 이제 와서 내게 뭘 바라는 걸까. 그의 청춘은 전쟁과 함께 스러져버렸다. 여자와 함께 사라졌다. 이제 그는 껍데기만 남은 초라한 늙은이일 뿐이었다.

40년이 흐른 지금, 이 여자는 왜 낡은 기억을 소환하려는 걸까. 왜 나를 다시 만나려고 하는 걸까. 남자는 여자가 귀국한 목적이 두려웠다. 손수건을 접으면서 한숨을 쉬었다. 네모반듯하게 접은 손수건을 초조하게 움켜쥐었다.

대나무 숲이 바람에 흔들리며 그에게 속삭였다.

기억해. 기억해내.

대나무 숲은 알고 있다.

이 대나무관이란 카페는 한때 흑죽관이란 이름을 가진 일본식 목조주택이었다. 지금은 사라지고 없지만 이 흑죽관 바로 옆에는 이기리스관이라는 거대한 대저택이 한 채 더 있었다.

'우리'는 이기리스관과 흑죽관에서 살았다.

대나무 숲과 이기리스관, 흑죽관에서 벌어졌던 모든

일을 과거라는 서랍 속에 봉인하고 영원히 잊고 싶었는데 이 여자가 갑자기 모든 것을 다 헤집어버리고 말았다. 편지 한 통으로.

한동안 대나무 숲을 쳐다보던 남자는 고개를 숙이고 커피를 한 모금 마셨다. 커피잔을 내려놓고 그는 사진을 뒤집어 앞면을 봤다. 여섯 명이 찍힌 컬러사진 오른쪽 귀퉁이의 눈밭 위에 검은 글씨로 날짜가 적혀 있었다. Jan. 2. 1951. 미국식으로 월과 일이 먼저 나온 걸 보니 월터가 쓴 글씨임이 분명했다.

'그래. 1·4 후퇴 이틀 전이었지.'

남자는 날짜 밑을 봤다.

월터의 기울어진 필기체로 이렇게 적혀 있었다.

Husbands.

25

1부
1945~1950년, 수향

1

해방은 남자의 것이었다.

수향은 아직 해방되지 못했다.

1945년 10월. 서울에 살고 있는 열네 살 소녀 수향은 아무리 애를 써도 해방의 좋은 점이 생각나지 않았다. 수향을 비롯한 여자들의 삶은 크게 달라지지 않았다. 그 시절, 여자들은 가정이라는 울타리 안에 갇혀 있었고 가정 안과 밖 모두에서 벽을 마주해야 했다. 해방은 단지 일본인의 자리를 조선인 남자가 차지한 것에 불과했다. 방금 아귀를 산 생선 가게 부산댁 왼쪽 눈 위에 생긴 보라색 피멍만 봐도 분명했다. 해방 전이나 해방 후나 부산댁 서방의 손찌검은 여전했다. 수향의 삶 또한 마찬가지였다. 여전히 새어머니는 수향을 구박했다. 여전히 온갖 집안

일과 잔심부름은 수향의 몫이었다. 여전히 물기 마를 새가 없는 두 손은 갈라지고 부르트기 일쑤였다. 여전히 또래 여자아이들이 학교에 가는 걸 부러워하며 구경만 했다. 여전히 하녀들은 수향을 아랫사람 취급했다. 예로부터 하녀들이란 여주인이 사람을 대하는 태도를 그대로 따라 하기 마련이다.

해방 직후 서울은 귀국한 재외동포들과 북에서 내려온 월남민들이 급증하면서 전차 노선이 연결된 시장 주변이 늘 인산인해였다. 서울 도심의 종로, 을지로, 남대문로, 소공로는 전차와 군용 트럭, 자동차, 우마차, 인력거가 뒤섞여 북적거렸다. 궤도를 따라 전차가 차량 사이를 누볐고 일부 노선은 관리 부실로 노후한 전차가 느릿느릿 오갔다.

동대문 시장에서 장을 본 수향은 노을이 뉘엿뉘엿 지는 하늘을 보며 집으로 가는 전차에 올라탔다. 40인석 전차 안에 다행히 빈 자리가 있었다. 수향은 좌석에 앉아 생선과 채소가 가득 든 장바구니 두 개를 치마 앞에 내려놓았다. 차장이 다가오자 수향은 표값 15전을 내밀었다. 열린 차창으로 불어오는 찬바람이 목덜미를 스쳤다. 한기에 기침이 나와서 스카프를 목에 둘렀다. 계절은 늦가을로 향하는데 수향은 아직 여름용 **홑겹** 치마저고리를 입고 있었다. 새어머니는 제때 옷을 해주는 법이 없었다. 해방이 되자 일본인 전차 운전수는 해고되었다. 조선인 운전수가 모는 전차를 타고 집으로 돌아가는 사람들 얼굴엔 피로가 가득했다. 아무도 웃지 않았다. 좌석에 앉은 채 조는 사람들이 많았다. 문득 수향은 생각했다.

'마지막으로 크게 웃어본 적이 언제였지.'

까마득했다.

수향은 지친 몸을 창에 기댔다. 무거운 장바구니를 들고 오래 걸었더니 피곤했다. 두 눈을 감았다.

쏴아아아아. 쏴아아.

멀리서 파도 밀려오는 소리가 들리는 듯했다. 쪽빛으로 물든 바다 위에 잔잔한 물결을 따라 윤슬이 반짝이고 햇볕에 데워진 검은 돌 위에서는 작은 게가 노닐었다. 열 살 이후로 가보지 못한 제주도 동쪽 풍경. 아, 제주……

그날, 낮은 돌담이 둘러싼 집 마당에 테왁[1]을 던지며 동생이 외쳤다.

"언니! 고치[2] 구쟁기[3] 잡으러 가게!"

---

[1] 제주 해녀들이 물질을 할 때 사용하는 필수 도구로, 해녀가 물 위에서 쉬거나 채취한 해산물을 담아두는 부력 장치.

[2] 제주어로 같이.

[3] 제주어로 왕소라.

"너나 혼자 당겨불라."

마루에 누워 책을 읽던 수향은 퉁명스럽게 대꾸했다. 갈색으로 그을린 얼굴의 수진은 실망한 표정으로 테왁을 집어 들고 정낭[4]을 넘어 나갔다. 겁이 많아서 물을 무서워하는 수향과 반대로 한 살 아래 여동생 수진은 물질을 좋아했다. 그 아이는 해녀가 되고 싶다고 했다. 물질은 젬병인 자신과 달리 수진은 상군 해녀[5]감이었다.

수향은 고향 제주도가 그리웠다. 제주에서 유명한 심방[6]이었던 외할머니, 수진이와 단란하게 살던 세화리 풍경이 보고 싶었다. 제주의 강한 바람을 온몸으로 맞고 싶었다. 그럼 이 모든 불안이 가라앉을 텐데.

제주어로 바람을 뜻하는 말은 많다. 샛바람, 마파람, 하늬바람, 북바람, 샛마파람, 된마파람, 된샛바람, 살앙바람, 뒤바람, 센바람, 거센바람, 올레바람, 몰개바람…….

서울은 건조하고 바람이 많이 불지 않았다. 언제나 거센 바람이 부는 제주와 달리 공기가 착 가라앉아 있었다. 외할머니 집에 있던, 가지마다 묶인 오색 천이 바람에 휘

---

4) 제주 전통가옥에서 대문 역할을 하는 나무 막대기로, 집주인의 외출 여부와 거리에 따라 막대기 개수를 달리해 집의 상태를 표시하는 독특한 생활문화물.

5) 제주 해녀 공동체에서 최상급 숙련도와 경험을 가진 해녀, 깊은 바닷속에서 물질을 수행하는 지도적 역할을 맡는다.

6) 제주도에서 무당을 일컫는 고유 명칭으로, 집안이나 마을의 굿을 주관하며 신과 인간을 잇는 역할을 맡는 주술사.

날리는 팽나무, 신당, 밖거리[7], 돌담, 소달구지가 겨우 지나가던 좁은 올레가 보고 싶었다. 무복을 입고 굿을 하던 외할머니와 바당에서 자맥질을 하던 수진도.

다섯 살 때 죽은 친모에 대한 기억은 이제 옅어졌다. 어머니의 얼굴을 떠올리려 안간힘을 써보아도 기억이 전혀 나지 않았다. 결혼사진이 한 장 남아 있었는데 외할머니 말로는 어머니가 갈기갈기 찢어버렸다고 했다.

아버지는 수향의 친모가 내리 딸만 낳자 아내를 버리고 집안이 소개한 여자와 재혼했다. 어머니는 결혼 생활 내내 천한 무당의 딸인데다가 제주 사람이라고 시댁으로부터 괄시만 당했다. 아버지는 계속 이혼을 강요했지만 어머니는 거부했다. 수향과 수진을 데리고 제주 친정까지 와서 버텼다. 몸이 약한 자신이 이혼한 채로 죽으면 남은 두 딸이 아버지에게 버림받을까 봐 걱정했다. 친모가 죽자 외할머니가 수향과 수진을 키웠다. 어머니의 의지 덕분에 수향 자매는 호적을 유지했고, 새어머니 난실은 수향의 친모가 죽을 때까지 정식 부인이 아니라 소실 신세였다.

'그래서 새어머니가 나한테 분풀이하는 거야.'

수향은 한숨을 쉬었다. 신호 대기에 걸린 전차가 교차

---

[7] 제주도의 전통가옥에서 부모와 자식 세대가 독립적으로 거주하는 별채(바깥채)를 뜻하며, 안거리(안채)와 함께 한집 안에서 세대 분리를 이루는 제주만의 고유한 주거 문화.

로에서 멈췄다. 그 바람에 수향은 뒷머리를 차창에 부딪혔다. 아픈 뒤통수를 어루만지며 수향은 얼굴이 기억나지 않는 어머니를 향해 중얼거렸다.

'어머니. 차라리 이혼하지 그러셨어요.'

****

여동생을 따라 구쟁기를 잡으러 갔어야 했다.

8월의 그날만 생각하면 후회가 몰려왔다. 마루에 누워 있던 수향은 솔솔 불어오는 바람에 졸음이 왔다. 책을 덮어놓고 목침에 머리를 베고 잤다. 얼마나 잤을까. 누군가가 수향을 흔들었다.

"수향아, 큰일 나신게!"

같은 동네에 사는 이모였다. 볕에 탄 얼굴에 슬픔이 가득했다.

"수진이가 바당에 빠져불어!"

파도가 거센 날이었다. 수진이가 바당에 들어가고 불과 한 시간 만에 큰 너울[8]이 그 아이를 덮쳤다. 마을 삼춘[9]이 서둘러 물에서 그 아이를 건져냈을 때는 이미 늦었다.

바닷가 검은 돌 위에 놓인 여동생의 작은 몸은 얼음같

---

8) 바다에서 밀려오는 큰 물결. 날씨가 맑고 바다가 평온해 보여도 너울이 있으면 해녀들이 위험을 느껴 작업을 멈추기도 한다.

9) 삼촌을 뜻하는 제주어

이 차가웠다. 수향은 수진을 얼싸안고 울부짖었다.

"혼자 바당에 안 가게 말렸어야 해신디······."

외할머니는 말없이 손녀의 몸에 담요를 덮어주었다. 이모는 손수건으로 눈물을 찍어내며 옆에 서 있었다.

"용왕님이 아기 해녀를 데려감수다."

"아이고, 어떵 허민 좋을 건가."

외할머니와 수향을 둘러싼 마을 사람들이 울며 탄식했다. 수향은 동생 앞을 떠나지 못했다. 외할머니는 슬피 우는 수향을 품에 안았다. 주름진 손으로 수향의 뺨을 타고 흐르는 눈물을 닦아주며 중얼거렸다.

"눈물도 물이주게. 물이 흐르멍 길이 나주게."[10]

수향은 그제야 울음이 가라앉았다.

제주도는 마른 하천이 많았다. 평소에는 하천인지 맨 땅인지 구별이 안 갔다. 하지만 하늘에서 비가 내리면 그 하천에 물이 거침없이 흘러 물길을 이루었다. 굉음을 울리며 거세게 흘러가는 물길에 감탄이 절로 나왔다. 눈물이 길을 낸다는 말에 수향은 위로를 받았다. 아무리 슬퍼도 그 슬픔을 견디면 반드시 길이 생긴다.

몇 달 후, 수향은 알 수 없는 병에 걸렸다. 몇 주 동안 불면증을 앓았고 밤이면 몽유병 증세가 나타나 맨발로

---

[10] 눈물도 결국 물이야. 물이 흐르다 보면 길이 생긴단다.

집 밖에 나갔다가 길을 잃곤 했다. 그 뒤엔 일주일 넘게 펄펄 끓는 열병을 앓았다. 외할머니는 밤새워 수향을 간병했지만 열은 떨어지지 않았다. 숨을 헐떡이는 수향에게 외할머니가 속삭였다.

"이 외할망 허는 소리 좀 들어주게?"

수향이 열에 들뜬 두 눈으로 외할머니를 쳐다보며 고개를 끄덕였다.

"니 엄마가…… 너 다섯 살 적에 정체 모를 병 걸렸주게. 나가 그 병 낫게 해주난 추는굿[11] 한번 해주고 싶었주게마씸, 근디 지가 무당 팔자 혼자만 질 거라 허명, 딸한테는 절대 안 물려준다고 고집혀명, 추는굿 안 한다고 막 우겨부렸주게. 그 탓인지는 몰라도, 얼마 안 돼서 세상 떠나붕게 됐주게."

외할머니는 눈을 지그시 감았다.

"이 외할망이 보민 말이다아. 니 지금 앓는 거, 니 엄마가 걸렸던 그 정체 모를 병 그거주게. 외할망은, 똑같은 일 다시 겪을 기운도 읎주게. 심방질은 안 허도 괜찮수다. 허나 추는굿만은 꼭 허주게. 무슨 병이든 병 낫게 해주는 굿이주게. 준비는 다 외할망이 헐 테니, 니는 그저 정신만 똑디 차리고 있주게."

---

[11] 주로 제주도 무속 의례에서 사용되는 용어로, 정신 질환이나 원인 불명의 병을 치료하기 위한 병굿의 한 형태를 의미한다.

수향은 고열에 달아오른 얼굴로 간신히 고개만 끄덕였다. 외할머니의 간곡한 부탁을 외면할 수 없었다. 무엇보다 수향은 살고 싶었다.

외할머니는 조수들과 동네 아줌마들을 동원해 성대한 추는굿을 준비했다. 신에게 바치는 제물상에는 떡, 돼지고기, 문어, 과일, 귤, 술, 한과, 나물, 두부, 전, 차, 돈뭉치가 올라왔다. 제물상 옆에는 악단 자리가 마련되었다. 북, 징, 설쉐[12]를 맡은 악사들이 왔다. 수향은 굿이 준비되는 동안 힘겹게 서 있었다.

모든 준비가 끝나자 외할머니는 수향에게 춤을 추라고 했다.

추는굿은 보통 3, 4일씩 계속되었다. 오래 걸리는 굿이라 심방 여러 명이 교대로 주재했다. 환자는 자신의 몸에 들어온 영감신이 나갈 때까지 끊임없이 춤을 추어야 했다. 병을 불러온 영감신이 몸에서 나가야 병이 낫는다고 했다.

수향은 계속해서 춤을 추었다. 이마에 식은땀이 흘렀고 현기증이 났지만 외할머니는 춤을 멈추지 못하게 했다.

외할머니는 서우제소리를 구성지게 뽑았다.

---

12) 제주도 굿에서 쓰이는 대표적인 타악기 중 하나로, 육지의 꽹과리와 비슷하게 생겼으나 더 두껍고 깊은 놋그릇 모양이다. 채를 엎어놓고 그 위에 설쉐를 뒤집어 올린 뒤 두 개의 막대로 번갈아 두드리며 연주한다.

설운내애기야 성은권씨 아홉살 놀당가자

설운애기야 너낳던날은 해도달도 엇는날난가

불쌍도하고 적막도하고 가련도하고 원도하네

산으로가면은 산신이놀고 물론가면은 요왕이놀고

배론가면 선왕이놀고 제청아래는 아홉살놀자

수향이 지쳐서 쓰러지면 굿을 몇 시간 동안 쉬었다가 다시 시작했다. 춤을 추다가 쓰러지고 춤을 추다가 쓰러지고 반복이었다.

"자, 다시 몸 한번 놀려보주게!"

수향은 외할머니 지시대로 몸을 흔들었다.

그렇게 이틀이나 춤을 추었다.

불현듯 시야가 어두워졌다. 사방이 캄캄한 곳에 수향은 홀로 서 있었다.

외할머니와 이모가 보이지 않았다. 고개를 조아리며 두 손을 모아 빌던 조수들과 동네 아주머니들도 사라졌다.

어둠 속에 오직 수향만 있었다.

"외할망! 이모!"

수향이 외할머니와 이모를 애타게 불렀지만 곁에는 아무도 없었다. 그때 멀리서 환한 빛이 비쳤다. 그 빛을 따라 수향은 걸어갔다. 빛의 끝에서 누군가가 수향을 향해 손을 뻗었다. 이유는 알 수 없지만 그 손길에선 그립고 따뜻한 느낌이 들었다.

'대체 당신은 누구죠? 당신이 저한테 내려온 신인가요? 영감신인가요? 아니면 다른 신인가요?'

묻고 싶었지만 목소리가 나오지 않았다. 그 존재는 말없이 손을 내밀 뿐이었다. 수향도 손을 뻗었다. 두 손이 맞닿았다.

정신이 드니 수향은 방방 뛰고 있었다.
병으로 기운이 없던 자신이 이렇게 높이 뛸 수 있을 줄은 몰랐다. 뛰고 또 뛰었다. 얼마나 뛰었는지 이마에서 쉴 새 없이 땀이 흘렀다. 온몸이 땀에 절었다.
외할머니가 갑자기 영감신에게 말을 걸었다.
"누구꽈?"
이윽고 강한 목소리로 외쳤다.
"영감신아, 이젠 됐수게, 내 손주게서 나가주게마씸!"
외할머니는 계속해서 영감신에게 나가달라 요청했고 수향은 아무 말 없이 춤을 췄다. 외할머니가 수십 번을 요청한 뒤였다. 갑자기 바람이 몰아치면서 제물상에 켜놓은 초들의 불이 동시에 꺼졌다. 초에서 나온 검은 연기가 몸을 비틀면서 하늘로 올라갔다.
사람들이 웅성거렸다.
"시끄럽주게!"
수향이 낯선 목소리로 버럭 소리를 질렀다. 어린 여자아이의 목소리가 아니었다. 거칠고 탁한 어른의 목소리.
"싫다 허멍, 이 아는 내 거여!"
악기 소리가 멈췄다. 모두 놀란 채 침묵했다.
정작 수향은 자신이 무슨 소리를 했는지 기억하지 못하

는 눈치였다. 지친 표정으로 멍하니 춤을 추고만 있었다.

"누게 짓이여! 누가 장난질 햄신고?"

외할머니가 침착하게 좌중을 둘러봤지만, 조수들도 모여든 청중도 서로 쳐다보기만 했다.

"정말 우린 아무 짓도 안 햄신디마씸."

변명하듯 한 조수가 어렵게 입을 뗐다. 이모도 놀란 표정이었다.

외할머니가 떨리는 목소리로 수향을 향해 물었다.

"영감신이우꽈!"

영감신은 더 이상 대답하지 않았다. 수향은 비틀거리면서 한 시간 넘게 계속 춤을 추다가, 진이 다 빠진 듯 바닥에 주저앉았다.

"신이 아직 나가지 않았수과?"

수향이 외할머니를 향해 물었다. 외할머니의 눈빛이 흔들렸다.

"이런 건 첨이여, 혼디![13]"

수향의 눈 흰자가 뒤로 넘어갔다. 외할머니가 쓰러지는 손녀를 두 손으로 받았다. 수향은 할머니 품에서 아기처럼 깊이 잠들었다. 외할머니는 좌중에게 굿을 파하자고 말했다. 추는굿이 끝났다.

---

13) 이런 건 처음이야, 정말로!

추는굿을 마친 다음 날 수향은 자리에서 일어났다.

그날부터 미음을 먹을 수 있었고, 다음 주엔 언제 아팠냐는 듯이 걸어 다닐 수 있었다. 외할머니는 수향이 추는굿을 받았다는 사실을 아버지 집안에는 말하지 않았다. 경성의 아버지는 가끔씩 외할머니와 서신을 주고받곤 했다.

"그 육지것덜이 내 딸한테 햄신 거 좀 봅서. 네가 추는굿 받았당 말할 필요 있수과? 싫어할 구실만 늘여줄 뿐이여."

추는굿을 한 후로 수향은 이상한 꿈을 자주 꾸었다. 때로는 꿈에서 봤던 일들이 실제로 벌어지곤 했다. 이웃집 대문에서 상여가 나오는 꿈을 꾼 후 보름 뒤에 그 집 할머니가 세상을 떠났다. 때로는 원인 모를 코피가 터지기도 했다. 그러면 주변에 나쁜 일이 일어났다.

"신은 내려온 거마씸. 이름을 몰라도 걱정허지 말아주게."

외할머니는 수향의 손을 잡고 토닥였다. 수향에게 들어온 신이 영감신인지 아니면 다른 신인지 정확하게는 알 수 없다고 했다. 수향은 신으로 인해 자신이 다른 존재가 된 것 같아서 두려웠다.

"이시난 니 스스로를 아기 심방이라 허여라."

외할머니는 아기 심방이 된 수향을 굿판마다 데리고 다니며 기본적인 지식을 익히도록 했다.

"니가 심방은 못 되도 알 건 알암써야지."

그 다정하고 자애롭던 외할머니마저 수향이 열 살 때 돌아가셨다. 5월 중순. 큰굿을 치른 후 잠시 낮잠을 자겠다며 작은방에 들어가 누웠다가 영영 일어나지 않았다. 단아하게 쪽머리를 한 채로, 목침을 베고 곱게 잠든 모습 그대로 세상을 떠났다. 외할머니가 죽은 걸 제일 먼저 발견한 사람은 수향이었다. 슬피 울 기운조차 없어 외할머니 곁에 가만히 누웠다. 차가워진 손 위에 작은 손을 포개 올려놓았다. 그대로 잠이 들었다.

눈을 뜨니 할머니 무릎 위에 누워 있었다. 버드나무 아래 그늘에서 할머니가 수향의 이마에 흘러내린 땀방울을 닦아주며 부채질을 해주고 있었다.

"수향아. 넌 맨날 자신이 없었주게. 니 자신 좀 믿어보라. 이 할망이 위에서 호끔씩 지켜봄수다. 무슨 일 생기민, 니 속에 깃든 신 소리 따라가보쿠다."

외할머니가 수향의 손을 부드럽게 쓰다듬었다. 버드나무 가지가 바람에 흔들렸다.

잠에서 깨니 한 줄기 눈물이 뺨 위로 흐르고 있었다. 곧 외할머니의 조수들이 들이닥쳐 수향을 외할머니에게서 억지로 떼어놓았다. 수향은 울부짖으면서 끌려 나갔다.

이제 수향은 천애고아나 마찬가지였다. 이모는 자식이 이미 여섯이나 있었다. 수향까지 거두는 건 무리였다.

'난 이제 혼자야.'

장례식 날, 이모와 외할머니의 조수들이 손님맞이를 맡았고, 어린 수향은 구석에서 넋을 놓고 있었다. 상복을 입고 쪼그린 채 앉아 있는데 중절모를 쓰고 고급 맞춤 양복을 입은 덩치 큰 남자가 다가왔다.

"수향이지? 내가 네 아비다."

네 살 때 헤어지고 근 6년 만이었다. 수향은 오랜만에 만난 친아버지 권도진이 낯설었다.

아버지가 저렇게 키가 컸던가? 아버지가 저렇게 차가운 표정을 짓는 사람이었던가? 수향은 겁에 질린 채 고개를 숙였다.

"너무 작고 말랐네."

아버지는 짜증을 냈다. 수향은 자신이 작고 마른 게 아버지를 화나게 한 것 같아서 주눅이 들었다. 도진은 수향을 내려다보며 귀찮다는 표정으로 말했다.

"네 할아버지가 널 꼭 데려오라고 하셨다."

수향이 서울로 가게 된 건 조선총독부에서 토지과 고위 관료로 일하는 아버지가 아니라 할아버지의 의지 때문이었다. 수향은 차라리 안심이 되었다. 할아버지가 부르셨다고 하니 적어도 새어머니가 나를 쫓아내진 않겠지. 정들었던 제주를 떠나 경성 아버지 집에 적응할 수 있을지 걱정되는 건 그다음이었다.

"딸자식 하나 있는 거, 권문세가에 시집 보내면 연줄이라도 하나 더 생기지 않겠나."

사업을 크게 하고 있는 할아버지 권생길의 논리였다.

도진은 장례가 끝나자마자 수향을 배에 태웠다. 짐을 꾸릴 시간조차 제대로 주지 않아서 옷 몇 벌과 외할머니 손때가 묻은 요령 하나만 겨우 챙겼다. 여행 가방에 국민학교 교과서 몇 권을 넣은 게 그나마 위안이었다. 목포항으로 향하는 연락선 뒤꽁무니에서 수향은 춤을 추듯 쫓아오는 갈매기들을 물끄러미 바라봤다.

언젠가 제주로 돌아올 수 있을까?

아버지는 수향을 경성 본가로 데려갔다. 방만 서른 칸이 넘는 고래 등 같은 기와집이었지만 그 넓은 집에 수향이 마음 둘 곳은 단 한 군데도 없었다. 본가에는 칠십 넘은 할아버지, 새어머니 난실, 여섯 살 아래 이복동생 현수, 많은 하인들과 하녀들이 있었다. 수향은 자신의 처지가 제일 나이 어린 하녀보다도 못하다는 것을 이 집에서 지낸 지 불과 일주일 만에 깨달았다.

갑자기 나타난 전 안주인의 자식은 쓸모없는 군식구였다. 할아버지의 고집으로 아버지와 같이 살게 됐지만 친자식 취급은 기대조차 할 수 없었다. 정작 수향을 데려오라고 했던 권생길은 한두 번 인사를 받은 후 수향의 존재를 잊었다. 할아버지는 몇 개월 뒤 폐렴에 걸려 세상을 떠났다.

조선총독부 토지조사국에서 일하는 아버지는 늘 바빴고 새어머니는 수향을 하루 종일 부려먹었다. 무당의 외손녀라는 천형은 새어머니가 수향을 괄시해도 되는 명분이자 몸에 철썩 달라붙어 평생 떨어지지 않을 불쾌한 귀신과도 같았다. 난실은 대놓고 수향을 눈엣가시 취급했다. 반면 유일한 아들이자 삼대독자인 현수는 난실의, 아니 집안의 보물이었다.

수향은 제주도에서 국민학교를 다녔지만, 새어머니는 학교에 갈 필요가 없다고 말했다.

"계집애가 학교에 가는 게 무슨 소용이니? 시집이나 잘 가면 되지."

수향은 본가에 온 첫날부터 새어머니가 시키는 온갖 집안일을 떠맡았다. 집안일은 새벽부터 밤까지 이어졌다. 물 긷기, 걸레로 마루 닦기, 마당 비질하기, 장 봐 오기…….

하녀들은 대놓고 수향의 말투를 비웃었다. 제주말만 쓰던 수향은 서울말을 새로 배워야 했다. 눈치껏 하녀들이 하는 말을 알아듣고 모르는 단어는 머릿속에서 몇 번이고 반복해서 외웠다.

수향은 일과가 끝나면 자신의 방인 작은 다락방에 올라가 밤마다 외할머니가 심방 일을 할 때 썼던 낡고 녹이 슨 요령을 어루만지며 행복했던 어린 시절을 추억하곤 했다. 요령을 가볍게 흔들면 딸랑 소리가 황홀하게 귓가를 간질였다. 작두 위에서 하늘을 날 듯이 뛰어오르던 외할머니의 춤이 떠올랐다. 요령을 어루만지다가 용돈을 아껴 사 온 헌책을 읽었다. 이가 빠진 낡고 허름한 신조사(新潮社) 〈세계문학전집〉 딱지본[14]이나 난실이 재미없다며 던져준 너덜거리는 문고본을 읽다가 잠드는 게 낙이었다. 책을 읽으면 현실을 잠시 잊을 수 있었다. 겨울에는 다락방이 집 밖보다 더 추웠다. 온몸을 이불로 둘둘

---

14) 주로 1910~70년대까지 한국에서 유통되던 값이 싸고 부피가 작으며 표지가 울긋불긋 화려하게 꾸며진 대중 소설책이나 실용서를 일컫는 말.

만 채 외풍이 심한 다락방 벽에 기대어 일본어로 번역된 『폭풍의 언덕』, 『제인 에어』와 에드거 앨런 포의 탐정소설을 탐독했다. 때로는 자신이 소녀 탐정이 되어 살인 사건을 해결하는 몽상에 잠기기도 했다. 시간이 남으면 제주에서 가져온 낡은 교과서를 복습하거나 습자지에 글씨 연습을 했다. 학교에 가지는 못해도 바보가 되고 싶진 않았다.

지난 7월, 수향은 꿈속에서 많은 사람들이 길거리로 뛰쳐나와 기쁜 표정으로 만세를 부르는 장면을 봤다. 반면 일본인들은 고개를 숙이거나 무릎을 꿇은 채 눈물을 흘렸다. 일장기가 아닌 태극기가 온 거리에 휘날렸다. 그 꿈은 곧 현실이 되었다.

불과 한 달 뒤에 일본 히로시마와 나가사키에 원자폭탄이 떨어졌다. 8월 15일, 조선이 해방되었다. 일본인들이 천황폐하라고 부르며 신처럼 떠받들었던 일왕이 떨리는 목소리로 항복 연설을 했다. 수향은 심부름을 가는 도중, 거리를 빼곡하게 채운 사람들 틈에서 라디오 방송을 들었다. 천황의 목소리가 생각보다 평범해서 실망했다.

일본인들은 흐느끼며 주저앉았고 조선인들은 웃으면서 만세를 불렀다.

36년간의 일제강점기는 조선 사람들에게 삶과 영혼이

찢겨나간 시간이었다.

 1945년, 조선 사회는 일본군과 헌병 경찰이 총검과 채찍을 들고 사람들을 탄압하는 거대한 감옥이나 다름없었다. 언어와 문화 말살, 잔혹한 폭압, 토지 수탈, 강제징용, 정신대 동원, 창씨개명. 조선의 어린아이들은 "순사 온다"는 한마디에 울음을 뚝 그쳤다.

 많은 조선 사람들이 해방에 감격했다. 온 골목과 대로마다 환희의 만세 물결이 끝없이 이어졌다. 일제는 한일합병 전부터 애국가가 한민족의 단결과 독립 정신을 고취한다며 애국가를 부르거나 연주하는 것을 금지했다. 수향은 국민학교에서 기미가요를 불렀다. 오매불망 기다렸던 해방일이 왔건만 그 누구도 오랜 시간 금지된 애국가 가사를 정확하게 외우지 못했다. 사람들은 기억을 더듬으며 스코틀랜드 민요 〈올드 랭 사인〉의 곡조에 맞춰 서툴게 애국가를 불렀다. 3·1 만세 운동 이후로 태극기를 소지하는 것도 금지된 탓에 사람들은 일장기 위에 검은 먹으로 그린 태극기를 들고 흔들었다.

 하지만 해방된 지 2개월이 지난 지금도 수향은 해방을 실감하지 못했다.
 수향은 여전히 해방되지 않았으니까.
 양손에 든, 생선과 채소가 미어터질 것 같은 바구니가

그 증거다. 경성 아버지 집에서 지낸 몇 년은 감옥같이 답답하기만 했다. 언젠가는 해방될 수 있을까? 자유로워질 수 있을까?

바람처럼.

제주의 바람처럼.

2

 수향은 옛 생각에서 벗어났다. 늦었다는 타박을 듣지 않으려고 전차에서 내리자마자 집으로 달음박질했다. 숨을 몰아쉬며 대문을 열자 집 분위기가 평소와 다르게 느껴졌다. 난실이 환하게 웃고 있었고 도진이 흐뭇한 표정으로 서 있었다.

"수고했다. 어서 오렴."

수향이 신문지에 포장한 아귀를 내밀자 난실이 웬일로 다정하게 말을 건넸다. 환희에 찬 목소리였다.

"기쁜 일이 생겼어. 아버지가 나가스가(長洲家) 대저택을 받게 됐단다!"

"나, 나가스가요?"

기억이 났다. 나가스라면 수향이 몇 번 신문 기사에서

이름을 본 적이 있었다. 나가스 집안은 석유와 양초를 팔아 조선에서 알아주는 거부가 된 가문 아닌가. 나가스 주식회사는 태평양전쟁 때 일본 군부에 군수물자를 대는 사업을 크게 벌이기도 했다.

해방 후 도진은 미군정 아래에서도 계속 토지조사 일을 했다. 도진은 일본인의 재산을 처분하는 브로커들과 모종의 관계를 맺고 있었다. 브로커 사정을 잘 봐준 덕분에 일본인 거부 나가스 시게루 일가의 대저택을 비교적 저렴하게 불하받게 됐다는 소식이었다.

적산가옥(敵産家屋). 패망한 일본인들이 급하게 본국으로 도망가면서 남겨진 집. 부모님과 현수 모두 축제 분위기였다. 수향은 어리둥절하면서 마음이 좋지 않았다. 식민지 시절에 조선 사람들을 수탈해서 배를 불린 일본인의 집에 가서 사는 게 저리 좋을까? 전쟁에서 일본군에 물자를 대다가 일본이 패망하자마자 도피한 나가스가의 저택을 차지하는 게 뭐가 그렇게 자랑이지? 수향은 불편한 마음을 무표정 뒤에 숨겼다. 이 집에서 몇 년간 눈칫밥을 얻어먹으면서 속마음을 감추는 데엔 이미 익숙했다.

"늦어도 보름 후에는 새집으로 가자!"

도진이 선언했다. 난실은 짐 정리를 진두지휘하고 새집에 들여놓을 새 가구를 사느라 분주해졌다. 수향도 난실을 도와 이삿짐을 싸느라 정신없는 시간을 보냈다.

이사하는 날, 새벽부터 하인과 하녀 편에 짐이 먼저 나갔다. 오전에 집이 어느 정도 정리되자 부모님이 인력거를 타고 먼저 출발했다. 곧이어 수향도 남동생과 함께 인력거에 올라타 새집으로 향했다. 짧은 머리를 천으로 동여매고 힘차게 질주하는 인력거꾼의 뒷모습을 지켜보면서 수향은 작게 한숨을 쉬었다.

"누나는 새집으로 가는 게 싫어?"

현수가 물었다.

"아니야."

"거짓말. 요즘 얼굴이 안 좋던데."

"이사라는 게 보통 큰일이 아니잖아."

"누나, 이제 나라가 해방되어서 일본인 재산은 전부 우리 조선인 차지야. 좋은 일이잖아. 아버지 덕분에 큰 집에 가서 살게 됐다는 데도 누난 전혀 기쁘지 않아?"

"기쁘지. 기뻐."

"표정은 반댄데."

현수는 겨우 여덟 살이었다. 새어머니와 달리 현수는 수향을 좋아하고 잘 따랐다. 수향은 쓴웃음을 지으며 생각했다.

'그러게. 왜 기쁘지 않을까……'

나가스 저택은 서울 중심가에서 벗어난 강북에 있었

다. 인력거꾼에게 삯을 치르고 수향은 나가스 저택을 쳐다봤다. 현수는 부모님 곁으로 달려갔다.

하늘에 검은 먹구름이 몰려왔다. 금방 비라도 쏟아질 것처럼 대기가 습했다.

제일 먼저 장미 문양의 거대한 철제 대문이 눈앞에 들어왔다. 철제 대문 뒤로 높이 자란 소나무들과 넓은 잔디 정원 너머 두 채의 집이 보였다. 서양풍 대저택과 일본식 목조주택이었다.

푸르스름한 박공지붕은 3층 대저택에 음울한 어둠을 드리웠다. 붉은 벽돌로 치장된 외벽은 지붕의 그림자에 잠겨 있었고 오래되어 얼룩이 여기저기 눈에 띄었다. 뾰족한 아치 형태의 높은 창들은 일렬로 줄지어 있었다. 어두운 창들이 빛을 차단해 내부가 전혀 보이지 않았다. 벽돌 틈새마다 이끼와 덩굴이 기어오르고 있었다. 장엄하면서도 스산한 분위기를 풍기는 집은 마치 오래된 비밀을 감추고 있는 듯 수향을 조용히 압도했다.

목조주택의 넓은 처마 끝은 세월의 흔적이 짙게 배어 있는 검붉은 나무 기둥과 벽면에 깊은 그림자를 떨어뜨렸다. 겹겹이 엇갈린 기와지붕에 남아 있는 빗물 자국은 마치 더러운 얼룩 같았다. 일본식 종이가 덧대어진 미닫이문이 집을 둘러싼 복도를 따라 연달아 늘어서 있었다. 다다미방이 최소한 다섯 개는 넘어 보이는 큰 집이었다.

집 뒤로 커다란 흑죽림이 음산하게 우거졌다. 가을바람에 검은 대나무들이 좌우로 춤을 췄다.

대문 앞에서 도진과 난실은 신이 났다.

"여보, 저 큰 집이 이기리스관 맞죠?"

난실이 말하자 도진이 고개를 끄덕였다.

"3층짜리 대저택은 영국인 건축가가 지어서 이기리스관(영국관)이라 부르고 일본식 목조주택은 검은 대나무 숲 바로 앞에 있어서 흑죽관이라고 부른대."

"저 대나무 숲은 나가스 시게루가 아내를 위해 조성한 거라면서요. 향수병을 달래주려고요."

수향은 말없이 부모가 떠드는 걸 듣고 있었다.

잠시 후, 나가스 저택에서 오랫동안 일했다는 최 집사가 대문까지 마중을 나왔다. 동그란 안경을 쓰고 단정한 쓰리피스 양복을 잘 차려입은 키 큰 남자였다. 최 집사가 조심스럽게 대문을 열어주자 도진의 팔짱을 낀 난실은 환한 미소를 지으며 대문을 넘었다. 현수도 웃으며 부모를 따랐다. 수향만 머뭇거리며 대문 앞에서 망설였다.

대문에서부터 느껴지는 공기가 남다른 집이었다. 불길했다. 이유는 알 수 없지만 이 집에 들어가면 안 될 것 같았다. 집에서 뿜어져 나오는 이상한 기운에 수향은 전율했다. 두려운 마음이 스멀스멀 올라왔다. 수향은 얼어붙은 것처럼 그 자리에서 꼼짝할 수 없었다. 고개를 숙이고 가만히 서 있었다. 저 집에는 내가 쓸 방이 있을까? 방이 서른 개가 넘었던 본가에서도 내 방이 없었는데…….

"뭐하고 섰어? 하여간 겁은 많아가지고……."

뒤돌아선 난실이 타박하자 수향은 숙였던 고개를 조금 들었다.

"누나, 따라와."

현수가 수향에게 손짓했다.

"응…….''

수향은 망설이다가 한 걸음을 내딛었다.

거센 가을바람이 뺨을 할퀴고 지나갔다. 귀에 낯선 목소리가 들렸다. 수향은 코트를 여미며 멈춰 섰다. 처음엔 바람 소리인가 했다. 아니었다.

귓가에 누군가가 속삭였다.

들…… 어…… 오…… 지…… 마……. 이…… 집에 오지 마…….

어린 소녀의 가냘픈 목소리였다. 놀란 수향이 고개를 들어 주위를 살펴봤지만 아무도 없었다. 수향은 어깨를 움츠리며 몸을 떨었다.

"귀신 사는 데서, 살아 있는 사람은 귀한 손님이 아니여. 그런 데 들어갈 땐 호꼼 조심해야 헙주게. 귀신을 공경허고, 얘길 잘 들어주민 해는 안 입주게. 근디 무시해

불민, 큰일 나는 수도 있수다."

다정했던 외할머니는 수향을 무릎에 앉히고 머리를 쓰다듬으면서 말하곤 했다.

"그래도 니 속에도 신이 깃들어 있으민, 그 신이 니를 지켜주민, 넌 괜찮을 거주게."

수향은 입술을 깨물고 두 손으로 귀를 막았다. 외할머니 말씀이 맞다면……. 나는 괜찮을 거야. 나에게도 신이 있다고 하셨어. 난 괜찮아.

하지만 손으로 귀를 막아도 소녀의 목소리는 계속 들려왔다.

나…… 가…… 이…… 집에서 당…… 장…….

수향은 철제 대문 밖에 우뚝 서 있었다. 난실과 현수가 수향 쪽으로 뒤돌아봤다. 도진은 벌써 최 집사를 따라 이기리스관으로 향하고 있었다.

"저, 저, 못난 년. 이기리스관에 방 하나 내줄 테니 그만 빼고 들어와. 네 방을 갖는 게 네 소원 아니었니? 어서 들어오라니까?"

난실이 날카롭게 쏘아붙였다. 수향은 자기 방이 생긴단 소리가 믿기지 않아서 입을 벌렸다. 하지만 이 집은 들어오지 말라고 속삭이는데 마냥 기뻐할 수는 없었다.

"네, 어머니."

수향은 귀에 들려오는 소리를 무시하려고 애쓰며 겁에

질린 목소리로 대답했다. 소리는 더 커졌다.

　후…… 회…… 할…… 거…… 야…….

　수향은 고개를 좌우로 돌리면서 목소리가 어디에서 들려오는지 확인하려고 했다. 주변엔 여전히 아무도 없었다.

　들…… 어…… 오…… 지…… 마…….

　수향은 자신도 모르게 털썩 주저앉았다.

갑자기 사방이 어두워졌다. 수향은 어느 방 안에 갇혀 있었다. 여긴 어디지. 사방이 붉은 페인트로 칠해진 방이었다. 문을 찾아봤지만 보이지 않았다. 검은 인영이 수향의 어깨를 잡더니 바닥에 내동댕이쳤다. 수향은 그대로 쓰러졌다. 벽에 비스듬하게 기대어진 거울에 얼핏 얼굴이 비쳤다. 속으로 비명이 나왔다. 자신의 모습이 아니었다. 흑단같이 검은 머리칼을 가진 낯선 소녀. 저 소녀가 이 집에 들어오지 말라고 속삭였던 걸까. 소녀는 하얀 기모노를 입고 있었다.

놀랄 새도 없이 장면이 바뀌었다. 수향은 어느새 정원을 걷고 있었다. 장미 덤불 앞에 도착하니 탐스러운 붉은 장미꽃이 단 세 송이만 피어 있었다. 화려하게 흐드러진 장미꽃에 수향은 마음이 동했다. 넋을 놓고 장미를 바라봤다.

수향은 장미꽃 세 송이를 차례차례 꺾었다. 꺾일 때마다 장미꽃들은 비명을 질렀다. 장미 가시에 찔려 엄지손가락에 피가 흘렀다.

정신이 드니 엄지손가락에 피가 한 방울 맺혀 있었다. 수향은 방금 본 것이 꿈인지 현실인지 혼란스러웠다. 손가락 위로 핏방울이 툭 떨어졌다. 그제야 코피를 흘리고 있다는 걸 깨달았다. 대문 앞에 주저앉아 있던 수향은 흠칫 놀라며 손으로 코를 막았다. 저만치서 난실이 한심하다는 표정으로 수향을 노려봤다.

"이게 보자 보자 하니까!"

난실이 수향에게 다가와 잔소리를 퍼부으려 했으나 멀리서 도진이 외쳤다.

"여보. 쟤가 저러는 게 하루이틀이야? 또 몸이 안 좋은가 보지. 내버려둬."

도진, 난실, 현수가 먼저 최 집사를 따라 이기리스관으로 들어갔다.

수향은 힘겹게 심호흡하며 일어섰다. 외투에서 손수건을 꺼내 코피를 닦았다. 고개를 뒤로 젖히고 피가 멎을 때까지 손수건으로 코를 눌렀다. 눈앞에는 거대한 이기리스관이 서 있었다. 우중충한 먹구름이 박공지붕 위를 완전히 덮었다.

이 집은 나를 환영하지 않는다.

목소리와 환상이 수향에게 경고했다.

'이 집에서 나쁜 일이 생기는 게 아닐까.'

아주 나쁜 일이.

수향은 현기증이 날 것 같았다. 망설이다가 덜덜 떨면서 대문 안으로 한 걸음 내디뎠다. 툭. 수향이 마당에 발을 딛는 순간 뺨에 얼음같이 차가운 가을비가 한 방울 떨어졌다. 비가 점점 거세어지더니 폭우가 되었다. 살갗에 소름이 돋았다. 번개가 치더니 이윽고 천둥소리가 들렸다. 어깨를 움츠린 수향이 나가스 저택 안에 들어서자 육중한 철제문이 굉음을 내며 뒤에서 쾅, 하고 닫혔다. 몹시 못마땅한 것처럼.

3

한 집에는 한 가족의 역사가 깃들어 있다.

이기리스관 천장, 마루, 서까래, 기둥, 계단, 창문, 식탁, 가구 곳곳에 나가스 일가의 삶이 흐르고 있었다. 비에 젖은 채로 이기리스관에 도착한 수향은 얼굴 한 번 본 적 없는 일본인 사업가 나가스 시게루의 고급스러운 취향을 바로 알아챘다. 크리스털 샹들리에, 스코틀랜드 체크무늬 벽지, 짙은 원목 마루, 페르시안 카펫, 광택이 흐르는 흰 대리석 벽난로, 붉은빛을 띠는 마호가니 테이블, 가죽으로 마감한 고풍스러운 소파, 붉은 패브릭이 전체를 고급스럽게 감싼 팔걸이의자……. 거실 소파 옆에 있는 뒤주만 한 라디오도 값비싼 최신형이었다.

"저 라디오로 일왕의 항복 연설을 듣고 시게루 사장님

이 눈물을 흘렸죠."

최 집사가 담담하게 말했다.

모든 것이 세련되고 우아했다.

수향은 런던에 단 한 번도 가본 적이 없지만 영국 상류층의 저택은 아마 이럴 것이라고 생각했다.

대저택 1층에는 넓은 중앙 거실을 중심으로 왼편에는 부엌, 식료품실, 식당이 나란히 연결되어 있고, 오른편으로는 작은 거실과 안주인을 위한 안방, 바깥주인이 쓰는 서재 겸 침실, 당구대가 설치된 손님용 응접실이 딸려 있었다. 2층에는 자녀를 위한 방 두 개와 손님방 세 개가 있었고 3층은 박공지붕의 창으로 바깥 경치를 감상할 수 있는 넓은 다락방이 있었다. 나선형 계단이 1층과 2층을 연결했고 다락방은 2층에 있는 계단을 통해서 올라갈 수 있었다.

최 집사는 물에 빠진 시궁쥐 꼴인 수향을 보더니 큰 수건을 가져왔다. 수향이 수건으로 머리와 옷에 묻은 물기를 털고 있는데 난실이 거실에서 무엇인가를 보고 비명을 질렀다.

"여보! 여기 와봐요."

난실이 호들갑을 떨었다. 도진과 현수가 난실 곁으로 달려갔다.

"여보. 세상에나. 집에 전화기가 있는 건 처음 봐요."

"역시 큰 기업을 운영하는 나가스가답네. 보통 가정집과 달리 전화기가 있구먼. 이거 지금도 작동되나?"

도진이 최 집사에게 물었다.

"네. 번호를 알려드리겠습니다. 거실에 한 대, 시게루 사장님의 서재에 한 대, 총 두 대가 있습니다. 시게루 사장님이 집에서 업무를 보는 일이 종종 있어서……."

부모님과 현수가 전화기에 한눈이 팔린 동안 수향은 중앙 거실에 연결된 작은 거실로 들어섰다. 정원으로 바로 나갈 수 있는 프랑스식 대형 창문 바로 옆에 윤택이 흐르는 검은 코끼리 같은 물체가 놓여 있었다. 그랜드피아노였다. 수향은 한 번도 피아노 연주회에 간 적이 없었다. 그랜드피아노는 사진으로만 봤다. 도진과 난실은 문화생활을 좋아해서 현수를 데리고 종종 연주회에 갔지만 수향을 데려간 적은 없었다.

가까이서 본 그랜드피아노는 신기했다. 피아노 전면에 새겨진 브랜드 이름을 좀처럼 읽을 수 없었다. 분명히 알파벳이지만 영어가 아니었다. 'B'로 시작되는 이름이었다. 유럽 언어인 듯했다. 수향의 호기심을 눈치라도 챈 듯 최 집사가 다가와서 말했다.

"이 피아노는 독일 제품이죠. 블뤼트너(Blüthner). 나가스 시게루 사장님이 독일에서 직접 공수해 온 피아노입니다. 장인이 직접 손으로 만든 피아노라 세계적으로 유명한 브랜드예요. 다른 피아노보다 현이 하나 더 있는 4현 피아노라 소리가 더 크고 깊지요. 시게루 사장님의 첫 번째 사모님은 피아노 연주가 취미였습니다. 사장님이 사모님을 위해 유럽 현지에서 여기 조선까지 배로 피아노를 날라 오느라 돈을 엄청나게 썼다고 하더군요."

'첫 번째 사모님이라면 두 번째 사모님도 있단 말인가?'

수향은 혼자 생각했다.

천장에 달린 샹들리에 조명을 받아 잔잔하게 빛나는 검은 피아노는 완벽하게 아름다웠다. 수향은 그랜드피아노에 매혹되어 손가락으로 몸체를 가만히 쓰다듬었다. 매끈하고 부드러웠다.

'혹시 피아노를 배울 수 있을까?'

수향은 바로 체념했다. 국민학교조차 안 보내주는 난실이 피아노 수업료를 내줄까? 수향에게 들어가는 것이라면 공기조차 아까워하는 난실이 허락할 리 없었다. 수향이 홀린 듯 피아노 곁에서 떠나지 못하자 최 집사는 입을 열었다.

"사모님이 돌아가시고 나서는 나가스가 아이들이 이 피아노를 쳤지요. 몇 년 동안 집 안에서 피아노 소리를 통 듣지 못했습니다. 태평양전쟁 전세가 기울면서 나가스가 분위기가 좋지 못했죠."

나가스가의 아이들이라. 수향은 이 저택에 살았던 아이들이 궁금해졌다.

"아이들은 모두 몇 명이었죠?"

"마사키 도련님과 교코 아가씨. 두 명이었습니다. 이젠 둘 다 어엿한 성인이라 더 이상 아이들이라고 말할 순 없겠군요."

최 집사가 살짝 미소를 지었다.

"두 사람은 지금 어디 있어요?"

"그건……."

최 집사는 머뭇거리더니 천천히 말했다.

"지금은 아마 시게루 사장님과 함께 일본에 있겠죠."

수향은 문득 나가스가 아이들의 얼굴이 궁금했다.

"남아 있는 가족사진은 없어요?"

"시게루 사장님이 이 저택을 떠나면서 사진과 앨범을 모조리 챙겨갔어요. 혹시 조선인들이 해코지할까 봐 증거가 될 만한 건 모두 없애거나 가져갔습니다."

수향은 실망했다.

"피아노를 쳐봐도 될까요?"

수향은 조심스럽게 물었다. 최 집사는 말없이 고개를 끄덕였다. 수향은 천천히 피아노 뚜껑을 들어 올렸다. 묵직한 뚜껑을 젖히고 가지런한 치열처럼 보기 좋게 나열된 흰 건반 하나를 눌러봤다.

딩.

맑고 큰 소리가 거실에 울려 퍼졌다. 그윽한 소리였다. 수향은 피아노에 대해 잘 모르지만 나가스 시게루가 독일에서 엄청난 돈을 주고 공수해 온 피아노답게 소리가 훌륭하다는 생각이 들었다.

그런데 이상했다. 피아노를 단 한 음 쳤을 뿐인데 집 안 공기가 완전히 달라졌다.

온몸에 전율이 흘렀다.

피아노 소리가 잠들었던 거대한 저택을 깨워버린 것일까. 수향은 오싹한 나머지 어깨를 곧추세웠다. 두려움에 잠긴 채 주위를 둘러보았지만, 집은 겉보기에는 아무것도 달라진 게 없었다.

내 연주를 들어볼래?

한 여자애가 수향에게 속삭였다. 아까 집에 들어오지 말라고 했던 목소리였다.

창밖 하늘이 순식간에 어두워지더니 한밤중이 되었다. 수향은 어느새 다른 시간대의 거실에 있었다. 최 집사와 가족은 없었다. 수향 홀로 피아노 옆에 서 있었다.

한밤중에 머리가 긴 소녀가 피아노 앞에 앉아 달빛을 조명 삼아 연주를 하고 있었다. 새하얀 비단 기모노를 입고 머리에 커다란 리본을 단 일본인 소녀였다. 열 살쯤

됐을까? 그 아이는 소나타를 치고 있었다. 달빛이 피아노와 소녀의 머리 위에 은은하게 내려앉았다. 창백하고 긴 손가락이 건반 위를 질주했다. 소녀의 연주는 훌륭했고 선율이 너무나 청아했다. 수향은 넋을 놓고 연주를 들었다. 몇 번 라디오에서 들어본 곡인데. 뭐였더라. 아…….
베토벤의 〈월광 소나타〉구나. 소녀가 연주를 마치자 수향은 자신도 모르게 살짝 박수를 쳤다. 소녀가 박수 소리를 들은 듯 수향 쪽으로 고개를 돌렸다. 수향과 소녀의 얼굴이 정면으로 마주쳤다. 소녀는 큰 눈으로 눈웃음을 쳤다. 작고 도톰한 입술을 열어 무언가를 말하려고 했다.
 수향은 흠칫 놀랐다.

 환상이 끝났다. 다시 대낮. 수향은 피아노 옆에 서 있었다. 최 집사가 곁에서 서성였고 저 멀리서 도진과 난실이 라디오를 켜보고 있었다. 수향의 코에서 코피가 흘러내렸다. 최 집사가 놀라서 다가가자 수향은 손사래를 쳤다.
 "죄송해요. 신경 쓰지 않으셔도 돼요. 제가 원래 코피를 잘 흘려요."
 수향은 손수건으로 코를 눌렀다. 피아노를 치던 소녀는 아까 붉은 방의 환상 속에서 봤던 흰 기모노를 입은 소녀와 닮았다. 마루에 밀쳐졌던 소녀.
 '아까 거울에서 본 그 아이 맞지?'

수향은 소녀가 궁금했다.

뜻밖에도 난실은 약속을 지켰다. 최 집사가 수향의 방을 안내해줬다. 수향은 속으로 크게 놀랐지만 내색하지 않았다. 난실이 뭘 준다고 할 땐 군말 없이 받는 편이 현명했다.

수향은 짐이 든 여행 가방을 들고 최 집사를 따라 큰 거실에 연결된 나선형 계단을 통해 2층으로 올라갔다. 수향의 방은 2층 제일 끝에 있는 아담한 방이었다.

"나가스가 장남인 마사키 도련님이 쓰던 방입니다."

"장남에게 주는 방 치곤 좁은데요?"

"마사키 도련님이 제일 구석진 이 방을 원했어요. 넓은 방은 여동생에게 양보하고요."

최 집사가 말했다. 교코가 쓰던 방이 훨씬 컸는데 난실은 그 방을 현수에게 줘버렸다. 수향은 선택의 여지가 없었다.

방에 들어서자 수향은 숨을 크게 들이쉬었다.

큰 책장에 책이 한가득 채워져 있었다. 책, 책, 책. 이 많은 책이라니. 아까 이 집에 들어서면서 느꼈던 두려움이 씻은 듯이 사라졌다. 수향의 입가에 저절로 황홀한 미소가 떠올랐다.

"와아. 대단해요."

수향은 자신도 모르게 탄성을 내뱉으며 서가로 달려갔다. 〈세계문학전집〉 딱지본과 문고본 책 몇 권이 그동안 수향이 가졌던 책의 전부였다. 제일 먼저 눈에 들어온 건 신조사 〈세계문학전집〉 전질이었다. 마사키 도련님의 책장엔 신조사 〈세계문학전집〉 1기와 2기를 합친 57권 전권이 꽂혀 있었다. 〈세계문학전집〉 세트는 조선에서 교양 있는 집안이라면 누구나 집에 들여놓는 대표적인 문학 전집이었다. 살짝 낡았지만 주인이 아끼며 읽었는지 상태가 온전했다. 책장 반대편 창가에는 작은 싱글 침대와 책상이 딸려 있었다.

문학 전집의 고급스러운 장정을 손가락으로 어루만졌다. 1권은 단테의 『신곡』, 2권은 보카치오의 『데카메론』, 3권은 셰익스피어의 『셰익스피어 걸작집』이었다. 57권 전부가 제자리에 꽂혀 있었다. 2기에서는 샬럿 브론테의 『제인 에어』와 스탕달의 『적과 흑』, 토마스 만의 『부덴브로크가의 사람들 1』, 『부덴브로크가의 사람들 2』가 보였다. 낡은 책 몇 권으로 버티던 수향에겐 꿈에 그리던 서가였다.

"여기 있는 책들, 제가 다 읽어도 되나요?"

수향이 흥분한 목소리로 묻자 최 집사는 고개를 끄덕였다.

"그럼요. 이제 수향 아가씨의 방이니까요."

최 집사는 서가를 어루만지며 말했다.

"마사키 도련님은 책을 무척 사랑했어요. 수향 아가씨도 부디 이 책들을 자신의 책처럼 아껴주면 좋겠습니다. 도련님은 모든 책을 읽고 나면 항상 제자리에 꽂았습니다. 특히 신조사 전집은 늘 순번대로 정리해두셨죠. 수향 아가씨도 그렇게 해주시면 좋겠습니다. 도련님은 지금 여기 없지만……."

"마사키 도련님은 어떤 사람이었죠?"

수향이 물었다.

해방으로 인해 유일하게 좋았던 점은 이 일본인 도련님의 서재를 차지한 것뿐이었다. 이 호화로운 대저택에서 살았던 부잣집 도련님. 이 멋진 서재를 나에게 선물한 일본인. 이토록 굉장한 장서를 아끼고 사랑했던 마사키 도련님은 대체 어떤 사람이었을까. 착한 사람이었을까, 점잖은 사람이었을까. 아니면 평범한 일본인들처럼 조선인을 무시했을까.

최 집사는 난처한 표정을 지으며 고개를 숙이더니 시선을 피하면서 대답했다.

"죄송합니다. 전 그 도련님과 말을 섞어본 적이 별로 없어서 잘 모릅니다."

거짓말.

오랫동안 나가스 일가를 위해 일했다면서 마사키 도련

님을 모른다고? 최 집사는 뭔가 숨기고 있었다. 일본인과 가까이 지냈다는 사실이 해방 후의 조선에서는 흠결이라서? 그런 걱정은 굳이 하지 않아도 될 텐데. 수향은 의아했지만 굳이 추궁하진 않았다.

수향은 신조사 〈세계문학전집〉을 훑어보다가 제11권 『포 걸작선』에 시선을 뺏겼다. 에드거 앨런 포의 단편소설을 모은 선집이었다. 책등이 유독 많이 낡은 걸 보면 주인이 정말 사랑했던 책 같았다. 포를 좋아하는 수향은 반가운 마음에 서둘러 책을 꺼냈다. 예전에 포의 추리소설 「도둑맞은 편지」를 재미있게 읽은 적이 있었다. 책을 펼치자마자 안에서 툭 하고 흑백사진이 바닥에 떨어졌다.

허리를 굽히고 사진을 주웠다. 일곱 살쯤 된 어린 소녀의 사진이었다. 화려한 벚꽃 문양 기모노를 입은 긴 머리의 귀여운 아이. 일본식으로 큰 리본 매듭을 머리 꼭대기에 매고 기모노 앞으로 두 손을 곱게 모았다. 아까 환상에서 본 피아노를 치던 소녀와 닮았다. 아까 그 소녀는 이 아이가 자란 모습이 아니었을까? 최 집사는 나가스가의 아이들이 저 블뤼트너 피아노를 쳤다고 했다.

'그렇다면 이 아이는…… 틀림없이 나가스 교코일 거야.'

교코는 우울하고 슬픈 눈빛만 아니라면 인형같이 예쁜 소녀였다. 동그랗고 큰 눈이 어렸을 때 바다에 빠져 죽은 여동생 수진을 닮았다. 수진이가 지금 내 곁에 있으면 얼마나 좋을까? 그럼 외롭지 않을 텐데.

이 집에 들어오지 말라고 수향에게 속삭였던 소녀, 붉은 방의 소녀, 피아노를 치던 소녀. 모두 교코였다. 아까 보여준 붉은 장미 세 송이는 무슨 의미였을까. 교코의 사진을 뒤집어보았다. 일본어로 '잊지 말 것'이라고 적혀 있었다. 동글동글한 어린이의 글씨였다. 무슨 의미일까? 수향은 교코의 사진을 한참 바라봤다.

'네 연주는 근사했어.'

교코가 미소를 짓는 듯했다.

'처음엔 나한테 이 집에 들어오지 말라고 하더니 그다음엔 연주를 해줬지. 왜 그런 거니? 네가 나를 환영하는 건지 걱정하는 건지 잘 모르겠어.'

수향은 여행 가방 속에서 나무 액자를 꺼내 교코 사진을 끼웠다. 마음속으로 교코가 무사히 일본으로 돌아갔기를 빌었다. 다가온 최 집사가 액자를 보더니 얼어붙은 듯이 멈춰 섰다.

"이 사진을 어디서 찾으셨나요?"

크게 놀란 목소리였다.

"나가스 교코 맞죠? 방금 『포 걸작선』 책장 사이에서 떨어졌어요."

"네······. 교코 아가씨 맞습니다. 어린 시절 사진인데 마사키 도련님이 책 속에 보관하고 있었군요."

최 집사는 어두운 표정으로 말했다. 수향은 곧 독서 삼매경에 빠져들어서 최 집사가 조용히 방을 빠져나가는 것도 몰랐다.

　그날 오후, 수향은 이기리스관을 나와 저택 뒤 검은 대나무 숲을 산책했다. 여름이 한참 지나 검은 물이 든 흑죽림은 어둡고 서늘했다. 가을바람에 좌우로 흔들리는 대나무 사이로 난 길을 걷고 있는데 교코의 목소리가 귓가를 간질였다.

　아직…… 안…… 늦…… 었어…… 이…… 집을…… 떠나.

　수향은 으스스한 기분에 귀를 틀어막고 서둘러 숲을 빠져나왔다. 흑죽관이 눈앞에 보였다.

　저 집은…… 절대…… 가지…… 마…….

　교코가 간절하게 부탁했다.

　이상하게 교코가 흑죽관에 가지 말라고 말리니 더 가고 싶어졌다. 홀린 듯이 저절로 발걸음이 흑죽관으로 향했다. 신발을 벗고 흑죽관 마루에 올라갔다. 천천히 걷고 있는데 갑자기 등줄기에 소름이 돋았다.

　'이 집이 원래 이기리스관보다 춥나.'

　갑자기 이가 맞부딪힐 정도로 한기가 느껴졌다. 입에서 입김이 나왔다.

누군가가 수향을 빠른 속도로 스쳐 지나갔다. 검은 기모노를 입은 일본 여인이었다. 하마터면 넘어질 뻔했다. 수향은 인상을 쓰고 여자의 뒷모습을 노려봤다. 비녀를 꽂고 일본식으로 틀어 올린 검은 머리 아래 드러난 창백한 목이 매혹적이었다. 버선발로 빠르게 걸어가는 여인의 뒷모습을 보고 수향은 고개를 갸웃거렸다.

'설마 나가스가의 하녀가 남아 있었나?'

분명 최 집사가 자신과 정원사만 빼고 고용인 모두 관뒀다고 했는데.

검은 기모노는 칠흑 같은 밤을 연상시켰다. 여인이 몸을 움직여 천이 구겨질 때마다 마치 옻칠이 된 옷처럼 은은한 광택이 돌았다.

'저건 쿠로토메소데[15] 아닌가?'

여인이 입은 기모노는 일본 옷을 잘 모르는 수향 눈에도 무척 비싸 보였다. 치맛단 쪽에 단풍과 학 문양 등이 수놓아져 있었다. 평범한 일본인 하녀라면 저런 고급 기모노를 입을 리 없었다. 이상한 기분이 들었다. 저 여자를 따라가야 할 것 같았다. 말을 붙여보고 싶었다. 수향은 자신도 모르게 우아한 여인을 쫓았다.

한참 기모노 여인을 따라 복도를 걸었다. 여인은 잡힐

---

15) 일본에서 유부녀가 공식 석상 혹은 가장 격식 있는 자리에서 차려입는 기모노 종류. 상반신에는 무늬가 없고 하단에만 화려한 자수나 문양이 들어간 검은색 바탕의 기모노.

듯 말 듯 빠른 걸음으로 앞서 나갔다.

"저기요! 조금만 기다려주세요."

뒤쫓다가 지친 수향이 일본어로 여인을 불렀다.

"멈춰요!"

여인은 대답하지 않고 계속 종종걸음을 쳤다. 수향은 숨이 턱턱 막혔지만 포기하지 않고 따라갔다. 복도가 끝없이 길게 느껴졌다. 이 목조주택이 이렇게 넓었던가? 수향은 거의 뜀박질을 했다. 모퉁이 벽을 도는 순간 여인이 갑자기 사라졌다.

당황한 수향은 앞으로 고꾸라졌다. 넘어진 채로 치마를 들춰보니 맨무릎이 마룻바닥에 쓸려 조금 피가 났다. 아픔에 미간을 찌푸리며 두 손으로 바닥을 짚고 일어났다. 눈앞 흰 벽에 검은 기모노가 펼쳐진 채 걸려 있었다. 단풍과 학이 수놓아진 검은 기모노. 아까 그 여인이 입은 옷과 똑같은 옷이었다. 수향은 멍하니 벽 앞에 서 있었다.

거대한 대나무 숲이 바람에 흔들리는 소리가 들렸다. 수향은 가만히 서서 숲의 노래를 들었다.

'아까 그 여자는 어디로 간 거지?'

수향의 귀에 작은 야옹 소리가 들렸다. 흰 털에 검은색과 주황색 얼룩이 섞인 삼색 고양이 한 마리가 수향에게 다가와 다리 사이를 휘감으며 울었다. 목엔 일본식 색실 공 방울이 달려 있었다.

"나비야. 테마리[16] 방울이 있는 걸 보니 주인 있는 고양이 같은데……. 왜? 내가 좋아?"

수향은 삼색 고양이를 안아 올렸다. 고양이의 몸은 작은 난로처럼 따뜻했다. 놀란 마음이 진정되었다. 고양이는 다소곳하게 안긴 채로 수향의 손에 작은 얼굴을 비비고 붉은 혀를 내밀어 수향의 손가락을 핥았다. 손가락으로 고양이의 턱을 어르며 수향이 물었다.

"나랑 있고 싶어?"

고양이는 마치 대답이라도 하듯이 냐아옹 하고 울었다. 수향은 고양이를 안은 채 이기리스관으로 돌아갔다. 저녁이 되기 전에 고양이에게 '방울이'라는 이름을 지어주었다. 작은 그릇에 남은 생선구이를 담아주니 고양이는 갸르릉거리며 잘 먹었다.

방울이는 침대 밑에 놓아준 수건에 자리를 잡고 잠들었다. 수향도 속치마 차림으로 침대 위에 올라가 누웠다. 베개에 머리를 대자마자 불과 몇 분 만에 두 눈이 떠졌다. 잠이 오지 않았다. 최 집사는 말했다. 마사키와 교코가 일본으로 돌아갔다고. 교코는 살아 있는 사람이다. 그런데 왜 이 집에 귀신처럼 들러붙어 있을까. 왜 나에게

---

16) 실이나 천을 이용해 화려한 패턴을 수놓는 장식 공을 만드는 일본 전통 수공예.

자꾸 말을 걸고 이상한 장면을 계속 보여주는 걸까.

'교코. 대체 나한테 왜 이러니.'

내가 아기 무당인 걸 교코가 알아본 걸까? 수향은 불안했다. 이 집은 거대하고 아름다웠지만 동시에 이상했다. 속삭임, 교코의 환상, 세 송이 장미꽃, 검은 기모노 여인. 수향은 액자에 넣은 교코의 사진을 들여다봤다.

'넌 내가 이 집을 나가면 좋겠어?'

수향은 교코에게 물었다.

크고 맑은 눈이 이렇게 대답하는 듯했다.

할 수 없지. 벌써 들어왔잖아.

수향은 뒤척거리다가 한참 지나서 잠들었다. 방울이가 침대 위로 뛰어올라 수향 머리에 몸을 기대더니 웅크렸다.

수향은 꿈을 꿨다.

사진 속 교코는 키가 자라 있었다. 피아노를 치던 때보다 서너 살 정도 더 들어 보였다. 거의 수향 또래로 보였다. 머리가 많이 길었다. 교코는 호리호리한 몸에 하늘거리는 긴 치마 잠옷을 걸치고 있었다. 잠옷 밑으로 곧게 뻗은 두 다리가 나와 있었다. 교코는 한밤중에 맨발로 계단을 따라 1층에 내려갔다. 수향은 속치마 차림으로 교코의 뒤를 쫓았다. 빠르게 내려가는 교코를 따라갔다. 교코는 거실을 지나갔다. 집 안 곳곳에 걸린 거울에 교코와 수향의 모습이 번갈아 비쳤다. 긴 머리를 풀어 헤친 두 소녀는 쌍둥이처럼 닮아 있었다.

교코는 누군가의 기척을 느낀 듯 계속 뒤를 돌아봤다. 수향은 교코가 뒤를 돌아볼 때마다 숨었다. 교코는 1층 마루에서 느슨해진 널을 하나 빼더니 구멍 안에 작은 노트를 집어넣고 다시 널을 끼웠다. 교코는 기척을 느꼈는지 주변을 두리번거렸다. 수향은 교코에게 들킬까 봐 벽장 옆에 숨었다. 교코가 일본어로 작게 말했다.

"거기 누구 있어요?"

맑고 높은 목소리였다. 수향의 몸이 움츠러들었다. 교코가 걸어오더니 수향을 향해 손을 뻗었다. 긴 손가락이 수향 얼굴 가까이 다가왔다. 벽장 그늘에 숨은 수향은 침을 꿀꺽 삼켰다. 이윽고 손가락 끝이 수향의 머리카락을 만졌다. 수향은 흠칫 놀랐다.

'들켰어!'

수향은 눈을 떴다. 뺨이 축축했다. 방울이가 수향의 얼굴을 핥고 있었다. 창을 보니 아직 동트기 직전이었다. 살짝 방문을 열고 2층 복도로 나왔다. 식구들이 모두 잠들었는지 정적이 흘렀다.

'그곳에 가보려면 지금이 기회야.'

속치마 차림의 수향은 1층으로 향했다. 교코가 꿈속에

서 노트를 숨겼던 마루로 갔다. 그 아이가 머물렀던 똑같은 위치에서 못 조임새가 헐거워진 널을 발견했다. 무릎을 꿇고 손가락으로 널을 잡아당기니 삐걱 소리가 나면서 널이 빠졌다.

'교코가 가르쳐준 거야.'

수향은 가슴이 두근거렸다. 널을 들어 올리자 구멍 안에 작고 검은 가죽 장정 노트가 보였다. 낡은 노트를 펴 보니 일본어로 쓴 일기장이었다. 일기장에는 둥글고 귀여운 어린이의 글씨체로 이렇게 쓰여 있었다.

아버지는 아직 눈치채지 못했다.
좋았어. 난 성공할 수 있어.
한번 해보는 거야.

뭘 눈치채지 못했다는 걸까? 여기서 아버지는 나가스 시게루를 말하는 거겠지? 교코가 아버지 몰래 뭔가 나쁜 짓을 계획한 걸까? 그렇다면 그 나쁜 짓이 뭔지 알고 싶어.

'이건 비밀 일기장이야.'

수향은 흥분했다. 이 집에 들어온 후 교코는 수향에게 계속 경고하고 환상을 보여주었다. 교코는 분명 수향이 이 일기장을 읽기를 바라고 있다. 이 일기장에 뭐가 있기에?

집 안은 고요했다. 새벽이라 아무도 깨지 않았다. 수향은 방으로 돌아와 교코의 일기장을 펼쳤다. 일본어로 쓴 일기 사이에 숫자들이 종종 눈에 띄었다. 일본어로 쓴 부분과 숫자를 적은 부분이 번갈아 나왔다. 여섯이나 일곱 개씩 연달아 숫자를 적은 줄이 한 페이지 가득 있었다. 일기는 숫자가 나열된 부분만 제외하면 평범한 소녀의 일상을 담은 기록처럼 보였다.

'왜 일기에 숫자를 써놨지?'

의아해하는데, 복도에서 큰 발걸음 소리가 났다. 그새 해가 떴다. 하녀가 청소하러 올라왔나? 수향은 일기장을 서가에 꽂힌 수많은 책 사이에 서둘러 감췄다. 하품이 나오고 졸음이 쏟아졌다. 수향은 침대에 눕자마자 그대로 잠들었다.

4

해방된 서울은 많은 것을 갈아엎고 새로 구축해야 했다. 일본인과 조선인이 공존하는 혼돈의 시기였다. 미군정 치하의 조선을 다스리기 위해서는 일본인과 친일 조선인들이 모두 필요했다. 존 리드 하지 사령관은 이를 위해 일본인과 친일파들에게 면죄부를 줬다. 수향의 아버지 도진 또한 그 혜택을 마음껏 누렸다. 한때 친일 혐의로 인해 반역자로 몰릴까 봐 걱정했던 건 기우였다.

매일 수향은 교코의 일기장을 조사하고 연구했다. 일본어로 쓰인 페이지가 대부분이었지만 간간이 숫자만 나열한 페이지들이 있었다. 숫자를 종이에 옮겨 쓴 다음 뚫어져라 들여다봤지만 의도를 알 수 없었다. 확실한 건 수학 문제는 아니었다. 수향은 일기장의 숫자가 적힌 종이를 지니고 다녔다.

"암호로군요."

하루는 수향이 종이를 앞에 놓고 앉아 있었는데 지나가던 최 집사가 들여다보더니 말했다.

"네? 암호요?"

"숫자로 된 암호 같은데요? 단어나 문자를 숫자로 대체하여 내용을 숨기는 겁니다. 남에게 들키고 싶지 않은 비밀이 있을 때 숫자 암호로 그걸 감추는 거죠. 보통 숫자를 이렇게 나열할 경우 규칙이 있을 겁니다. 그 규칙만 맞히면 뜻을 파악할 수 있어요."

"왜 암호를 사용하는 거죠?"

"군대에서는 암구호나 합수어를 많이 사용합니다. 전쟁 때는 적군의 정보망을 교란하기 위해서 난수방송 같은 암호 체계를 활용하고요. 일반인이라면 비밀스러운 내용을 이렇게 숫자 암호로 바꾸어 감출 수 있죠."

최 집사는 문득 생각난 것이 있다는 표정으로 슬며시 웃었다.

"마사키 도련님과 교코 아가씨는 암호 놀이 하는 걸 좋아했습니다. 제가 가르쳐주었죠."

"지난번엔 마사키 도련님과 말을 거의 하지 않았다면서요?"

최 집사는 당황한 듯 헛기침을 했다.

"물론 저는 고용인에 불과하니, 도련님과 친밀한 사이는 아니었습니다. 다만 일상에서 마주칠 기회는 많았지요."

최 집사는 말을 마치고 사라졌다. 수향은 최 집사가 자신의 말과는 달리 나가스가 아이들과 무척 잘 지냈을 거라고 생각했다. 다시 종이를 들고 숫자를 노려보았다. 아무리 들여다봐도 의미를 알 수 없었다.

교코는 대체 어떤 비밀을 감추고 싶어한 걸까?

도진은 미군정의 토지개혁사업에서도 중요한 직책을 맡았다. 상사가 일본인에서 미군으로 바뀐 것뿐이었다. 가족은 나가스 저택에서 부유하게 살았다. 도진과 난실은 정부 주최 행사에 자주 초대되었고, 나가스 저택을 자랑할 겸 요란한 잔치를 벌이기도 했다.

수향에게도 두 가지 혜택이 주어졌는데 그건 바로 학교와 옷이었다.

어느 날 수향은 허름한 치마저고리 차림으로 마루에 엎드려서 걸레질을 하고 있었다. 마침 난실의 손님이 와 있었다. 부인은 차를 마시다가 수향을 보고 말했다.

"이 집은 이렇게 어린 하녀도 쓰나요? 전 너무 어린아이는 일 시키기가 영 믿음직하지 못하던데."

난실은 얼굴이 붉어지더니 대꾸하지 않았다. 차마 딸이라고 밝힐 수는 없었는지.

그날 밤 도진과 난실은 한바탕 부부 싸움을 했다. 며칠 후, 난실이 생각을 바꿔 수향을 학교에 보냈다. 부모님이 무슨 수를 썼는지는 모르겠지만 국민학교도 졸업하지 못한 수향이 중학교 1학년으로 들어가게 됐다. 또래보다 늦게 입학했지만 수향은 하늘을 날아갈 것처럼 기뻤다. 등교 전날에 흰 교복 셔츠, 남색 상의, 교복 주름치마를 몇 번이나 다림질했다.

"네가 시집간 뒤에 사돈 앞에서 부끄럽지 않으려면 그래도 중학교는 졸업해야 하지 않겠니."

난실이 내세운 표면적인 이유였다. 도진과 난실은 딸이 나중에 결혼해서 사돈댁에게 일자무식이라는 소리를 들을까 봐 걱정인 모양이었다. 수향을 위해서가 아니라 자기들의 체면 때문이었지만 이유가 뭐든 낮 시간만큼은 학교에 갈 수 있었다. 그것만으로도 수향은 숨 쉴 수 있었다. 자연스럽게 심부름과 집안일이 줄어들었다.

등교 첫날, 수업을 들으며 수향은 속으로 다짐했다.

'열심히 해서 좋은 성적으로 졸업하는 거야. 그러면 교원이 될 수 있을 거야. 선생님이 되면 어떻게든 먹고살 수 있어. 그 뒤엔 이 집을 나가서 혼자 사는 거야.'

부모의 기대와 달리 수향은 결혼할 생각이 전혀 없었

다. 또래보다 뒤처진 공부를 따라잡느라 밤늦게까지 책을 붙들었다.

어느 날, 난실은 수향의 방에 오더니 커다란 옷 가방을 툭 던졌다. 입구가 벌어진 채로 마룻바닥에 널브러진 옷 가방에서 곱게 개어진 색색의 드레스들이 쏟아져 나왔다. 당황한 수향 앞에서 난실이 입을 열었다.

"도망간 나가스 딸내미 옷이야. 옷은 죄가 없잖아? 이제부터 네가 입으렴."

난실이 비웃으면서 말하더니 나가버렸다.

새어머니는 아들 현수를 데리고 양장점에 가서 옷을 맞춰줬지만 지금까지 수향에게는 주변에서 얻은 낡은 옷만 던져줬다. 수향 입장에서는 새어머니가 처음으로 제대로 된 옷을 챙겨준 셈이었다.

수향은 오히려 교코의 옷을 입을 수 있어 기뻤다. 해방 당시 교코가 수향보다 몇 살 위였는지 대부분의 옷이 수향에게 약간 컸지만 그럭저럭 잘 맞았다. 옷감 질이 좋고 박음질이 섬세한 고급 맞춤옷이었다. 이렇게 비싼 옷을 새어머니가 사줄 리 없었다. 사실 옷은 별로 중요하지 않았다. 마사키 도련님의 서재를 독차지한 것으로 만족했다.

수향은 교코의 일기장에 쓰인 암호를 풀어보려 애썼지만 좀처럼 실마리를 찾지 못해 고민하다가 일단은 접기로 했다. 낮에는 중학교 수업을 따라가느라 바빴고 밤에는 신조사 〈세계문학전집〉과 마사키가 남긴 다양한 책들을 읽는 즐거움에 빠져 있었다.

수향은 교코의 옷 중에서 허리가 쏙 들어가게 재단된 적색 모직 드레스가 마음에 들어서 종종 입었다. 붉은색이 수향의 흰 피부와 잘 어울렸고 입술 색이 더 생기 있어 보였다. 한번은 그 옷을 입고 심부름에서 돌아와 대문으로 들어가는데 누군가가 자신을 향해 크게 소리쳤다. 젊은 남자의 목소리였다.

교코라고 외쳤던 것 같기도 하고 잘못 들은 것 같기도 했다.

수향이 뒤돌아보자 대문가에서 누군가가 황급히 몸을 피했다. 잠시 후 그 사람은 사라졌다. 수향은 고개를 갸웃하다가 집으로 들어갔다.

5

해방 후 몇 년 동안 한반도를 둘러싼 정세가 급격하게 변했다.

강대국은 오랫동안 일본 치하에 있었던 조선이 자주적으로 나라를 통치할 수 있다고 여기지 않았다. 북한은 소련이, 남한은 미국이 차지했다. 나라는 삼팔선을 사이에 두고 두 동강이 났다. 남한에는 대한민국이 탄생했다. 도진이 협조했던 이승만이 남한의 대통령이 되었고, 여러 공을 세운 도진은 이승만 정권에서 요직을 차지했다. 미군정에서 그랬듯 인정받는 고위직 관리로서 도진의 앞날은 창창해 보였고, 난실은 잘난 남편 덕에 호강을 누렸다.

수향은 제주의 이모로부터 편지를 받았다. 봉투 안에

는 엽서가 두 장 들어 있었다. 한 장은 수향에게 보내는 것이었다.

> 수향 보아라.
> 서울에서 잘 지내고 있을 줄로 믿는다.
> 지난 4월 3일[17]에 이곳 제주에서는 큰 난리가 일어났단다.
> 이모부가 육지로 끌려갔고 첫째 승일이가 죽었다.
> 이모부가 육지 어느 감옥에 갇혔는지 네 아버지한테 알아봐달라고 하면 안 되겠니? 너도 알다시피 이모부는 빨갱이와는 거리가 먼 사람이다. 나는 이 모든 것이 오해일 거라고 생각해.
> 이모는 지금 다섯째와 여섯째만 데리고 있다.
> 나머지 애들은 여기저기 흩어졌다. 이모는 날마다 우리 가족이 모두 만날 날이 오기만을 기도한단다.
> 이모부에게 보내는 엽서도 동봉한다. 이모부 소식을 알게 되거든 부쳐주렴.

 수향은 눈물이 날 것 같았다. 이모 가족은 하루아침에 풍비박산났다. 아버지에게 이모의 사정을 알렸다. 도진은 미간을 찌푸리더니 말했다.

---

17) 1947년부터 1954년까지 제주도 전역에서 발생한 대규모 민간인 희생 사건. 1948년 4월 3일 남로당 무장대의 봉기 후, 정부와 군경의 무력 진압 과정에서 수많은 제주도민이 희생된 한국 현대사의 비극이다.

"네 이모부가 빨갱이였다니. 이번 기회에 수향이 너도 이모와 인연을 끊는 게 어떠냐. 그 집과 자칫 잘못 엮였다가는 우리 가족이 곤란해지는 수가 있어. 대한민국은 빨갱이를 모두 제거해야 제대로 된 나라를 세울 수가 있단 말이다."

수향은 도진의 말에 화가 났고 절망을 느꼈다. 제주의 이모가 오죽하면 자신에게 도움을 청했을까 생각하니 밤에 잠이 오지 않았다. 식음을 전폐하고 등교도 하지 않았다.

딸이 며칠이나 밥을 먹지 않고 학교에도 가지 않자 결국 도진이 항복 선언을 했다.

"자, 아버지가 알아 왔다."

도진이 수향에게 내민 쪽지에는 이렇게 적혀 있었다.

광주형무소

수향은 바로 이모의 엽서를 광주형무소로 부쳤다. 선량한 이모부가 왜 멀리 광주까지 끌려갔을까. 승일이 오빠는 왜 갑자기 죽었을까.

신문에 난 기사로는 제주에서 남로당 잔당들이 무장 폭동을 일으켰다고 했다. 이모부는 국민학교 선생님이고 승일이 오빠는 공부를 잘하는 모범생이었다. 육지 대학에 진학할 작정으로 열심히 공부했다고 들었는데.

10월에는 여순사건[18]이 벌어졌다. 제주로 출동해 폭동을 진압하기를 거부한 제14연대 일부 군인들이 일으킨 반란 사건이었다.

미국과 이승만 정권은 제주도를 빨갱이 섬으로 규정했다. 이승만 대통령이 보낸 서북청년단과 군경이 무고한 제주도민을 계속 학살했다. 잇따라 전해지는 제주 소식은 어린 수향의 마음을 한없이 슬프게 만들었다. 외할머니와 어머니의 섬, 제주가 피눈물을 흘리고 있었다.

나가스 저택으로 이사 간 후 난실은 저택의 여주인 노릇을 하느라 사교 활동에 바빠졌다. 수향을 들들 볶을 틈이 없었다. 덕분에 수향은 독서와 공부에 더 시간을 쏟을 수 있었다. 학교에서 계속 우등상을 놓치지 않았다. 우등상장을 보여주자 아버지는 처음으로 수향의 머리를 쓰다듬어줬다. 도진은 출세 가도를 달리자 인심이 후해졌다. 수향에게 이대로 공부를 잘한다면 대학에 보내주겠다고 약속했다.

수향은 꿈에 부풀었다. 대학! 대학이라니.

대학만 나온다면 선생님보다 더 멋진 직업을 가질 수 있을지도 모른다. 직업을 가진다면 절대로 결혼 따윈 하

---

18) 1948년 10월 19일, 국방경비대 제14연대 일부 군인들이 제주 4·3 사건 진압 명령을 거부하며 여수에서 무장 반란을 일으킨 사건.

지 않을 테다. 어머니 같은 삶은 결코 살지 않으리라.

현수는 새집에서 더 통통해졌다. 중학교 생활에 적응한 수향은 방에서 책을 읽거나 가끔 교코의 암호를 해독하는 것이 낙이었다. 교코가 만든 암호는 도저히 종잡을 수 없는 숫자들의 나열이었다. 도서관에서 암호 책을 빌려오기도 했고 다양한 방법으로 해독을 해봤지만 전혀 풀지 못했다. 이렇게 복잡한 암호를 만들어내다니 교코는 아주 영리한 소녀임에 틀림없었다. 수향은 암호 사이사이에 써놓은 일본어 일기를 읽으며 단서를 찾으려 노력했다.

"아직도 풀고 계십니까?"

수향이 종이를 앞에 둔 채 머리를 싸매고 있는 걸 보고 최 집사가 물었다.

"집사님, 마사키와 교코는 암호 놀이를 많이 좋아했나요?"

최 집사가 가볍게 웃었다.

"시게루 사장님이 워낙 엄격하셔서, 남매가 답답해했지요. 암호 놀이는 남매의 탈출구였습니다. 암호 말고도 둘이서 다양한 비밀 놀이를 개발하며 놀았지요."

그의 눈길이 애틋했다.

"그 남매는 마치 이 세상에 단둘만 남겨진 것처럼 사이가 좋았습니다."

그날 밤 수향은 일기장에서 읽고 또 읽었던 부분을 다시 들여다봤다.

아버지한테 언제 그것을 써보지?
실행일을 정하자.

'교코. 그것은 뭐야? 넌 그 일을 해냈니?'

수향은 일본으로 떠난 교코에게 편지라도 써서 물어보고 싶었다. 교코는 한동안 꿈에 나타나지 않았다. 대신 수향은 방울이에게 의지했다. 고양이를 쓰다듬으면서 암호 종이를 들여다보곤 했다. 한번은 장난스레 방울이에게 암호를 보여주며 물었다.

"방울아. 너는 풀 수 있겠니?"

냐아아. 삼색 고양이는 고개를 갸우뚱하더니 도망쳐버렸다. 수향은 웃고 말았다.

교코의 일기가 수향의 호기심을 자극했다면 마사키가 남기고 간 서재는 수향의 내면을 키웠다. 수향은 신조사 〈세계문학전집〉 57권 전권을 독파하고 다양한 책들을 섭렵했다. 개조사의 〈현대일본문학전집〉 63권, 자연과학, 생물, 천문학, 동물학……. 문학뿐만 아니라 과학 서적도 많았다. 마사키의 전공을 알고 나니 장서 목록이 이해가 갔다. 수향은 의학 서적 속표지에 쓰인 이름과 소속을 보고 마사키가 경성제국대학 의학부 학생이었다는 걸 알았다. 영어 교과서와 회화책도 있었다. 마사키는 영어 공부를 꾸준히 했던 모양이었다.

마사키는 단정하고 어른스러운 글씨로 책 곳곳에 자신의 사유를 적었다. 어느 한 권도 깨끗한 책이 없었다. 인상적인 구절엔 밑줄이 그어져 있었고 여백에는 빽빽하게 메모가 적혀 있었다.

수향은 마사키가 『포 걸작선』의 단편 「검은 고양이」에 남긴 메모를 읽었다. 반듯한 일본어 글씨로 이렇게 적혀 있었다.

한밤중에 혼자 「검은 고양이」를 읽으면서 정말 무서웠다. 죽은 고양이의 원한이 주인공을 파멸로 몰고 간 것일까? 교교가 후기를 부탁했는데 너는 아직 읽지 않는 게 좋겠다고 말했다.
하지만 나는 귀신보다 인간이 더 무섭다고 생각한다. 늘 그렇게 생각해왔다.

수향은 한글로 그 밑에 적었다.

마사키 상.
저는 집안 사정 때문에 귀신을 만나봤답니다. 자세한 사정은 묻지 마세요.
어쨌든 당신 생각에 동의해요.

수향이 보기에 마사키는 생각이 깊고 상상력이 풍부한 사람이었다. 수향은 마사키가 남긴 일본어 메모 밑에 자신의 생각을 한글로 적었다. 시공간을 넘어 마사키와 대화를 나누는 기분이었다. 펜팔 친구와 편지를 주고받듯이.

얼굴 한 번 본 적 없는 일본인 청년이 수향에게는 스승이자 말벗이었다.

6

1950년 6월 25일은 여느 일요일과 다름없었다.

이기리스관에 사는 수향 가족은 무덥지만 평화로운 여름 아침을 맞이하고 있었다. 수향은 아침 일찍 일어나 머리를 곱게 땋고 세수를 했다. 그때 아버지가 전화 한 통을 받았다. 도진은 다급한 목소리로 누군가와 통화를 마치고 수향에게 말했다.

"오늘은 아무 데도 가지 마라."

"여보, 무슨 일이에요?"

난실이 식사를 준비하다 말고 불안한 표정을 지었다.

"당신도 오늘은 애들 어디 보내지 마. 현수도 집에 있어라."

도진은 자세히 설명하지 않았지만 초조한 기색이었다.

"여보. 라디오를 켜봐."

도진이 난실에게 말했다. 난실이 불안한 표정으로 라디오를 틀었다. 젊은 남성 아나운서의 흥분한 목소리가 흘러나왔다.

"오늘 새벽 북한 공산군이 삼팔선 전역에 걸쳐서 전면 공격을 시작했습니다."

전쟁이었다. 김일성의 인민군 부대가 소련제 탱크를 앞세워 삼팔선 남쪽으로 밀고 내려왔다는 불길한 소식이었다. 북한군이 서울을 향해 빠른 속도로 남하하고 있다고 했다. 서울은 삼팔선으로부터 불과 40킬로미터 떨어져 있었다. 국군이 제대로 방어하지 못한다면 서울이 금세 점령될지도 모른다.

가족 모두 불안감에 시달렸다. 도진은 안절부절하면서 계속 지인의 전화를 기다렸다. 하지만 전화보다 신문이 더 빨랐다. 신문 배달 소년들이 딸랑거리는 방울을 달고 뛰어다니며 사방팔방으로 호외를 뿌렸다.

"호외요, 호외!"

"전쟁이 났습니다! 인민군이 남한을 공격했습니다!"

도진은 《조선일보》 호외를 받아 와서 읽더니 마구 구겨서 던져버렸다. 절망의 몸짓이었다.

"저놈들은 스탈린과 소련의 지원을 받아서 무기 사정이 좋아."

수향은 아버지가 버린 호외를 반듯하게 펴서 읽었다. 호외는 새벽에 일어난 전쟁 소식을 대문짝만한 제목으로 알리고 있었다. 신문사들이 앞다퉈 호외를 냈다. 《매일신보》[19]는 하루에 여섯 차례나 호외를 발간했다. 서울 곳곳에 뿌려진 호외를 읽고 시민들은 충격과 불안에 휩싸였다.

도진의 말이 맞았다. 전세는 국군에게 불리했다. 국군은 인민군만큼 전쟁을 대비하지 않았다. 한국은 미국이 설정한 방위선인 애치슨 라인에서 제외되어 무기나 병력 사정이 형편없었다. 그런데도 그동안 대통령과 육군참모총장은 국민들에게 큰소리만 쳤다. 불과 며칠이면 평양까지 밀고 올라갈 수 있다고 주장했지만 남한 정부의 호언장담을 비웃기라도 하듯 인민군이 먼저 남한을 침공하고 말았다.

6월 27일 밤 9시, 이승만 대통령이 라디오로 대국민 연설을 내보냈다. 가족들은 소파에 앉아 대통령의 연설을 들었다. 도진은 미간을 찌푸린 채 한 단어 한 단어 집중해서 들었다. 불안해 보였다.

대통령의 목소리는 과연 전쟁 중의 지도자가 맞을까 싶을 정도로 차분했다.

---

19) 서울신문의 전신.

─국민 여러분. 나는 지난 몇 달간 미군의 군사원조가 곧 올 것임을 단언한 바 있습니다. 하지만 민주주의 국가가 그러한 원조를 받는 데에는 상당한 시간이 걸립니다. 지금 적군은 전차, 전투기, 전함을 총동원해 서울로 향하고 있는데, 우리 국군은 맞서 싸울 수단이 없다시피 합니다. 이 암울한 상황에 직면하여 나는 도쿄와 워싱턴에 전화하여 상황을 설명했습니다. 마침내 오늘 오후에 맥아더 장군에게서 전보를 받았습니다.

맥아더 장군은 우리에게 유능한 장교들과 군수물자를 보내는 중입니다. 미군이 빠른 시일 내에 한국에 도착할 것입니다. 나는 이 반가운 소식을 국민 여러분에게 전하고자 오늘 밤 이렇게 라디오로 연설을 하고 있습니다.

우리는 공산주의와 싸우기 위한 우리의 용기와 투지를 증명해 보였습니다. 모든 우방이 우리를 지지하고 있습니다. 나는 지금 전선에서 싸우고 있는 모든 용감한 군경들에게 감사를 표합니다. 나는 공산주의자들이 과거의 실수를 바로잡고 대한민국에 대한 충성을 맹세한다면 용서받을 수 있다는 사실을 그들에게 일깨워주고자 다시 한번 말합니다. 그들이 충성을 맹세하지 않는다면 머지않아 우리에게 처벌을 당하게 될 것입니다. 우리 국민 모두가 그들을 민국(民國)의 충성스러운 시민이 되도록 가르치고 이끌어야 할 것입니다.

수향은 점잖은 대통령 연설에 전혀 믿음이 가지 않았다. 서울은 풍전등화의 상황이었다. 당장 나라의 수도가 인민군에게 점령될지도 모르는데 태평하게 원조를 이야기할 때인가. 자주국방이 아니라 미국과 우방의 원조만 강조하는 대통령의 태도에 실망감이 들었다. 인민군을 충성스러운 시민이 되도록 가르치기 전에 우리가 당장 인민군의 충성스러운 인민이 되게 생겼는데.

연설이 끝나자마자 전화가 울렸다. 도진이 애타게 기다려온 전화였다. 지인의 전화를 받은 도진의 표정이 어두워졌다. 도진은 최 집사와 작은 목소리로 속삭였다. 옆에 선 난실도 걱정스러운 얼굴이었다. 수향은 현수 옆에 앉아 있다가 부모가 최 집사와 비밀스럽게 의논하는 걸 보고 일어났다.

"아버지. 무슨 일이에요?"

수향이 물었다.

"왜 그러세요?"

현수도 물었다.

"어른들의 이야기다. 알 것 없다. 너희는 일찍 자라."

도진이 고개를 좌우로 저으며 낮은 목소리로 말했다. 수향은 계단으로 올라가면서 흘낏 부모를 엿봤다. 거실에서 두 사람은 최 집사와 함께 심각한 표정으로 대화하다가 젊은 하인 김 씨를 불렀다. 그에게 작은 목소리로 뭔가를 지시하는 것 같았다.

 다음 날 새벽, 도진이 침대에서 자고 있는 수향을 크게 흔들어 깨웠다.
 "아버지. 동트려면 아직 멀었는데요······."
 수향이 눈을 부비며 힘겹게 말했다.
 "지금 가야 해. 이대로 남아 있다가는 아버지가 인민군에 처형당한다. 인민위원회에 소환당하면 난 끝장이야."
 "네? 인민군이 와요?"
 "전세가 기울었어. 지금 서울에 남아 있는 국군으로는 인민군을 막지 못해. 곧 인민군이 서울을 점령할 거야."
 "그럼 지금 도망가자고요?"
 "짐은 너희가 자는 사이에 하인들에게 시켜서 다 꾸려 놨다. 꼭 필요한 것만 들고 가야 해. 한강 인도교를 빨리 건너야 한다. 서둘러."
 수향이 세수를 하려고 하자 도진이 제지했다.
 "곧 한강 인도교가 폭파된다. 그 다리가 폭파되기 전에 서울을 빠져나가야 해. 시간이 없어!"
 "아버지, 확실한 거예요?"
 "확실해."
 도진이 굳은 얼굴로 말했다.

폭우가 쏟아지는 새벽이었다.

한강 인도교 너머 강북에서는 검은 연기가 피어올랐다. 포성이 점점 가까워졌다. 인민군이 근접한 게 분명했다. 빗속에서 한강 인도교는 거대한 금속 짐승처럼 우뚝 서 있었다. 그 밑으로 몰려든 수많은 차량들은 마치 장난감 자동차 같았다. 다리 밑으로 한강은 고요하게 흐르고 있었다. 수향은 차 뒷좌석에서 고개를 뒤로 젖히고 웅장한 강철 아치를 올려다보았다. 아름다운 곡선의 초대형 아치 밑으로 피난민들과 차량들이 이동하고 있었다. 많은 피난민들이 서울이 인민군에게 점령되기 전에 탈출하기 위해 발걸음을 서둘렀다.

퍼붓는 빗소리와 포성, 피난민들의 소음, 자동차 경적으로 인도교 위는 아수라장이었다. 국군 장병들이 수십 명씩 탄 트럭들이 지나갔다. 수향 가족은 통제 직전에 인도교에 진입했다. 방금 지나친 입구에는 통제선이 쳐져 있었다. 젊은 국군 장병들이 모래주머니를 켜켜이 쌓으며 날카롭게 외치고 있었다.

"진입 불가! 더 이상 진입은 안 됩니다!"

도진은 식량과 짐을 차 두 대에 나눠 실었다. 앞차는 젊은 하인 김 씨가, 뒤차는 도진이 직접 운전대를 잡았고 뒤차에 난실, 수향, 현수가 탔다. 두 대의 차는 인도교를 지나는 수많은 차량 행렬에 섞였다. 평소보다 몇 배나 많은 차량이 몰려들었다. 도진은 속도를 줄이면서 혀를 찼다. 거센 빗속에서 차량과 피난민들이 얽히고설킨 채로 다리를 건너고 있었다.

수향은 숨이 막혀왔다. 무덥고 탁한 공기에 폐가 짓눌릴 것만 같았다. 도진에게 부탁해서 차창을 조금 열고 고개를 창문 밖으로 내밀었다. 비가 차 안에 들이쳤다.

"얘가 미쳤어! 이러다 차 안이 다 젖겠어!"

난실이 옷을 털면서 핀잔을 주었다.

"죄송해요, 어머니."

수향은 작은 목소리로 대답했다. 머리가 젖었고 뺨에 빗방울이 흘렀다. 하지만 아까보다는 숨통이 트였다. 창밖으로 머리를 내밀고 숨을 들이쉬었다. 피난민들이 쏟아지는 비를 맞으며 걷고 있었다.

인도교 입구는 시끄러웠지만 안에 진입하자 간간이 포성이 들리는 것 말고는 적막이 흘렀다. 피난민들은 공포와 긴장 속에 묵묵히 걸었다. 수향은 차창 밖을 쳐다보다가 인파 속에서 엄마 손을 잡고 걷고 있는 귀여운 소녀와 눈이 마주쳤다. 자동차 불빛에 아이의 흰 얼굴이 비쳤다. 눈망울이 맑은 여자아이는 수향을 보면서 웃었다. 수향도 살짝 미소를 지었다.

"몇 살이니?"

여자아이는 수줍게 오른손 손바닥을 활짝 펼쳤다.

"다섯 살?"

아이는 고개를 크게 끄덕였다.

"조심히 가."

수향은 아이에게 손을 흔들었다. 아이 엄마는 수향에게 경계하는 눈초리를 던지더니 딸을 끌어당기며 발걸음을 서둘렀다. 인도교 위는 차량과 인파가 뒤범벅이 된 채 빠져나갈 빈틈 하나 없이 꽉 메워져 있었다.

다리 중간쯤 갔을 때였다. 굉음이 들렸다. 지축을 울리는 폭발음과 함께 한강 위로 불길과 파편이 솟구쳤고, 밤이 한순간에 붉게 타올랐다.

인도교가 박살 났다. 철로 된 아치가 동강 나 한강 물에 빠졌다. 동시에 수백수천 명의 비명이 들렸다. 사람과 차량이 풍비박산되어 날아가는 모습이 수많은 자동차 전조등 불빛을 받아 환하게 보였다. 도진은 폭음을 듣자마자 재빨리 브레이크를 밟고 운전대를 꺾었다. 차가 갑자기 멈추자 가족 모두 놀랐다.

"여보!"

난실이 보조석 앞판에 머리를 부딪히고 깜짝 놀라 소리쳤다. 수향과 현수도 앞 좌석에 머리를 쿵 하고 박았다. 현수는 울음을 터뜨렸다.

밖에서 파편이 튀고 부서지는 소리가 나면서 방금 전까지 단단하던 도로가 위아래로 크게 꿀렁거렸다. 엿가락 휘듯이 다리가 휘청거리더니 무너지기 시작했다.

또다시 폭음이 이어졌다. 전방에서 "쾅!" 하고 고막을 찢을 듯한 소리와 함께 섬광이 번쩍이더니 불기둥이 솟아올랐다. 수많은 차량과 인영이 산산조각이 되어 강물 속으로 떨어져 나갔다. 동시에 앞서 걷던 사람들이 "끄악!" 하고 비명 지르는 소리가 들렸다. 많은 사람들이 전신에 피를 뒤집어쓴 채 반대편으로 도망가는 생지옥이 펼쳐졌다.

'모든 게 끝장이다.'

수향은 눈을 질끈 감았다. 도저히 눈을 뜨고 볼 수 없었다.

"틀렸어. 차를 버려!"

도진이 외쳤다. 그가 제일 먼저 차 문을 열고 뛰쳐나갔다. 도진이 서둘러 뒷좌석 차 문을 열어젖히자 난실, 수향, 현수도 차 밖으로 빠져나갔다. 수향이 보니 도로가 끊어진 곳에서 불과 2미터 거리에 차가 멈춰 있었다. 아슬아슬했다.

하지만 앞차를 운전하던 김 씨는 운이 좋지 않았다.

"권 사장님! 살려주세요!"

김 씨가 운전대를 붙잡고 애타게 외쳤다. 후진 기어를 넣고 타이어를 미친 듯이 공회전시켰지만, 차체는 점점 도로가 부서진 쪽으로 굴러가고 있었다. 있는 힘껏 브레이크를 밟아보아도 소용없었다. 차가 점점 미끄러지기 시작했다. 끊긴 도로 끝은 시커먼 한강이었다.

"권 사장님!"

김 씨가 창백하게 질린 얼굴로 외쳤다. 도진이 튀어 나가려고 하자 난실이 붙잡았다.

"여보, 안 돼요!"

김 씨가 비명을 질렀다. 그가 탄 차는 검은 한강 물속으로 사라졌다. 차가 검은 강물 속에 빠지자 하얀 포말이 사방으로 튀었다. 물기둥이 높이 솟았다.

도진은 입을 벌린 채 "어! 어! 어!" 하고 소리쳤다. 수향과 난실이 비명을 질렀고 현수는 주저앉았다. 도진은 흐느껴 우는 여자들에게 소리 질렀다.

"시끄러워! 죽은 사람은 할 수 없어. 빨리 걷기나 해. 여기서 벗어나야 돼."

인도교는 수많은 시체와 차들로 막혀 있어서 빨리 걸을 수가 없었다. 네 사람은 천천히 다리를 통과했다.

"집으로 가자."

도진이 쉰 목소리로 말했다.

급작스러운 인도교 폭파로 북쪽 두 번째 아치가 끊겼다. 아비규환이었다. 국군의 인도교 폭파는 계속됐다. 도로가 끊긴 뒤쪽으로도 폭음이 이어졌다.

"이 미친것들아! 아직 사람들이 있어!"

도진이 절규했다.

방금 전까지 도진의 차 근처를 달리던 그 많은 차량이 파괴되어 뒹굴거나 한강 속으로 사라졌다. 시뻘건 불길이 타올랐다. 다리 위에는 죽거나 다친 수많은 피난민들이 있었다. 인도교 위는 온통 피바다였고 그 웅덩이 속에 살점과 몸통이 여기저기 떨어져 있었다. 네 명은 눈앞의 참상이 너무나 끔찍해 몸서리를 치면서 걸었다. 피투성이가 된 채 살점이 떨어져 나간 생존자들이 자신의 몸을 벅벅 긁으며 도와달라고 고함을 질렀다. 수향은 그 외침을 외면하며 걸음을 옮겼다.

"살려주세요. 딸이 숨을 안 쉬어요!"

새된 비명이 들리는 곳을 보니 아까 수향이 인사했던 여자아이가 쓰러져 있었다. 머리에 피가 흐르는 아이를 안고 아이 엄마가 울부짖는 모습을 보면서 수향은 고개를 돌렸다.

네 사람은 비명과 신음을 뚫고 집으로 향했다. 탈출은 실패했다. 집을 나섰던 네 명은 새벽 4시가 넘어서야 나가스 저택에 돌아왔다. 파김치가 된 수향은 피가 묻은 옷과 신발을 대충 벗어서 침대 옆에 던져버리고 속치마 차림으로 쓰러졌다. 눈을 붙이려 했지만 쿵쿵 터지는 포성에 잠이 달아나버렸다. 창밖을 보니 먼 하늘 끝에서부터 동이 트기 시작했다. 침대 앞에 누군가가 서 있었다. 검고 긴 생머리에 잠옷 차림. 교코? 수향은 눈을 비볐다. 오랜만에 보는 교코였다.

잘 돌아왔어.

교코가 살며시 속삭였다.

수향이 벌떡 일어나서 눈을 부릅떠보니 눈앞에는 아무도 없었다. 귓가에 작은 야옹 소리가 들려왔다. 침대 밑에 방울이가 있었다.

"이리 와."

수향은 방울이를 품에 안았다. 따뜻하고 폭신한 고양이를 껴안으니 마음이 한결 놓였다. 어스름한 새벽빛 속에서 방울이의 샛노란 두 눈이 빛났다. 교코가 왜 나타났을까. 수향은 불안한 마음으로 고양이를 쓰다듬었다.

한강 이북에 남은 국군은 인민군에 비해 전세가 역부족이었지만 처절하게 저항하고 있었다. 새벽 내내 서울 강북 쪽에서 포성이 끊이지 않았다. 국군 포병대가 인민군에 대항해 포를 쏘고 있었다. 어두운 하늘에 섬광이 화려하게 수놓였다. 마치 불꽃놀이처럼.

'제발……. 조금만 더 힘내주세요.'

수향은 국군이 이기기를, 그들이 인민군을 내쫓고 안전하게 서울을 지켜주기를 북쪽 하늘을 향해 빌고 또 빌었다. 시끄러운 포성이 계속 들렸다. 잠을 포기하고 끝내

뜬눈으로 아침까지 버텼다.

아침에 가족들은 거실에 모였다. 모두 잠을 설친 얼굴이었다. 도진은 군 관계자와 전화 통화를 마치고 욕설을 퍼부었다.

"천하에 몹쓸 것들. 아직 사람이 있는데도 다리를 끊다니!"

그것은 한강 인도교 폭파 지휘부의 돌이킬 수 없는 오판이었다. 인도교 폭파조는 "다리에 아직 사람들이 많다"라고 보고했는데도 "상관없다. 즉시 폭파하라. 적에게 다리를 내주면 안 된다"라는 상관의 지시에 따라 어떤 사전 경고도 없이 인도교를 폭파했다. 젊은 담당 장교는 흐느껴 울면서 폭파 버튼을 눌렀다. 그때 한강 인도교 위에는 수많은 피난민과 차량이 있었는데도.

'그 많은 사람들이 죽었는데!'

희생자가 수백 명인지 수천 명인지 정확한 숫자조차 알 수 없다고 했다. 수향은 눈앞에서 차에 탄 채로 한강에 추락한 김 씨를 떠올렸다. 한창 나이의 청년이 그렇게 허망하게 죽었다.

어처구니없게도 이승만 대통령은 이미 대전에 머물고 있었고 이시영 부통령이 탄 승용차는 한강 인도교가 폭파되기 직전에 무사히 빠져나갔다.

수향은 그 소식을 들으니 기가 찼다. 고향 제주에서 일어난 일 때문에 이승만 대통령을 뼛속까지 증오하고 있었다. 이승만 대통령이 보낸 군인들이 4·3사건 때 제주도민을 학살했다. 이승만은 제주도민이 모두 죽어도 상관없으니 빨갱이를 다 박멸하라고 명령을 내렸다. 최근에 이모로부터 이모부와 왕래가 완전히 끊겼다는 편지가 왔다. 수향은 이모부가 형무소에서 무사하기만을 바랐다. 이승만 정권이 전쟁 통에 수형자들을 어떻게 처리했을지 상상하기조차 두려웠다.

'진정 국민의 대통령이 맞아?'

수향은 절망했다. 국민이 가장 믿고 의지하던 최고 지도자 두 사람이 제일 먼저 서울에서 탈출했다. 저절로 세상에 대한 불신이 치솟았다. 이제 스스로 살아남는 수밖에 없었다.

잠시 후 전화가 한 통 또 걸려 왔다. 도진은 심각한 표정으로 통화하더니 가족들에게 앞마당에 모이라고 지시했다.

"서울은 함락됐어. 아까 새벽 5시부터 인민군이 들어왔고, 오전 7시부터 주요 기관을 점령했다고 한다."

수향의 간절한 기도는 이루어지지 않았다. 국군은 패배했다. 수향은 입술을 깨물었다.

최 집사가 드럼통을 하나 날라 왔다. 도진은 집사와 함께 서류 뭉치를 드럼통 안에 넣었다. 가족은 곁에서 묵묵히 두 사람을 지켜봤다. 도진은 큰 드럼통에 자신의 신분증과 정부 관련 서류들을 죄다 넣었다. 그러고는 석유를 콸콸 붓더니 불이 붙은 성냥을 던졌다. 화르륵 타오르는 불꽃이 도진과 식구들의 얼굴을 주홍빛으로 물들였다.

"내가 정부 관리로 일했다는 게 들통나면 인민군이 날 끌고 갈 거다. 내 식솔도 결코 무사하지 못해."

화염 속에 까맣게 타들어가는 종이 뭉치들을 보면서 도진은 비장하게 중얼거렸다. 수향은 그런 아버지를 힘없이 지켜봤다.

그다음 도진은 어디선가 구해 온 쇠사슬로 최 집사와 함께 나가스 저택 대문을 여러 번 칭칭 감았다. 둘은 땀을 뻘뻘 흘리면서도 빈틈없이 대문을 잠갔다.

"이 집이 빈집처럼 보이는 편이 안전할 거야. 이제 출입은 흑죽관 뒤편 대나무 숲에 있는 뒷문으로만 하도록 하자."

도진이 아내에게 말했다. 초췌한 몰골의 난실은 옆에서 흐느꼈다.

"현수야, 수향아. 이제 우리는 없는 사람처럼 지내야 한다. 죽은 듯이 숨죽이고 견디다 보면 국군이 다시 서울로 돌아올 거야."

도진은 두 아이들에게 말했다.

한강 인도교 폭파 작전은 수많은 사람이 희생되었음에도 실패했다. 다리가 완전히 끊기지 않았다. 인민군은 끊어진 다리를 고쳐서 서울로 전진했다. 인도교 폭파는 엄청난 희생을 치르고도 인민군의 전진을 막는다는 목표조차 달성하지 못한 바보 같은 작전이었다.

서울을 빠져나갈 수 있는 유일한 통로인 인도교가 끊기자, 미처 피난 가지 못한 서울 시민 대다수는 인민군이 점령한 서울에 갇혀버렸다. 무려 120만 명의 서울 시민이 인민군의 볼모가 된 셈이었다.

6월 28일 아침이 되자 세상이 뒤집어졌다.

인민군이 서울을 점령했다. 개전 3일 만이었다. 언론사도 죄다 인민군 측에 넘어갔다. 인민군에 호의적인 호외와 선전 전단이 서울 도처에 뿌려졌다. 《조선일보》 호외를 읽으며 수향은 기가 막혔다. 불과 며칠 전에는 이승만 정권 편을 들던 《조선일보》가 이제 대놓고 인민군을 찬양하고 있었다.

人民軍인민군 서울 入城입성[20] 米國大使館미국대사관 等등을 完全解放완전해방

여기는 서울이다.

오늘 28일 오전 3시 30분부터 조선 인민군은 제105군 부대를 선두로 하여 서울시에 입성하여 공화국 수도인 서울을 해방시켰다.

입성한 부대들은 서대문과 마포, 양 형무소에 구금된 애국자들을 석방하고 괴뢰 집단의 소위 대한민국 중앙청, 서울시청, 검찰청, 미국대사관, 은행, 소위 유엔 위원단 및 중요한 도로, 교량, 체신, 철도 및 각 신문사를 완전히 해방시켰다.

오래 갈망하여 맞이하던 조선인민군대를 서울 시민들은 열렬한 환호로서 환영하였다.

서울에 있던 만고역적 리승만 도당들과 미국대사관 및 유엔 위원단들은 이미 27일 오전 중에 서울에서 도망하였다.

또한 서울에 주둔하고 있던 국방군 부대들은 우리 인민군대의 열렬한 공격에 의하여 그 대부분이 섬멸되었으며 서울에서 도주하였다.

---

20) 1950년 6월 28일자 《조선일보》 호외.

지시(指示)를 컬대신임(絶對信任)하라!

컨체 서울 시민들이여!

조선인민군대는 청의의 총검으로 서울시를 해방시켰다.

서울은 완컨히 우리 조선민주주의 인민공화국의 수도로 되었으며 서울 컨체 시민들의 거리로 되었다.

이케 시민들은 행복하게 살게 되었다.

이케 당신들은 조선민주주의 인민공화국의 공민으로서 공화국 깃발 아래 살게 되었다.

반동의 소굴이었던 치욕의 도시는 이케 진청한 인민들의 거리로 되었다.

컨체 서울 시민들이여!

공화국의 수도이며 당신들의 거리인 서울시를 질서 청연하게 고수하라!

치안당국의 지시를 컬대 신임하고 반동들의 온갖 모략에 귀를 기울이지 말라!

반동들은 교묘하게 모략 선컨할 것이다.

그러나 그것이 얼토당토않은 허위 선컨임을 이때까지의 경험을 통하여 당신들 자신이 잘 알고 있을 것이다.

시민들이여!

반동분자들의 유언비어와 테러, 방화, 파괴 등에 최대의 경각성을 돌리라!

반동을 제때에 적발하라!

그렇게 함으로써 당신들이 공화국의 수도를 튼튼히 고수하라!

1. 조선민주주의 인민공화국 만세!
1. 우리 민족의 경애하는 수령인 김일성 장군 만세!

호외 속에서 인민군 당국은 서울 점령을 해방이라고 표현하고 있었다.

수향의 짧은 인생에서 두 번째로 맞이하는 해방이었다. 이번 해방도 첫 번째 해방처럼 갑자기 들이닥쳤다. 여전히 수향과는 상관없는 해방이었다.

'저들만의 해방일 뿐이야.'

수향은 예감했다. 앞으로 서울 시민들이 어떤 일을 겪게 될지 불 보듯 뻔했다. 그들이 말하는 해방은 심판이었다. 남한 정부 요인들과 관련자들은 인민재판을 당한 후에 처형되거나 끌려갈 게 분명했다. 도진이 신분증과 서류를 불태운 건 현명했다.

28일 오후, 수향은 난실이 시킨 심부름을 가기 위해 흑죽관 뒷문으로 집을 나섰다.

시내에서 수향은 황토색 군복을 입은 인민군 군대가 보무당당하게 서울 시가지를 행진하는 모습을 목격했다. 제일 먼저 소련제 T-34 탱크 행렬이 지나갔다. 그 뒤로 인민군 부대가 씩씩하게 행진했다. 누런 군복을 입은 군인들의 구릿빛 얼굴은 젊고 희망차 보였다. 그들은 예전에 현수가 가지고 놀던 병정놀이 세트의 장난감 병정들 같았다. 모두 똑같이 생겼고 똑같은 표정을 짓고 있었다.

거리 곳곳에 붉은 인공기가 나부꼈다. 인민군은 길가에 도열한 서울 시민을 향해 환하게 웃으며 손을 흔들었다.

"김일성 장군 만세!"

"조선민주주의인민공화국 만세!"

도로에 늘어선 서울 시민들은 인공기를 흔들며 외쳤다. 머리에 큰 리본을 묶은 어린 소녀가 인민군 장교에게 다가가 꽃다발을 선물하자 그는 소녀를 번쩍 안아 볼에 뽀뽀를 하고 내려주었다.

승리의 행진은 곧 공포를 불러왔다.

인민군은 웃으면서 서울에 들어왔지만, 그 후에 벌어진 일들은 무시무시했다. 수향이 예상한 대로 곳곳에서 임시인민위원회[21]가 열렸고 많은 사람들이 다양한 죄목

---

21) 서울 점령 직후 인민군은 임시인민위원회를 설치하여 공산주의식 통치와 강력한 사회 변혁 정책을 시행했으며 인민재판, 징집, 수탈 등으로 서울 시민 다수가 고통을 겪었다.

으로 인민재판을 받았다. 반공 인사와 경찰, 지주, 기독교인을 제대로 된 재판 없이 처형하거나 감금했다. 서울을 탈출하지 못한 많은 국회의원들이 납치되거나 실종됐고 정부 요직 인사들이 줄줄이 잡혀갔다.

소문이 흉흉했다.

도진이 지인에게 들은 소식은 끔찍했다.

"많은 국군 잔류 부대가 서울 한가운데서 인민군에게 포위되는 바람에 여기저기 국지전이 벌어지고 있단다. 방금 들었는데 서울대학교 병원에 주둔했던 젊은 국군 소위가 소대원들과 함께 끝까지 병원을 사수하려다가 전원 전사했대."

"그게 정말이에요? 대학교 병원에서요?"

수향은 자신의 귀를 의심했다. 병원에서 전투라니.

"인민군이 소위의 시체를 밟고 병원에 들이닥쳐 의료진을 협박했고 죽어가는 국군 부상병을 침상에서 마구잡이로 끌어내 총살했단다."

그 후 조직적인 살인이 벌어졌다. 인민군은 국군 부상병들뿐만 아니라 일반 환자와 문병객도 죽였다. 수백 명이 하루아침에 살해됐다.

며칠 후 수향은 서울대학교 병원 근처인 연건동을 지나가다가 지독한 모기향 냄새를 맡고 눈살을 찌푸렸다. 문득 어떤 생각이 떠올라 소름이 끼쳤다.

시체 썩는 냄새를 가리려고 모기향을 피우는 건 아닐까.

이제 수향은 어떤 말도 믿을 수가 없었다. 눈앞의 현실은 소설보다 더 소설 같았다. 현실은 온통 핏빛이었다.

이것이 전쟁이었다.

7

인민군 치하의 서울에서 서울 시민들은 이중고에 시달렸다.

굶주림과 미 공군 B-29의 폭격.

서울의 식량 사정은 엉망진창이었다. 인민군이 모든 식량을 휩쓸어 갔다. 한강 인도교가 끊긴 후 물류 상황이 악화되었다. 갑자기 모든 유통이 멈췄다. 서울 시민은 알아서 식량 문제를 해결해야 했다.

6월부터 시작된 미 공군의 폭격으로 서울 곳곳이 처참하게 파괴되었다. 7월에는 수십 대의 B-29가 용산역, 서빙고, 해방촌 일대에 대규모 융단폭격을 이어갔다. 용산 주변은 불바다가 되었고 많은 서울 시민이 죽었다.

'배고파 죽든 폭격으로 죽든 둘 중 하나네.'

수향은 비행기 소음 비슷한 소리만 들어도 소름이 끼쳤다.

굶주림이 나가스 저택을 덮쳤다. 가족들은 식량을 아껴야 했다. 배고픔이 수향 가족을 움츠러들게 만들었다. 부유하게 살던 시절이 믿기지 않을 정도로 비참한 나날이 계속되었다. 다리가 파괴될 때 차 두 대에 싣고 갔던 식량이 모두 한강 물에 떨어져버렸다. 그나마 집에 남아 있던 식량들은 하인들과 하녀들이 몰래 훔쳐서 달아나버렸다.

"믿을 연놈이 없어."

도진은 한탄했다. 난실은 텅 빈 식료품실을 보며 한숨을 쉬었다.

그동안 의지했던 최 집사마저 도진 부부에게 사직을 요청했다. 그는 난처한 표정으로 도진에게 말을 꺼냈다.

"권 사장님. 안사람이 세 아이와 함께 시골 본가에 있는데 가봐야 할 것 같습니다."

"알겠네. 그동안 수고가 많았네."

도진은 입 하나라도 줄이는 게 낫다고 생각했는지 최 집사를 붙잡지 않았다. 방울이도 수향이 먹이를 주지 않자 스스로 사냥을 떠났는지 한동안 보이지 않았다.

돈이 있어도 쌀을 사기 힘들었다. 수향 가족은 보리 한 포를 어렵게 얻어 와 죽을 쒀 먹었지만 그마저도 금방 떨어졌다.

시골에 간다면 식량 사정이 나았을 테지만 도진은 피난 가지 말고 서울 저택에 계속 숨어 있자고 했다. 도진은 국군이 금세 서울을 수복할 거라고 믿는 듯했다.

그러나 도진의 생각은 오판이었다. 국군은 여름 내내 돌아오지 않았다. 인민군은 파죽지세였다. 전선은 남쪽 낙동강까지 밀렸다. 이승만 대통령이 외국으로 망명할지도 모른다는 소문이 돌았다. 인민군은 서울에 영원히 주둔할 것 같았다. 많은 주요 인사들이 인민재판에 회부됐다.

정부 토지과 주요 관리였던 도진은 인민군이 나가스 저택에 쳐들어올까 봐 덜덜 떨었다. 인민군에게 빈집이 아닌 걸 들키면 큰일이었다. 가족은 낮에는 인민군의 눈을 피해 흑죽관에 숨었다가 밤에만 도둑처럼 이기리스관으로 기어들어 와 잤다.

100킬로그램이 넘는 거구였던 도진은 불과 한 달 만에 80킬로그램으로 쪼그라들었다. 난실은 얼굴이 홀쭉해졌고 원래 마른 편이었던 수향은 더 야위었다. 통통했던 남동생 현수는 놀 기운이 없어 하루 종일 누워 있다가, 갑자기 심한 설사를 했다. 지독한 이질이었다.

가족이 미처 손쓸 틈도 없이 현수는 급속도로 나빠졌다. 복통, 고열, 구토, 점액성 설사로 일주일을 앓아누웠다. 난실은 아들 간병에 매달렸지만 현수에게 해줄 수 있는 것들이 별로 없었다. 전쟁 통이라 의사 찾기도 힘들었다. 오랫동안 굶주린 끝에 체력이 떨어진 현수는 며칠 버티지 못하고 허무하게 죽었다. 불과 열세 살이었다. 홀쭉해진 현수의 몸을 붙들고 난실은 고개를 떨궜다.

"현수야!"

난실이 통곡했다. 이복 남동생이라 별로 살갑게 대하지 못했던 수향도 어린 동생의 죽음에 눈물을 흘렸다. 철이 없긴 해도 귀여운 아이였다.

따로 장례식이랄 것도 없이 현수는 그대로 대나무 숲에 묻혔다. 관을 구할 여력이 없어서 거적때기로 아이의 몸을 감싸고 그 위에 흙을 덮었다. 굶주린 도진은 아들을 묻기 위해 삽질을 몇 번 한 것만으로도 기력이 떨어져 이기리스관 마룻바닥에 드러누웠다. 난실은 울다 울다 지쳐서 목이 쉬어버렸다. 수향은 울 기운조차 없어 방에 들어와 누웠다.

새벽에 일찍 눈을 뜬 수향은 문득 자신이 현수에게 아무것도 해준 게 없다는 생각이 들었다. 수향은 비틀거리며 정원으로 나갔다. 정원사 없이 방치된 장미 덤불에 꽃들이 만개했다. 울면서 만든 장미 꽃다발을 현수 무덤에 갖다 놓았다.

그날 밤 꿈에 현수가 나왔다. 현수는 평소 건강하던 모습으로 정원을 뛰어다니고 있었다. 장미 정원 앞에서 그 아이가 웃었다.

'누나. 난 잘 있어.'

이렇게 말하는 듯했다.

우울한 공기가 집 안을 지배했다.

해가 떨어지면 세 사람은 이기리스관으로 기어들어 왔다. 도진은 서재에서, 난실은 안방에서, 수향은 자신의 방에서 죽은 듯이 누워 지냈다. 움직이면 배고파진다며 부모는 꼼짝하지 않았다. 난실은 수향만 보면 마치 죽여 버릴 것처럼 눈을 부라려댔다. 자신의 아들은 죽었는데 전처의 자식인 수향이 아직도 살아서 돌아다니는 것이 거슬리는 모양이었다. 수향은 반쯤 미치광이가 된 새어머니를 자극할까 봐 조심했다. 아무 데도 가지 않고 2층 자기 방에 틀어박혔다.

엎친 데 덮친 격으로 지독한 더위가 가족을 괴롭혔다.

한여름 더위에 나물들은 말라 죽고 대나무 숲에 죽순도 없어 식량을 구하기가 어려웠다.

수향은 굶어 죽는다는 말의 의미를 비로소 이해하게

됐다. 처음에는 배가 고파서 죽는 거라고 생각했다. 아니었다. '아사'란 식량을 찾으러 나갈 기운도 의지도 없는 상태를 의미하는 것이었다. 이대로라면 우리 가족은 곧 그 단계에 도달하리라.

며칠을 굶은 수향은 몸을 일으킬 기운이 없어 늘어졌다. 뺨에 뜨끈하고 축축한 기운이 느껴져 눈을 겨우 떴다. 집을 나갔던 방울이가 돌아왔다. 냐아아아. 방울이는 수향의 뺨을 까끌까끌한 혀로 핥고는 가냘프게 울더니 서가로 향했다.

'설마?'

서가의 그늘 속에 흐릿한 형상이 떠올랐다. 비몽사몽 중에 방울이 옆에 선 교코가 보였다. 치마 잠옷을 입은 그 아이가 손가락으로 서가의 어느 지점을 가리켰다. 일기장을 꽂아놓은 곳이었다.

"일기장은 왜?"

물으러 고개를 드니 교코는 사라졌다.

수향은 비틀거리며 서가로 걸어가 일기장을 꺼냈다. 왜 교코가 일기장을 보라고 한 걸까. 한 장 한 장 넘기다가 눈에 들어온 곳이 있었다.

오늘 여름용 베개에 콩을 넣었다.

베개! 베개를 잊고 있었다. 수향은 부모님에게 당장 말해 나가스 저택의 모든 베개를 모았다. 세 사람은 여름 베갯속에 있던 말린 콩을 솥에 넣고 삶아서 먹었다. 덕분에 기운을 좀 차릴 수 있었다.

정신이 나자 난실은 전쟁 직전에 시장에서 사두고 잊었던 미숫가루를 기억해냈다. 난실과 수향은 미숫가루를 여러 자루에 나누어 담았다. 가족은 미숫가루를 대나무 숲에서 길어 온 우물물에 타서 마셨다. 그래도 배가 너무 고파 돌아다니거나 움직이기는 어려웠다.

어느 날, 수향은 머리가 벗겨진 노인이 이기리스관 앞에서 부모와 속닥거리는 모습을 2층 자신의 방에서 지켜봤다. 난실의 단골 쌀가게 주인 최두만이었다. 수향은 저 노인이 왜 이기리스관까지 찾아왔는지 궁금했다.

'뭐 하러 온 거지?'

수향은 커튼에 얼굴을 가린 채로 노인을 내려다봤다. 잠시 후 난실이 힘겹게 수향을 불렀다.

"수향아, 내려와서 인사하거라."

수향은 비틀비틀 내려와서 두만에게 인사했다.

"그래, 이름이 수향이라고?"

두만은 무표정한 얼굴로 수향을 쳐다봤다. 수향은 어리둥절했지만 침착하게 부모 옆에 서 있었다. 쌀가게 두만은 머리숱은 적었지만 근육질에 힘이 무척 세 보였다. 그는 수향을 머리끝부터 발끝까지 눈으로 훑었다. 마치 자신이 살 물건을 품평하는 듯한 눈길이었다. 수향은 자신이 돼지 같은 가축이 된 느낌이었다. 불쾌감 속에서 노인의 시선을 견뎠다.

갑자기 방울이가 두만을 향해 사납게 털을 세우며 울부짖었다. 난실이 빗자루를 휘두르자 방울이는 날카롭게 울며 도망갔다.

"그래 방년 몇 살인고?"

도진이 수향을 가로막고 대신 대답했다.

"이제 열아홉인데요. 건강하고 똑똑합니다. 저를 닮아서……."

이기리스관에서 근 5년을 보내면서 수향은 키가 많이 컸고, 얼굴도 성숙해졌다. 근래 못 먹어서 핼쑥해지긴 했지만.

"마르긴 했어도 건강해 보이는군."

두만은 냉담하게 대꾸했다. 수향은 두만 옆에서 안절부절못하는 부모를 보고 있자니 불안했다. 두 사람은 혹시라도 수향이 노인의 비위를 거스를까 봐 걱정하는 눈치였다.

'아까 저 영감님하고 부모님은 무슨 이야기를 한 걸까?'

현수가 죽은 후 난실은 식량을 구한답시고 초점 잃은

눈빛으로 동네를 배회하다가 집으로 돌아오곤 했다. 도진은 그런 난실을 달래지도, 돕지도 않은 채 거실에 늘어져 있었다. 며칠이나 정신 나간 듯이 굴던 난실이 오랜만에 제대로 화장을 했다. 얼굴이 가면같이 어색했다. 수향은 난실과 도진이 갑자기 다정하게 말을 거는 것도 의아했다. 부모가 두만에게 뭔가 약점이 잡힌 것 같았다. 평소엔 무시하던 두만을 집으로 청한 걸 보면. 노인은 냉정한 얼굴로 수향에게 몇 가지 더 꼬치꼬치 캐묻더니 그대로 동네로 돌아가버렸다.

"저분은 왜 오신 거예요?"

수향이 작은 목소리로 새어머니에게 물었다.

"넌 알 것 없다. 앞으로도 저 어르신에게 예의를 지켜라."

난실은 고개를 돌리며 대답했다. 수향은 더 이상 물어볼 기운조차 없었다. 수향과 부모는 각자 방으로 들어가 드러누웠다. 넓고 화려한 이기리스관 안에서 도진, 난실, 그리고 수향은 살아 있는 유령이 되어버렸다.

8

"수향아. 가족을 위해서 네가 결단을 내려야겠다."
며칠 후, 도진이 수향을 식탁 앞에 앉히고 말했다.
"네?"
"얼마 전에 우리 집에 오셨던 쌀가게 최두만 사장님 기억나지?"
"네. 제가 인사드렸던 분이요?"
"그분한테 장성한 아드님이 한 명 있는데 말이지."
수향은 아버지를 쳐다봤다. 제대로 먹지 못해서 뺨이 움푹 들어간 아버지는 수향과 눈을 마주치지 못하고 고개를 숙였다.
"그 집 아들 최영우 군과 혼례를 올리자는 이야기가 들어왔다."

수향은 자신의 귀를 의심했다. 평소 도진은 수향에게 고등학교만 졸업하면 대학에 보내주겠다고 말하곤 했다.

"아버지. 대학 진학은요?"

"지금은 전쟁 통에 어차피 대학교도 쉬잖니."

"갑자기 결혼하기는 싫어요."

도진의 표정이 싸늘하게 변했다. 도진은 분한 얼굴로 수향에게 삿대질을 하기 시작했다.

"네 생각만 할 거냐!"

"공부하고 싶어요. 결혼은 싫어요."

"저, 저…… 은혜를 모르는 것."

수향이 완강하게 고개를 저었다. 도진 옆에 앉아 있던 난실이 일어섰다. 난실은 수향에게 덤벼들더니 따귀를 후려쳤다.

"이 빌어먹을 년!"

수향의 고개가 휙 돌아갔다. 수향은 손을 뺨에 가져다 댄 채 난실을 쳐다봤다.

"내 아들은…… 잘 먹기만 했어도 살았을 거야. 지금 네 사정만 읊어댈 때야? 차라리 네 몫을 현수에게 먹였다면……. 진작에 네년이 우리 눈앞에서 사라졌더라면."

"당신은 가만히 있어."

도진은 난실을 말리더니 수향의 손을 꼭 잡고서는 말투를 바꿔 다정하게 말했다.

"수향아. 이 아버지도 네가 공부 열심히 했던 거 잘 안다. 요즘 돌아가는 사정 알지? 시내에 식량이 돌지 않아서 돈이 있어도 식량을 구할 수가 없는 형편이야. 하나뿐인 장손 현수는 죽어버렸고, 이제 우리 집안에 희망은 너뿐이다."

도진이 수향의 손을 덥석 잡았다.

"지금 전세가 국군에게 불리하다. 국군이 낙동강 일대를 사수하고 있지만 인민군이 계속 남하하고 있고 이 상황에서 언제 서울이 수복될지 아무도 장담을 못 해. 네가 시집만 오면 쌀을 넉넉하게 주겠다고 하니까 우선은 결혼하는 시늉만 하자."

"아버지, 시늉이라뇨?"

"서류 작성 안 하고 겉으로 식만 치르는 거야. 안심해라. 이 혼인은 법적 효력이 전혀 없어. 국군이 서울을 수복해서 학교가 다시 문을 열면 고등학교 졸업하는 대로 대학에 보내주마. 이 아버지가 약속한다."

수향은 고개를 떨궜다. 뱃속에서 마른하늘에 천둥이라도 치듯이 큰 소리가 났다. 도진이 슬픈 미소를 지었다.

"거봐, 너도 주린 배를 움켜쥐고 하루 종일 잠만 자고 있잖니. 이번 한 번만 제발 부탁한다. 식만 올리면 된다, 식만."

수향은 고개를 들어 도진과 난실을 번갈아 쳐다보았다. 풍채가 초라해진 아버지, 살아 있는 시체 같은 새어머니……. 수향은 머뭇거렸다. 배가 너무 고팠다. 한 달 넘게 쌀밥은 구경도 하지 못했다. 하지만 결혼은…… 결혼은 너무나 큰일이었다.

아버지는 수향을 부드럽게 달랬다.

"당연히 고민이 되겠지. 새어머니와 다 의논했다. 걱정하지 말아라. 설마 아버지가 하나뿐인 딸을 하찮은 쌀가게 아들에게 시집보내겠니. 결혼하는 척하고 쌀만 받고 바로 헤어지면 그만이다. 최 사장이 자기 외동아들 노총각으로 죽을까 봐 애원하는데 대충 비위만 맞춰주고 일단 우리 배나 채우자꾸나."

수향은 침묵을 지켰다. 한참 뒤에야 부모의 원대로 고개를 끄덕였다.

그렇게 결혼이 결정됐다. 다음 날 밤에 식을 올리기로 했다. 새어머니는 생각 잘했다면서 흐뭇한 미소를 보였다.

거래가 성사되자, 두만과 아들 영우는 남은 쌀 포대를 전부 저택으로 날라 왔다. 이 쌀 포대들이 결혼 선물이자 수향의 몸값이었다.

"여보, 봐요. 무려 여덟 섬이에요."

난실이 노래를 부르듯이 도진에게 말했다.

결혼식 날, 난실은 옷장에서 하얀 양장 드레스를 꺼내더니 다림질을 했다. 난실이 평소에 아끼던 진주 목걸이가 수향의 목에 걸렸다. 수향은 난생처음으로 화장을 했다. 난실이 콧노래를 부르며 분과 립스틱을 발라줬다. 긴 생머리도 정성스레 땋아 틀어 올렸다.

"보렴. 얼마나 고운가. 우리 수향이도 꾸미니까 이리 미인이구나."

난실의 말에 수향은 거울 속에 비친 창백한 자신의 얼굴을 보다가 흠칫했다. 교코가 슬픈 표정을 하고 옆에 서 있었다. 놀란 수향이 고개를 돌렸지만 뒤에는 아무도 없었다.

'교코, 너도 내가 결혼하는 게 싫은 거니.'

수향은 눈물이 날 것 같아서 입술을 깨물었다.

밤이 되자 보름달이 떴다. 만월. 창백한 달빛 아래 수향은 남편의 얼굴을 처음으로 봤다. 영우는 큰 키에 얼굴이 갈색으로 탄 청년이었다. 빌린 옷처럼 어색한 푸른 양복을 단정하게 차려입고 왔다.

전쟁 중이라 정전이 잦았지만 결혼식 날은 모처럼 전기가 들어왔다. 크리스털 샹들리에가 나가스 저택 거실을 눈부시게 비췄다. 결혼식은 작은 거실의 블뤼트너 피아노 앞에서 치러졌다. 젊은 신혼부부가 거실 한가운데 서고, 수향의 부모와 두만이 신혼부부를 둘러쌌다.

영우는 작은 금반지와 장미 꽃다발을 차분하게 내밀었

다. 나가스 저택의 장미 정원에서 꺾은 꽃 같았다. 더위에 시달린 장미는 형편없이 시들어 있었다. 신기하게도 금반지는 미리 치수를 잰 것처럼 수향의 손가락에 꼭 맞았다. 수향이 영우가 준 꽃다발을 들었다. 동네 사진사가 두 사람의 기념사진을 찍었다. 양가 부모가 신혼부부에게 덕담 한마디씩을 던졌다. 사진사가 장비를 챙겨서 가버리자 결혼식은 끝났다. 식이라곤 이게 전부였다.

"자, 이제 신혼부부가 시간을 보내게 우리는 자리를 비켜줍시다."

두만이 아들을 보고 눈짓을 하자, 수향은 당황해서 눈이 커졌다.

"아, 아버지······."

수향이 아버지와 새어머니를 간절한 표정으로 쳐다보자 두 사람은 그녀를 외면했다. 아버지가 분명 결혼하는 시늉만 낸다고 했는데.

"식만 올릴 거라고 했잖아요?"

수향이 작은 목소리로 묻자 아버지는 대꾸 없이 눈을 내리깔고 헛기침을 했다.

"새아가, 안사돈에게 매달 틀림없이 달거리를 한다는 말을 들었으니 빨리 손주를 안겨줄 거라 믿는다."

두만이 흐뭇한 표정으로 수향에게 말했다. 두만이 영우에게 고개를 끄덕이자 그가 수향의 손을 덥석 잡았다.

"이거 놔! 아버지, 얘기가 틀리잖아요!"

수향이 영우의 손을 뿌리치자 두만의 얼굴이 분노로 달아올랐다.

"아니, 권 선생, 이게 대체 무슨 상황이요. 딸자식 교육을 어떻게 시킨 게요? 들었던 것과는 다르잖소. 이런 식이면 쌀은 도로 갖고 가겠소."

두만이 화가 나서 길길이 날뛰자 갑자기 도진이 수향과 영우 사이에 끼어들었다. 도진이 한순간에 악귀로 변한 듯한 표정으로 수향의 따귀를 세게 후려쳤다. 그대로 수향은 바닥에 쓰러졌다.

"이런 썩을 년 봤나. 그동안 낳아주고 키워준 은혜를 이렇게 보답해? 지 어머니가 일찍 죽고 오갈 데 없는 걸 거둬서 이렇게 잘 키워놨더니! 이제 넌 출가외인이야. 어서 지아비를 따라가! 썩 가지 못할까?"

영우는 무표정한 얼굴로 입술이 터져서 피가 흐르는 수향을 내려다볼 뿐이었다.

수향은 그제야 깨달았다.

쌀 여덟 섬에 부모는 나를 쌀가게 노인에게 팔았구나.

영우가 쓰러진 수향을 일으켜 세웠다. 수향은 일어선 뒤 영우를 바라보았다. 영우의 눈빛이 흔들리고 있었다. '제발 이러지 마.'라고 부탁하는 듯했다. 그가 수향에게 손을 내밀었다.

그…… 손을…… 잡아.

교코의 목소리가 들렸다.

'뭐라고? 교코. 넌 내 편 아니었어?'

수향은 억울한 마음이 들어 교코에게 따지고 싶었다.

손을…… 잡아.

교코는 고집스러웠다. 수향은 한숨을 쉬며 영우의 손을 잡았다. 건조하고 거친 손이었다. 수향은 멍하니 영우에게 이끌려 자신의 방으로 올라갔다.

처음으로 생긴 자신의 방. 마사키 도련님이 남기고 간 책들이 가득한 방. 그 방이 신방이 될 줄은 몰랐다. 영우는 수향의 손을 놓더니 창가 쪽으로 갔다. 그러고는 뒤돌아선 채로 거침없이 옷을 벗기 시작했다. 양복 상의, 와이셔츠, 바지를 벗어 던지자 초라한 속옷이 나왔다. 영우는 속옷까지 재빨리 벗어 던졌다.

수향은 완전히 벌거벗은 남자를 처음 보았다. 당황해서 고개를 숙였다. 달빛 아래 드러난 남편의 몸은 보기 좋게 탔고 건장했다. 어깨는 넓었고 엉덩이는 좁았다. 남자의 몸은 이렇구나. 그동안 소설을 읽으며 상상했던 것과는 많이 달랐다. 마사키 도련님이 남긴 의학 서적 속 나체사진과도 달랐다. 수향은 얼떨떨했다. 내가 결혼하다니. 모든 상황이 비현실적으로 느껴졌다. 이 모든 것이 꿈이면 좋겠다고 생각했다.

하지만 '남편'은 수향 앞에 존재했다. 영우가 수향에게 다가오더니 손을 잡았다.

"떨지 마."

낮은 목소리. 수향은 이상하게 마음이 차분해졌다.

"이러다 날 새겠다."

영우가 말했다. 수향은 어색한 미소를 지었다.

영우가 수향의 양장 드레스 단추를 하나하나 끄르더니 그대로 아래로 벗겼다. 수향은 남편이 옷을 다 벗길 때까지 가만히 서 있었다. 처음엔 드레스, 그다음엔 속치마가 한 겹 한 겹 방바닥에 미끄러지듯 떨어졌다. 남편은 속옷도 천천히 끌어 내렸다. 벌거벗은 살갗에 공기가 닿자 소름이 돋았다. 부끄럽다기보다는 어색했다. 수향은 두 손으로 가슴을 가렸다. 남편은 그런 수향이 귀엽다는 듯이 피식 웃었다. 그는 두 손으로 수향의 손을 힘주어 잡더니 아래로 내렸다.

영우가 손가락으로 수향의 피부를 천천히 쓸어내렸다.

"피부가 참 곱네."

영우는 말했다.

칭찬일까? 수향은 자신이 없었다.

영우가 다가오자 수향은 두려움에 뒷걸음질 치다가 침대에 주저앉았다. 영우는 선 채로 다가와 손가락으로 수향의 턱을 들어 올리더니 도진에게 맞아 부어오른 입술을 부드럽게 어루만졌다. 수향은 영우를 올려다봤다. 두 사람의 시선이 만났다. 남편은, 철저하게 낯선 이방인이었다. 처음 보는 사람과 결혼을 했고 이제 잠자리까지 같이 해야 한다니. 수향은 실감이 전혀 나지 않았다.

영우가 입술을 부딪쳐 왔다. 그의 입술은 건조하고 따뜻했다. 요령이 없는지 키스가 너무 거칠었다. 수향의 입술이 까졌다.

"아!"

수향이 작게 비명을 지르자 영우는 웃으면서 수향을 밀었다. 수향은 저절로 침대에 쓰러졌다. 영우는 수향 위에 올라오더니 몸을 만지기 시작했다. 기분이 이상했다. 간질거리면서도 흥분되었다. 이윽고 어떤 예고도 없이 크고 단단한 것이 내밀한 곳으로 들어왔다. 처음 느끼는 통증이 몰아쳤다. 순식간에 온몸에 고통이 퍼져나갔다.

"그, 그만!"

수향이 울면서 소리치자 영우가 멈칫했다. 영우의 거친 숨소리와 함께 수향의 흐느낌이 점차 잦아들었다. 영우가 다시 움직이기 시작했다. 교코의 사진이 담긴 액자가 침대 곁에서 수향을 내려다보고 있는 것 같았다. 수향이 위아래로 흔들리고 침대가 인정사정없이 삐걱거리는 동안 그 슬픈 얼굴은 "괜찮아"하고 수향을 위로하는 듯했다.

수향의 얼굴에 눈물이 흘러내렸다. 방울이는 눈을 동그랗게 뜨고 책장 꼭대기에 죽은 듯이 가만히 앉아 있었다. 어둠 속에서 두 눈만 영롱하게 빛났다. 영우의 움직임이 갑자기 멎었다. 그는 지쳤는지 곧바로 잠들었다. 코 고는 소리가 나기 시작했다. 수향은 흐느끼면서 가만히 누워 있었다.

베개에 기댄 수향의 눈에 나방들이 들어왔다. 창가에 놓인 랜턴에 달라붙어 죽은 나방들이.

'처음이 이래서는 안 되잖아.'

수향은 자신의 신세가 마치 빛 속으로 달려들다 죽은 나방 같다고 생각했다.

9

다음 날 수향은 아예 걸을 수조차 없었다.

몸보다는 마음의 상처가 깊었다. 새어머니는 이불에 피가 묻었다는 소식을 듣자 두만이 대놓고 좋아했다고 말했다. 난실은 자리보전한 수향에게 윤기가 흐르는 쌀밥과 국을 쟁반 위의 그릇에 담아 갖다주었다.

"이게 얼마 만의 쌀밥이니?"

난실이 다정하게 말을 건넸지만 수향은 대꾸하지 않았다. 두만이 역겨웠고 아버지와 새어머니는 더 미웠다. 모두 가증스러웠다. 새어머니가 조심스레 방문을 닫고 나가자 수향은 아침 식사를 쟁반째로 바닥에 던져버렸다. 이불을 두 손으로 구기며 미친 듯이 오열했다.

수향은 결혼이 싫었다. 대학 공부를 마친 후 번듯한 직업을 가지고 싶었다. 평생 혼자 살고 싶었다. 자신과 수진을 낳은 어머니를 버리고 새어머니를 선택한 아버지를 생각하면 결혼이라는 제도가 끔찍한 굴레처럼 느껴졌다. 딸들을 위해 이혼을 거부하고 죽어갔던 어머니를 떠올리면 서럽고 슬펐다. 어머니는 누군가의 아내가 되는 것보다 제주에서 심방으로 사는 편이 행복했으리라.

만약에 결혼하게 되더라도 자신이 직접 상대를 고르고 싶었다. 첫날밤은 진심으로 사랑하는 사람과 치르고 싶었다. 수향의 처음은 철저하게 파괴당했다. 침대에 누운 채 말없이 눈물만 흘렸다. 방울이는 수향을 걱정하는 것처럼 곁을 맴돌며 떠나지 않았다. 수향은 고양이를 품에 안고 울었다.

그렇게 몇 날 며칠을 보내고 수향은 입술을 깨물며 생각했다.

'계속 울기만 하면 무슨 소용이야.'

분노를 삭이고 뭔가 방법을 찾아봐야 했다. 이 터무니없는 결혼을 되돌릴 방법을. 책상 서랍에서 외할머니의 요령을 꺼냈다. 딸랑. 딸랑. 요령을 살짝 흔들어 그리운 소리를 들었다.

외할머니의 목소리가 떠올랐다.

"눈물도 물이주게. 물이 흐르멍 길이 나주게."

참으려고 했지만 눈물이 자꾸 흘러내렸다.

'외할머니는 나에게 신이 있을지도 모른다고 하셨어. 추는굿을 한 뒤로는 이상한 것이 보이고 이상한 소리가 들렸지.'

이 집에 들어온 뒤로 교코가 계속 수향에게 말을 걸었고 몇 가지 환상을 보여주었다. 비밀 일기장이 있는 위치도 알려줬다. 교코는 왜 나에게 계속 경고하고 도움을 주는 걸까. 어쩌면 교코가 해결책을 찾아줄지도 모른다.

'한 번만 더 도와줘.'

수향이 교코에게 마음속으로 부탁했다.

그날 밤 교코는 꿈을 보냈다. 저택에 들어오던 날 보았던 세 송이 장미꽃이 또 나왔다. 수향은 장미꽃들을 꺾어서 품에 안았다. 꿈을 꾸고 나니 수향은 마음이 편안해졌다. 지금 이 상황을 차분히 관망하면서 방법을 찾아보자는 생각이 들었다.

최두만과 영우는 이제부터 흑죽관에서 살기로 했다. 전쟁 통에 집은 완전히 폭파되었고 이후에 기거하던 쌀가게는 허물어지기 직전이라고 했다. 하인, 하녀들이 모두 사라지고 적막만 흐르던 흑죽관은 그 텅 빈 몸에 쌀가게 노인과 아들을 집어삼켰다.

영우는 수향의 상처가 완전히 아물 때까지 곁에 얼씬하지 않았다.

일주일이 지나고 수향의 상태가 좋아지자 영우는 다시 방으로 찾아왔다. 두 번째 관계부터는 아프지 않았다. 조금씩 쾌감이 느껴지기 시작했다. 하지만 몸이 즐거움을 느끼는 것과 달리 수향의 마음은 따로 놀았다. 남편의 약점을 찾아야 했다. 수향은 영우를 계속 관찰하면서 생각에 생각을 거듭했다.

두만은 하루라도 빨리 손주를 얻기 위해 일주일에 세 번은 합방을 해야 한다고 수향의 아버지에게 조건을 걸었다. 두 젊은이가 한집에 살 필요는 없지만, 합방만큼은 일주일에 세 번씩 꼭 해야 했다. 같이 살지 않아도 된다는 것만큼은 다행으로 느껴졌다.

영우는 자신의 아버지에게 무척 순종적이었다. 영우는 착실하게 월, 수, 금요일마다 수향의 방에 찾아왔다. 다른 날에는 아버지를 도와 식량을 구하러 다니고 쌀가게를 고치느라 바쁘다고 했다.

언제부턴가 수향은 이상한 점을 감지했다. 남편이 찾아올 때마다 매번 전혀 다른 사람처럼 느껴진다는 점이었다. 같은 얼굴, 같은 몸이지만 완전히 다른 사람 같았다.

월요일의 영우는 무뚝뚝하고 거칠었다. 수요일의 영우는 말이 많았고 애무를 좋아했다. 금요일의 영우는 수줍고 부드러웠다. 3주가 흐르자 수향은 어리둥절했다. 요일마다 다른 사람처럼 변하는 영우를 이해할 수 없었다. 수향의 달거리가 계속되자 두만은 실망했지만, 수향은 다행이라고 생각했다. 남편을 파악하기 전까지는 임신하고 싶지 않았다. 수향은 이 수수께끼를 풀기 위해서 기록을 하기로 결심했다. 영우는 관계하는 동안에 수향이 자신을 유심히 관찰하자 당황하는 것 같았다.

월요일의 영우는 화를 냈고, 수요일의 영우는 평소보다 말수가 적었고, 금요일의 영우는 관계가 끝나자마자 부리나케 도망가버렸다.

수향은 몇 주에 걸쳐서 일기장에 남편의 관찰 일지를 쓰기 시작했다. 나중엔 관찰 기록을 토대로 도표를 그렸다.

월요일의 남편

말버릇	짧은 명령조. "이리 와." "하지 마." "기다려."
신체 특징	땀을 많이 흘린다. 귓불 뒤와 가슴에 점이 있다. 손톱이 짧다.
방에 들어오는 방식	언제나 문을 벌컥 열고 들어온다. 문을 열자마자 불을 끄고 내 옷을 벗긴다. 움직임이 빠르다. 방 안의 가구나 물건에는 관심이 전혀 없다.
대화 태도	말을 거의 하지 않는다. 내 얼굴을 보지 않는다.
접촉 방식	조심성 없고 거칠다. 애무 거의 없음. 오직 관계하는 것에만 집착.
관계 방식	일방적인 정복자. 상호작용을 중요시하지 않는다. 끝나면 바로 잠든다.
비고	잘 훈련받은 개 같은 느낌이 든다.

수요일의 남편

말버릇	수다가 많다. "오늘은 말이야, 아버지와 동네 어디를 갔는데……."
신체 특징	오른손 검지에 화상 자국. 웃을 때 오른쪽 눈가에 먼저 주름이 잡힘.
방에 들어오는 방식	노크는 하지 않지만 조용히 들어온다. 불은 끄지 않고 반갑게 인사부터 한다.
대화 태도	시시콜콜한 일상 대화를 좋아한다. 눈을 마주치며 이야기하는 것을 좋아한다.
접촉 방식	시작하기 전부터 나를 쓰다듬는다. 입맞춤이 길고 눈웃음을 잘 친다. 손길은 매우 능숙하고 기술적이다.
관계 방식	무대 감독. 애무와 감정의 교류에 비중을 크게 두는 편이다. 끝나면 내 곁에 누워서 이야기를 나누고 싶어 한다.
비고	재주 많은 원숭이 같다.

금요일의 남편

말버릇	짧고 수줍게 말한다. 말끝을 흐리는 습관이 있다. "괜찮아?" "춥진 않아?" "미안해."
신체 특징	왼쪽 다리를 살짝 절고 있다. 등이 약간 굽었다. 자세가 늘 구부정하다. 가끔 인상을 쓸 때가 있는데 눈이 나쁜 것 같다.
방에 들어오는 방식	노크를 하고 들어온 후 조심스레 인사한다. 나와 눈을 마주칠 때마다 시선을 피하려고 한다.
대화 태도	내가 묻기 전엔 말을 잘 하지 않는다. 질문에 답하긴 하는데 단답형이다. 침묵하는 경우가 많다.
접촉 방식	손부터 잡는다. 천천히 내 옷을 벗기고 자신의 옷을 벗는다. 모든 행동이 망설임과 체념 사이 어딘가에 있다. 과거에 상처가 많은 사람 같다.

관계 방식	조심스러운 벗. 성행위를 즐긴다기보다는 나와 함께 있는 게 자신에게 과분하다고 생각하는 듯한 태도. 막상 시작하면 적극적이지만 끝나면 등을 돌리고 눕는다. 내 얼굴을 마주 보며 자는 걸 무서워한다. 뭔가를 들킬까 봐 두려워하는 듯하다.
비고	겁이 많은 고양이 같다.

 몇 주간의 기록을 들여다보면서 수향은 어떤 흐름을 파악했다.

 월요일의 영우는 말이 없고 거칠다. 수요일의 영우는 월요일의 영우보다 말이 많다. 금요일의 영우는 부끄러움을 많이 타고 왼쪽 다리를 조금 절었다. 탐정소설을 좋아하는 수향은 모든 가능성을 제거하고 남은 가능성이 유일한 정답이라는 이론을 떠올렸다. 소거법.

 월요일, 수요일, 금요일에 영우가 전혀 다르게 말하고 행동하는 이유는 뭘까.

 결론이 하나로 모였다.

 자신의 추리가 맞다면 저들을 용서할 수 없었다. 수향은 그동안 쿄코가 보내준 세 송이 장미꽃의 의미를 깨달았다. 빠드득 이를 갈았다. 어금니를 꽉 물었다. 손톱을 물어뜯었다. 앞니로 입술을 깨물었다. 너무 세게 물었는지 입술이 찢어졌다. 피가 흘러내렸다.

 수향은 금요일의 영우에게 물어봐야겠다고 결심했다.

월요일의 영우는 거칠고 무서웠다. 수요일의 영우는 말을 뱅글뱅글 돌릴 것 같았다. 하지만 금요일의 영우라면 진실을 말해줄 것 같았다.

금요일 밤, 영우가 방에 들어오기 전부터 수향은 준비를 철저히 했다. 문 입구에 두꺼운 줄을 팽팽하게 걸었다.

예상대로 영우가 줄에 걸려 넘어졌다. 수향은 그에게 달려들어 등 위에 올라탄 다음, 목에 칼을 들이댔다. 영우가 당황하며 몸을 반쯤 틀자 칼을 더 가까이 들이댔다. 영우의 목에서 피가 조금 흘러나왔다.

"꼼짝 마!"

"왜, 왜 이래!"

평소에 과도로 쓰는 칼을 잘 갈아뒀다. 날이 잘 선 칼이다. 맥박이 뛰는 경동맥을 단숨에 찔러버린다면 손쉽게 죽일 수 있다. 마사키 도련님이 남긴 의학 서적에서 배웠다. 수향은 거친 숨을 토해내며 말했다.

"이대로 찌르면 죽어. 내 질문에 솔직하게 답해."

영우는 당황하면서 시선을 피했다. 수향이 말을 이어갔다.

"왜 결혼식을 밤에 치렀을까."

"……."

"왜 넌 항상 밤에만 내 방에 올까."

"……대체 뭔 소리야."

"너. 한 명이 아니지?"

"아, 아니야. 그게 무슨 터무니없는 소리야."

영우가 말을 더듬거렸다.

"월요일, 수요일, 금요일의 넌 다 달라. 다리를 절다가 안 절다가, 손가락 화상이 있다가 없다가. 같은 사람이라면 그럴 수 있어? 방에 올 때마다 매번 불을 끄는 것도 수상해."

수향이 싸늘하게 말했다.

"……."

영우가 답이 없자 수향은 몸을 휙 돌려 앉아 칼을 그의 샅에 들이댔다.

"솔직하게 대답하지 않으면 바로 찌른다. 고자가 되고 싶어?"

수향이 칼로 영우의 샅 근처를 지그시 누르자 천이 찢어지고 피가 흘렀다. 영우가 고개를 흔들며 기겁을 했다.

"그런가 보네."

수향이 칼을 위로 들어 올리고 바로 찌르려고 했다.

"그, 그만!"

영우가 비명을 질렀다. 수향이 비틀린 미소를 지었다. 다시 몸을 돌려 칼날을 영우의 눈가에 댔다. 날카로운 칼 끝이 그의 속눈썹을 찔렀다.

"이 칼은 며칠 동안 숫돌에 날카롭게 갈아뒀어. 난 지금 제정신이 아니니까 잘 생각해보고 대답해. 어느 쪽 눈부터 후벼줄까."

"알, 알았어. 제발 그만해."

영우가 더듬거리며 말했다.

"칼을 치우면 대답할게."

수향이 날카롭게 노려보면서 칼을 뒤로 내던지자 영우는 깊은 한숨을 쉬었다. 그는 체념한 표정으로 수향을 응시했다.

"네 말이 맞아. 우린 셋이야."

10

참새들이 지저귀며 쌀가게 마당을 깡총깡총 뛰었다.

아침 햇살이 쌀가게 창에 비치자 두만은 광에 있는 비밀 문을 열었다. 숨겨진 지하방으로 들어가 깊이 잠든 세 청년을 차례차례 깨웠다. 똑같은 얼굴에 똑같은 머리 모양을 하고 똑같은 속옷을 입은 건장한 세 청년이 눈을 부볐다. 세쌍둥이였다.

"이 게으름뱅이들, 얼른 일어나지 못해!"

두만은 건장한 세 청년에게 우악스럽게 발길질을 해댔다. 등짝과 엉덩이를 마구 얻어맞은 쌍둥이들은 하품을 하며 일어났다.

"이발하고 면도해야지."

방금 거칠게 깨웠던 것과 달리 두만은 졸린 표정을 한

세쌍둥이를 마치 어린아이 달래듯이 나란히 세 의자에 앉혔다. 세 명에게 똑같이 생긴 수건을 목 아래 둘러주고 잘 드는 가위를 가져와 세쌍둥이의 머리를 조금씩 깎았다. 세 아들의 얼굴에 차례차례 비누칠을 하고 잘 드는 면도칼을 가져와 수염을 밀어주었다. 다 큰 청년 셋이 마치 어린아이들처럼 가만히 앉은 채로 아버지의 돌봄을 기다렸다.

매일 세쌍둥이의 머리를 깎고 면도하는 것은 두만이 아침을 시작하는 의식이었다. 아들 셋은 늘 같은 머리 길이와 깔끔한 면도 상태를 유지해야 했다. 세쌍둥이가 완벽한 한 명으로 보여야 하기 때문이었다. 거기엔 이유가 있었다.

지금보다 머리숱이 많고 힘이 넘쳤던 시절, 늦게 결혼한 두만은 젊은 아내와 금슬이 좋았다. 임신한 아내의 배가 마치 욕심 많은 두꺼비처럼 크게 부풀어 올랐을 때만 해도 다른 임산부들에 비해 배가 더 나왔나 보다 생각하고 대수롭지 않게 넘겼다. 동네 산파가 "어쩌면 쌍둥이 배일지도 몰라. 병원에 가봐."라고 경고했을 때 그 말을 들을 걸 하고 나중에 후회했지만.

아내가 몸을 푸는 날, 두만은 잔뜩 긴장한 채로 방 앞을 서성거렸다. 초산에 난산이었다. 방 안에서 아내가 신음을 내고 비명을 질러가며 한참 만에 아기를 낳았다. 산파가 "떡두꺼비 같은 아들일세!"하고 첫째를 안겨줬을 때만 해도 행복했다. 두만은 강보에 감싸인 첫째를 얼렀을 때 세상 모든 것을 다 가진 기분이 들었다. 문제는 그 다음이었다. 방 안에서 아내가 또 한 번 비명을 질렀다. 방 안으로 들어간 산파가 얼굴이 벌게지며 당황한 표정으로 방을 나왔다. 손에는 또 다른 아기가 들려 있었다.

"이보게, 최가. 둘째가 있었네. 얘도 아들이야."

두만은 얼굴이 하얗게 질렸다. 쌍, 쌍둥이라고?

산파는 황급히 두만에게 수건으로 감싼 둘째를 안겨주고는 서둘러 산모를 돌보러 방으로 돌아갔다. 두만은 양팔에 하나씩 아기를 안고 멍하니 서 있다가 겨우 정신을 차리고 담요 위에 두 아기를 내려놓았다. 아기들은 각각 요란하게 운 다음에 입술을 달싹이다가 잠에 들었다. 두만은 서지도 앉지도 못한 채 방문 앞에서 기다렸다.

얼마나 지났을까.

"아아악!"

아내가 방이 떠나가라 고함을 질렀다. 방문이 거칠게 열렸다. 산파 얼굴이 하얗게 질려 있었다. 양손은 피투성이였다.

"큰일이야. 이건 내 힘으로 안 돼. 병원으로 가야 해. 의사를 불러오든지."

"이게 대체 무슨 일입니까?"

"세, 세쌍둥이야. 아기가 셋이었어. 게다가 막내는 역아일세."

두만이 놀랄 틈도 없이 아내가 고통스러운 비명을 질렀다.

"이런. 벌써 진통이 시작됐어. 이젠 의사를 부르러 갈 틈도 없어. 자네라도 와야 돼! 얼른!"

두만은 산파 곁으로 달려갔다. 피가 흥건한 바닥에 놓인 아내의 다리 사이로 양막에 싸인 푸르딩딩한 개구리 다리 같은 것이 보였다. 세 번째 아기의 두 다리였다.

"원래 역아로 판명되면 뱃가죽 위로 만져서 살살 돌려 낳아야 하는데, 내가 만지는 사이에 진통이 시작되어버렸어. 성질이 급한 녀석이야. 거꾸로 들어선 채로 낳는 수밖에 없네. 자네가 위를 맡아. 내가 아래를 맡겠네."

산파의 지시에 따라 두만은 아내의 어깨를 강하게 붙잡았다.

아내는 이미 두 아기를 낳은 뒤라 진이 빠졌는지 좀처럼 힘을 주지 못했다. 산파가 아무리 어르고 달래도 "못해요, 못해."하며 흐느껴 울 뿐이었다. 울다가 지친 아내는 기절했다. 산파와 두만은 서로 얼굴을 쳐다봤다.

"할 수 없지. 내가 지시하면 자네가 있는 힘껏 안사람의 배를 밀어. 그 수밖에 없어."

산파가 말했다.

"네?"

"선택해. 아내야, 아니면 아기야?"

산파가 냉정한 표정으로 물었다. 그러고는 양막 사이로 태아의 피부를 관찰하더니 말을 이었다.

"아기 발이 더 파래지고 있어. 숨이 안 통하는 게지. 맥도 약해지고 있고. 내버려두면 아기가 죽어. 자네가 아내 배를 밀어서라도 아기를 내보내면 아기는 살아."

"하지만 아내는요?"

"피를 많이 흘려서 상태가 안 좋아. 하지만 아기를 못 낳아도 어차피 죽어. 이대로라면 산모도 아기도 둘 다 죽어버려."

"의, 의사를 이제라도 불러오면요?"

"내 말 제대로 들었어? 이미 진통이 시작되어서 의사는 소용없어."

두만은 침을 꿀꺽 삼켰다. 아내는 의식을 잃은 채 축 처져 있었다.

"하, 하겠습니다."

산파는 날카로운 바늘로 재빨리 양막을 터트렸다. 양수가 쏟아지면서 아기의 시퍼런 다리가 보였다.

"자, 이제 됐네. 밀어!"

산파가 외치자 두만은 근육질의 양팔로 힘껏 아내의

배를 눌렀다. 산파는 아래에서 아기의 다리를 잡아당겼다. 아내는 기절했다가 통증에 깨어나서 울부짖었다.

"사람 살려! 여보! 그만해! 아악!"

아내가 미친 듯이 소리를 질러댔지만 두만은 산파의 지시대로 계속 힘주어 배를 밀었다. 이렇게 해야 아내와 아기를 살릴 수 있다고 믿었다. 10분 넘게 세게 배를 밀자 보라색으로 변해가던 아기가 조금씩 조금씩 배 밖으로 밀려나더니 마지막으로 아내가 지르는 외마디 비명과 함께 양수로 번들거리는 아기 몸통이 바닥으로 미끄러져 나왔다.

"해냈다. 성공했어요!"

두만은 눈물 날 만큼 기뻤지만 바닥에 떨어진 막내는 아무 미동이 없었다. 그는 산파의 멱살을 잡고 두려움에 소리쳤다.

"어떻게 된 거죠? 아기가 울지 않잖아요!"

"진정해."

산파는 보랏빛으로 변한 아기 입술에 자신의 입술을 갖다 대고 숨을 불어 넣었다.

"착하지, 아가야. 숨을 쉬렴. 옳지, 옳지."

한 번.

두 번.

세 번.

산파가 스무 번 넘게 계속 숨을 불어 넣자 아기의 가슴이 보일락 말락 오르내렸다. 피부가 붉어지며 핏기가 돌았다. 잠시 후 아기는 첫울음을 우렁차게 터트렸다. 비로소 두 사람은 안도의 한숨을 쉬었다.

"살았네. 이제 살았어. 막내도 다리에 고추가 달렸네. 아들 삼 형제야."

산파가 미소를 짓다가 고개를 돌려 축 처진 산모를 보더니 안색이 변했다.

"아이고! 새댁!"

두만도 그제야 정신을 차리고 쓰러진 아내를 부여잡았다. 아내의 목은 끈 떨어진 꼭두각시 인형처럼 이리저리 흔들렸다. 얼굴에 생명의 흔적이라곤 없었다. 이미 이 세상 사람이 아니었다.

"여보!"

아내를 끌어안고 두만이 울부짖었다. 산파는 고개를 떨궜다.

"아무래도 몸집 작은 새댁한테 세쌍둥이는 무리였던 거야. 피를 너무 흘렸어."

산파가 혀를 차면서 눈물을 흘렸다.

"갓 태어난 저 세 핏덩이는 어떻게 할꼬. 어이하면 좋을꼬."

두만은 수건으로 감싼 막내를 안고 방 밖으로 나왔다.

마룻바닥에 펼쳐진 담요 위에는 첫째와 둘째가 새근새근 잠들어 있었다. 평화로운 풍경이었다. 그는 털썩 무릎을 꿇고는 세 아기를 차례차례 가슴에 끌어안았다.

 "이…… 아비가……."

 그는 세 아기를 내려다보며 중얼거렸다. 두 눈에서 눈물이 줄줄 흘러내렸다.

 "아비가 너희를 잘 키우마. 네 어미 몫까지 내가 잘해 줄 거다."

 한 생명이 사라지고 세 생명이 태어났다. 조물주의 뺄셈과 덧셈은 언제나 인간의 계산을 넘어선 영역이었다. 그믐달이 밤하늘 높이 떴다. 가느다란 달은 세쌍둥이와 흐느끼는 사내와 초가집의 지붕을 공평하게 비췄다. 꺼질 듯이 어슴푸레한 달빛은 희미한 희망을 상징하는 듯했다. 산파가 깊은 한숨을 쉬더니 미리 준비했던 금줄에 붉은 고추 세 개를 매달아 대문에 달았다.

 세쌍둥이는 두만의 전부였다. 동네 엄마들에게 쌀을 갖다주고 사정사정하며 젖동냥으로 세 아들을 키워냈다. 귀한 우유 가루까지 얻어 와 쌀죽에 섞여 먹이고 고기도 먹였다.

 두만은 아내가 죽은 후로 민간신앙에 푹 빠졌다. 세쌍둥이가 있는 방 곳곳에는 노란 부적이 붙어 있었다. 무당에게 다니고 용하다는 스님에게도 다녔다. 아이들이 건강하게 자라길 기원하는 굿도 여러 차례 했다. 아이들과 잠시라도 떨어져 있는 걸 견디지 못해서 학교에도 보내지 않았다. 세쌍둥이는 교육은 못 받았지만 건강하게 자랐다. 아내 없이 혼자서 세쌍둥이를 키워낸 것이 두만의 자부심이었다. 동네 할머니들이 재혼을 권해도 어느 미친 여자가 자신에게 시집와서 세쌍둥이를 키우겠냐며 혼자 지냈다.

문제는 태평양전쟁 징집이었다. 일제는 전쟁 막바지에 형세가 불리해지자 마구잡이로 건장한 청년들을 데려갔다. 청년은 전쟁터의 군인으로, 아가씨는 정신대로 동원됐다. 가난한 서민 집안이 주요 대상이었다. 두만은 세쌍둥이를 군대에 보낼 수 없었다.

어린 시절에 소아마비를 앓아 한쪽 다리가 불편한 막내 영우는 자연스럽게 징집이 면제되었다. 문제는 다리가 멀쩡한 첫째 영일과 둘째 영진이었다. 동장이 수시로 찾아와서 두만에게 첫째와 둘째를 군대에 보내라고 강권했다.

두만은 고민했다. 아내가 목숨과 맞바꿔 낳은 아이들이었다. 자신이 산전수전 겪으며 홀몸으로 힘들게 키워낸 아이들이었다. 두만은 결국 희생이 필요하다고 세쌍둥이를 설득했다. 세쌍둥이가 전염병에 걸렸는데 막내만 살아남았고 첫째와 둘째는 죽었다고 소문을 냈다. 동네 돌팔이 의사에게 뇌물을 주고 사망신고를 했다. 빈 관을 두 개 구해와서 남들 앞에서 그럴듯한 장례식을 치르고 묘지에 묻었다. 쌀가게 광 밑에 비밀 지하방을 만들어 영일과 영진을 그곳에서 지내게 했다. 쌍둥이들은 한 명씩 순서를 정해 아버지 옆에서 영우인 척하고 지냈다. 그렇게 1년여를 보내고 해방을 맞았다.

그제야 두만은 후회가 됐다. 이미 사망신고가 되어버린 두 아들을 다시 살아 있다고 신고하면 감옥에 갈지도 몰랐다. 이미 첫째와 둘째는 세상에서 죽은 사람이었다. 이제 와서 되돌릴 수 없었다. 세쌍둥이는 영우란 이름으로 하루씩 번갈아 세상에 나갔다. 그렇게 몇 년이 흘러갔다. 두 번 다시 전쟁은 없을 거라고 생각했는데 6·25 전쟁이 터졌다. 하필 포탄이 쌀가게 근처에 떨어져서 가게가 반파되었고 쌀 포대를 보관하던 광만 멀쩡했다.

서울은 3일 만에 인민군 천하가 됐다. 인민군에게 쌀을 뺏길까 봐 불안했던 두만은 세 아들과 밤을 틈타 쌀 포대를 광의 비밀 방으로 옮겼다. 대낮에 인민군이 찾아와 영우의 다리를 보더니 혀를 차며 가버렸다. 젊은 장정은 모조리 인민군에게 끌려가는 상황이라 두만은 영일, 영진을 죽었다고 해두길 잘했다고 생각했다. 이제 세쌍둥이는 하나가 나가고 둘이 남는 생활에 익숙해졌다.

'인생은 새옹지마지.'

두만은 생각했다.

11

전쟁이 난 여름, 사람들이 굶주린 개 같은 눈빛으로 찾아왔지만 두만은 광의 열쇠를 꼭 움켜쥐고 절대로 쌀을 내주지 않았다. 그때 한 여자가 찾아왔다.

두만은 난실을 바로 알아봤다. 나가스 저택에 쌀 배달을 나갔다가 난실 옆의 도진을 보고 속으로 이를 갈았다. 원수 중의 원수 권생길의 아들이었다. 권씨 가문의 아들 부부가 나가스 저택을 독차지했다. 이제 원수 가문의 며느리가 자신한테 애원하고 있었다.

"하나뿐인 아들이 이질로 죽었어요. 저희도 아사 직전입니다. 쌀 한 되만 주실 수 없을까요."

난실은 애걸복걸하더니 각종 보석과 진주가 있는 패물 주머니를 들이밀었다. 두만은 고개를 저었다. 난실은 힘없이 한탄했다.

"대체 뭘 드리면 쌀을 주실 건가요."

두만의 생각은 먼 과거로 향했다. 며느리로 들어온 저 여자는 잘 모르겠지만 권도진 집안과 그는 사연이 있었다. 험한 사연이.

구한말, 권도진의 아버지 권생길은 대대손손 양반이었던 두만네 집에서 머슴살이를 했다. 눈치가 빠르고 공부를 잘했던 생길은 어깨너머로 한자를 떼고 일본인들과 친하게 지냈다. 생길은 일본이 곧 조선을 차지하리라는 것을 깨닫고는 그때부터 대놓고 일본인들에게 아부했다. 비상한 머리로 일본어를 빨리 깨치더니 일본에 일하러 다녀와서 큰돈을 모아왔다. 일본에게 나라가 넘어가고 두만네 집은 점점 가세가 기울었다. 급기야 생길이 일본인들에게 두만의 아버지를 모함해서 가문의 땅이 압류되었다. 두만네 집은 완전히 망해버렸다.

얼마 후, 생길은 헐값에 두만네 기와집을 사버렸다. 두만 가족은 그 돈을 들고 경성 외곽의 좁고 허름한 초가집으로 이사했다.

"조상님 뵐 면목이 없어."

아버지는 집안 형편을 한탄하며 술만 마시다가 죽었고 두만은 과부가 된 어머니와 동생들을 어떻게든 먹여 살리기 위해 큰 쌀가게에 점원으로 취직했다. 10여 년을 열심히 일해 쌀가게 주인으로부터 가게를 인수했다.

40여 년이 흐르고 생길의 며느리가 와서 쌀 한 되만 달라고 자신에게 구걸하는 상황이 왔다. 묵은 한이 내려가듯 통쾌했다. 동시에 잊고 있던 지난날의 고통이 떠올랐다. 집안의 원수를 갚을 기회가 아닌가? 그것도 좋은 방향으로. 두만에게 재미있는 생각이 떠올랐다.

두만이 담담하게 한마디 뱉었다.
"그 댁에 딸이 있던가?"
울고불고하던 난실이 조용해졌다. 이윽고 입가에 옅은 미소가 떠올랐다.
"최씨 어르신. 제 집에 과년한 딸이 있는 건 어찌 아시고?"
"몇 차례 쌀 배달을 하러 가면서 봤네."
이제 와서 어르신이라고. 두만은 코웃음을 쳤다. 예전에 난실은 두만에게 말 한마디 건 적이 없었다. 두만이 영우와 함께 이기리스관으로 쌀 배달을 하러 가면 난실은 부엌에서 거만하게 쌀 포대를 받으면서 물 한 잔 내주지 않고 쌀쌀맞게 굴었다. 대저택의 안주인에게 두만은 그저 천한 쌀가게 사장이었을 뿐이다. 그 오만하던 여자가 이제는 자신에게 고개를 조아리고 있었다.

'그래. 우리 가문을 멸문시킨 집안의 딸을 며느리로 데

려오는 거야.'

두만의 머릿속이 바쁘게 돌아갔다.

난실이 비굴한 미소를 지었다.

다음 날, 도진 부부가 두만을 찾아왔다. 두만은 영우를 그들에게 인사시켰다. 두만이 자신의 이름 석 자를 대자 도진의 낯빛이 변했다.

"아, 그렇군요. 어르신. 제 아버님이 예전에 어르신 댁에 큰 신세를 졌습니다."

"여보?"

난실이 의아한 표정을 짓자, 도진이 설명했다.

"예전에 우리가 살던 본가 말이요, 그 집에 원래 살았던 최씨 가문 분이신데 우리 아버지가 거기서 머슴으로 일했소. 이분이 그 최씨 가문의 장남이셨구만."

"어머, 저희가 미처 어르신을 못 알아봤어요. 이것도 인연이네요. 한때 끈끈한 관계였는데 이번에 사돈을 맺게 되면 영광이겠습니다."

난실이 굽신거리자 두만은 속으로 비웃었다.

'인연 좋아하네.'

"방금 인사시킨 아이가 제 외아들이요. 이름은 최영우. 형들은 병으로 죽어버리고 유일한 독자인데…… 우리 아들이 따님 상대로 어떻겠소?"

두만은 폭격으로 쌀가게가 폭파되었으니 '나가스 저

택에 살면서 며느리가 해주는 따뜻한 밥을 먹고 싶다, 하루라도 빨리 손주를 보고 싶다'라는 조건을 걸었다. 대신 두만은 국군이 서울을 수복할 때까지 쌀을 대주기로 했다. 협상이 끝나고 두 사람은 돌아갔다. 모든 것이 두만이 바라던 대로 결정됐다.

두만에게는 따로 속셈이 있었다.

"어떠냐. 며느리에게 영우 말고 영일이와 영진이도 들여보내면? 며칠에 한 번씩 밤에만 만나면 속일 수 있어."

그가 세쌍둥이를 앉혀놓고 자신의 계획을 밝히자 영일, 영진은 반신반의하는 표정을 지었고 영우는 인상을 찌푸렸다. 아까 권도진 부부와 어색한 인사를 나눈 막내 영우만 아버지 계획에 대놓고 반발했다.

"아버지. 쌀 배달 다닐 때 그 아가씨를 흘깃 봤는데 똑똑해 보였어요. 정말 안 들킬 자신이 있어요? 우리 셋은 얼굴만 비슷하지 성격이나 말투는 완전 딴판인걸요."

"그러니 밤에만 만나야지."

"들키면 그 아가씨가 가만히 있을까요? 그 부모는요?"

"너희들이 내 말대로만 하면 별일 없을 거야. 노총각으로 늙어 죽고 싶지 않다면 말이다."

두만은 자신 때문에 세상에서 잊힌 존재가 된 첫째와 둘째의 동정을 떼주고 싶었다. 이대로 세월만 흘려보내다간 영일과 영진은 노총각으로 죽게 생겼다. 장가갈 나이에 장가가지 못하고 죽은 몽달귀신은 악귀 중에서도 가장 최악의 악귀였다.

"수향 아가씨는 착하고 고운 사람이에요. 차마 못 할 짓입니다! 아버지가 그 아가씨한테 이러는 게 옛날에 일본 놈들이 우리 여자들을 정신대에 끌고 갔던 거랑 뭐가 다릅니까?"

영우가 미간을 찌푸리고 소리를 질렀다. 두만은 처음에는 당황했다가 화가 났다. 막내가 이렇게 대드는 건 처음이었다.

"이놈의 새끼가. 그럼 네놈은 형들이 평생 여자를 모르고 살다가 몽달귀신이 되어도 상관없단 말이냐?"

두만은 분노를 참지 못하고 막내아들에게 따귀를 날렸다. 영우는 쌀 포대 위에 쓰러졌다. 화가 풀리지 않은 두만은 쓰러진 영우에게 마구 발길질을 해대기 시작했다.

"이놈이! 너밖에 모르냐? 이 고얀 놈아!"

영우는 두 손으로 머리를 가렸다.

"네가 나서지 않으면 네 형들은 영원히 결혼이고 뭐고 없어. 전쟁 통이니까 그나마 가능한 거야. 평소 같았으면 저 큰 저택에 사는 부잣집 양반들이 우릴 거들떠나 보겠냐? 굶주리니까 우리한테 와서 고개를 숙이고 애걸하는 거야. 너도 봤지?"

두만이 씩씩거리며 소리쳤다.

영우는 쌀 포대 위에 숨죽인 채 누워 있다가 일어났다. 양 볼이 터지고 입술에서 피가 흘렀다. 영우는 다리를 절룩거리며 쌀가게를 나가버렸다. 두만은 혀를 차다가 바닥에 침을 냅다 뱉었다.

"어휴, 저 철딱서니 없는 놈. 영일아. 영진아. 이 아비 마음을 너희는 알지? 이 아버지가 너희를 총각 귀신으로 만들기 싫어서 이러는 거라고. 어?"

영일과 영진은 서로 얼굴을 쳐다보다가 침묵했다. 아버지의 거친 성격을 잘 아는 그들은 반기를 들지 않았다. 두만은 손이 매웠다. 키는 작았지만 온몸이 근육질이었다. 두 청년은 아버지에게 매 맞는 게 무서웠다. 둘 다 아버지보다 머리 하나쯤 더 컸지만 덩치 큰 어린애들에 불과했다. 이 비좁은 쌀가게가 그들이 태어나서 겪은 세상의 전부였다. 아버지 없이는 그들은 살아도 산 사람이 아니었다. 세쌍둥이를 낳고 죽어버린 어머니 대신 아버지가 얼마나 고생을 하며 자기들을 키웠는지 잘 알고 있었다. 두만이 매일매일 세쌍둥이 귀에 못이 박이도록 들려줬으니 모를 수가 없었다. 아버지는 그들을 태어나게 했고, 죽게도 했고, 이제는 결혼도 시켜준다고 약속했다. 둘 다 여자를 전혀 몰랐지만 장가는 가고 싶었다. 아버지가 옳았다. 호적이 없는 자신들에게 시집올 여자는 없었다. 이번만큼은 막내가 틀렸다. 아버지 말씀을 거역한다는 건 말이 안 되는 일이었다.

"이따가 영우 달래서 데려와라."

두만이 가라앉은 목소리로 툭 내뱉었다.

"네, 아버지."

요령 좋은 영진이 대답했다. 영일은 무심히 빗자루를 가져와 바닥을 쓸기 시작했다.

12

 금요일의 남편, 영우가 모든 설명을 마치자 수향은 입술을 깨물었다.

 "그날 아버지가 계획을 세웠고, 형들은 그 계획에 동의했어. 나는 처음부터 반대했지만 아버지와 형들 때문에 어쩔 수 없었어."

 "나한테 첫날부터 말해줄 수 있었잖아. 아버지의 꼭두각시 노릇을 하기 전에."

 수향이 싸늘하게 내뱉었다.

 "나는 끝까지 반대하려고 했어."

 영우가 한숨을 쉬었다.

 "영일이 형, 영진이 형은 계속 숨어 살아야 했으니 방법이 옳지 못하다는 걸 알면서도 어떻게든 결혼하고 싶었던 거야. 그래서 아버지 계획에 동조한 거고."

수향은 바닥에 던졌던 과도를 다시 집어 들고 영우에게 다가갔다.

"그래서 너도 따르기로 한 거야?"

수향은 과도를 겨눈 채 차가운 표정으로 영우를 노려봤다.

"너도 내 '남편'이 되었잖아? 네가 네 형들과 다를 게 있어?"

영우는 고개를 숙였다.

"너도 나를…… 범했잖아."

수향이 과도를 영우의 목울대에 가져다 댔다. 수향이 힘껏 노려보자 영우는 시선을 피했다.

"대답해봐. 네가 형들이랑 뭐가 달라?"

"그건……."

"네 아버지나 네 형들이나 너나 다 똑같아."

수향은 과도를 다시 집어 던졌다. 그러고는 영우에게서 떨어져서 멍하니 창밖을 바라봤다. 아까 깨물었던 입술에는 피가 맺혔다. 굵은 눈물이 후두둑 떨어졌지만 내버려뒀다.

"난 형들과 달라. 난 이 집에 배달 다닐 때부터 널 여러 번 봤었어. 그리고 그때부터……."

영우가 머뭇거리며 말했다.

"난 너를…… 너와 함께 있고 싶었어……. 그래서 결국 아버지가 하란 대로 한 거야. 난…… 비겁한 놈이야. 정말 미안해."

"너희 형제들과 네 아버지의 욕심 때문에 내 인생은……. 난 이제 어떻게 살아야 하지?"

"……."

"우리 아버지와 어머니는 굶어 죽지 않으려면 내가 희생해야 한다고 했어. 일단 살아야 하니까 나도 어쩔 수 없다고 생각했던 건데……. 너희 형제의 비밀을 알면 우리 아버지도 가만있지는 않을 거야."

영우가 잠시 머뭇거리다가 말했다.

"나는 네 부모도 우리가 셋이라는 걸 알고 있다고 생각해. 어느 날 네 어머니가 나한테 묻더라고. 왜 다리를 절다가 안 절다가 하냐고."

"뭐라고?"

"네 어머니는 결혼하자마자 바로 눈치를 챈 것 같았어. 우리가 셋이라는 걸."

"어, 어머니가?"

"영일이 형과 영진이 형이 밤에 잠깐 담배 피우러 나갔다가 네 어머니한테 들켰나 봐. 아마 네 아버지한테는 벌써 말했을 거야. 얼마 전에 네 아버지가 나를 바퀴벌레 보듯이 쳐다보더라고. 하지만 우리 아버지한테는 아무 내색을 안 했지. 쌀을 주니까."

충격이었다.

"아으으으……."

수향은 짐승 같은 신음을 내며 바닥에 주저앉았다. 오열하며 주먹으로 바닥을 쳤다.

방바닥으로 뚝뚝 떨어지는 눈물을 닦을 생각조차 하지 않고 수향은 계속 주먹으로 바닥을 때렸다. 두만은 자신을 속였다. 하지만 더 나쁜 건 자신의 부모였다. 아버지와 새어머니는 남편이 세쌍둥이란 걸 알고 있었다. 알고 있었지만 모른 척했다. 수향이 먼저 알아내지 못했다면 끝까지 숨겼으리라.

"눈물도 물이주게. 물이 흐르멍 길이 나주게."

외할머니의 말이 떠올랐다.

'할머니. 어떻게 해야 하죠. 모든 것이 엉망진창이에요.'

죽고 싶다.

남편이 '남편들'이었다니. 죽어버리고 싶었다.

한참을 통곡하다가 수향은 정신이 들었다.

'왜 내가 죽어야 해?'

잘못은 저들에게 있다. 수향은 울면서 입술을 굳게 앙다물었다. 자신을 속인 두만보다 부모가 더 미웠다. 부모는 수향의 고통을 방관했다. 두만, 아버지, 새어머니 셋 모두가 공범이었다. 그 세 명이 수향의 꿈을, 수향의 몸을 짓밟았다. 세쌍둥이는 단지 그들의 도구에 불과했다. 수향이 영문도 모른 채 세 남편과 몸을 섞는 동안 부모는 두만이 갖다주는 쌀을 먹으며 호의호식했다. 세 사람을 용서할 수 없었다. 자기밖에 모르는 천박한 인간들.

영우는 울고 있는 수향의 어깨 위에 손을 얹었다.

"입이 열 개라도 할 말이 없어. 이제부터 난 무조건 네 편이야. 네가 뭘 하라고 하든 다 들을게. 제발 용서해줘."

수향은 외할머니 말이 맞았구나, 생각했다. 눈물도 물이고, 물은 반드시 길을 낸다. 이 집에서 수향은 혼자였다. 누군가는 수향의 손을 잡아줘야 했다. 영우가 도움을 약속했다. 그가 수향을 도우면 영일과 영진 역시 수향의 편이 될 수도 있었다. 네 명이 힘을 합치면 어쩌면······.

"그럼 죽을 때까지 내 편이 되어줄 수 있어?"

영우는 고개를 끄덕였다.

"나를 정말 좋아했어?"

영우는 더 세차게 고개를 끄덕였다.

"두 형들과는 상관없이 난 정말로 수향이 너랑 결혼하고 싶었어. 예전에 이 집에 쌀 배달 다닐 때부터······."

수향은 손등으로 눈물을 훔쳤다. 영우가 다가와 손으로 수향의 젖은 볼을 어루만졌다. 두 사람은 서로 껴안고 잠들었다. 방울이가 두 사람 옆에 누웠다.

꿈에 교코가 나왔다. 마지막으로 봤을 때보다 나이가 더 들어 보였다. 교코는 잠옷 위에 얇은 카디건을 걸치고 어딘가로 서둘러 가고 있었다. 수향은 뒤를 쫓아가면서 들키지 않도록 조심했다. 교코가 문을 열고 들어간 곳은 지금은 난실이 쓰고 있는 예전 안주인의 방이었다. 교코가 남몰래 큰 장롱 서랍 안에 무언가를 숨겼다. 교코의 몸에 서랍이 가려져서 위치가 어딘지 알 수 없었다. 수향이 목을 길게 빼서 보려고 하자 교코가 고개를 돌렸다. 수향은 황급히 커튼 뒤에 숨었다. 뒤돌아선 교코는 긴장한 표정이었다. 석양이 스테인드글라스 창을 통과하면서 찬란한 빛줄기가 방바닥에 드리워졌다.

꿈에서 깨어난 후 수향은 교코가 무엇을 감췄는지 단서를 찾고 싶어서 일기장의 암호문을 유심히 들여다봤다. 꿈속에 나온 교코의 나이를 봤을 때 가장 최근의 암호문일 것 같아서 마지막 암호문을 더 열심히 풀어보려고 했다.

아무리 봐도 아무 의미 없는 숫자의 나열이었다. 짜증이 나서 일기장을 덮으려다가 문득 에드거 앨런 포의 「황금충」 내용을 상기했다. 소설 속에서 주인공 레그랜드가 친구에게 암호는 생각보다 풀기 쉽다고 주장하는 장면이 기억났다. 규칙만 알고 나면 해독이 간단하다는 논리였다.

"서로 이어져 있고 명료하게 읽을 수 있는 기호들을 일단 확인한 뒤에는 그 의미를 알아내는 게 별로 어렵지 않았어."

최 집사도 이렇게 말했다.

"암호는 규칙을 알면 풀 수 있습니다."

'내가 이 암호문을 아직 못 푼 건 단지 규칙을 못 찾아서야. 인내심을 가져보자.'

일기장의 암호에 어떤 규칙이 있는지 곰곰이 궁리했다. 즐겨 읽는 신조사 〈세계문학전집〉의 『포 걸작선』을 꺼내다가 문득 어떤 생각이 머리를 스쳤다. 이 숫자 암호가 혹시 신조사 〈세계문학전집〉과 관계가 있는 게 아닐까? 이기리스관에 오고 마사키 도련님의 방에 처음 갔을 때 최 집사가 했던 말이 기억났다.

"……특히 신조사 전집은 늘 순번대로 정리해두셨죠."

서재의 모든 책들 중에서 언제나 번호 순서대로 꽂는 책은 신조사 〈세계문학전집〉뿐이다. 교코는 오빠의 습관을 이용해서 암호를 만들었을지도 모른다.

수향은 다시 암호문을 풀기 시작했다.

'첫 줄부터 풀어보는 거야.'

첫 번째 숫자 열을 노려보았다.

1122317

한참 숫자를 바라보던 수향은 발걸음을 옮겨 서가로 갔다. 서가에서 신조사 〈세계문학전집〉을 뚫어져라 바라보았다. 일일이이삼일칠. 일일이이삼일칠. 일일이이삼일칠. 입으로 숫자를 중얼거리며 전집 한 권 한 권을 샅샅이 살펴보았다. 마지막 번호까지 갔다가 거꾸로 되돌아왔다. 다시 1번부터 시선을 옮겨가던 중 11번 『포 걸작선』에 이르자 한 가지 가설이 떠올랐다.

마사키 도련님이 특히 아꼈던 책이 『포 걸작선』이었다. 그렇다면? 교코도 이 책을 좋아하지 않았을까?

수향은 『포 걸작선』을 꺼냈다. 22페이지를 펼치고 손가락으로 첫 줄부터 한 줄 한 줄 천천히 내려가다가 31번째 줄에서 오른쪽으로 손가락을 움직이고는 고개를 가로저었다. 아무 흔적이 없었다.

이번에는 223페이지를 펼쳤다. 17번째 줄을 봤다. 단 한 단어에 밑줄이 그어져 있었다.

때가

교코의 일기장 속 암호문 숫자들은 마사키 방 서가에 꽂힌 신조사 〈세계문학전집〉 책의 번호, 페이지, 그리고 밑줄 그은 단어의 위치였다.

흥분한 수향은 계속해서 다음 줄의 숫자 암호도 풀었다. 이런 문장이 완성되었다.

때가 왔다.

분명 교코의 일기에는 이렇게 쓰여 있었다. 수향의 예상이 맞았다.

교코는 오빠의 방에 있는 신조사 전집을 이용해 숫자로 암호를 만들었다. 수향은 신조사 책들을 암호에 쓰인 순서대로 바닥에 내려놓고 다급하게 책장을 넘겼다. 해독할 때마다 수첩에 옮겨 적었다. 마지막 숫자까지 해독해보니 이렇게 쓰여 있었다.

아버지를 죽여버릴 거야.

그것을 돌아가신 어머니의 방 장롱에 숨겼다.

잊지 마. 노을이 질 때 스테인드글라스 창의 빛줄기 끝이 닿는 곳이야.

그것이 뭘까? 다음 날 해 질 녘 수향은 몰래 예전 나가스가의 안주인이 쓰던 방에 들어갔다. 꿈에서도 스테인드글라스 창에 비친 노을을 보았었다. 수향은 스테인드글라스 창의 빛줄기가 어디에 닿는지 유심히 살폈다. 알록달록 영롱한 빛의 무늬가 가리키는 곳은 장롱의 끄트머리에 있는 작은 서랍이었다.

수향은 서랍을 열었다. 안은 텅 비어 있었다.

'기껏 암호문을 풀었다고 생각했는데. 아니었어?'

수향은 실망한 채로 서랍 근처를 잠시 서성거렸다. 문득 생각이 떠올랐다. 중요한 것을 숨길 땐 신중을 기하는 법이다. 특별한 방법으로 숨겼을 테다. 다시 한번 서랍을 열어봤다. 옆에 있는 서랍도 열었다. 두 서랍 안을 비교했다.

'어딘가 이상한데?'

분명 같은 모양의 서랍인데 바닥의 높이가 달랐다.

'비밀 공간이 있다!'

수향이 서랍의 바닥을 건드려보니 달그락거렸다. 바닥의 나무판을 들어 올리니 솜으로 감싼 작은 종이 상자가 있었다. 수향은 종이 상자를 뜯었다. 안에 불투명한 작은 갈색 유리병이 있었다. 라벨을 읽어보니 사이안화칼륨, 청산가리였다.

수향은 놀라서 입이 벌어졌다. 황급히 유리병을 상자에 담아 호주머니에 넣었다. 나가스 시게루가 교코에게 대체 무슨 짓을 한 걸까. 피아노를 좋아하는 얌전한 소녀가 아버지를 독살하려고 하다니. 그런데 왜 이 청산가리를 아버지에게 쓰지 않았을까? 마지막 순간에 용기가 부족했나? 수향이 알기로 시게루는 멀쩡하게 살아서 일본으로 돌아갔다. 어찌 됐든 교코의 독약이 이젠 내 수중에 들어왔다. 고마워, 교코.

수향은 방으로 돌아와 액자 속 교코의 사진을 들여다보며 속으로 중얼거렸다.

'나는 해낼게.'

다음 날, 수향은 영우와 같이 흑죽관 창고 옆에 숨었다.

영우 말로는 형들은 평소 흑죽관 창고 안에서 같이 노닥거리는 걸 좋아한다고 했다. 영우와 긴 이야기를 나누면서 수향은 중요한 정보를 얻었다. 영일은 문맹이어서 열등감이 심했고 영진은 장사 수완이 있어서 쌀가게를 운영하고 싶어 하지만 아버지가 아무 일도 맡겨주지 않아서 불만이었다.

영일과 영진이 사이좋게 대화를 나누면서 걸어오고 있는데 앞에 수향과 영우가 나타나자 둘의 안색이 새하얗게 질렸다. 둘은 고개를 숙이고 말을 잇지 못했다.

"정말 셋이었네?"

영우는 수향의 입에서 나올 다음 말이 무엇일지 조마조마하며 지켜보았다. 영일과 영진은 절대 들켜서는 안 될 비밀이 밝혀지자 겁에 질렸다. 수향은 건장한 세 남자

사이에 둘러싸인 탓에 잠깐 불안했지만 곧 남편들이 자신보다 더 강하게 떨고 있음을 눈치챘다. 수향의 눈에 비친 세쌍둥이는 마치 거짓말을 들킨 어린아이들과 다를 바 없었다.

수향은 긴장을 풀었다. 일부러 크게 웃으며 말했다.

"이렇게 모이니 보기 좋네. 스물 넘은 나이에도 아버지 말 잘 듣는 착한 아들 세 명 말이야."

"……."

"아버지 말이면 다 듣는 거야? 죽으라면 죽고 살라면 사는 거야? 너희 아버지가 영일이, 영진이 너희 둘의 호적을 없애버린 건 최악의 범죄야. 사실상 너희를 죽여버린 거나 마찬가지라고."

수향은 세쌍둥이에게 제안을 했다.

"너희 셋은 용서할게. 하지만 내 부모와 네 아버지는 용서 못 해. 나를 도우면 너희들이 원하는 것을 주고, 나를 돕지 않으면 인민군에게 신고해서 너희 셋 모두 징집되게 할 거야. 자, 어떻게 할래?"

영일과 영진의 얼굴에 두려움이 떠올랐다.

"우린 아버지 계획을 따른 것뿐이야. 이렇게 될 줄 알았으면 영우처럼 아버지한테 아무리 얻어맞더라도 끝까지 반대할 걸 그랬어."

영진이 말했다. 영일은 아무 말이 없었지만 동생과 같

은 생각을 하는 모양이었다. 우울한 낯빛의 두 사람을 번갈아 노려보다가 수향은 말했다.

"이제 아버지 핑계는 그만 대. 너희 셋 다 나보다 나이도 있고, 버젓한 성인이야. 지금부터라도 성인답게 생각해. 언제까지 아버지 그늘 밑에서 아버지 말만 따르며 살 거야?"

"그럼 무슨 뾰족한 수라도 있어?"

영일이 차분하게 물었다.

"내가 너희 정체를 알았다는 걸 아버지에게 밝힐 필요는 없고, 당분간은 아버지 뜻대로 한 사람인 척하며 지내는 거야. 그러다가 때가 되면……. 내가 세운 계획대로 하는 거야."

수향은 말을 멈췄다. 처음 세쌍둥이가 자신을 속인 걸 알았을 때 수향은 그들을 용서하고 싶지 않았다. 하지만 세쌍둥이를 자신의 편으로 만들지 않는다면 계획을 성공시키기 힘들었다. 그다음이 더 문제였다. 전쟁이 언제 끝날지 아무도 모르고, 전쟁이 끝난 뒤에는 세상이 어떻게 변할지 모른다. 누군가 자신의 곁에 있어주어야 했다. 세쌍둥이와 함께라면 든든할 것이다. 그동안 읽었던 소설의 여주인공들처럼 수향은 자신의 인생을 자유롭게 살아보고 싶었다. 물론 인생이 소설과 다르다는 것쯤은 알고 있었다. 그러니 머리를 써야 했다.

"나만 믿어. 나와 함께한다면 아버지와 살던 시절보다 더 잘 살게 해줄게."

수향이 영일에게 물었다.

"네가 원하는 걸 말해봐. 뭐가 되고 싶어?"

영일은 조심스레 말했다.

"난 경찰이 되고 싶어."

"전쟁이 끝나면 호적을 회복한 다음 경찰이 되게 해줄게. 한글도 가르쳐줄게."

수향이 이번엔 영진을 보며 말했다.

"영진이 넌?"

영진이 망설이다가 중얼거렸다.

"난 쌀가게를 하고 싶어."

"네 아버지가 없어지면 쌀가게가 누구 거겠어? 새어머니 패물도 다 줄게."

마지막으로 영우가 말했다.

"난 네 옆에 있는 게 좋아."

"부모하고 네 아버지만 없어지면 하루 종일 같이 있자."

영우의 표정이 밝아졌다. 수향은 힘차게 미소를 지었다. 이렇게 기분이 좋은 적은 평생 처음이었다. 삶이 자신의 뜻대로 움직이기 시작한 첫 순간이었다. 짜릿한 기분이었다.

"나한테 계획이 있어."

수향은 더 이상 연약한 소녀가 아니었다. 세쌍둥이는 수향의 새로운 모습이 낯설고 기이했다. 아버지에게서 해방해주겠다는 수향의 제안은 영일, 영진, 영우에게 위험하지만 달콤하게 들렸다. 셋 다 복수심에 불타오르는 수향의 유혹을 거절하지 못했다. 하지만 어떻게? 세쌍둥이의 눈은 수향에게 향했다. 수향이 형형한 눈빛으로 세쌍둥이를 바라보며 입을 열었다.

"내 계획대로 너희들이 따라준다면 난 절대 너희를 버리지 않아. 우리 넷이서만 한 가족이 되는 거야. 난 이제 부모 따위 내 인생에서 없어져도 상관없어. 어차피 전쟁통이라 부모들이 어떻게 죽었는지 다른 사람들이 관심이나 갖겠어? 가만히 있어도 총으로 죽고 폭격으로 죽고 굶주림으로 죽는데, 거기에 시체 몇 구 보탠다고 달라질 건 없어."

영우는 자신도 모르게 침을 꼴깍 삼켰다. 수향이 목소리를 낮췄다.

"이 집에 날 돕는 존재가 있어. 가끔 꿈속에 나타나서 나에게 지혜를 주지. 덕분에 내가……."

수향은 속삭였다.

"아주 좋은 걸 구했어."

13

며칠 후, 수향은 평소처럼 아침 식사를 차렸다. 식탁 위에 놓인 뚝배기 안에서 붉디붉은 국물이 부글부글 끓고 있었다. 두만과 부모는 모처럼 나온 육개장을 보며 기쁜 표정을 지었다.

"이게 웬 육개장이냐."

아버지가 반색했다.

"영우 씨가 고기를 구해 왔길래 한번 끓여봤어요."

수향은 상냥하게 미소를 지었다.

"며느리를 잘 둔 덕분이지요."

체면치레하길 좋아하는 두만이 말했다.

"간도 잘 맞춘 것 같네. 짜지도 싱겁지도 않고."

요즘 들어 살이 오르고 기분이 좋아진 난실이 칭찬했

다. 수향은 어색하게 웃었다. 물론 아까 부엌에서 한 짓은 말하지 않았다.

수향은 침착하게 빈 쟁반을 들고 부엌으로 들어갔다.

두만과 수향의 부모가 육개장을 거의 비울 때까지 아무 일이 없자 수향은 불안해졌다. 수향이 초조해질 무렵 새어머니가 비명을 지르더니 목을 부여잡고 쓰러졌다. 아내가 바닥에 쓰러지자 당황한 도진도 의자에서 일어나려다가 입에서 거품을 물고 뒤로 넘어졌다. 마지막은 두만이었다. 셋 중에서 육개장을 제일 적게 먹은 두만이 온몸을 부들부들 떨면서 수향을 손가락질했다. 그는 무언가를 말하려고 했지만 거품을 문 입에선 가냘프게 돼지 멱따는 소리만 흘러나올 뿐이었다.

부엌 밖에 숨어 있던 세쌍둥이가 차례차례 들어와 수향 곁에 섰다. 두만이 눈을 부릅뜨고 넷을 노려봤다. 놀란 눈빛이었다.

"으……."

두만이 입을 열어 무엇인가를 말하려고 애쓰고 있었다. 영우가 괴로운 표정을 지으면서 고개를 돌리려고 하자 수향이 두 손으로 그의 얼굴을 잡고 두만을 정면으로 바라보게 했다.

"안 돼. 우리가 무슨 짓을 했는지 똑바로 봐. 평생 널

괴롭혔던 아버지가 돼지는 걸."

수향과 세쌍둥이를 노려보던 두만은 기껏 몇십 초 더 버티다가 죽었다.

드디어.

수향은 죄책감과 후련함을 동시에 느꼈다.

그때 수향은 목격했다.

좀처럼 웃지 않는 영일이 미소를 지었다.

수향은 두만과 부모가 죽기를 원했다. 아버지에게 평생 시달려온 세쌍둥이는 수향의 설득에 넘어갔다.

"죽이는 수밖에 없어. 꼭두각시 노릇을 그만두려면."

며칠에 걸쳐 수향은 세쌍둥이에게 같은 이야기를 반복했다. 자신에게 들려주는 이야기이기도 했다.

네 사람은 의논 끝에 똑같이 생긴 양념통 네 개를 구했다. 하나에는 청산가리액을 넣고 나머지 세 개에는 물을 넣었다. 야바위 게임처럼 섞고 섞고 또 섞어서 누가 청산가리액 양념통을 가졌는지 아무도 모르게 하기로 했다. 완성된 육개장 냄비 앞에 서서 네 개의 양념통을 동시에 열고 액체를 들이부었다. 수향이 국자로 펄펄 끓는 냄비 안을 크게 휘저었다. 둥글게 둥글게 젓고 또 저었다. 우리를 지배하고 괴롭혔던 압제자들을 죽이되, 누구의 손으로 죽였는지는 우리조차 모르게 하자. 넷이 내린 결론이었다.

계획은 성공했다.
이제 해방은 우리의 것이다.

2부
1945~1950년, 마사키

1

유리컵이 벽에 부딪쳐 박살 났다.

유리 조각이 사방으로 흩어지고 물이 쏟아져 바닥이 흥건해졌다. 컵을 내던진 나가스 시게루는 불쾌한 표정으로 아들을 노려봤다.

"마사키! 멍청이처럼 굴지 마."

마사키가 양 주먹을 꼭 쥐자 손목과 손등에 푸른 힘줄이 불거졌다. 주먹을 꽉 움켜쥔 마사키는 아버지에게 말을 내뱉었다.

"아버지. 다시 말씀해주세요. 뭐라고요?"

"시끄러워. 아버지 말을 거역할 거냐?"

"제가 잘못 들은 거겠죠. 교코 찾는 걸 포기하고 이대로 고국으로 돌아가자고요?"

"그럼 내 말이 틀렸어?"

의자에 앉은 나가스 시게루는 노기 어린 얼굴로 아들을 쳐다보았다.

"이번 배를 타자. 앞으로도 교코를 찾아낸다는 보장이 없는데 언제까지 조선 땅에 머무르고 있을 셈이냐. 어영부영 부산에서 죽치고 있다가는 귀환선이 언제 끊길지 몰라."

마사키는 말없이 입술을 깨물었다. 몸을 숙여 박살이 난 유리컵 조각을 주워 한곳에 모았다. 시게루는 아들이 유리 조각을 치우는 모습을 한심하다는 듯이 바라보다가 담배를 꺼내 입에 물었다. 초조한 손짓으로 여러 번 실패한 끝에 성냥을 그어 담배에 불을 붙였다.

나가스 시게루는 빳빳하게 다림질이 된 고동색 쓰리피스 양복을 차려입고 있었다. 패전으로 그동안 조선 땅에서 일군 모든 재산을 포기하고 일본으로 돌아가야 하는 비참한 상황에서도 품위를 전혀 잃지 않은 단정한 차림새였다. 반면 마사키는 여기저기 때에 절어 있는 흰 와이셔츠 차림에 피로해 보이는 얼굴 위로 며칠 동안 면도를 전혀 하지 못해서 수염이 덥수룩하게 자라 있었다. 아버지가 조선인 사업가 김평진 집에 숨어서 유유자적 쉬는 동안 마사키는 며칠째 괴정동 외국인수용소에 들러 여동생 교코를 찾다가 돌아온 참이었다. 하도 많은 일본인과 말을 섞은 탓에 목이 쉬었다.

"하루라도 빨리 본국으로 돌아가 재기할 생각을 해야지. 본국에 돌아가면 너는 이 아버질 도와서 사업을 배워라."

"그건 아버지 생각이죠."

"여전히 의사가 될 셈이냐. 식민지 조선에서 제대로 의대 학위도 마치지 못했는데 본국 의대에 편입이나 되겠어?"

"걱정 마세요. 아버지 신세는 절대 안 집니다. 어차피 등록금 한 푼 도와주지 않으셨으면서."

마사키는 이를 악물고 잇새로 말을 뱉었다.

"철없는 녀석."

시게루가 혀를 차면서 말했다. 마사키는 뒤돌아서서 방문을 쾅 닫고 나갔다.

마사키는 거칠게 화장실 문을 열고 들어갔다.

'아버지 자격도 없는 인간!'

아까 주먹으로 아버지를 한 대 칠 뻔했다. 아버지는 딸을 찾을 생각이 전혀 없어 보였다. 화를 심하게 낸 탓인지 마사키는 현기증이 나서 몸이 휘청거렸다. 비틀거리다가 화장실 벽에 몸을 기댔다. 교코를 찾느라 며칠 동안 제대로 먹지도 자지도 못했다. 마지막으로 남아 있던 기운마저 소진된 모양이었다. 정신을 차려야 했다. 벽에 두 손을 짚고 선 채로 잠시 심호흡을 했다. 깊은 한숨이 절로 나왔다.

마사키는 얼음같이 차가운 물에 거칠게 세수를 했다. 거울에 초췌하고 창백한 얼굴이 비쳤다. 턱에 면도 크림을 바르고 면도칼을 꺼냈다. 조심스럽게 면도를 시작했지만 분이 가라앉지 않았는지 실수를 했다. 면도칼이 미끄러지면서 턱을 벴다. 새하얀 목에서 가느다란 피 한 줄기가 흘러내렸다. 핏줄기를 멍하니 바라보면서 마사키는 중얼거렸다.

"교코. 대체 어디에 있는 거니."

부산에 온지 3개월 째. 드디어 기다리던 고국행 귀환선에 오를 수 있게 됐지만 아직도 여동생 교코를 찾지 못했다. 마사키는 눈을 감고 지난봄을 생각했다.

저택에선 새어머니 설영의 비명이 울려 퍼졌다.

"교코!"

설영이 천장에 매달린 교코에게 미친 듯이 달려들어 몸을 붙잡았다. 최 집사가 서둘러 과도로 두꺼운 밧줄을 끊었다. 두 사람은 힘을 합쳐 교코를 바닥으로 내렸다. 교코는 본토 청년과의 혼담이 파혼된 충격으로 자살을 시도했다. 다행히 목을 느슨하게 맸고, 설영이 때마침 교코의 방에 들어가는 바람에 미수에 그쳤다. 교코는 살아났지만, 자살 시도를 목격한 설영이 시름시름 앓더니 얼마 후 갑자기 세상을 떠나버렸다. 새어머니가 위독하다는 소식에 마사키는 서둘러 본가에 방문했다. 설영은 모든 사람을 물리고 마사키만 들어오라고 했다. 설영과 마사키, 단둘만 방에 남자 새어머니가 마사키에게 다가오라고 손짓했다.

"마사키. 사모님이 나한테만 남긴 유언이 있었어."
"어머니. 무리하지 마세요."
"아니야. 이건 너한테 꼭 말해줘야 해. 사모님이……."
설영은 숨을 가쁘게 쉬다가 빠르게 중얼거렸다.
"지켜준다고 하셨어. 너희 남매를……."
마사키는 눈물을 글썽이며 설영의 두 손을 꼭 잡았다.

새어머니는 당뇨를 비롯한 여러 지병을 앓고 있었다. 다정했던 새어머니를 나름대로 사랑했던 아버지 시게루는 교코를 맹렬하게 비난했다.

장례식에서 마사키는 친모와 다름없던 새어머니를 생각하며 눈물을 흘렸다. 친모 미츠코는 마사키가 여섯 살 때 세상을 떠났다. 마사키와 교코 남매를 키워준 사람은 사실상 설영이었다. 조선 사람인 설영 덕분에 남매는 그나마 보통 어린이들이 누리는 생활을 할 수 있었다. 배움이 짧았고 일본어가 능숙하지 못했지만 온화하고 밝은 사람이었다. 새어머니는 시게루의 거친 성정을 잠재우고 집안을 부드럽게 만들었다.

스님이 독경을 읊는 동안 장례식장에 불청객이 난입했다. 설영의 친아들 서창훈이 잔뜩 술에 취해 조선어로 난동을 부렸다. 창훈이 나란히 무릎을 꿇고 앉은 시게루, 마사키, 교코 세 사람을 노려보며 조선어로 고래고래 소리 질렀다.

"너희들이 어머니를 죽게 만든 거야!"

숨죽여 울던 교코의 울음소리가 더 커졌다. 최 집사가 사람들을 시켜 창훈을 식장 밖으로 내보냈다. 어린 시절 창훈과 친형제처럼 친하게 지냈던 마사키는 눈시울을 붉힌 채 창훈이 버둥거리며 끌려 나가는 모습을 지켜봤다.

마사키는 장례식 내내 힘겹게 자리를 지켰다. 새어머니가 교코 때문에 죽었다고 중얼거리는 아버지가 꼴도 보기 싫어서 발인이 끝나자마자 하숙집으로 돌아갔다. 아버지 곁에 여동생을 두고 가는 게 마음에 걸려 최 집사에게 신신당부를 했다.

"혹시 아버지가 이상하게 굴거든 교코를 꼭 제 하숙집으로 보내주세요."

"걱정 마세요, 마사키 도련님."

최 집사가 고개를 끄덕였다.

마사키는 경성제국대학 진학과 동시에 집을 나가 하숙

집에 살고 있었다. 나가스 저택에 가도 따뜻하게 반겨주는 새어머니가 더 이상 없으니 자연스레 집에 발길을 끊었다.

우울증에 걸린 교코는 방안에서 두문불출하더니 8월 15일 패망일 아침에 집을 나가버렸다. 마사키는 그날만 생각하면 가슴 한 켠이 아려왔다. 내가 자주 집에 들르고 조금만 신경을 써줬더라면……. 그날, 나라는 패망했고 동생은 사라졌다.

1945년 8월 15일 아침, '금일 정오 중대 방송, 1억 국민 필청(必聽)'이라는 벽보들이 경성 시내 이곳저곳에 붙었다. 재조일본인들은 불안해했다. 전쟁에 관련된 새로운 소식임이 틀림없었다. 히로시마와 나가사키가 원자폭탄에 의해 불바다가 된 후로 조선 내 일본인들의 분위기가 좋지 않았다. 마사키는 경성제국대학 의학부에 수업을 들으러 갔다가 학우들이 라디오 방송을 듣기 위해 모여 있는 걸 보고 무리에 끼었다.

잠시 후, 천황의 떨리는 목소리가 경성중앙방송국 중계 라디오로 송출되었다.

"짐은 제국 정부로 하여금 미, 영, 소, 중 4국에 대하여 그 공동선언을 수락할 뜻을 통고케 하였다."

연설은 짧았다. 불과 4분여밖에 되지 않았지만 내용은 명확했다. 항복 선언이었다. 연설이 끝나자마자 통곡이 뒤따랐다. 학우들이 울부짖었다. 선 채로 조용히 훌쩍이는 학우들도 있었다.

"천황 폐하!"

"믿을 수 없습니다!"

여학우들 몇 명은 바닥에 주저앉아 무릎을 꿇은 채 흐느껴 울었다. 본토 방향을 향해 쉴 새 없이 절하면서 오열하는 학우도 있었다.

마사키는 학우들 곁에서 멍하니 서 있었다. 누가 뒷머리를 망치로 세게 때린 기분이었다. 고국이 전쟁에서 졌다. 주변 일본인들이 고개를 조아리고 우는 동안 침묵을 지켰다. 머리가 차가워졌다. 마사키는 몸을 돌려 비통에 잠긴 무리에서 빠져나왔다.

'올 것이 왔군.'

군의관 징집에서 면제되어 의학 공부에 전념했지만 마사키는 일본의 패망을 예상하고 있었다. 몰래 미국의 소리(VOA)[22] 방송을 듣곤 했다. 오키나와 전투[23] 소식을 들으면서 이미 일본의 패배를 각오했다. 하지만 막연히

---

22) 미국 정부가 설립한 국제방송국으로 다양한 언어로 뉴스와 정보를 제공한다. 제2차 세계대전 때 적군의 심리를 교란하고, 연합군의 정보를 알렸다. 독일군에게는 독일어 방송으로, 일본군에게는 일본어 방송으로 심리전을 펼쳤다.

23) 제2차 세계대전 말기인 1945년 4월 1일부터 6월 23일까지 오키나와섬에서 미군과 일본 간에 벌어진 태평양전쟁 최대 규모의 지상전. 오키나와 주민 10만 명 이상이 희생됐고, 군인과 민간인 사상자 모두 20만 명을 넘어섰다. 민간인 집단자살, 일본군의 학살과 가족끼리 죽이는 비극 등이 일어났다.

머릿속으로 일본이 질 거라고 상상한 것과 실제 천황의 육성으로 항복 소식을 전해 듣는 것은 전혀 다른 문제였다. 괴로운 마음으로 입술을 짓씹었다. 일본은 이제 패전국이다.

눈앞에 위생학 교수가 지나가고 있었다. 엄격하기 이루 말할 수 없어서 점수가 단 1점이 부족해도 인정사정 없이 과락시키기로 유명한 교수였다.

"교수님. 오늘 1시 위생학 수업은 그대로 합니까?"

마사키가 묻자 교수는 고개를 좌우로 저었다.

"아닐세. 휴강이야. 이 난리통에 수업은 무슨 수업인가."

교수는 말을 이었다.

"마사키 군. 자네는 그동안 나가스가 도련님답지 않게 성실하게 생활해온 청년이지. 이제 세상은 거꾸로 뒤집힐 걸세. 이 반도가 조선인 천하가 된다 이 말이야. 조선인들 입장에서는 원래 자신들이 이 땅의 주인이었으니 당연한 권리 주장이지. 자네는 어떻게 대비할 셈인가?"

"이제부터 생각해볼 참입니다."

"지금부터 생각해본다고? 이미 늦었네. 그냥 받아들여. 앞으로 많은 것이 변할 걸세. 끝의 시작이야."

교수는 비뚤어진 미소를 지었다.

"이미 며칠 전부터 총독부는 조선인 지도자들과 협상을 시작했어. 방금 소식을 들었네. 조선인들이 경성제국대학 안에 자치위원회를 구성한다더군. 이제 경성제국대학도 조선인들 손에 넘어갈 거야. 그들이 나서면 우리가 설 자리는 없어지지……."

"그럼 교수님은 이제부터 어떻게 하실 겁니까?"

"지인들과 함께 세화회(世話會)[24]를 결성할 계획일세. 내 힘이 닿는 한 재조일본인들을 도울 방법을 찾아보려고 하네. 모두가 무사히 귀국할 방편을 알아봐야겠지."

"귀국이요?"

마사키는 말문이 막혔다. 그는 조선에서 나고 자랐다. 조선 땅을 떠난다는 생각은 단 한 번도 한 적이 없었다.

"그럼, 조선인들이 '계속 남아서 우리 곁에 살아주십쇼.' 이럴 줄 알았나? 정신 차려. 일본은 패전했어. 자네 아버지도 살길을 모색하고 있을 거야. 집주인이 돌아오면 손님은 떠나야 하는 법이야."

말을 마친 교수는 뒤돌아섰다. 비쩍 마른 뒷모습은 쓸쓸해 보였다.

마사키는 교문을 향해 걷다가 박남일 선배와 마주쳤다. 의학부에 입학한 후 제일 친하게 지낸 몇 살 위의 조선인 선배였다.

마사키는 시게루의 반대에도 의학부 입학을 강행했다. 시게루는 마사키가 자신의 사업을 물려받길 바랐다. 경

---

24) 패전 이후 조선 거주 일본인들의 본토 이주를 도왔던 단체.

성제국대학 법문학부에 진학하지 않는다면 등록금을 한 푼도 대주지 않겠다고 했다. 경제학 교육은 법문학부 산하의 법학과 세부 전공 경제학과에서 담당했다. 당시 기업 경영을 염두에 둔 일본인 자제들은 대부분 법문학부에 진학하고 있었다. 기어이 마사키가 의학부에 입학하자 시게루는 모든 금전적 지원을 끊었다. 등록금은 어머니의 유산과 본토 외가댁의 도움으로 어찌저찌 마련했지만 하숙집 월세와 생활비는 조선인이나 일본인 학생들에게 과외를 해주며 받는 돈으로 감당했다. 부산 유지의 아들인 남일은 마사키가 곤란할 때마다 돈을 꿔주거나 밥을 사주었다. 남일은 마사키를 놀려먹곤 했다.

"경성 최고의 부잣집 나가스가 도련님이 허구 한 날 나한테 얻어 먹다니. 부끄럽지 않나. 나가스란 이름은 확 떼버리란 말이야."

"박 선배. 그거야말로 제가 원하는 바입니다."

마사키는 슬쩍 웃으며 대꾸하곤 했다.

남일은 마사키의 하숙집에 자주 놀러 왔다. 한번은 교코가 오빠를 만나러 하숙집에 왔을 때 남일이 우연히 들렀다. 볕이 좋은 4월의 봄날이었다. 남일은 즉흥적으로 셋이서 창경원으로 벚꽃놀이를 가자고 제안했다. 마사키는 다음 날 시험이 있어서 망설였지만 교코의 밝은 표정을 보고 승낙했다. 새어머니가 돌아가신 지 얼마 안 되어서 교코가 아직 힘들어했던 때였다.

그날 세 사람은 창경원 대온실 앞을 산책했다. 원래 명랑하고 호탕한 성격의 남일이 교코를 계속해서 웃게 만들었다.

"바쿠(バク) 상은 재미있는 분이군요."

"오늘은 말이 술술 나와요. 희한하네요."

남일은 미소를 지었다.

파혼에 이어 새어머니가 죽은 후로 웃음기가 사라졌던 교코가 그날 오랜만에 크게 웃는 걸 보며 마사키는 벚꽃놀이 오기를 잘했다고 생각했다. 흰 원피스를 입은 교코의 어깨 위로 연분홍 벚꽃잎이 하늘거리며 내려앉았다. 세 사람은 흥에 취해 야앵(夜櫻)[25]인파가 몰릴 때까지 창경원에 남아 있었다. 늦은 밤이 되자 마사키는 시험공부 때문에 인력거를 타고 먼저 하숙집으로 돌아가야 했다.

더는 그런 시간을 만들 수 없겠지. 조선인들이 이 나라에서 일본인들을 모조리 내쫓아버릴 테니.

덩치가 큰 남일은 조선인 학우들과 어울려서 조선어로 왁자지껄 떠들고 있었다. 비통한 일본인들과 달리 그들은 축제 분위기였다. 마사키는 행복해 보이는 조선인 학우들을 보며 묘한 기분에 사로잡혔다.

---

[25] 밤에 벚꽃을 구경하며 노는 일.

"마사키."

남일이 반갑게 외쳤다. 환하게 웃는 그 표정을 보며 마사키는 입가에 쓰디쓴 미소를 지었다. 남일 옆의 조선인 학우들은 마사키를 보면서 경멸하는 표정을 짓고 있었다. 그중 남학우 한 명이 입을 열었다.

"이게 누구야? 태평양전쟁을 지원하던 나가스가 도련님 아닌가?"

"시끄러워. 마사키는 다른 일본인과 다르단 말이야. 아버지와도 다르고."

남일은 언짢은 표정으로 그 학우를 툭 치고 마사키를 쳐다보았다.

"하숙집으로 돌아가는 거야?"

"네. 위생학 수업이 휴강이라서요."

"그럼, 다음에 봐. 밥이라도 같이 먹자."

마사키는 박 선배와 조선인 학우들에게 정중하게 묵례하고 뒤돌아섰다. 세상이 바뀌었다. 이제 조선은 더 이상 일본의 땅이 아니었다. 남일은 조선인 학우들과 밝은 표정으로 이야기하면서 지나갔다. 마사키는 담담하게 하숙집으로 향했다.

8월 15일, 오후 늦게 하숙집으로 전갈이 왔다. 순박하게 생긴 조선인 심부름꾼이 아버지의 편지를 들고 왔다.

"마사키 도련님, 받아보셔유. 사장님이 도련님한테 직접 전해달라고 신신당부를 하셨구먼유."

"수고가 많아."

마사키는 소년이 가져다준 쪽지를 펼쳐보았다.

마사키. 제발 도와다오. 교코가 오늘 편지 한 장만 달랑 남겨놓고 집을 나가버렸다. 아버지는 교코가 이 난리통에 무사한지 걱정이 되는구나.

마사키는 그 밑에 한 줄 적었다.

일단 제가 나서서 찾아보겠습니다.

심부름꾼 소년 편으로 아버지에게 전갈을 보내고 바로 경성 거리로 나섰다. 교코가 자주 들르곤 하던 본정[26]의 청목당[27], 화월[28], 미쓰코시백화점[29] 일대를 돌았다. 하지만 해방의 기쁨에 만세를 외치는 조선인들이 거리에 물밀듯이 쏟아져 나와 제대로 걷는 것조차 불가능했다. 가는

---

26) 명동.

27) 1907년 개장한 경성 최초의 정통 서양요리점으로 일본인 손님이 주로 찾았다.

28) 근대 경성을 대표하는 레스토랑 중 하나로 일본과 서양 절충 요리를 선보였다.

29) 1904년 일본 최초의 서양식 백화점으로 개점. 1930년 경성에 미쓰코시백화점이 개점했다. 미쓰코시백화점 터에는 오늘날 신세계백화점 본점이 들어서 있다.

곳마다 일장기 위에 먹으로 그린 태극기가 나부꼈다.

'우리의 패망이 저들에겐 해방이구나.'

쓸쓸한 마음으로 마사키는 태극기를 흔드는 조선인 무리를 쳐다봤다. 매사에 이성적인 편인 마사키는 일본이 기필코 승리한다는 허무맹랑한 나라의 선전에 단 한 번도 현혹된 적이 없었다. 미국을 참전하게 만든 진주만공격은 어리석은 선택이었고 애초에 태평양전쟁을 일으킨 것 자체가 미친 짓이라고 생각하고 있었다. 그저 국민의 희생을 최소화하고 최단 시간 안에 전쟁이 종결되기만을 바라고 있었다. 히로시마와 나가사키에 벌어진 비극은 끝까지 항전을 고집한 일본 군부 탓이라고 생각했다. 그럼에도 고국이 패배한 것은 쓰라린 일이었다.

일본인으로 보일까 봐 일부러 경성제국대학 교복을 벗고 평상복으로 갈아입었지만 흥분한 조선인들 무리를 뚫고 동생을 찾으러 다니는 건 힘겨웠다. 본정 거리를 겨우 두세 시간 돌다가 지친 채로 하숙집에 돌아왔다.

그날, 교코는 그렇게 실종되었다.

패망일 이후 일본인의 '경성'은 조선인의 '서울'로 바뀌어갔다.

경성, 서울은 혼돈의 도가니였다. 조선인들이 모든 기관, 조직을 차츰 장악했다. 재조일본인들은 치안이 어느 정도 안정되자 제일 먼저 돈 생각을 했다. 본토로 귀국할 때 그동안 모은 재산을 한 푼이라도 더 가져가려고 했다. 많은 일본인들이 조선은행으로 달려가 아우성을 치면서 돈을 빼가는 통에 하루에 2억 엔씩 인출되었다. 견디다 못한 조선은행 총장이 "너무 많은 현금을 보유하고 있으면 도리어 조선인들에게 위협당한다"라고 예금주들을 설득했다.

직장에서 해고당하고 월급이 끊긴 일본인들은 먹고살기 위해 가재도구를 내다 팔기 시작했다. 한 일본인 과장은 자신이 부리던 조선인 부하 직원이 완장을 차고 득세하는 옆에서 조선인을 상대로 가구를 팔고 있었다. 세상이 뒤바뀌었다. 재조일본인들이 조선인들의 두 배 이상 월급을 받던 시절은 끝났다. 이제 조선인들이 큰소리를 치고 일본인들이 생계를 걱정하는 처지였다.

특히 8월 24일 강제징용에 끌려갔던 조선인 노역자들 수천 명이 사망한 우키시마호 침몰 사건[30]으로 조선인과 일본인의 갈등이 점점 격렬해졌다. 침몰 원인이 그 배에 탔던 일본인 장교들의 자폭 테러라는 설이 돌았다. 분위기가 험악해졌다.

곧 미군이 인천항을 통해 조선에 들어왔다. 미군 하지

---

30) 1945년 8월 22일 밤 10시 우키시마호가 조선인 7,000명을 태우고 일본 북동부의 오미나토항을 출항해 부산항으로 향하던 도중 24일 돌연 방향을 틀어 교토부 마이즈루항으로 기항하는 중에 폭발과 함께 침몰한 사건.

사령관에 의해 경성부와 인천부에는 9월 8일 통행금지령이 내려졌다. 같은 날 미군 환영 대회가 열렸다.

일본인 경찰, 군 부대원, 제대군인이 전국 각지에서 소동을 일으켰다. 군국주의자들인 이들은 패전의 충격을 조선인에게 풀었다. 9월 9일 일본인 경찰의 총격으로 연희전문학교 학생 두 명, 조선인 경관 한 명이 죽었다. 10일에는 용산 지구 삼각지에서 동양의과대학 학생 한 명이 사망했다. 일본인에 의한 살상 사건은 경성뿐만 아니라 전국 도처에서 발생했다.

9월 16일 미군정이 일본인 경찰관의 면직 조치를 발표하면서 조선인과 일본인의 갈등이 조금 잦아드는 듯싶었다. 하지만 그 갈등의 불씨는 이후로도 상당 기간 남아 있었다.

분개한 조선인들이 밤거리를 흥분한 채로 돌아다녔고 마사키는 끝내 교코 수색을 포기했다. 자칫 일본인인 걸 들키면 조선인에게 얻어맞을지도 몰랐다. 경성제국대학도 조선인 자치위원회가 장악해 예전 같지 않았다. 일본인 교수들과 학생들은 중심에서 밀려났다.

9월 어느 날 밤, 아버지는 금붙이와 보석을 최대한 챙겨서 하숙집에 있는 마사키를 찾아왔다.

"마사키. 경성에 남아 있다가는 조선인 군중들에게 어

떤 꼴을 당할지 장담할 수 없다. 어서 본국으로 귀환하자. 넌 이 아비가 살해당해도 좋으냐?"

"아버지, 그래도 교코를 찾은 다음에 떠나는 게 좋겠습니다."

"안 된다. 그 전에 우리가 먼저 당할 거야. 나가스 주식회사는 대일본제국에 충성한 회사였기 때문에 더 집중 공격을 당할 거야. 오늘 사무실에 누군가가 돌멩이를 던졌어. 유리창이 완전히 깨져버렸다."

시게루는 절망에 빠진 표정이었다. 마사키는 아버지가 그렇게 기운 없어 하는 건 처음 봤다. 경성에서는 교코를 찾아볼 만큼 찾아보았다. 분위기도 흉흉하니 교코 역시 서울을 떠났을지 몰랐다. 결국 마사키는 아버지와 같이 경성을 떠나기로 했다. 소중한 의학 서적은 모두 하숙집에 고스란히 둔 채 간단히 짐을 꾸렸다.

부자는 같이 경성역으로 이동했다. 시게루가 자신이 일본인인 걸 숨기고 싶어 해서 마사키가 조선어로 표를 끊고 수속을 했다. 아버지와 함께 부산행 기차에 올라탔다. 좌석에 앉자 시게루는 교코가 가출하면서 남긴 편지를 마사키에게 주었다. 묵묵히 편지를 읽는 마사키의 표정이 어두워지자 아버지는 달래듯이 말했다.

"걱정하지 말아라. 교코의 행방은 경성 집에 남겨둔 최 집사나 심부름꾼들을 통해 계속 찾아볼 테니."

"……"

마사키는 아버지의 말을 귓등으로 흘렸다. 부산에 가면 교코를 찾겠다는 마음뿐이었다. 교코의 가출이 그동안 여동생에게 무심했던 자신 탓인 것 같았다. 아버지 옆에 교코만 남겨둔 건 큰 실수였다.
　부산에 도착한 두 사람은 바로 시게루 지인의 집에 가서 몸을 의탁했다.

　'그때 그렇게 부산으로 오는 게 아니었는데······.'
　마사키는 거울을 노려봤다. 면도를 마무리하고 얼굴을 수건으로 닦아냈다. 겁먹은 아버지와 함께 부산으로 도망친 자신이 한심했다. 아버지와 달리 그는 조선어를 잘했다. 어려서부터 자신을 키워준 조선인 새어머니 설영 덕분이었다. 조선 사람 행세를 하며 경성에 머무른 채로 교코를 찾아볼 수도 있었다. 조선인에게 린치를 당하거나 재산을 뺏길 걱정이 앞선 아버지 말을 꼭 들을 필요는 없었다. 아버지의 부탁을 무시하고 경성에 남아서 교코를 찾아야 했는데······. 부산에서 교코를 찾겠다는 생각은 어쭙잖은 핑계에 불과했다. 자신을 용서하기 힘들었다.

　마사키는 화장실에서 나와 자신의 방으로 들어갔다. 교코의 마지막 편지를 다시 읽었다. 집에 있던 수동 타자기로 친 편지. 교코는 패망일에 이 편지만 남겨놓고 가출해버렸다.

마사키 오라버니.

그동안 오라버니한테 나를 두고 도망쳤다고 비난해서 미안했어요. 속마음은 그게 아니었어요. 늦었지만 이제라도 사과드리고 싶어요.

오라버니가 아니었다면 전 벌써 백번도 더 목을 매어 죽었을 거예요. 오라버니 하숙집에 놀러 갔던 시간이 저에게 사막의 오아시스와도 같았답니다. 오라버니 학교 선배와 같이 갔던 벚꽃놀이는 참 재밌었어요.

오라버니가 저를 꼭 데리러 올 테니 의사가 될 때까지 몇 년만 버텨달라고 당부했던 그 마음 저도 잘 알고 있어요. 하지만 그때가 언제가 될지 오라버니도 기약하기 어려운 상황이었죠. 결혼해서 본토로 가는 것만이 제 마지막 희망이었어요.

약혼자 미나토 씨에게 파혼당했을 때 저는 지옥에 떨어진 기분이었어요. 자살에 실패했을 때도 그랬죠. 새어머니가 저를 발견하고 너무 우셔서 저는 지옥에 갈 짓을 했다고 느꼈습니다. 그 뒤 새어머니가 병을 앓다가 돌아가셨을 때 제가 이 집에서 사라지는 것이 모두를 위한 길이라고 생각하게 됐어요. 아마 아버지도 만족하실 결말일 테지요.

오라버니. 꿈꾸던 대로 좋은 의사가 되길 빌어요.
오라버니의 행복만 비는 못난 여동생 쿄코.
1945. 8. 15.

읽고 또 읽어 벌써 수백 번이나 읽은 편지. 편지를 읽는 마사키의 눈에 눈물이 고였다. 눈앞이 뿌옇게 흐려졌다. 내가 네 곁에 있어줘야 했어.

'교코. 이 오라버니가 정말 미안하다.'

다정했던 새어머니가 죽은 후 이제 마사키에게 남은 유일한 가족은 교코뿐이었다. 시게루는 단지 생물학적 아버지일 뿐이고 의사가 되어 자리를 잡으면 연을 끊을 생각이었다.

문득 마사키는 꽃다운 나이에 세상을 뜬 어머니, 미츠코가 그리웠다.

어머니가 살아계셨더라면······.

마사키는 어머니의 마지막 부탁이 떠올랐다.

"마짱, 오빠인 네가 교코를 지켜줘야 한다."

2

 마사키가 여섯 살 무렵, 미츠코는 늘 침대에 누워 있었다.
 불과 20대 후반의 젊은 나이였는데도 심장이 원래 약했던지라 거동조차 힘들었다. 남편에게 받는 스트레스가 수명을 갉아먹었는지도 모른다. 미츠코가 병에 시달려도 시게루는 계속 아내를 원했다. 일본 친정을 다녀오면 몸 상태가 나아졌지만 그때뿐이었다. 주치의까지 나서서 경고를 했지만 시게루는 말을 듣지 않았다.
 나가스 시게루는 큰 부자가 되자 남에게 내세울 만한 아내를 얻고 싶었다. 본토에서 소개받은 화족[31] 아가씨

---

31) 메이지 시대 일본에서 귀족 신분을 일컫던 말로, 막부 체제의 다이묘, 공경 계급, 그리고 공적이 있는 신귀족 등을 합친 귀족 집단.

미츠코와 선을 봤고 호화로운 결혼식을 올렸다.

평민 출신으로 조선에서 벼락부자가 된 아버지와 몰락한 화족 출신의 어머니. 두 사람은 전혀 어울리지 않는 한 쌍이었다. 부모는 심각하게 불화했고 마사키와 교코 남매는 어린 시절에 좋은 추억이라곤 거의 없었다. 조선인 유모 설영과 최 집사가 없었다면 남매는 제대로 자라지 못했을 것이다.

마사키의 피아노 실력이 쑥쑥 느는 것만이 미츠코의 유일한 낙이었다. 교코도 오빠를 따라 일찌감치 피아노를 시작했다. 마사키가 피아노 신동일지도 모른다고 피아노 선생이 칭찬하자 시게루는 신이 나서 계획을 세웠다. 마사키가 최근에 배운 몇 곡을 사람들 앞에서 연주하는 가정 연주회를 생각해냈다. 바로 총독부 관료들과 주요 거래처 지인들을 초대해서 작은 연주회를 열기로 했다. 연주회 후에는 이기리스관 앞뜰에서 가든파티를 열어 사업에 필요한 대화를 이어갈 생각이었다. 여섯 살 마사키는 속으로 맹랑한 계획을 세웠다.

'어머니를 괴롭히는 아버지에게 망신을 주는 거야.'

연주회 날, 잘 차려입은 시게루의 지인들 수십 명이 이기리스관 거실에 자리했다. 꼬마 신사처럼 잘 갖춰 입은 마사키가 나타나자 청중은 아낌없이 박수를 보냈다. 마사키는 몸에 잘 맞게 재단된 연미복을 입고 블뤼트너 앞에 앉았다. 앙증맞은 손가락으로 제법 정확하게 〈모차르트 소나타〉를 쳤다. 처음에는 완벽하게 연주했다가 마무리 무렵에서 마사키는 일부러 몇 음을 심하게 틀렸다. 입가엔 미소를 지었다. 어머니를 못살게 구는 아버지에게 복수한 기분이었다. 좌중에서 탄식이 흘러나왔다. 마사키는 눈썹 하나 까딱하지 않고 연주를 마무리했다.

"마사키! 무슨 짓이야."

연주가 끝나자 얼굴이 붉어진 시게루가 소리쳤다.

"어린 아드님이 실수한 것 같은데 좀 봐주시지요."

시게루와 친한 조선인 관료 강 씨가 말렸다. 시게루는 마사키의 몸을 단단히 붙들더니 따귀를 날렸다. 마사키의 코에서 코피가 터지고 얼굴에 멍이 들었다. 작은 소년은 바닥에 쓰러졌다.

"여보. 안 돼요!"

미츠코가 시게루와 마사키 사이에 끼어들었다. 화가 잔뜩 난 시게루는 아내를 바닥에 밀어버렸다. 유모 설영이 달려가 미츠코를 부축했지만 상태가 좋지 않았다. 미츠코는 그대로 의식을 잃었다.

미츠코의 증세는 바로 악화되었다. 그날 밤 주치의는 시게루에게 최후를 각오하라고 경고했다. 마사키는 자신 때문에 어머니가 아프게 됐다고 생각하고 방에 틀어박혀 나오지 않았다. 시게루는 반쯤 미친 사람처럼 주치의에게 아내를 살려내라고 고함을 질렀다. 주치의는 이미 오랫동안 진행되어온 증세이고 가망이 없으니 현실을 받아들이라고 했다. 일주일이 지나자 주치의는 임종을 대비하라고 가족에게 알렸다. 시게루는 끼니를 거르고 면도도 그만둔 채 폐인처럼 지내고 있었다. 최 집사와 하인들은 시게루의 눈치를 보며 미츠코를 간병하느라 긴장감에 휩싸인 채 생활했다.

그날 밤, 미츠코가 잠시 방에 온 유모 설영에게 말했다.
"설영. 마사키가 아직도 미안해하고 있다면서……."
"마님. 말씀 많이 하시면 안 됩니다."
"제, 제발. 설영. 내 부탁을 들어줘."
미츠코는 가느다란 목소리로 설영에게 애원을 했다.
"마사키를 불러줘. 그런데…… 이런 몰골로는 아들을 만나고 싶지 않아. 부탁이야. 세수와 화장을 도와줘. 날 보면 마, 마사키가 놀랄 거야."

설영은 울면서 미츠코의 부탁을 들어주었다. 옷을 벗기고 물수건으로 몸 구석구석을 닦아줬다. 분과 화장품을 가져와 얼굴에 연한 화장을 해주었다. 마지막으로 단정하게 머리를 빗기고 틀어 올렸다.

"내가 아끼는 흰 기모노를 입혀줘."

순백의 비단 기모노를 입은 미츠코는 설영에게 손거울

을 가져와달라고 부탁했다. 미츠코는 거울에 얼굴을 비춰보더니 가냘픈 미소를 지었다. 만족스러운 웃음이었다. 잠시 예전의 자신이 된 기분이었다.

한밤중에 마사키는 비몽사몽하여 최 집사 품에 안긴 채로 어머니의 방에 갔다. 흰 기모노를 입은 창백한 어머니가 마사키를 안아주었다. 침대 옆에서 설영은 손수건으로 눈가를 훔쳤다.

미츠코는 품에 안긴 마사키에게 속삭였다.

"마짱. 보고 싶었어."

마사키는 눈물을 흘렸다.

"어머니. 내가 잘못했어요. 나, 피아노 안 틀리게 칠 수 있었어요."

"아니야, 마짱. 넌 아주 잘했어. 어린 너를 남들 앞에 광대로 내세운 네 아버지가 잘못한 거란다."

마사키는 미츠코에게 매달렸다.

"어머니. 얼른 나으세요."

"마짱. 하나만 어머니한테 약속하렴. 항상 씩씩할 수 있겠니? 교코는 아직 어려. 오빠인 네가 듬직하게 교코를 지켜주면 좋겠구나."

"약, 약속할게요."

"안심이 되는구나. 이만 가서 자렴. 어린이는 일찍 자야 좋단다."

미츠코는 마사키의 부드러운 볼에 자신의 앙상한 볼을 부볐다.

"잊지 말렴. 엄마는 언제나 널 지켜볼 거야."

마사키가 방으로 돌아가자 미츠코가 설영을 불렀다.

"설영. 자네도 이리로 오게."

"마님. 말씀은 이제 그만하세요."

설영이 손수건을 눈가에 댄 채 흐느끼며 중얼거렸다.

"설영. 당신은 정말 지혜롭고 착한 사람이지. 내가 가고 나면 저 아이들은 어떻게 될까. 남편이 아이들에게 무슨 짓을 할지. 나한테 쌓인 분을 애들한테 터뜨릴까 봐 걱정이야."

"걱정 마십시오, 마님. 제가 남편에게 매 맞고 살던 시절 창훈이와 길거리를 헤매고 있을 때 우리 모자를 거둬 주셨지요. 혼신을 다해서 도련님과 아가씨를 돌보겠습니다. 절대 마님 은혜는 잊지 않을 겁니다."

"자네만 믿고 가네."

새벽에 미츠코는 상태가 더 악화되었다. 시게루가 아내의 임종을 함께하기 위해 급히 방으로 들어왔지만 미츠코는 차가운 눈빛으로 남편을 노려보기만 할 뿐이었다. 마지막 순간 미츠코는 설영에게만 곁으로 오라고 하더니 천천히 입술을 달싹였다. 오직 설영만 유언을 들었다. 설영은 여주인을 안심시키려는 듯이 여러 번 고개를 끄덕였다.

시게루는 간절한 표정으로 아내를 쳐다봤지만 미츠코는 외면했다. 잠시 후 미츠코의 고개가 떨어졌다. 그게 끝이었다.

"여보!"

시게루는 울부짖었다.

스물아홉, 젊은 나이로 미츠코는 인생을 졸(卒)했다. 흰 기모노 위로 흑단 같은 머리가 흩어졌다.

유모 설영은 어머니가 돌아가신 후 계모가 되었다. 새어머니는 혼신을 다해 마사키와 교코를 보호하고 사랑해주었다. 일본어에 능통하지 못한 설영을 위해 마사키는 그녀에게서 조선어를 배웠다. 최 집사도 곁에서 마사키에게 조선어를 가르치고 조선어 교본을 빌려주곤 했다. 아버지와 새어머니 사이에서 통역을 도맡으면서 마사키의 조선어 실력은 갈수록 늘었다. 능숙한 조선어 덕분에 경성제국대학에 진학한 뒤 과외 선생으로 먹고살 수 있었다.

3

미츠코의 장례식 날, 집안 사람들은 이것저것 준비하느라 바빴다. 미츠코의 장례식은 이기리스관에서 치르기로 했다. 최 집사가 모든 일을 진두지휘했다. 하녀들은 집 안의 모든 마루가 윤이 날 때까지 걸레질했다. 시게루는 우울한 표정으로 여기저기 전보와 기별을 보내고 슬픔에 잠긴 남편 역할에 몰입했다. 손님을 맞이하기 위해 검은 양복을 차려입으니 귀공자처럼 품위 있어 보였다.

나가스가에 잘 보이기 위해 많은 조문객이 찾아왔다. 나가스 회사의 거래처와 협력 업체, 총독부 관리들이 대부분이었다. 고위직 조선인들도 조문을 위해 방문했다. 시게루는 손님들을 후하게 접대하며 슬픔을 가라앉히는 듯했다. 당구대가 놓여 있는 응접실에서 시게루가 제일 비싼 위스키를 손님들에게 한 잔씩 돌렸고 간간이 웃는 소리가 들렸다. 장례식을 치르는 동안 나가스가엔 사람들로 들끓었다.

마사키와 교코는 아직 어려서 어머니 장례식에 참석할 수 없었다. 혼란 속에서 두 아이는 유모 품에 방치됐다. 유모와 교코가 낮잠에 든 사이 마사키는 혼자 어머니의 방에 갔다. 스테인드글라스 창을 통과한 햇살이 주인 잃은 방에 쏟아져 내렸다. 어머니의 방은 환하고 고요했다. 마사키는 양쪽으로 젖힌 커튼 틈으로 환한 햇빛이 비치는 방 안에 잠시 서 있었다. 조용히 방을 둘러봤다. 침대, 화장대, 책장, 장롱, 화장품, 향수, 기모노, 어머니가 쓰던 책상……. 어머니의 옷장이 눈에 들어왔다. 기모노를 모아놓은 큰 서랍장이었다. 마사키는 제일 위 칸에 어머니가 즐겨 입던 흰 기모노가 들어 있다는 걸 알고 있었다. 여섯 살 아이의 키로는 위 칸을 열 수 없었다. 마사키는 서랍장 앞에 의자를 가져왔다. 의자 위에 올라가 제일 높은 서랍을 열고 어머니가 죽던 날 마지막으로 입었던 흰 비단 기모노를 꺼냈다. 까치발을 한 채 옷을 안다가 기모노의 무게에 균형을 잃었다. 마사키가 뒤로 넘어지는 동시에 서랍이 떨어지면서 안에 있던 기모노가 한꺼번에 쏟아져 내렸다. 흰색, 회색, 검은색, 분홍색, 감색, 갈색……. 색색의 고급 기모노 더미에 파묻힌 채로 마사키는 한동안 누워 있었다.

잠시 후 흰 기모노를 들어 올리자 작은 갈색 유리병이 굴러 나왔다. 마사키는 그 병을 주머니에 넣고 옷감에 얼굴을 파묻었다. 어머니 체취. 코를 간질이는 분과 향수 냄새. 그리웠다. 어머니는 마사키의 모든 것이었다. 눈물이 흘렀다.

"마사키. 아버지와 달리 너는 마음껏 사랑할 수 있어서 참 좋아."

어머니는 온화한 미소와 함께 마사키를 안아주며 이렇게 말하곤 했다.

"너와 교코만이 내 진짜 사랑이야."

어머니는 사랑스럽다는 듯이 마사키의 뺨을 어루만지며 속삭였다. 시게루와 미츠코는 각방을 쓴 지 오래였다. 어린 교코는 유모 방에서 자고 마사키는 어머니와 둘이서 잠들곤 했다. 어머니는 사이가 소원한 남편 대신 마사키에게 의지했다. 늘 불면증에 시달리던 어머니는 마사키가 아침에 일어나면 그를 품에 꼭 안고 있었다. 창백한 얼굴에 미소를 지은 채.

마사키는 더 키가 커지고 힘이 세지면 저 무례하고 난

폭한 아버지에게서 어머니를 지켜줄 거라고 다짐하곤 했다. 자신이 어린 남자아이란 사실이 슬펐다. 아버지가 어머니의 뺨을 때리거나 손목을 거칠게 잡고 다른 방으로 데려가는 걸 지켜보기만 해야 했다. 어머니가 떨리는 목소리로 반항해도 소용이 없었다.

"여보. 마사키가 보고 있어요."

"닥쳐! 돈에 팔려 왔으면 돈값을 해."

부모님의 기류가 평소 같지 않으면 최 집사를 비롯한 하인들은 쥐 죽은 듯이 조용해졌다. 이기리스관에 죽음과도 같은 무거운 침묵이 흘렀다. 마사키는 아버지 심기가 노여우면 근처에 얼씬도 하지 말아야 한다는 걸 잘 알고 있었다. 시게루는 오직 미즈코만을 원했다. 마사키와 교코는 성가신 존재였다.

"재산을 물려줄 사내아이와 시집보낼 딸아이도 낳았으니 이제 됐잖아. 애들한테는 유모를 붙였으니 당신은 나만 바라보면 돼."

기분이 좋은 날이면 시게루는 한없이 다정한 목소리로 미즈코에게 말했다. 어머니는 고개를 숙인 채 대꾸하지 않았다.

남매는 시게루가 남들에게 전시하기 위해 낳은 트로피였다. 하녀는 두 아이에게 언제나 제일 좋은 옷을 입혔고 손발톱은 살을 파고들 정도로 짧게 깎았다. 마사키와 교코는 정성스럽게 가꿔졌다. 아버지 앞에선 항상 깨끗하게 차려입어야 했다. 특히 손님이 오는 날은 최고급 맞춤옷을 입고 대기해야 했다. 행동거지 하나, 말씨 하나도 사전에 시게루가 시킨 대로 따라 해야 했다. 조금이라도 손님 앞에서 실수를 하면 그날 저녁밥은 나오지 않았다. 마사키와 교코는 눈치가 빠르고 겁이 많은 아이들이 되었다. 아버지가 오라면 오고 아버지가 가라면 갔다. 아버지가 부르지 않을 때는 사업으로 바쁜 아버지 눈에 띄지 않게 나가스가 구석에서 소리를 죽이고 놀아야 했다. 그림자처럼.

 어머니의 흰 기모노를 덮은 채로 마사키는 한참을 잤다. 눈물이 말라붙은 작고 창백한 얼굴이 기모노 위로 불쑥 나와 있었다. 언뜻 보면 흰 기모노를 입은 듯했다. 어느새 사위가 어둑해졌다. 해가 기울어질 무렵 거나하게 취한 시게루가 어머니 방에 들이닥쳤다.
 "마사키! 이게 무슨 짓이야?"
 마사키는 시게루가 호통을 치자 눈을 부비며 깨어났다.
 "누가 어머니 방에 함부로 들어오랬어? 어?"
 "죄송해요, 아버지. 용서해주세요."
 겁에 질린 마사키는 울음을 터뜨렸다. 시게루는 울고 있는 마사키를 노려보며 말없이 서 있었다. 잠시 후, 시게루는 표정이 누그러지더니 마사키를 들어 올려 품에 안았다. 아버지가 다정하게 안아주는 건 오랜만이라 마사키는 기뻤다. 아들은 마른 두 팔로 아버지의 목을 감았다.

"화내서 미안하다. 너도 슬펐을 텐데. 어머니 옷을 만지고 싶었구나?"

가까이서 본 잘생긴 아버지의 얼굴은 우울해 보였다.

"하기야 나도 이 방의 주인이 더 이상 세상에 없다는 걸 알면서도 저절로 발걸음이 여기로 향하더구나. 마사키, 너도 어머니가 보고 싶지. 그렇지?"

"……."

마사키는 말없이 고개를 끄덕였다. 시계루는 자신의 뺨을 마사키의 얼굴에 거칠게 부비면서 속삭였다.

"마사키. 이 아버지는 이제 혼자야. 혼자……."

까끌까끌한 아버지 수염이 따가워서 마사키는 고개를 피했다.

"넌 어머니를 빼다 박았구나."

아버지의 입김에서 독한 위스키 향이 풍겼다.

"그 여자는 너랑 찰싹 붙어 지냈지……. 너만 사랑했어."

시계루는 계속 중얼거렸다.

"그 여자는 나한테 벌을 내린 거야. 죽음으로 복수한 거야. 나만 두고 먼저 죽어버렸어."

타오르는 노을이 부자를 덮쳤다. 스테인드글라스 창

을 등지고 아버지 품에 안긴 채로 마사키는 노을빛이 반사되어 한껏 붉어진 마루에 두 사람의 그림자가 길게 늘어지는 걸 지켜보았다. 두 그림자는 서로를 꼭 안고 있었다. 이유를 알 수 없는 두려운 마음이 들어서 마사키는 두 눈을 감았다.

4

1945년 한겨울, 부산항에 일본 귀환선이 도착했다.

항구에는 눈보라가 휘몰아쳤다. 갈매기들이 눈보라 휘날리는 바람에 몸을 싣고 날아올랐다. 부두 인부들이 갓 잡은 물고기를 하역하자 곳곳에서 생선 비린내가 풍겼다. 1번 부두에는 거대한 일본행 귀환선이 정박해 있었다. 파도가 귀환선의 빛바랜 남색 몸뚱이에 거세게 부딪쳤다.

매일 수천 명에 달하는 일본인들과 일본군들이 1번 부두 근처에 임시로 마련된 창고나 부두 주변에 모여 송환 명령을 기다렸다. 해방 직후에는 부산항에 초대형 선박이 입항해 수천 명을 한꺼번에 실어 갔고, 이어 미군정

통제 아래 본격적으로 귀환 절차가 체계화되었다. 일본인들은 출항 전 검열, 접종, 소지품 검색 절차를 밟고 하루에 4,000명씩 송환되었다.

한 시간 뒤면 귀환선이 출발한다. 만주에서, 신의주에서, 평양에서 혹은 서울에서 힘들게 몰려온 일본인들이 귀환선에 타지 못할까 초조한 얼굴로 줄을 서 있었다. 한때 식민지 조선 반도에서 조선인을 호령하면서 잘살았던 그들이지만 나라가 패망하자 자긍심은 무너진 지 오래였다. 그나마 남한에서 온 일본인들은 사정이 나았다. 만주나 북한에서 온 일본인들은 소련군과 공산주의자들로부터 살인, 강도, 강간 등 온갖 험한 꼴을 당하며 어렵게 부산까지 왔다.

눈발이 흩날렸다. 시계루와 마사키는 귀환자 줄에 서서 승선을 기다리고 있었다. 1번 부두에는 갈매기 울음소리가 요란했다. 마사키는 넋이 나간 표정을 짓고 있었다. 눈보라가 뺨을 계속 때렸다. 추위에 소름이 돋아서 마사키는 온몸을 떨었다. 시계루는 초조한 기색으로 아들에게 말을 멈추지 않았다. 일본 땅에 발을 딛는 그 순간까지 마사키를 설득할 기세였다.

"네가 조선어 몇 마디 할 줄 안다고 해서 조선 놈들이 너한테 신원 보장을 해줄 것 같으냐."

"……"

"조선에 남아 있으면 넌 영원한 이방인이야. 목숨을 부지하기 어려울 수도 있어. 험악한 조선인들에게 무슨 꼴을 당할 줄 알고 남고 싶어 하는 거냐."

마사키는 작게 한숨을 쉬었다.

"아버지. 제발 부탁입니다. 조금만 더 귀국일을 연기할 순 없습니까? 지금 교코를 찾지 않으면 일본으로 돌아간 뒤엔 찾는 게 더 어려워집니다. 한 번만 더 생각해주세요. 며칠만이라도 시간을 더 주세요. 계속 일본인들이 부산에 오고 있습니다. 교코도 곧 부산에 올지도 모릅니다."

"마사키. 네가 자꾸 걱정하니까 말하겠다. 귀국 후 인편으로 교코를 찾을 계획이다. 우리가 일본에 무사히 도착해서 자리를 잡아야 교코를 찾더라도 데려와서 제대로 살 수 있지 않겠니? 아버지가 가족을 위해서 다 생각해놨다. 조선에 더 남아 있다가는 우린 쥐도 새도 모르게 죽어 없어질 수도 있어. 세화회에서도 올해 안에 일본인을 전부 귀환시킨다고 하지 않더냐."

시게루가 냉정하게 말하자 마사키는 고개를 떨궜다.

"……알겠습니다."

마사키는 마지못해 대꾸하며 속으로 중얼거렸다.

'교코. 오빠가 미안하다…….'

마사키는 우울한 얼굴로 귀환자 줄에 서 있었다. 조선

에서 태어나고 자란 마사키에게 일본은 낯선 외국이었다. 장성해서 10대 시절에 단 한 번 외가댁에 방문하기 위해 본토를 다녀온 적이 있었다. 본토 특유의 습하고 무더웠던 여름을 처음으로 겪어보고 머무르는 내내 조선을 그리워했다. 자신이 일본인만 아니라면 조선에 계속 살고 싶었다.

"마사키. 옷을 최대한 껴입으라고 했잖아?"

시게루가 언짢은 표정으로 잔소리를 했다. 평소에 멋쟁이인 시게루는 오늘만큼은 멋을 포기하고 껴입을 수 있는 모든 옷을 다 껴입고 있었다. 세 배로 뚱뚱해 보였다. 반면 마사키는 간단한 겨울 코트에 목도리만 두르고 등에 멘 배낭도 작았다. 잘 재단된 겨울 코트를 입고 고급 모자를 쓴 마사키는 마치 좋은 곳으로 소풍이라도 떠나는 듯한 차림새였다. 호리호리하고 마른 몸에 잘 차려 입으니 송환자가 아니라 도시의 신사 같았다.

"글쎄요. 전 이 정도면 충분한 것 같은데요."

마사키는 기운 없이 대답했다.

시게루의 불만은 어찌 보면 당연했다. 마사키같이 간단한 차림새의 일본인은 단 한 명도 없었다. 미군의 감시하에 일본인은 한 사람당 1,000엔 정도의 돈과 손안에 든 짐만 지니고 귀환선에 오를 수 있었다. 일본인들은 모두 최대한 옷을 껴입고 짐 보따리를 팔과 다리에 주렁주렁 달고 승선을 준비했다. 일본인 아낙은 그렇게 짐을 매단 상태에서 갓난아기까지 업기도 했다. 어떤 여자들은 몰래 귀금속을 속옷이나 옷 안에 꿰매어 숨겼다가 미군의 소지품 검사에 들켜 압수당하기도 했다. 시게루는 여기저기 아는 일본인 인맥을 최대한 동원해서 지인들이 자신의 돈을 나누어 지니고 귀환선에 타게끔 조처해놓았다. 귀국하면 그들에게 다시 돈을 되찾아서 사업 자금으로 쓸 요량이었다.

이미 미군에게 뇌물을 먹인 시게루는 줄 제일 앞쪽에서 편안하게 배 위에 올라탔다. 마사키는 무표정한 얼굴로 아버지 뒤를 따랐다. 시게루가 배에 연결된 발판을 통과하자 마사키는 그 뒤를 묵묵히 따라갔다.

"마사키 오빠?"

누군가가 다급한 목소리로 마사키의 어깨를 잡았다.

마사키가 뒤를 돌아보자 교코의 보통학교 시절 단짝 친구인 스즈코가 하얀 입김을 내뿜으며 서 있었다. 허름한 외투를 입고 양손에는 장갑을 낀 채 눈에는 눈물까지 글썽이고 있었다. 추위를 타는지 통통한 양 볼은 벌겋게 터 있었다.

"스즈코. 너도 이 배에 타니?"

마사키는 눈을 크게 떴다. 부산에 온 후 처음 만나는 경성의 인연이자 반가운 얼굴이었다.

"오랜만이에요. 오빠도 이 배에 타세요?"

"그래. 그렇게 됐어. 너는 어떻게 지냈니?"

마사키는 흥분을 가라앉히고 상냥하게 물었다.

"정말 어렵게 겨우 타게 됐어요. 뒤쪽에는 제 부모님도 계셔요. 아까 오빠를 보고 쫓아왔어요."

"온 가족이 헤어지지 않고 다 같이 귀환하게 됐다니 다행이구나. 교코는 집을 나가버렸는데……."

스즈코가 난처한 표정으로 귀를 기울였다.

"교코는 패망일에 갑자기 가출한다고 편지를 쓰고 나갔고 아직도 못 찾았어. 아버지가 일단 귀국부터 하고 나중에 인편으로 소식을 알아본다고 하시지만……."

마사키는 말끝을 흐렸다.

"그날 교코가 가출했다고요? 아니에요!"

스즈코는 단호하게 말해놓고는 아차 하는 얼굴이었다.

마사키는 그 표정 변화를 놓치지 않았다. 그는 스즈코를 붙잡고 줄 바깥으로 비켜섰다. 다른 피난민들이 지나가면서 계속 눈총을 줬기 때문이었다. 마사키는 화를 내는 피난민들이 지나갈 수 있도록 길을 내준 후 낮은 목소리로 스즈코에게 물었다.

"스즈코. 너만 아는 사실이 있다면 지금 당장 나한테 말해주면 고맙겠어."

스즈코는 망설였다.

"제발 부탁이야. 교코가 어디 있는지 꼭 찾고 싶어."

스즈코는 결심을 굳힌 듯 입을 열었다.

"이건 말하면 안 되는데……. 교코는 바쿠 상을 만나러 간 거예요. 아마, 아버지를 속이려고 그런 편지를 남겨뒀겠죠."

바쿠 상? 조선인? 마사키는 눈이 휘둥그레졌다.

"교코는 마사키 오빠의 의학부 선배인 바쿠 상을 좋아했어요."

마사키는 기억을 가다듬었다. 바쿠 상이라면, 혹시 박남일 선배를 말하는 건가? 패망일에도 잠깐 마주쳐서 인사했는데. 박남일 선배는 마사키의 하숙집에 자주 놀러 오곤 했고 마사키, 교코, 박 선배 셋이서 벚꽃놀이를 간 적도 있지만……. 설마 교코가 박 선배를 좋아했다고?

"패망일에 조선인들이 시가지에 쏟아져 나왔잖아요. 그때 제가 본정에 있다가 우연히 인파 속에서 교코를 만났어요. 그 애는 잔뜩 흥분했고 행복해 보였어요. 오늘이 마지막 기회일지도 모른다면서 바로 바쿠 상을 만나러 간다고 했어요."

"혹시 교코가 비밀로 해달라고 한 거니?"

마사키가 묻자 스즈코의 얼굴이 굳어졌다.

"죄송해요. 오빠."

"괜찮아."

"교코가 파혼한 뒤 새어머니가 돌아가셔서 힘들어할 때 바쿠 상이 교코를 몇 번 만나 밥을 사줬다고 들었어요. 아마 마사키 오빠한테는 말하고 싶지 않았을 거예요."

나 몰래 둘이서만 만났다고? 둘이서 연애를 했다고? 마사키는 혼란스러웠다. 박남일 선배와 종종 만나고 같이 술을 마셨지만, 그는 교코 이야기를 단 한 번도 꺼낸 적조차 없었다.

"그럼, 교코는 지금 서울에 있다는 이야기니?"

"네. 본정에서 만났을 때 교코는 바쿠 상의 하숙집으로 간다고 했어요. 저는 친구로서 그 애를 응원한다고 말했죠. 지금 바쿠 상과 같이 경성에서 살고 있을 거예요."

마사키의 마음에 희망이 솟았다. 교코가 박 선배와 경성에서 동거하고 있을지도 모른다. 차라리 그러기를 바랐다.

마사키와 스즈코의 대화가 길어지자, 시게루가 짜증스러운 표정을 지으며 줄을 거슬러 마사키를 데리러 왔다. 스즈코는 시게루를 보자 겁먹은 표정을 짓더니 꾸벅 묵례를 하고는 속삭였다.

"그럼 마사키 오빠. 교코를 꼭 찾길 바라요. 전 이만."

스즈코는 다시 뒤를 돌아서 줄을 거슬러 내려가더니 가족에게 합류했다.

"마사키. 어서 배에 타."

시게루가 다가와 재촉했다. 마사키는 대답하지 않았다. 마사키는 발판 위에 선 채로 가만히 아버지의 얼굴을 바라보기만 했다. 승선을 재촉하는 뱃고동 소리가 부산항에 커다랗게 울려 퍼졌다. 시게루는 계속 채근했다.

"뭐 하는 거냐. 배에 타야지. 뒤에 서 있는 사람들에게 방해가 되잖니."

"……."

마사키는 대답하지 않았다.

"자, 가자."

시게루가 말했다.

"아뇨, 아버지. 저는 본국으로 돌아가지 않겠습니다."

마사키가 고개를 좌우로 저으며 결연한 눈빛으로 아버지를 쳐다봤다.

"뭐라고? 미친놈! 조선에 남아서 무슨 꼴을 당하려고 그러냐. 조선인들이 일본인을 그냥 놔둘 성싶으냐."

시게루가 야단을 쳤다.

"저는 아버지와 달리 조선말을 잘합니다."

마사키가 슬쩍 미소를 지었다.

"어떻게든 살아갈 수 있을 겁니다."

마사키는 뒷걸음질을 쳤다. 시게루가 분노에 가득 찬 표정으로 멱살이라도 잡을 것처럼 빠르게 따라왔다. 젊은 미군이 시게루를 제지했다. 시게루는 잠시 멈춰 서서 미군에게 굽신거리더니 손짓발짓하며 설득하는 모양새였다. 미군이 고개를 끄덕이더니 시게루를 보내주었다. 마사키는 여유롭게 뒷사람에게 먼저 가라고 고갯짓하고 발판에서 비켜섰다. 조급한 마음으로 차례를 기다리던 일본인들이 물밀 듯이 서둘러 배에 올라탔다. 빠른 걸음으로 마사키에게 다가오던 시게루는 인파에 떠밀렸다. 부자 사이는 더 멀어졌다. 시게루가 마사키에게 다가가려고 안간힘을 쓸수록 배에 올라타는 사람들이 늘어났다. 둘 사이는 점점 멀어졌다. 사람 떼가 부자 사이를 가로막는 장벽이 되었다.

"마사키! 이런다고 네가 나한테서 벗어날 수 있을 줄 아느냐? 그럴 순 없을 거다. 일본으로 돌아가 사람을 보낼 거다. 네놈을 질질 끌고 올 거야."

시게루가 고함을 질렀다.

"저를 찾지 마세요."

"천하에 몹쓸 놈!"

인파가 부자 사이를 완전히 갈라놨다. 뒤돌아선 마사키는 배에 오르는 사람들의 줄을 거슬러 부두로 내려갔다. 아버지의 목소리는 더 이상 들리지 않았다. 마사키는 아버지와 헤어지고 마음 한구석이 쓸쓸한 한편 후련한 기분도 들었다. 진작에 아버지를 떠났어야 했다.

'교코, 난 너를 절대 포기하지 않아.'

속으로 중얼거렸다.

마사키는 부지런히 부산항을 빠져나왔다. 출발을 알리는 귀환선의 뱃고동 소리가 뒤에서 들려왔다. 서둘러 경성행 기차를 타야 했다. 그의 마음이 가리키는 방향은 오직 하나였다. 경성. 그곳에서 교코를 찾자.

5

경성역에서 역전으로 빠져나온 마사키는 눈이 휘둥그레졌다. 경성을 떠난 지 겨우 3개월이었지만 3년은 지난 것 같았다.

마사키는 자신이 태어나고 자란 고향인 경성이 낯설게 느껴졌다. 경성, 아니 서울은 완전히 달라져 있었다. 무질서 그 자체였다. 일본인이 빠져나간 빈자리는 혼돈으로 채워졌다. 이 도시가 이렇게 시끌벅적하고 요란한 곳이었던가. 태평양전쟁으로 묶여 있던 물류가 활발해지면서 시장에는 물자가 넘쳐 났다. 그중에는 조선을 떠나는 일본인들이 저렴하게 내놓은 것들이 많았다. 본토로 귀국할 돈을 벌기 위해 혈안이 된 일본인들은 먹다 남은 아지노모토[32]까지 내다 팔 정도로 극성이었다.

마사키는 익숙하던 동네 이름이 모조리 조선어로 바뀌는 바람에 당황했다. 모든 간판이 조선어로 바뀌었고 모든 라디오 방송이 조선어로 송출되었다. 제국의 언어는 금지되었다. 가판대의 신문도 전부 조선어 신문뿐이었다. 마사키가 조선어를 할 줄 알아서 다행이었다. 서울은 평범한 일본인은 살 수 없는 도시로 변해가고 있었다.

우선 교코를 찾는 게 시급했다. 박남일 선배의 하숙집으로 가봤지만 선배는 외출하고 없었다. 혹시나 싶어서 박 선배의 단골 술집 몇 군데를 들렀지만 허탕을 쳤다.

'박 선배 하숙집에는 저녁에 다시 가고 일단 본가에 가보자.'

마사키는 나가스 저택 앞에 도착하자 바로 눈치챘다. 낯선 가족이 집을 점거했다.

처음 보는 조선인 하인과 하녀가 집에서 나오는 걸 보고 마사키는 얼른 철 대문 옆에 숨었다. 잠시 후 뚱뚱한 남자가 직접 차를 몰고 나왔다. 새로운 집주인인 듯했다. 부산으로 떠난 지 불과 몇 개월 지나지 않았는데 그사이에 조선인이 집을 차지했다. 마사키는 당연히 아직도 집

---

32) '맛의 본질'이란 뜻으로 일본의 조미료. 일제강점기 조선인들에게도 인기 있는 조미료였다.

이 비어 있을 거라고 생각했던 자신이 한심했다.

그때 한 소녀가 대문을 지나 나가스 저택으로 들어가는 모습을 봤다. 익숙한 붉은 원피스에 머리를 땋아 내린 뒷모습이 영락없는 교코였다.

교코가 그사이에 집으로 돌아왔나. 조선인 가족이 교코가 집에 살 수 있게 받아들여줬나. 마사키는 반가운 마음에 소녀를 쫓아갔다.

"교코!"

마사키는 자신도 모르게 큰 소리로 외쳤다.

소녀는 소리를 들은 듯 고개를 돌려 이쪽을 바라봤다. 낯선 얼굴. 활처럼 휘어 있는 눈썹 밑에 자리한 맑은 눈이 커졌다. 교코가 아니었다. 마사키는 황급히 대문 옆으로 몸을 피했다. 처음 보는 소녀였다. 나이도 교코보다 최소 서너 살은 어려 보였다.

저 소녀는 누구지. 누군데 교코가 자주 입던 드레스를 입고 있지. 아, 새로 이 집에 오게 된 조선인 가족의 딸이겠구나. 마사키는 어린 시절을 보낸 나가스 저택을 서글픈 눈길로 쳐다보다가 발길을 돌렸다.

이제 집은 없다.

당장 묵을 곳이 필요했다. 마사키는 난감했다. 배는 고프고 할 수 없이 익숙한 경성제국대학 단골 식당에 가서 국밥을 시켜놓고 멍하니 앉아 있는데 누군가가 "마사키!"하고 등을 탁 쳤다.

수염이 덥수룩한 반가운 얼굴이 보였다. 애타게 찾던 박남일이었다. 몇 개월 사이에 몰라보게 수척해진 몰골이었다. 얼핏 보면 병자 같았다. 남일은 여윈 얼굴로 계속 콜록거렸다. 심상치 않은 밭은기침이었다.

두 사람은 두부 안주와 탁주를 시켜서 오랜만에 회포를 풀었다.

"조선을 떠난 줄 알았는데……. 혹시 교코도 같이 있어?"

"저는 오늘 서울에 올라왔어요. 교코는 박 선배와 같이 사는 게 아니었어요?"

남일이 두 눈을 크게 떴다.

"우리가 같이 산다니? 그게 무슨 소리야?"

마사키는 힘이 쭉 빠졌다. 교코가 남일 곁에 없단 말인가.

"박 선배. 솔직하게 말할게요. 교코가 사라졌어요."

"알아. 실은 나도 교코와 연락이 닿지 않아서 경성 곳곳을 찾아다녔어."

남일은 쓸쓸한 표정을 지었다.

"그동안 교코와 교제했던 걸 숨겨서 미안해. 우리가 결혼하게 되면 그때 말할 생각이었어. 지난 8월 15일, 교코가 내 하숙집으로 왔어. 난 그 자리에서 청혼했고 교코는 바로 허락했어. 마지막으로 짐을 가지러 집에 다녀오겠다고 하더니 소식이 끊겼어."

마사키는 기억을 떠올려봤다. 아버지 시게루 말로는 집에 있던 큰 여행 가방 하나가 없어졌다고 했으니 교코는 짐을 싸서 나간 후에 사라진 게 틀림없다. 그렇다면 남일 선배를 만나고 집에 다녀온 후 사라졌을 테다. 남일이 마사키에게 고개를 숙였다.

"마사키 너한테는 우리 사이를 진작 털어놨어야 했는데……. 다 내 잘못이야."

"이해합니다. 할 수 없죠. 다시 원점에서 시작입니다."

마사키는 가볍게 한숨을 쉬며 웃었다.

남일 역시 지난 몇 개월 동안 교코를 찾기 위해 안 뒤져본 데가 없다고 했다. 시게루가 나가스 저택을 떠나기 전, 여러 번 찾아가기도 했지만 문전박대를 당했다고 했다. 할 수 없이 남일이 편지를 여러 통 보냈는데 답장은 매몰찼다.

"자네 아버지는 편지에서 교코가 어디 갔는지 자기도 잘 모른다며 더 이상 귀찮게 하지 말라고 말씀하시더군."

남일이 말했다. 그 이야기를 듣고 마사키는 화가 치밀었다. 아버지는 남일이 교코를 찾아 나가스 저택을 방문했다는 사실을 한 번도 말해주지 않았다. 그걸 말해줬다면 진작에 남일 선배에게 연락해서 더 빨리 교코를 찾았을지 모른다.

'이기적인 인간.'

딸이 조선인과 연애 놀음을 했다는 것 자체에 수치심을 느껴서 그랬던 걸까? 정작 아버지 본인은 조선인 유모와 재혼했고 제법 화목한 부부였으면서. 마사키는 속이 부글부글 끓었다.

남일은 경성에서 교코를 찾지 못하자 부산까지 내려갔다. 일본인들 틈바구니에서도 계속 교코를 찾아봤다고 했다.

"난 교코가 결혼을 반대하는 아버지한테 끌려간 줄로 알고 일본인 피난민들을 쫓아 고향 부산까지 내려갔었는데……. 부산의 일본인들 중에도 교코는 없었어. 아무리 생각해도 교코는 아직 경성에 있는 것 같아."

"애를 많이 쓰셨군요. 저도 부산의 외국인수용소를 샅샅이 뒤졌지만 교코를 찾지 못했어요."

상심한 두 남자는 새벽까지 내리 대작을 했다.

"교코를 찾느라 의원 개업이 늦어졌어."

남일은 마사키보다 몇 살 위여서 벌써 자격증을 받고 의원 개업을 준비 중이었다.

"차라리 잘됐어. 마사키 네가 개업 준비를 도와줄래?"

"조수가 필요하다면……."

"네가 도와준다면 천군만마지."

"당연히 도와야죠."

마사키는 당분간 조수로 남일의 집에 묵으며 개원 준비를 돕기로 했다. 조수 일을 하며 계속 교코를 찾아볼 작정이었다. 부쩍 초췌해진 남일은 연거푸 술을 들이켰다. 마사키가 아무리 말려도 소용이 없었다.

급기야는 "교코……." 하면서 흐느껴 울었다. 마사키는 잔뜩 취해서 인사불성이 된 남일을 부축해 가까운 여인숙에 갔다. 방을 잡고 방바닥에 모로 누운 마사키는 아침까지 죽은 듯이 잤다. 혼자 부산에서 서울까지 올라오는 과정이 험난했다. 그동안 누적된 피로로 몹시 피곤했다. 누가 업어가도 모를 정도로 곤히 잠들었다.

해가 밝았다. 창문으로 들어온 아침 햇살에 눈을 뜬 마사키는 방바닥에 엎드린 채 잠든 남일을 흔들어 깨웠다.

"박 선배!"

아무리 흔들어도 일어나지 않았다. 어딘가 이상했다.

"선배?"

마사키가 남일을 뒤집었다. 창백하다 못해 푸른 얼굴. 코에서 나온 피. 마사키는 황급히 손가락을 목에 대고 맥박을 재봤지만 맥은 없었다. 남일의 숨이 멎어 있었다.

급서(急逝). 한 청춘이 이렇게 허망하게 세상과 작별했다. 놀라고 당황한 마사키는 얼굴이 하얗게 질린 채 눈물을 흘리면서 방 안을 서성였다. 어떻게 해야 하나. 남일 선배의 가족은 모두 부산에 살고 있었다. 편지로 이 소식을 알려야 하나? 가방을 뒤져보니 의원 개업 관련된 서류가 나왔다. 본가 주소는 보이지 않았다. 조선 경찰에게 신고해야 하나. 그렇지만 자신이 일본인인 게 들통나면 험한 꼴을 당하거나 남일 선배를 죽인 범인으로 몰릴 수도 있다. 어떤 경우에도 시신 옆에서 발견되는 건 피해야 한다. 서울의 경찰서에서 일본인 경찰은 모두 해고되었다고 들었다. 일본인인 마사키 편을 들어줄 조선인 경찰이 있을까.

한참 고민하다가 어떤 생각이 떠올랐다.

'어쩌면 이 비극이 기회일지도 몰라.'

마사키는 자신의 신분증을 박 선배의 옷 주머니에 넣고, 박 선배의 서류 가방을 챙겼다. 이렇게 해두면 경찰이 죽은 박남일 선배를 한동안 일본인 마사키로 착각할 테니 시간을 벌 수 있었다. 방을 떠나기 전에 남일의 시신 앞에서 두 손을 모으고 합장했다.

'박 선배. 죄송합니다. 정말 죄송합니다. 이 은혜는 나중에 꼭 갚겠습니다.'

본국에 귀국한 아버지도 마사키가 죽었다는 소식을 들으면 조선에 사람을 보내서 아들을 찾으려 하지 않을 테지. 어쩌면 평생 바라던 소원이 이뤄질 수도 있다.

나가스라는 이름에서 영원히 벗어날 수 있다.

마사키가 서둘러 여관 입구를 나가는데 안에서 여급의 비명이 들려왔다. 곧 여관 주인과 사람들이 우루루 안으로 들어갔다. 그들을 지나가면서 마사키는 고개를 푹 숙였다.

교코를 찾으려면 서울에 머물 곳이 필요했다.

마사키는 박남일이 개인 의원 개업을 준비 중이었던 낡은 목조 빌딩으로 향했다. 병원은 서울 종로구의 서민 동네에 있었고 나가스 저택에서도 멀지 않았다. 진료실 안에 있는 침대에서 자면 숙식이 가능했다. 간단하게 몸을 씻을 수 있는 개별 화장실이 옆에 딸려 있었다. 어제 술집에서 다음 주에 간호사 면접을 볼 예정이라고 박 선배가 말했다.

'내가 남일 선배로 가장할 수 있을까.'

조선어 실력에는 자신이 있었다. 문제는 연기력이었다. 스물 몇 해를 일본인으로만 살아왔다. 내가 조선인인 척 연기할 수 있을까. 나에게 그런 담대함과 뻔뻔함이 존재할까. 그건 자신이 없었다.

'단 몇 개월만. 교코의 행방을 찾기 전까지만 박 선배의 신분으로 살아보자.'

그래. 일단 몇 개월이라면 버틸 수 있을지도 모른다.

'한번 해보자.'

마사키는 이렇게 중얼거리면서 박 선배의 병원을 둘러보았다. 병원은 아직 간판조차 달지 못했다. 병원 이름은 무엇으로 해야 할까.

'박 선배를 기리는 뜻에서 남일의원으로 하자.'

다음 주 월요일, 간호복을 단정하게 입고 자주색 카디건을 걸친 젊은 아가씨가 찾아왔다.

"박 선생님? 전 면접 보러 온 김순덕이라고 해요."

단정한 단발에 밝은 인상의 여성이었다.

"반갑습니다. 박남일입니다."

마사키는 긴장한 얼굴로 몇 가지를 물어보고 그 자리에서 김순덕을 채용했다.

경성제국대학에선 개원하는 졸업생을 위해 대신해서 구인 모집을 해주곤 했다. 제대의 소개로 온 순덕은 별 의심 없이 첫 근무를 시작했다.

"선생님, 병원 이름은 뭐로 신고하실 생각이세요?"

순덕이 물었다.

막상 남일의원이란 이름으로 개업할 생각을 하니 기분이 이상했다. 선배의 신분을 훔쳤는데 의원 이름까지 남일의원으로 지으면 그의 꿈까지 훔치는 게 아닐까? 마사키는 즉흥적으로 말했다.

"일남의원으로 하죠."

이렇게 마사키는 하루아침에 박남일이 되어 일남의원을 운영했다. 남일이 꼼꼼하게 개업 준비를 해둔 덕에 개업은 순조로웠다. 처음엔 남일의 지인들이 갑자기 찾아와 신분이 들통날까 봐 염려했다. 나중에야 남일이 여기저기 알리지 않고 조용히 개업을 준비했다는 것을 알았다. 일본인인 교코와 신접살림을 차리는 걸 조선인 동창생들이 고깝게 여길까 봐 미리 조심한 모양이었다.

몇 달 뒤에 마사키는 간호사를 한 명 더 고용했다. 마사키는 간호사 두 명과 함께 그럭저럭 일남의원을 꾸려 나갈 수 있었다. '박 선생님'이란 호칭에도 서서히 익숙해졌다.

병원이 안정되자 마사키는 쉬는 날이면 습관처럼 나가스 저택으로 향했다. 어떻게든 최 집사를 만나고 싶었다. 최 집사는 교코의 행방을 알지도 몰랐다. 교코와 내가 엇갈렸다면 틀림없이 교코는 최 집사를 찾아갔을 테니까.

어느 날 마사키는 나가스 저택 대문 앞에 있다가 집을 나오는 최 집사와 마주쳤다. 최 집사가 놀란 표정으로 다가왔다. 오랜만의 해후였다.

"마사키 도련님?"

최 집사는 마사키의 두 손을 붙들고 반가워했다.

"어떻게 된 겁니까? 분명 시게루 사장님과 함께 일본

으로 가신 줄 알았는데요. 교코 아가씨는 찾았습니까?"

"그게……. 복잡한 사정이 있어요. 역시 집사님도 교코가 어디 있는지 모르는군요."

마사키는 최 집사를 조용한 찻집으로 데려가 그동안의 사정을 설명했다.

"아버지는 교코를 포기하고 귀국하자고 했지만, 전 그럴 수가 없었어요."

"하……. 그랬군요. 그런데 어쩌죠. 교코 아가씨는 그 뒤로도 집에 돌아오지 않았습니다. 편지도 없었고요. 지금은 권도진이라는 전직 총독부 토지과 관리가 나가스 저택을 불하받아서 가족과 함께 살고 있습니다."

마사키는 최 집사의 설명을 듣고 고개를 끄덕였다.

"권도진 사장님이 저와 정원사를 재고용해서 요즘은 그분 가족을 모시고 있습니다."

"혹시 그 집에 딸이 있던가요?"

문득, 대문에서 마주쳤던 교코의 옷을 입었던 소녀가 생각났다. 맑은 눈에 입술이 붉었던.

"수향 아가씨 말씀이군요. 마사키 도련님 방을 쓰고 있어요."

수향. 그 소녀의 이름이 수향이었구나. 마사키는 걱정스레 물었다.

"제 방을 쓴다고요? 혹시 그 아가씨에게 자세한 집안

이야기는 하지 않으셨겠죠?"

최 집사는 정색을 했다.

"도련님. 대체 저를 뭘로 보시는 겁니까? 제가 입이 얼마나 무거운지 잘 아시면서. 시게루 사장님이 그 점 때문에 저를 오랫동안 신용하셨습니다. 집안 사정은 절대로 그 아가씨에게 얘기하지 않았습니다. 그 집 아가씨가 마사키 도련님한테 관심을 보이긴 했지만요."

"죄송합니다. 제가 지난 몇 개월 동안 너무 많은 일을 겪어서……."

"아무튼 마사키 도련님과 교코 아가씨에 대해선 입도 벙긋하지 않았습니다. 수향 아가씨는 똑똑하고 호기심이 많아서 도련님에 대해 이것저것 질문을 했습니다. 전 그저 책을 아껴달라고, 신조사 전집을 제자리에 꽂아달라는 말만 했습니다."

마사키는 가볍게 한숨을 쉬었다.

"잘하셨습니다."

서울에서 홀로 외롭고 막막하던 처지에 최 집사를 만나니 힘이 났다. 최 집사는 마사키에게 아버지와 같은 사람이었다. 어린 시절, 아버지가 주지 못했던 사랑을 최 집사가 아낌없이 주었다.

"저도 교코 아가씨를 찾는 걸 힘이 닿는 한 돕겠습니다."

마사키는 고개를 끄덕였다.

다음 날 최 집사는 마사키가 입던 옷들을 가져다주었다. 권도진이 나가스 일가의 짐을 다락방에 모조리 갖다 두라고 명령했다고 했다. 마사키는 익숙한 옷을 받아 입으니 안도감을 느꼈다.

박남일 신분 뒤에 정체를 숨긴 마사키는 말수 없고 유능한 의사로 소문나면서 성공적으로 일남의원을 운영했다. 일남의원은 언제나 환자들로 붐볐다. 생활이 안정되자 더 교코 생각이 났다. 틈나는 대로 최 집사를 만나서 함께 교코의 흔적을 쫓았다. 최 집사와 의논해서 신문에 사람 찾는 광고를 내기도 했다. 무료 진료 핑계로 서울에 남아 있는 잔류 일본인 단체를 방문해 교코 또래 아가씨가 있는지 유심히 살펴보기도 했다. 매일 본국으로 귀환하는 일본인이 늘어나면서 서울의 일본인 사회는 급격하게 쪼그라들었다.

마사키는 늘 생각했다. 무슨 일이 있어도 교코를 찾는 걸 포기하지 않으리라.

'교코. 살아 있든 죽어 있든 이 오빠 앞에 나타나주렴.'

6

어느새 5년이 흘렀다.

마사키는 새 역할에 완전히 익숙해졌다. 때로는 자신이 본래 일남의원을 운영하는 박남일이고 마사키는 전생의 이름처럼 느껴질 정도였다. 마사키였다는 사실을 잊는 것은 두렵지 않았지만 동시에 교코를 찾아야 한다는 생각마저 잊게 될까 봐 두려웠다.

5년 전 서울의 허름한 여인숙에서 나가스 마사키는 죽었다. 그사이 일본인 대부분이 본국으로 귀환을 마쳤다. 이제 이 대한민국이라는 신생국가에 남은 일본인은 배우자가 한국인이거나, 본국으로 돌아가도 만날 가족이나 친인척이 전혀 없는 사람들뿐이었다.

마사키는 본국으로 돌아갈 생각이 전혀 없었다. 죽은 것으로 처리된 나가스 마사키의 호적을 회복한다고 한들 본국 의대에 편입할 수 있을까? 게다가 호적을 복구하려면 아버지 도움을 받아야 했다. 시게루와 대면하고 싶지 않았다. 교코를 못 찾더라도 이대로 한국인 의사로 사는 게 낫지 않을까? 게다가 5년 동안 다양한 환자를 접하고 진료하면서 개업의로서 실력을 인정받았다. 잘 모르는 질환은 밤을 새워 의학 서적이나 논문을 공부해가며 치료했다.

어느 날 의원을 마치고 주점에서 혼자 술을 마시던 마사키는 술기운에 나가스 저택으로 향했다. 대문 앞에 교코와 같이 키우던 삼색 고양이 후쿠가 보였다. 반가운 마음에 고양이에게 다가갔는데 누군가가 외치는 소리가 들렸다.

"방울아!"

후쿠는 골골거리며 한 소녀에게 다가가더니 다리에 머리를 부볐다. 수향이었다. 마사키는 놀라서 대문 그늘에 숨었다. 교코의 붉은 드레스를 물려받은 창백한 얼굴의 소녀. 후쿠는 이제 수향이 키우는 모양이었다. 수향을 볼 때마다 동생을 향한 그리움이 조금은 가시는 것 같았다. 다가가서 말을 걸어볼까, 몇 번이고 생각했지만 실행에 옮기진 못했다.

그런 나날이 계속되다가 급작스럽게 전쟁이 터졌다. 아침을 먹다가 라디오 뉴스로 전쟁 소식을 접한 마사키는 두 눈이 휘둥그레졌다. 인민군이 서울을 향해 진격하고 있었다. 전쟁 당일, 최 집사가 마사키를 찾아왔다.

"도련님. 아무래도 고향에 있는 아내와 아이들이 걱정되어서 가봐야겠습니다."

"알겠습니다."

"혹시 인민군이 서울에 들어오면 조심하세요. 인민군에게 군의관으로 징집되면 북한까지 끌려갈 수도 있습니다. 더 최악은 일본인인 걸 들키는 겁니다."

"조심할게요."

마사키는 고개를 끄덕였다. 최 집사는 아쉬운 표정을 지었다.

"실은, 마지막으로 의논드릴 게 있습니다. 잠시만요."

최 집사는 품에서 종이쪽지를 꺼냈다.

"수향 아가씨 방에서 발견한 겁니다."

마사키는 의미 없는 숫자가 몇 줄씩 나열된 종이를 묵묵히 내려다보았다.

1122317 3524527 4518912 5416628

2416615 3523508 2108807 3312013

1210422 1304420 3807119 4021105

"이건……."

최 집사가 진지한 표정을 지었다.

"수향 아가씨 방을 청소하다가 발견한 겁니다. 어느 날이 종이 위에 계속 글씨를 끄적끄적 쓰고 있더군요. 도련님, 예전에 교코 아가씨와 함께 했던 암호 놀이 기억 하시나요?"

마사키는 초조한 표정으로 최 집사를 쳐다봤다. 최 집사는 고개를 좌우로 저었다.

"염려 마십시오. 수향 아가씨는 아직은 아무것도 모릅니다. 제 입은 무겁습니다. 그래도 알고는 계셔야 할 것 같아서."

"집으로 다시 돌아가야 할 이유가 늘었네요. 교코의 마지막 행방을 알 수 있는 단서가 아직 그 저택에 남아 있을 거예요."

"제가 들여보내드리면 좋을 텐데 보는 눈이 너무 많아서…….

최 집사는 미안해하며 고개를 숙였다.

"이런 상황에서 큰 도움이 되지 못하고 저 먼저 떠나서 죄송합니다."

"저한테 미안해하실 필요는 없습니다. 전쟁 중이니 곧 방법이 생기겠지요. 그 집 식구들이 피난을 갈 수도 있고요."

마사키는 병원 밖까지 최 집사를 배웅하며 속으로 다

짐했다.

'꼭 집으로 돌아가야 해.'

한강 인도교가 끊기고 마사키는 인민군 치하의 서울에 갇혔다. 다리가 폭파된 날 밤새도록 환자를 받았지만, 김순덕 간호사가 피난을 떠나고 물자 조달도 되지 않아서 더 이상 의원 역할을 할 수 없었다. 약이 턱없이 부족했다. 할 수 없이 마사키는 의원 문을 굳게 잠그고 병원 운영을 중단했다. 인민군에게 들키면 군의관으로 징집될까 봐 낮에는 굳게 잠긴 일남의원 안에서 죽은 듯이 숨어 있었다. 밤에도 불을 켜지 않고 지냈다. 인민군 몇 명이 의원 문을 흔들어보더니 지나갔다. 전쟁 통이라 먹을 것이 별로 없는 상황이었지만 쌀 포대를 진료실 책상 밑에 숨기고 아껴 먹으며 버텼다. 불과 두어 달 사이에 마사키는 형편없이 야위었다.

해 질 무렵, 마사키는 쌍안경을 들고 나가스 저택 대나무 숲으로 향했다. 전쟁이 나고 처음이었다. 수향의 가족이 피난을 갔다면 이제는 나가스 저택에 들어갈 수 있을지도 모른다. 저절로 발걸음이 빨라졌다. 대나무 숲이 있는 언덕에 도착한 마사키는 저택을 쌍안경으로 엿보기 시작했다. 저택에는 정적이 감돌았다.

흑죽림을 사랑했던 미츠코는 아들이 대나무처럼 올곧은 성품으로 자라길 바라며 이름을 마사키(正木)라고 지었다. 그래서일까. 마사키는 대나무 숲에 오면 늘 어머니가 떠올랐다. 어렸을 때 어머니하고 여동생과 이곳에서 놀았던 기억도.

흑죽림은 넓었고 숨을 곳이 많았다. 아버지는 마사키와 교코가 멀리 가는 걸 금지했기 때문에 두 아이는 대나무 숲을 놀이터로 삼았다. 마사키는 그늘진 숲 구석구석에 비밀 기지를 만들며 놀곤 했다. 드물지만 몸 상태가 나쁘지 않을 때면 미츠코는 두 아이와 숨바꼭질을 하곤 했다.

"찾았다!"

어머니가 두 팔로 아들의 작은 몸을 안아 올리면 마사키는 발버둥을 쳐서 빠져나갔다. 마사키는 다람쥐처럼 쏜살같이 대나무 숲 안으로 달아났다.

"어머니는 절대 저를 못 잡아요."

"하하하. 마짱은 재빠르기도 하지."

어머니가 웃으면서 뛰어가는 마사키를 쫓아왔다. 교코는 어머니가 달려가버리고 혼자 남겨지자 왈칵 울음을 터트렸다. 아직 아장아장 걷는 교코는 어머니와 오빠를 따라갈 수가 없었다.

"엄마! 오빠!"

마사키가 도망가다가 방향을 바꿔 교코에게 향했다.

"쿄코!"

마사키는 쿄코를 안고 마구 간지럽혔다. 울고 있던 쿄코는 어느새 깔깔 웃으며 자지러졌다. 둘은 그대로 땅바닥에 넘어졌다.

"잡았다!"

어머니가 쿄코를 껴안은 채 누워 있는 마사키를 덥석 끌어안았다. 세 사람은 그대로 바닥에 누워서 큰 소리로 실컷 웃었다.

마사키는 어머니와 쿄코, 셋만 있을 때가 제일 좋았다. 셋이서 서로 이름을 부르며 흑죽림 안을 여기저기 뛰어다녔다. 마구 돌아다니다가 다 같이 쓰러져서 깔깔거렸다. 평소 몸이 약한 어머니는 마사키와 쿄코와 놀아줄 때만큼은 힘이 솟는 모양이었다. 유모가 말려도 말을 듣지 않았다.

아버지가 어디 멀리 출장을 가면 셋이서 즐겁게 지냈다. 세 사람만의 짧은 축제였다.

마사키는 옛 생각에 마음이 쓸쓸해졌다. 어머니 이름 미츠코(光子)에는 '빛(光)'이란 글자가 들어 있다. 어머니가 죽고 마사키의 인생에서 빛이 사라졌다. 그의 행복은 끝장났다. 새어머니 설영은 어린 오누이를 최선을 다해 사랑해주었지만 아버지에게 맞설 힘은 없었다. 미츠코의 죽음 이후 마사키는 줄곧 어둠 속에 머물러 있었다.

어머니는 잃었지만 교코를 다시 찾는다면 이 끝없는 어둠 속에서 해방될 수 있을지도 모른다. 마사키는 입술을 깨물며 생각했다.

마사키는 늘 다니던 대나무 숲 뒷길에서 나가스 저택을 쌍안경으로 관찰했다. 사람들이 전혀 보이지 않았다. 저택 사람들이 모두 피난을 갔나? 수향도 같이 도망갔을까? 궁금했다.

갑작스러운 인기척을 느낀 마사키는 대나무 뒤로 숨었다. 쌍안경을 꺼내 눈에 갖다 댔다. 이기리스관에서 네 사람이 나왔다. 여자 한 명, 남자 세 명. 맨 앞에 선 소녀를 보고 그는 정신이 번쩍 들었다. 수향이었다. 아직 피난을 가지 않았다. 마사키는 쌍안경으로 수향을 자세히 들여다보다가 놀랐다. 겨우 몇 개월 사이에 저 소녀에게 무슨 일이 있었던 걸까?

수향이 완전히 달라졌다. 얼음처럼 차가운 표정이었다.

무엇보다 두 눈.

저 눈빛은 이제 소녀의 것이 아니었다.

7

수향과 세 청년은 큰 수레를 밀며 대나무 숲으로 향했다.

마사키는 눈썹을 치켜세웠다. 자신의 눈을 믿을 수가 없었다. 똑같이 생긴 청년이 세 명. 설마 세쌍둥이? 하긴 1938년에서 1939년 사이에 조선에서 세쌍둥이 출생이 종종 있었다. 《조선의학회잡지》에서 10만 명의 출산 가운데 약 2회, 세쌍둥이가 출생했다는 내용을 읽은 기억이 났다. 드물지만 세쌍둥이는 존재했다.

세쌍둥이 중 한 명은 안경을 썼고 다리가 조금 불편한 듯했다. 수향과 저 세쌍둥이는 도대체 어떤 관계지? 그때 수향이 고개를 들어 주변에 누가 있는지 살폈다. 한껏 긴장한 모습이었다. 마사키는 대나무 뒤로 몸을 피했다. 더 잘 보이는 위치로 몸을 숨기며 이동했다. 그들의 이야기를 엿듣고 싶었다.

마사키는 네 명이 잘 보이는 곳에 엎드린 채 쌍안경을 눈에 가져갔다. 수향이 화난 표정을 짓고 있었다. 수향과 세쌍둥이는 말다툼을 했다.

"조금만 더 올라가면 돼."

"아니래도. 영진아. 내 말대로 해. 여기에 묻어."

"이 바보야. 여기는 바위 땅이야. 조금만 파도 바위가 나와."

"다들 조용히 해. 좀 무겁긴 해도 넷이 동시에 밀면 고갯길로 올라갈 수 있어."

무엇인가를 처리하는 문제를 놓고 갈등이 일어난 모양이었다. 마사키는 쌍안경으로 네 사람 뒤에 있는 수레 안을 보고서야 상황을 파악했다. 수레 위에 시신이 세 구 있었다. 모두 엎어진 채로 그 위에 얇은 이불이 덮여 있어 얼굴은 자세히 보이지 않았다. 이불 밖으로 머리가 조금 튀어나온 한 구는 머리카락이 길게 늘어진 걸로 봐서 여성 같았다. 쌍안경으로 자세히 들여다보자 그 여성의 입술과 손톱은 모두 진보라색이었다.

마사키는 망치로 머리를 맞은 것 같았다. 독살이다. 독약을 쓰지 않고서는 저런 색이 될 수 없다. 산소 부족으로 죽음을 일으키는 독약은……. 일남의원을 운영하는 동안 음독 환자를 맡은 적은 없었다. 골똘히 궁리하던 마사키의 머리에 한 단어가 떠올랐다.

'청산가리?'

사이안화칼륨. 순간 소름이 끼쳤다. 정확하게 파악하려면 부검을 해야겠지만 그가 배운 지식으로는 저 사람들은 청산가리로 독살된 게 틀림없었다. 소름이 끼쳤다. 평범한 아가씨와 세쌍둥이가 이 전쟁 통에 청산가리를 어디서 구했을까?

문득 어떤 생각이 마사키를 스치고 지나갔다. 설마?

'아닐 거야. 아니겠지.'

마사키는 꼬리에 꼬리를 무는 생각을 멈추고 계속해서 그들의 대화를 엿들었다.

영일이라 불린 제일 건장한 청년이 말했다.

"내 아버지는 체구가 작으니까 땅을 조금만 파면 돼."

"아니야. 내 아버지는 몸집이 커. 네 아버지 기준에 맞추면 안 돼. 구덩이를 더 크고 깊게 파야 묻힐 거야. 어머니와 네 아버지는 내 아버지 옆에 묻으면 되고."

수향이 주장했다.

"그러려면 언덕까지는 올라가야 할걸."

안경을 쓴 청년이 말했다.

아버지와 어머니? 마사키는 흠칫 놀랐다. 부모를 독살했구나. 친족 살인자들. 수향의 부모와 세쌍둥이의 아버지를 죽인 게 틀림없었다. 다시 쌍안경을 들어 시신을 살피니 덩치가 큰 시신은 분명 나가스 저택의 새 주인 권도진이었다. 마르고 야윈 여자 시신은 권도진의 처이고 수레 구석에 있는 키 작은 노인은 세쌍둥이의 아버지인 것 같았다.

"이쪽 지대는 조금만 더 파면 바위야. 이 형편없는 삽으론 더 깊게 못 파."

영일이 작은 삽을 내려다보며 투덜거렸다.

"조금만 올라가면 흙이 부서지는 지대가 나와. 거긴 파기 쉬울 거야."

영진이 수향에게 말했다.

"알았어."

네 사람이 다시 수레를 끌기 시작했다. 마사키도 자리에서 일어나 대나무 숲을 사이에 두고 조용히 그들을 따라갔다. 세쌍둥이 중에서 제일 건장해 보이는 영일이라는 청년이 앞에서 수레를 끌고 나머지 셋이 뒤에서 밀었다. 마사키는 숨을 죽이고 그들의 대화를 엿듣다가 말 많은 남자가 영진이고 안경을 쓰고 다리를 저는 남자가 영우란 걸 알았다. 대나무 숲 한가운데 언덕에 비교적 흙이 부드러운 지대가 있었다. 그곳에 수레를 대놓고 그들은 땀을 흘리며 열심히 땅을 팠다. 시간이 꽤 걸렸다. 세쌍둥이는 구덩이를 깊게 판 후 시신을 한 구씩 던졌다. 수향의 아버지는 덩치가 커서 들어 올릴 때 더 애를 먹었다. 구덩이에 흙을 덮은 다음 온몸이 흙투성이가 된 수향과 세쌍둥이는 근처 우물가로 갔다. 몸을 씻을 생각인 듯했다.

쌍안경을 든 마사키의 손이 조금 떨렸다. 세쌍둥이가 낡고 초라한 옷을 벗자 단단하고 균형 잡힌 갈색 육체가 드러났다. 젊고 건장한 몸. 마사키는 부끄러움을 느끼며 쌍안경을 아래로 내렸다. 나는 대체 무슨 짓을 하고 있는 거지? 이제라도 의원으로 돌아가는 게 낫지 않을까.

수향은 옷을 벗기 부끄러운 모양이었다. 그녀가 망설이자 영우가 눈치를 챘는지 절룩거리며 걸어가 아까 시체를 덮었던 이불을 나무 위에 걸쳐줬다. 수향은 이불 뒤에서 천천히 옷을 벗었다. 들통의 물을 바가지로 퍼서 온몸을 씻었다. 반면 세쌍둥이는 우물가에서 벌거벗은 채로 서로에게 물을 뿌리며 와자지껄하게 씻었다. 번갈아 등목을 해주면서 즐거워했다.

마사키는 어처구니가 없으면서도 동시에 세쌍둥이에게 매혹됐다. 세쌍둥이는 천진한 어린아이들 같았다. 잘 자리 잡힌 근육 위에 떨어진 물방울이 햇살에 반사되어 보석처럼 빛을 발하며 사방으로 튀어 올랐다. 다음 순간 속치마만 입은 수향이 세쌍둥이에게 다가가 뭐라고 제안하는 소리가 들렸다. 이윽고 세쌍둥이와 수향은 흙이 묻어 더러워진 겉옷을 우물물에 빨아 나무에 널었다.

   마사키는 이러면 안 된다고 생각하면서도 투명하게 젖은 속치마를 입은 수향에게서 눈을 뗄 수가 없었다. 하얀 속살이 햇살에 반사되어 옷감에 비칠락 말락 했다. 긴장이 풀어진 얼굴엔 부드러운 미소가 떠올라 있었다.

8

햇살이 젊은 육체들 위로 쏟아졌다.

속옷 외엔 거의 헐벗은 그들은 대나무 숲 안의 탁 트인 곳으로 이동했다. 예전에 나가스 시게루가 숲 안에 작은 쉼터를 만들었다. 사방이 대나무 숲으로 둘러싸인 자연 속의 방 같은 곳이었다. 대나무가 벽 역할을 했고 나무판을 바닥에 깔아 여러 명이 앉거나 누워서 쉴 수 있는 넓은 마루가 있었다. 몸을 씻은 네 사람은 축축한 속옷만 입은 채로 그 마루에 나란히 누워 사위어가는 해를 바라보았다. 수향이 입은 속치마가 햇빛을 받아 은은하게 빛났다. 몸의 굴곡을 따라 얼핏 보이는 젖은 살결이 아름다웠다. 세쌍둥이의 탄탄한 복근에는 아직도 물기가 남아 있었다. 수향은 세쌍둥이가 달아오른 표정으로 자신을 곁눈질하는 것을 눈치챘다. 자신도 얼굴이 붉어졌다.

해가 저물어갔다. 수향은 말없이 노을을 노려봤다. 세상에서 가장 나쁜 짓을 한 날에 바라보는 노을. 죄 없는 노을은 눈부셨다.

'오늘 나는 사람을…… 부모님을 죽였어.'

막상 복수를 실행에 옮기니 허탈했다. 왜 내 팔자는 이토록 기구하지. 억울하고, 슬프고, 무서웠다. 어머니도 외할머니도 여동생도 모두 죽었다. 아버지와 새어머니는 내가 죽였다. 내가 살인자가 되다니. 저절로 눈물이 왈칵 쏟아졌다. 수향이 흐느껴 울기 시작하자 세쌍둥이가 놀랐다. 잠시 후 영우가 서럽다는 듯이 따라 울기 시작했다. 울음은 곧 전염병처럼 번졌다. 영진과 영일도 울었다. 울음이 대나무 숲을 덮쳤다. 영우는 마치 어린아이처럼 수향의 얼굴에 눈물에 젖은 제 얼굴을 부비더니 키스를 했다. 그러자 영일과 영진도 질 수 없다는 듯이 수향에게 다가와 키스를 졸랐다. 수향은 마치, 공평하게 어린 세 아들에게 사탕을 나누어주는 어미처럼 세 사람에게 차례대로 키스를 나누어주었다. 이번엔 영진, 다음엔 영일, 마지막으로 영우.

이윽고 수향은 세쌍둥이를 탐하기 시작했다. 모험이

시작되었다. 아직 아무도 발견하지 못한 미지의 땅을 개척하는 탐험가처럼 수향은 한 번도 발을 내딛지 않았던 낯선 곳을 향해 발을 디뎠다. 수향은 세쌍둥이를 동시에 점령했다. 새끼 개 세 마리를 한꺼번에 품는 어미 개처럼. 볕에 그을린 갈색의 세 육체 위로 백옥 같은 나신이 포개졌다. 세쌍둥이를 완전히 지배하면서 수향은 온몸이 공중으로 붕 떠오르는 느낌을 받았다. 태어나서 한 번도 겪어보지 못한 격렬한 쾌감이 온몸에 엄습했다. 동시에 강한 책임감을 느꼈다. 두만의 압제 아래 미처 어른이 되지 못한 소년들. 내가 살인자로 만들어버린 이 세 사람을 이 거친 세상에서, 전쟁에서 지켜내야 한다. 우린 잘 해낼 수 있을 거야.

수향이 원했던 결혼은 아니었지만 지금 그녀에겐 세쌍둥이뿐이었다. 평생 외로웠는데 이 세쌍둥이가 고독을 달랠 온기를 주었다. 난 더 이상 혼자가 아니야. 수향은 문득 행복했다. 세쌍둥이는 남편들이자 연인들이요, 그리고 자식들이었다. 수향과 세쌍둥이는 살인의 공범이 되고 나서야 진정한 가족으로 재탄생했다.

세쌍둥이가 품에서 차례차례 떨어져 나갔다. 수향은 가쁜 숨을 내쉬며 옆에 쓰러졌다. 잠시 후 셋 다 새근새근 잠들었다. 그들이 잠들어버리자 수향은 아쉬웠다. 흥분이 아직 가라앉지 않았다. 상기된 뺨을 손으로 어루만지며 혼자 누워 있었다. 황홀한 기분에 잠이 오지 않았는데 문득 대나무 숲 사이에서 눈부신 빛을 봤다. 화들짝 놀라 몸을 일으켜 대나무 숲을 노려봤다. 숲 안에서 유리알 같은 것이 노을빛에 반사되어 눈부신 광선을 내뿜었다. 미간을 잠시 찌푸렸다가 손차양을 하고 빛이 반사되는 방향을 경계하는 눈빛으로 바라봤다.

쌍안경을 들고 있는 젊은 남자가 보였다. 키가 크고 호리호리한 체구에 얼굴은 창백했다. 숲에 남을 엿보는 자가 있었다! 추잡한 놈. 수향은 분개하며 아직 마르지 않은 속치마로 다급하게 몸을 가렸다. 당황한 남자는 쌍안경을 내리고 도망치려다가 무언가에 발목이라도 잡힌 듯 멈추어 섰고 고개를 들어 수향을 보았다. 남자의 눈과 수향의 눈이 마주쳤다. 남자의 눈빛은 이상하게 수향을 안심시켰다. 온화하면서도 친근한 느낌이 들었다. 남자의 큰 눈은 온순했지만 동시에 수향을 욕망하고 있었다. 남자는 수향을 원했다. 수향은 기분이 묘했다. 정사를 몰래 엿본 남자에게 화를 내야 마땅한 상황인데도 마음이 가라앉았다. 남자의 눈빛에서 저열하거나 추악한 느낌은 들지 않았다.

남자는 쌍안경을 손에 쥔 채로 얼어붙은 듯 꼼짝 않고 서 있었다. 수향은 문득 장난기가 솟았다. 그의 시선에서 불온한 기운은 느껴지지 않았지만 한번 시험해보기로 했다. 저 남자가 이상하게 나오면 세쌍둥이를 깨우면 그만이었다.

  수향은 속치마를 옆에 던져버리고 남자를 향해 대담한 미소를 보냈다. 그는 크게 놀란 모양이었다. 겁먹은 사슴처럼 재빨리 달아나버렸다. 수향은 깔깔 웃었다. 그 웃음소리에 잠들어 있던 세쌍둥이가 몸을 뒤척였다. 알 수 없는 이유로 수향은 그 남자의 눈빛이 마음에 들었다. 그 갈구하는 시선이.

9

대나무 숲에서 의원으로 황급히 돌아온 마사키는 괴로운 나머지 잠을 이룰 수가 없었다.

'다른 사람의 정사를 엿보다니 나는 더러운 인간이야.'

오랫동안 욕구를 억누르는 생활을 해왔다. 금욕한 기간이 너무 길었는지도 모른다. 계속 수향이 떠올랐다. 가슴이 두근거렸다. 수향의 짓궂은 웃음이 생각났다. 마사키는 그 어린 아가씨에게 완전히 매혹되었다. 햇빛에 빛나던 젖은 피부, 부드러운 몸의 곡선, 상기됐던 복숭앗빛 볼, 마사키를 쳐다보던 맑은 갈색 눈.

마사키는 이 욕망이 혼란스러웠다. 계속 뒤척이다가 일어났다. 잠을 포기하고 책을 읽으려 했지만 활자에 집중할 수 없었다. 내가 다른 사람을 생각하며 밤잠을 못 이루다니. 예전부터 아무도 사랑하지 않고 홀로 살다가 죽고 싶다고 생각해왔는데…….

몇 년 전 마사키를 좋아했던 일본인 여학우가 있었다. 두 번 정도 같이 차를 마셨지만 친구 이상은 되지 못했다. 나중에 그 여학우 일을 알게 된 박남일 선배는 마사키에게 절로 출가하라고 놀려댔다. 미인과 차를 마시고 아무 일이 없었다면 넌 승려와 다름없다면서.

그동안 저 소녀가 교코와 닮아서 눈길을 끌었다고 생각했다. 틀렸다.

마사키는 깨달았다. 저 소녀는 나를 사로잡았다. 몇 년 전 대문에서 처음 마주쳤을 때부터. 무슨 수를 써서라도 나가스 저택에 들어가서 수향 곁에 있고 싶었다.

잠시 후 마사키는 한숨을 쉬며 스스로를 나무랐다. 그새 동생 교코를 잊고 있었다. 만약 나가스 저택에 돌아가게 된다면 그건 교코에 대한 단서를 찾기 위해서다. 본 목적을 잊으면 안 된다. 마사키는 입술을 굳게 다물었다. 교코가 살아 있든 죽어 있든 흔적을 찾고 싶었다. 무슨 일이 있어도 다시 집으로 돌아가야 한다.

한편 마사키는 아까 목격한 장면에 의문이 들었다.

그 네 사람은 도대체 어떤 관계일까. 왜 부모들을 죽였을까.

어쩌면 저들의 범죄행위에 내가 나가스 저택으로 돌아갈 수 있는 길이 있을지도 모른다. 마사키는 필사적으로 궁리했다. 어떤 계획이 그의 머릿속에 떠올랐다.

한밤중에 마사키는 카메라, 손전등, 삽, 의료 장비를 가지고 나가스 저택 대나무 숲으로 향했다. 어린 시절 교코와 드나들던 개구멍으로 들어가 시간을 벌었다.

밤의 대나무 숲은 귀신이라도 나올 것처럼 을씨년스러웠다. 스스스스. 흑죽이 흔들리는 소리가 쉴 새 없이 들렸다. 대나무 잎끼리 부딪히는 소리와 바람이 흐느끼는 소리를 들으며 마사키는 무덤을 팠다. 손전등을 대나무 사이에 끼우고 빛이 땅을 향하게 했다. 어두운 밤, 드넓은 흑죽림 안에 홀로 있으니 으스스했다. 땀이 흘렀지만 쉬지 않고 삽질을 했다.

'요괴라도 나올 것 같은 밤이군.'

기분이 오싹했다.

그때 눈앞에 두 개의 안광이 나타났다. 정말 요괴인가? 마사키는 깜짝 놀라 엉덩방아를 찧었다.

야옹, 소리를 내는 고양이였다.

"후쿠! 오랜만이다."

마사키는 반가운 마음에 고양이 후쿠를 안아주었다. 후쿠가 고르르륵거리며 마사키의 뺨에 코를 갖다 댔다. 후쿠는 교코가 사랑했던 고양이였다. 목에는 교코가 직접 만들어준 털실 방울을 아직도 달고 있었다. 마사키는 감격했다. 5년 만인데 여전히 마사키를 기억하고 있었다.

후쿠를 만난 마사키는 힘을 내어 무덤을 다 팠다. 동이 트고 있었다. 구덩이에서 시신이 드러나자 마사키는 구토를 할 뻔했다. 시취가 고약했다. 의학부 해부학 실습실에서 만났던 시신들과는 확연히 달랐다. 세 시신은 늦더위에 빠른 속도로 부패되고 있었다. 마사키는 챙겨 온 손수건을 귀 뒤로 묶어 입과 코를 가리고 시신을 힘겹게 꺼냈다. 카메라로 차례차례 시신들을 촬영했다. 가져온 의료 기구로 몸집이 작은 노인의 시신을 우선 해부했다. 예상대로 선홍색 시반이 온몸에 가득했고, 위는 밝고 선명한 붉은색을 띠었다. 청산가리 중독사가 확실했다. 세 시신을 구덩이에 파묻고 다시 흙을 덮은 뒤 의원으로 돌아왔다. 깨끗하게 몸을 씻은 후 사진 인화에 돌입했다.

남일은 사진이 취미였다. 의원 안에 독일제 콘탁스 카메라와 인화 장비가 있었다. 마사키는 사진을 인화하면서 남일 선배에게 고마운 마음이 들었다.

'선배, 꼭 교코를 찾을게요.'

시신을 찍은 사진을 여러 장 인화해서 말렸다. 한글로 시신들을 찍은 사진 한 장의 뒷면에 글을 쓴 후, 다시 나가스 저택에 가서 우편함에 넣었다.

오후 1시에 정문으로 나와라. 너희가 무슨 짓을 했는지 안다. 사진은 이 한 장뿐이 아니다.

약속 시간, 정문에는 수향과 세쌍둥이가 있었다. 수향은 마사키의 얼굴을 보자 흠칫 놀랐지만 곧 침착한 표정을 지었다.

'나를 알아봤구나.'

마사키는 생각했다. 긴장감에 식은땀이 났다.

수향은 세쌍둥이 앞에서 작은 키를 꼿꼿하게 세우고 마사키를 응시했다. 세쌍둥이는 마사키에게 적대적인 눈빛을 보냈다. 영일이 튀어나와 마사키의 멱살을 잡았다. 마사키는 반항하지 않았다. 수향이 침묵을 지키다가 입을 열었다.

"당신은 누구예요?"

"박남일이라고 합니다."

마사키는 멱살이 잡힌 채로 차분하게 대답했다.

"박남일 씨. 우릴……. 봤죠? 어제 몰래 엿본 사람이 당신이죠? 이 사진은 대체 왜 보낸 거죠?"

수향의 말투는 싸늘했다. 영일이 멱살을 더 세게 부여잡았다. 마사키는 담담히 말했다.

"의사가 필요하지 않습니까?"

수향의 맑은 두 눈이 커졌다.

"지금은 전쟁 통이라 사람들이 눈치 못 챘지만, 전쟁이 끝나고 모든 것이 제자리를 찾으면 당신 부모와 세쌍둥이 아버지가 어떻게 죽었는지 궁금해하는 사람들이 있을 겁니다. 그때 어떻게 대처할 겁니까? 게다가 당신들은 시신을 화장하지 않고 매장했죠? 시신은 독살의 증거가 됩니다."

수향은 침묵하다가 날카롭게 되물었다.

"당신이 의사라는 걸 어떻게 믿죠? 독살이라고 어떻게 확신해요?"

"저는 시내에서 작은 의원을 운영합니다. 의원에서 개업 허가서를 가져다가 보여드리죠. 세 시신 모두 손톱과 입술이 보라색이었고 노인만 해부해봤더니 온몸에 선홍색 시반이 있고 위도 짙은 붉은색이더군요. 청산가리 중독사는 바로 알아볼 수 있습니다."

"원하는 게 뭐예요?"

"당신들을 위해서 사망진단서를 위조해줄 수 있습니다. 저는 모든 것을 함구하겠습니다. 대신 조건이 있습니다."

영일이 멱살을 잡은 채로 내뱉었다.

"조건이라······. 그게 뭔데?"

"이 집에서 같이 살게 해주세요. 식량이 거의 떨어져 굶고 있습니다. 같이 살면 의사로서 여러 가지로 도움을 드릴 수 있을 겁니다. 대신 비축한 의약품을 가지고 오겠습니다."

 마사키는 말을 던져놓고 기다렸다. 수향이 눈짓을 보내자 영일이 멱살을 풀었다. 겨우 풀려난 마사키는 밭은기침을 했다. 수향은 뒤돌아서서 작은 목소리로 세쌍둥이들과 한참 의논했다. 세쌍둥이들은 모두 마사키의 제안을 극렬하게 반대했다.

 "처음 보는 사람을 어떻게 믿어?"

 영일이 말했다.

 "저 자식 수상쩍어. 낯선 놈인데 믿을 수 없어. 의사가 맞긴 해? 그리고 입이 하나 더 늘면 먹을 것이 지금보다 더 줄어들어."

 영진이 걱정스러운 표정으로 말했다.

 "우리만으로 충분하잖아? 저 남자가 왜 필요해?"

 영우가 수향에게 투덜거렸다. 낯선 남자가 집에 들어온다는 게 노골적으로 싫은 눈치였다.

 "저 남자 말을 다 믿을 순 없었지만 거짓말을 하는 것 같진 않아. 우리 일을 알고 있으니까 집에 들어오라고 하자."

 수향은 세쌍둥이를 설득했다. 방울이가 애교를 부리며 수향 곁으로 와서 안겼다. 수향이 고양이를 안아 올렸다.

 "차라리 지금 이 자리에서 콱."

 영일이 주먹을 불끈 쥐었다.

 "우리는 살인자가 아니야, 영일아. 우리가 부모님들을

죽인 건 일종의 정당방위야. 죽어 마땅한 이들이 자신들이 한 일의 대가를 치른 거지. 하지만 무고한 사람을 죽일 순 없어. 영일아, 영진아, 영우야. 너희들 살인자야? 응? 살인자냐고?"

수향은 세쌍둥이의 눈을 차례로 바라보며 타이르듯 말했다.

"가까이 두고 감시하는 게 나을지도 몰라."

마사키는 수향과 세쌍둥이가 나누는 대화를 들으며 가만히 서 있었다. 시간이 걸렸지만 결국 세쌍둥이 모두 수향에게 동의했다.

"오늘 들어와요. 대신 약속 지켜요. 사망진단서와 의약품."

수향이 몸을 돌리더니 마사키에게 말했다. 말투는 냉정했지만 눈빛은 달랐다. 마사키는 저 아가씨가 자신을 거두는 이유를 잘 알고 있었다. 수향의 눈빛에는 호기심이 가득했다. 대나무 숲에서 자신을 쳐다봤을 때부터.

10

마사키는 간단하게 짐을 꾸려서 나가스 저택으로 들어왔다. 의약품 박스는 부엌에 가져다 놨다. 자신의 집에 몇 년 만에 객식구의 신분으로 다시 들어가는 기분이 이상했다. 이기리스관은 전쟁 통에 신경을 못 써서 그런지 곳곳이 헐고 지저분해졌다. 최 집사가 없어서 대저택 관리가 엉망이었다.

작은 거실에 가니 그리운 존재가 기다리고 있었다. 마사키는 블뤼트너 피아노 앞에서 오랫동안 서성였다. 손으로 몇 번이나 피아노를 쓸었다. 이 거대하고 육중한 피아노는 여전히 이기리스관을 지켜주고 있었다. 그동안 아무도 치지 않았는지 피아노 뚜껑 위에 두꺼운 먼지가 내려앉아 있었다.

'나중에 수향 씨와 친해지면 연주하게 해달라고 부탁해볼까.'

지금 뚜껑을 열고 바로 연주하면 수향과 세쌍둥이들이 자신을 수상쩍게 생각할지도 모른다. 마사키는 조심스럽게 피아노의 몸체를 어루만졌다. 어머니 미츠코가 살아생전 아끼던 피아노였다. 시게루가 미츠코를 위해 사준 수많은 선물 중 유일하게 마음에 들어 한 선물이었다. 어찌 보면 어머니의 유품이나 마찬가지였다. 마사키와 교코는 둘 다 피아노 교습을 받았다. 남매가 종종 연탄곡을 치기도 했다. 마사키가 의대에 간 뒤론 교코가 주로 블뤼트너를 쳤다. 우울증을 극복하고 싶었던지 교코는 부지런히 피아노 연습을 하곤 했다. 블뤼트너 피아노는 어머니를 추억하게 하는 몇 안 되는 소중한 물건이었다.

"박 선생님, 혹시 피아노 칠 줄 알아요?"

수향이 옆에서 불쑥 말을 던졌다. 마사키는 황급히 피아노에서 떨어졌다.

"아뇨. 제 주제에 무슨……. 죄송합니다. 이렇게 큰 피아노는 처음이라 신기한 나머지 한번 만져봤습니다."

"전에 살던 나가스가 사람들은 피아노를 잘 쳤다던데, 제 가족이 집을 불하받은 뒤엔 몇 년째 먼지만 뒤집어쓰고 있어요. 피아노를 칠 줄 아는 사람이 없어서요."

"그렇군요."

"이 피아노는 너무 비싸고 크고 무거워서 어디 팔 데도 없고, 전쟁 통에 무용지물이네요. 누구라도 잘 치는 사람이 와서 피아노를 연주해주면 좋을 텐데. 라디오나 전축으로 연주를 듣는 것보다 진짜 피아노 연주를 바로 옆에서 듣고 싶어요."

"제가 피아노를 전혀 칠 줄 몰라서 유감이네요."

거짓말이라 마음이 불편했지만 불필요한 의심을 살 필요는 없었다. 혹시 자신이 마사키인 걸 들킨다면……. 저들이 어떻게 나올지 몰랐다. 마사키는 상상만 해도 두려웠다.

수향은 마사키에게 권도진이 쓰던 1층 방을 줬다. 수향은 원래 쓰던 2층 방을 썼고 세쌍둥이도 2층에 있던 현수의 방을 썼다. 세쌍둥이는 셋이 뭉쳐 사는 게 익숙한 모양이었다. 마사키 방만 1층에 있었다.

그날 밤, 마사키는 몰래 방을 빠져나와 같은 층에 있는 어머니의 방으로 향했다. 마루가 삐걱거리자 숨을 죽이고 살살 걸었다. 어머니의 방 장롱 끝의 서랍을 열고 바닥의 나무 판을 뺐다. 순간 마사키는 흠칫 놀랐다.

청산가리 병이 없어졌다.

'그렇다면 역시……'

며칠 후, 마사키는 약속한 대로 사망진단서 세 장을 갖다주러 잠시 수향의 방에 들렀다. 예전에 자신이 쓰던 방이지만 내색하지 않았다. 방을 둘러보다가 책상에 있는 액자를 보고 숨이 멎을 것처럼 놀랐다. 기모노를 입은 어린 소녀의 사진이었다. 수향이 의아하다는 듯이 물었다.

"박 선생님 혹시 저 애를 알아요?"

"아, 아닙니다. 그럴 리가요."

"이 소녀는 나가스 씨의 딸인 교코에요. 지금 읽고 있는 『포 걸작선』에 저 사진이 끼워져 있었어요."

"그렇군요."

마사키는 이기리스관 시절이 생각나서 입술을 깨물었다. 수향은 침대에 앉은 채로 『포 걸작선』을 읽고 있었다.

"포를 좋아하시나 보군요."

에드거 앨런 포는 마사키가 가장 좋아하는 작가였다. 마사키는 자신도 모르게 말을 걸었다.

"이 방에 살던 도련님 책이에요. 저는 「도둑 맞은 편지」와 「황금충」이 특히 재미있어요."

"그 도련님 이름은 아나요?"

"마사키 도련님이라고 하더군요. 얼굴은 몰라요. 나가스 일가가 집을 떠나면서 사진 앨범을 다 가지고 가서."

"나약한 문학 소년이었나 보군요. 에드거 앨런 포를 좋아했던 걸 보면."

마사키는 쓸쓸한 어조로 말했다.

"저는 절대 그렇게 생각하지 않아요."

수향은 고개를 저었다.

"잘 모르지만 마사키 도련님이 나약했다고는 생각하지 않아요. 이 책이 제일 낡은 걸 보면 도련님이 가장 사랑했던 소설집 같아요. 그 도련님은 『포 걸작선』 속에 여기저기 밑줄을 그어놓고 문구를 적기도 했는데 자기 주관이 또렷했던 사람 같아요. 마사키 도련님이 밑줄 그은 부분과 메모를 읽으면서 저도 그 옆에 제 생각을 적어요. 그럴 때면 얼굴 한 번 본 적이 없는 사람이지만 나란히 대화를 나누는 기분이 들지요. 울적할 때 그 도련님의 메모를 보면 기운이 나요."

마사키는 미소를 지으며 말없이 들었다. 자신이 남겨두고 간 신조사 〈세계문학전집〉을 통해 두 사람이 연결되었다는 게 신기했고 수향이 자신에 대해 말하는 걸 듣는 게 즐거웠다. 동시에 자신의 정체를 밝힐 수 없다는 점이 못내 안타까웠다.

내가 마사키란 사실을 알게 되면 어떻게 나올까? 내 메모는 좋아하지만 나는 어떻게 생각할까? 마사키는 문득 두려웠다. 당분간은 이대로 있자고 생각했다. 확신할 수 없을 땐 나서지 않는 것이 현명하다.

"박 선생님, 의원은 어떻게 하고 왔어요?"

"문을 완전히 잠그고 왔습니다. 이제 의약품이 떨어져

가고 환자가 와도 처방하기가 어려워서요."

"그렇군요. 박 선생님, 책 읽고 싶으면 제 서가에서 가져다가 읽으세요. 이 집 안에는 따로 오락거리가 없으니까."

"고맙습니다."

마사키는 수향의 권유에 빅토르 위고의 『레 미제라블』을 집어 들었다. 방에 돌아온 마사키는 책을 펼쳐보고 미소를 지었다. 정말 자신의 메모 옆에 수향이 남긴 한글 메모가 있었다.

위고가 만들어낸 인물들은 나에게 깊은 울림을 준다. 마치 내 옆에서 살아 숨 쉬는 사람들 같다. 때로는 소설 속으로 들어가서 그들 곁에서 살고 싶을 정도다.

마사키 상. 저는 특히 코제트 이야기가 가슴 아팠어요. 제 어린 시절이 생각났거든요. 심지어 전 인형을 가져본 적도 없답니다.

다음 장을 넘긴 마사키의 표정이 굳어졌다.

마사키의 글씨도, 수향의 글씨도 아닌 글씨. 교코였다. 교코는 일본어로 이렇게 썼다.

나 역시 레 미제라블 중 한 명이야.

자신이 집을 떠난 후 쿄코가 남긴 흔적이었다. 가슴이 철렁 내려앉았다. 쿄코. 쿄코가 어디로 갔는지 단서를 찾아야 한다. 세쌍둥이는 쿄코의 방을 쓰고 있었다. 그들이 방을 비울 때마다 몰래 들어가야겠다고 생각했다.

다섯 사람의 이상한 동거가 시작됐다.
마사키는 어린 시절 곤충 도감에서 여왕개미에게 매혹된 적이 있었다. 여왕개미 한 마리는 여러 마리의 수개미를 거느린다. 일처다부제였다. 여왕개미는 그들 모두의 아내이자 리더였다. 수개미는 여왕개미와의 결혼비행이 끝나면 쓸모가 없어져서 집에서 쫓겨나거나 죽는다.
마사키는 수향이 여왕개미고 세쌍둥이와 마사키 자신은 수향을 따르는 수개미들 같다는 생각이 들었다. 다행히 수향의 자비로 목숨은 잘 붙어 있는 수개미들이었다. 늘 수향이 앞장서서 식량 구하기, 요리, 청소, 정리정돈과 같은 업무를 분장하고 지시했다.
체력이 좋은 영일과 영진이 바깥으로 나가서 식량을 구해오고, 영우는 항상 수향 곁을 지켰다. 마사키는 청소를 맡았다. 그는 이 수개미 무리에서 서열이 꼴찌인 외톨이였다.
세쌍둥이는 집과 정원을 익숙한 듯 돌아다니는 마사키에게 적대적인 눈빛을 보냈다. 영일과 영진은 마사키가 곁에 다가가면 자리를 피해버렸다. 특히 영우는 수향 곁을 잠시도 떠나지 않으면서 마사키의 접근을 차단했다.

수향도 마사키한테 말을 많이 걸지 않았다. 마사키는 수향이 자신을 배려하는 것 같다고 생각했다. 수향이 마사키에게 친절하게 굴면 세쌍둥이가 그를 못살게 굴지도 모르니.

이 집에서 마사키를 반겨주는 존재는 오직 후쿠뿐이었다. 후쿠가 마사키를 잘 따르자 수향은 무척 놀란 눈치였다. 마사키는 수향 앞에서 실수로 "후쿠!"라고 부를 뻔한 위기가 몇 번 있었다.

식사는 다 같이 했지만, 수향과 세쌍둥이는 마사키를 대화에 끼워주지 않았다. 마사키는 조용히 자신의 처지를 받아들였다. 교코의 단서를 찾으려면 어떻게든 이 집에 계속 살아야 했다. 청소를 마치고 저들이 집에 없을 때는 집 안을 조심스럽게 돌아다니며 교코가 남긴 흔적을 찾았다. 특히 거실의 블뤼트너 피아노 앞에서 한동안 서성이곤 했다. 여동생과 나란히 연탄곡을 치던 시절이 그리웠다.

어느 날, 세쌍둥이가 식량을 찾으러 모두 외출하고 마사키와 수향만 집에 있을 때였다. 수향이 부끄러워하는 표정으로 마사키에게 말했다.

"이따가 제 방으로 와주세요."

마사키가 방에 들어가자마자 수향은 문을 걸어 잠그고 빠른 속도로 원피스의 단추를 풀기 시작했다. 마사키는 불에 덴 것처럼 화들짝 놀라 고개를 돌렸다.

"이러지 마세요."

마사키가 문을 열고 나가려고 하자 수향이 당황한 표정으로 팔을 붙잡았다.

"오해하지 말아요. 요즘 몸이 이상해서 진찰해달라고 부른 거예요. 뭘 먹어도 속이 불편하고 입맛이 없어요. 의사니까 좀 봐줄 수 있어요?"

마사키는 자신을 책망했다. 그래. 이 아가씨는 단지 의사에게 진료를 받고 싶었을 뿐이었어.

"잠시만 기다려주세요. 제 방에 가서 의료 도구를 가져오지요."

마사키가 의료 가방을 가지고 방에 돌아왔다. 두 사람 사이에 긴장감이 돌았다. 수향은 원피스를 벗고 속치마 차림으로 침대에 누워 있었다.

"속치마를……. 가슴 아래까지 걷어 올려 줄 수 있어요?"

마사키는 조심스럽게 요청했다. 수향은 고개를 끄덕이고 옷을 위로 올렸다. 작고 단단한 배와 우묵한 배꼽이 드러났다. 마사키는 가슴이 미친 듯이 두근거렸지만 내색하지 않았다. 차분한 말투로 의사답게 질문을 시작했다. 청진기를 갖다 대기 위해 가까이 고개를 숙이자 마사키의 머리카락이 수향의 배 위에 닿았다. 수향이 조금 몸을 떨었다. 두 사람의 숨결이 공기 속에서 부딪혔다. 마사키는 손을 수향의 배에 얹었다.

'좋은 냄새…….'

수향의 살결에서는 자두 같은 좋은 향기가 났다. 마사키는 정신이 아득해지는 것 같았다. 말없이 청진기를 배 위에 올려놓자 수향은 차가운지 몸을 조금씩 꿈틀거렸다. 잠시 후 배에 직접 손을 대고 촉진을 시작했다. 수향의 뺨이 달아올랐다. 마사키는 그녀를 더 어루만지고 싶었다. 이 손길을 조금만 더……. 하지만 그는 잘 교육받은 의사였다. 차분하게 손을 거둬들였다.

마사키는 냉정한 표정으로 마지막 생리가 언제였는지 물었다. 수향은 낯빛이 어두워졌다.

"그러고 보니 지난달 초에 하고 아직 안 했어요."

임신이 맞았다. 벌써 8주가 넘은 것 같았다.

마사키는 임신을 진단하고 간단하게 주의 사항을 알려 줬다. 어떠한 감정도 내비치고 싶지 않아서 서둘러 방을 나왔다.

수향이 임신했다는 사실에 마사키는 절망을 느꼈다. 그녀가 자신이 닿을 수 없는 먼 곳으로 가버린 느낌이었다. 세쌍둥이와 수향은 확실한 가족이 되었고 반면 자신은 계속 외톨이로 남을 수밖에 없을 것 같았다. 마사키는 마음을 다잡았다. 자신은 어차피 이들과 섞일 수 없다. 저택에 돌아온 본래의 목적인 교코 찾기에 매진하는 게 맞다. 흔들려서는 안 되니 차라리 잘됐다고 생각하자. 수향을 축복해주고 나는 내 할 일만 하면 된다.

다음 날 마사키는 세쌍둥이가 집을 비운 틈을 타서 교코의 방으로 갔다. 세쌍둥이는 교코가 쓰던 책상을 거의 건드리지 않은 모양이었다. 교코의 타자기가 그대로 놓여 있었다. 마사키는 서랍을 열었다. 교코의 마지막 날 행적을 알 수 있는 단서가 있는지 궁금했다. 교코가 타자기로 친 편지들이 여럿 놓여 있었다. 대부분 친구들이나 본토의 전 약혼자에게 보내는 편지였는데 한 장만 달랐다.

오라버니.

미리 말을 못 하고 떠나는 절 용서하세요.

저 때문에 걱정하지 마세요. 전 행복을 찾아 떠나는 거예요.

마사키는 바로 알았다. 교코가 패망일에 남긴 편지의

초안이었다. 하지만 왜 이 편지는 쓰다가 말고 다른 편지를 남겼을까. 스즈코 말대로 남일과 연애 중이란 사실을 아버지에게 들키고 싶지 않았던 걸까. 아버지의 성정을 보면 남일에게 포악하게 굴 확률이 높았으니. 차라리 나한테 미리 얘기를 했다면 교코의 가출을 도왔을 텐데.

 마사키는 깊은 한숨을 쉬며 뒤를 돌다가 얼어붙었다. 수향이 정면으로 자신을 쳐다보고 있었다. 언제 방 안에 들어온 걸까? 침착하게 편지를 서랍 안에 넣고 닫았다.

 "책상을 청소 중이었습니다."

 변명하듯 중얼거리자 수향은 슬며시 웃더니 다가왔다.

 "박 선생님한테 드릴 말씀이 있어요. 쌍둥이들이 참 냉랭하게 굴죠? 제가 말린다고 들을 사람들도 아니고 죄송할 따름이에요. 전 선생님이 힘들지 않으신가 해서……."

 "신경 써주셔서 감사합니다. 그래도 이 집에 온 뒤로 식사를 잘 하게 되어서 저는 괜찮습니다."

 "감사할 사람은 저죠. 선생님이 계셔서 임신한 것도 알게 되고……."

 "별말씀을요."

 마사키는 방을 서둘러 떠나려 했으나 수향이 불쑥 던진 말에 걸음을 멈췄다.

 "선생님 독서 취향이 마사키 도련님과 비슷한 것 같아요. 요즘 빌려 가시는 책 목록이 마사키 도련님이 메모를 특히 많이 남겼던 책들과 겹쳐서 신기하다는 생각이 들었어요."

요즘 마사키는 수향에게서 책을 많이 빌렸다. 수향이 자신의 대여 목록을 일일이 확인하는지는 미처 몰랐다. 마사키는 난처한 표정으로 웃었다.

"세상에는 우연의 일치라는 게 있으니까요."

"그런데 박 선생님 독서 목록이 제가 좋아하는 책들과도 겹쳐요. 죄송해요. 별 뜻은 없고 반가운 마음에 드린 말씀이에요. 영우가 저처럼 책벌레이긴 하지만 문학은 잘 읽지 않거든요."

마사키는 미소를 지었다.

"더 부지런히 읽고 반납해야겠네요. 제가 빌려 간 책을 읽고 싶으실 수도 있으니까요."

"실은 제가 좀 엉뚱한 생각을 했는데 박 선생님께 이런 질문드려도 괜찮을지 모르겠어요."

"네?"

"박 선생님, 혹시 마사키 도련님과 같은 학교에 다니지 않으셨나요? 마사키 도련님은 경성제대 의학부에 재학했던 것 같은데요."

마사키는 망설였다. 거짓말이 늘어날수록 나중에 더 곤란해질 텐데.

"글쎄요. 제가 경성제대 의학부를 졸업하긴 했지만 나

가스 마사키란 후배가 있었는지 잘 모르겠습니다."

수향의 입꼬리가 처졌다.

"그 마사키 도련님이란 사람은 이제 일본으로 가버려서 두 번 다시 만날 일이 없겠지요?"

"지난 1945년에 전국 각지의 세화회가 나서서 대부분의 일본인을 본국으로 귀환시킨 걸로 알고 있습니다만……."

"그분한테 고맙단 말씀을 한 번쯤은 드리고 싶었어요. 마사키 도련님이 남긴 서재 덕분에 지난 몇 년간 즐거웠어요. 이 집에 오기 전에는 이렇게 많은 책을 가져본 적이 없었어요."

"마사키란 사람을 잘 모르지만 수향 씨 마음을 알게 된다면 무척 기뻐할 것 같군요."

마사키는 조금 떨리는 목소리로 말했다. 졌다. 이 여자한테는 당할 수가 없다. 수향이 아무 말없이 맑은 눈으로 마사키를 바라봤다. 두 사람은 한동안 침묵했다.

"다른 방도 청소해야겠습니다."

마사키가 헛기침을 하고 서둘러 방을 나가려 하는데 수향의 목소리가 쫓아왔다.

"실은 부탁이 있어요. 아직 세쌍둥이에게 임신 사실을 말하지 않았어요. 제가 말하기가 왠지 어색해요. 박 선생님이 저 대신 얘기해주시면 어떨까요? 의사가 말하는 편이 모양새가 좋지요. 기쁜 소식을 말하면 세쌍둥이랑 좀 친해지는 데 도움이 될 거예요."

"정말 좋은 생각이네요."

마사키는 맞장구를 쳤다.

수향 말이 맞았다. 그날 저녁 식사 자리에서 수향이 임신한 사실을 알리자 세쌍둥이는 마사키에게 고맙다고 말하면서 뛸 듯이 기뻐했다. 마사키는 저 셋에게 누가 아빠인지는 중요하지 않다는 걸 눈치챘다. 수향 역시 아빠는 따지지 않고 자신의 아이로 키울 생각인 모양이었다. 마사키는 아기가 태어나면 자신이 주치의이자 삼촌이 되어줘야겠다고 생각했다.

임신부는 잘 먹어야 한다며 세쌍둥이가 어디선가 소고기를 구해왔다. 마사키는 대나무 숲 근처에서 하얀 망태버섯을 뜯어 왔다. 집 안에 갇혀서 어린 시절을 보냈던 마사키는 종종 새어머니 설영과 버섯을 캐곤 했었다.

대충 베어낸 흑죽을 장작 삼아 고기를 구워 먹으며 수향과 세쌍둥이, 그리고 마사키는 조금씩 친해졌다. 대나무가 탁탁 소리를 내며 타올랐다. 수향은 앉아 있는 내내 배에 손을 얹고 있었다. 마사키는 세쌍둥이가 알면 알수록 순박한 청년들이라는 걸 느꼈다. 철판 위에 놓인 고기와 버섯이 익어갔다. 푸짐한 음식 덕에 왁자지껄 정겨운 식사 자리가 되었다. 세쌍둥이는 게걸스럽게 고기를 뜯었고 마사키도 조금 맛보았다. 정작 수향은 입덧 때문에 버섯만 약간 먹을 수 있었다.

시간이 흐르면서 수향의 입덧은 차츰 가라앉았다. 배는 점점 불러왔고 다섯 명은 기묘한 대가족이 되어갔다. 마사키의 교코 찾기는 여전히 성과가 없었다. 편지를 찾은 이후로 이렇다 할 단서는 나오지 않았다. 교코가 아끼던 큰 여행 가방이 사라진 걸 보니 가출한 건 맞는 듯했다.
'교코…… 이 오라비가 무능하기 짝이 없구나.'
답답한 마음이 들 때면 마사키는 홀로 흑죽림을 산책했다.

어느 날 영일, 영진, 영우는 아기 태명을 무엇으로 정할지를 놓고 다투기 시작했다. 마사키는 그들의 말싸움을 구경하면서 피식 웃었다.
"순이는 어때?"
영일이 말했다.
"그건 너무 촌스럽잖아. 전쟁 통에 태어나니 평화라고 짓는 건?"
영진이 제안했다.
"그건 기독교스러워."

영우가 반대했다.

태명을 짓는 것은 한국의 오래된 전통이었다. 한국인들은 태명에 아이와 산모의 건강을 비는 마음과 가족의 소망을 담았다.

"그만해. 박 선생님. 아기가 언제 태어난다고 했죠?"

수향이 말했다.

"제 추측이 맞다면 내년 여름일 겁니다."

마사키가 말하자 수향이 결정을 내렸다.

"아기가 태어날 계절을 태명으로 정하자."

수향은 배를 어루만지면서 선언하듯 말했다.

"여름이가 태어나면 이 전쟁도 끝날 거야."

여름이는 그들의 희망이었다.

11

영일, 영진이 시내에 나갔다가 새 소식을 가져왔다.

전쟁의 판도가 바뀌었다. 맥아더 장군의 인천상륙작전으로 9월 28일, 국군이 서울로 돌아왔다. 인민군은 북쪽으로 달아났다. 북으로 쫓기던 인민군이 수많은 사람들을 북한으로 끌고 가다가 뒤처진 사람들을 성신여대 뒷산에서 죽여버렸다. 사람들은 쇠사슬이나 소 끌던 밧줄에 묶인 채 질질 끌려갔다. 후퇴가 급했던 인민군이 걸음이 느린 사람들을 포탄이 떨어진 구덩이에 집단으로 몰아넣고 따발총을 갈겼다. 서울 미아리 고개가 최후 방어선이었기에 그 지역에서 피해가 더 컸다.

국군이 서울로 돌아오자, 피의 보복이 시작됐다.

국군이 서울을 수복했지만 3개월간 인민군 치하에서 버텨온 서울 시민들에게 돌아온 건 부역자 취급이었다. 시민들은 인민군이 강제한 행사에 나갔다가 부역자 혐의를 받아 이번엔 국군에게 갖은 고초를 당했다. 공산주의자 혐의를 받은 많은 시민들이 재판 없이 처형됐다는 믿기 힘든 소문이 들려왔다. 이른바 반공 청년들의 짓이었다. 인민군 치하에서 임시인민위원회 인민위원장을 맡았던 사람들이 몽둥이로 맞아 죽었다. 인민위원장의 가족도 예외는 아니었다. 남녀노소 가리지 않고 모조리 죽였다. 한번 부역자와 부역자의 가족으로 낙인찍히면 군경과 우익 단체의 폭행이 예사로 행해졌다.

이 보복에는 병균의 논리가 적용됐다. 나쁜 '병균'은 뿌리째 없애버려야 더 퍼지지 않는다는 논리였다. 돌아온 국군은 공산주의자와 그 부역자는 삶을 누릴 권리가 없는 벌레만도 못한 존재임을 세상에 당당하게 천명했다. 수향은 숨이 막혔다.

인민군도 국군도 시민의 편이 아니었다. 수향은 밥 한 끼 주지 않는 이데올로기 싸움이 지긋지긋했다. 좌나 우나 똑같았다. 누구에게 걸려도 시민은 죽어나갈 뿐이었다. 초록색 군복도 황토색 군복도 수향에겐 똑같았다. 어느 날 수향은 모두에게 이기리스관 식탁으로 모이라고 했다.

"여름이가 이제 인사를 하고 싶은가 봐."

수향이 튀어나온 배를 내밀었다.

"만져봐. 박 선생님도요."

세쌍둥이와 마사키는 차례대로 수향의 배를 만졌다. 배 안에서 무엇인가가 보글거리는 느낌이 났다. 태동이었다.

"모두에게 하고 싶은 말이 있어요. 여름이를 위해서 우리 모두 이 집에 계속 숨어 사는 게 좋겠어요."

"그래. 그편이 나아."

세쌍둥이는 동의했다. 수향은 마사키를 쳐다봤다.

"박 선생님은 어떻게 생각하세요?"

"저도 동의합니다."

철 대문에 감긴 쇠사슬을 풀지 않기로 했다. 이기리스관과 흑죽관은 평화로운 중립지대로 남아야 했다. 이 집은 여름이가 태어나고 자라날 곳이다. 수향은 이 집 남자들 중 단 한 명도 징집되지 않기를 바랐다. 대나무 숲에 만든 수향 부모와 두만의 무덤도 들키지 않으려면 세상과 숨바꼭질을 잘 해야 했다. 전쟁이 끝날 때까지.

"종전까지 이 집은 우리들만의 나라야."

지금까지처럼 식량을 구할 때만 몰래 밖에 나가기로 했다.

좋은 소식이 하나 있었다. 국군이 서울을 수복하면서 식량 유통 사정이 나아졌다. 덕분에 전보다는 덜 굶주리게 되었다. 하지만 임신부인 수향은 충분히 먹지 못했다. 마사키는 늘 그 점이 걱정이었다.

계절은 가을에서 겨울로 향했다. 공기는 점점 차가워지고 땅에는 낙엽이 뒹굴었다. 이기리스관의 나무들은 낙엽을 떨구고 벌거벗었다. 흑죽 줄기가 검어졌다.

어느 날 새벽 수향은 자다가 속삭임을 들었다.

일어나…… 일어나.

교코. 슬픈 목소리였다.

'오랜만이구나. 왜 나를 부르는 거야.'

그 사람을 불러.

수향은 눈을 떴다. 창가에 교코의 그림자가 어른거렸다. 흠칫 놀랐다가 자세히 보니 나무 그림자였다. 방울이는 베개 옆에서 잠을 자고 있었다.

수향은 불현듯 배에 통증을 느꼈다. 변이 마렵거나 소화불량일 때와는 다른 느낌이었다. 아랫배가 찢어질 듯 아파서 두 손으로 움켜쥐었다. 엉덩이 아래가 축축했다. 이불을 걷어내고 침대보를 보니 피가 고여 있었다. 수향은 새된 비명을 질렀다.

"도와줘요!"

아래층에서 자던 마사키가 수향의 방으로 뛰어 올라왔다.

"박 선생님. 자다가 일어나니 이렇게 되어 있었어요."

수향이 흐느껴 울면서 말했다.

"세쌍둥이를 불러주세요!"

"진정해요!"

마사키는 수향의 배에 청진기를 갖다 댄 후 표정이 굳어졌다. 심음이 들리지 않았다.

"왜요? 아기 심장이 안 뛰어요?"

수향은 마사키의 표정을 보자 울부짖으며 그에게 매달렸다. 마사키는 침착하게 수향을 붙들고 설득했다.

"이렇게 말해서 미안합니다. 아기가…… 떠났어요. 하지만 의사로서 하는 말이니 믿어줘요. 이미 아기가 제법 큰 상태예요. 두 번째 아기를 잘 낳으려면 자연분만으로 이 아기를 내보내야 합니다. 아기가 뱃속에 계속 남아 있으면 수향 씨가 위험합니다."

"아니, 아니야! 아니에요! 아까도 태동을 느꼈어요!"

수향이 울부짖었다. 마사키는 수향의 어깨에 두 손을 올렸다.

"알아요. 받아들이기 힘들죠. 하지만 제 말을 믿으세요. 아기 심장이 멎었어요."

울음이 점점 잦아들고, 수향은 고개를 천천히 떨어뜨

렸다.

"수향 씨. 할 수 있겠어요? 슬프겠지만 지금은 아기를 보내줘야 해요."

수향이 간신히 고개를 끄덕였다.

셔츠를 걷어붙인 마사키는 침대 아래에 무릎을 꿇고 앉았다. 곧이어 수향의 두 다리를 자신의 어깨 위에 올리고 단호하게 말했다.

"소리를 지르면 힘을 주기 어렵습니다. 최대한 소리를 내지 말고 제가 신호를 보낼 때마다 아래에 집중해서 힘을 줘요. 변을 보는 느낌으로."

수향은 겁에 질렸지만 고개를 끄덕였다.

"하나, 둘, 셋, 힘을 줘요!"

수향은 마사키의 신호에 따라 안간힘을 다해 아기를 몸 밖으로 밀어냈다. 힘을 줄 때마다 눈물이 뚝뚝 떨어졌다. 한참 만에 아기가 나왔다. 아주 작지만 제법 사람의 형상을 갖춘 아기였다. 수향은 기진맥진한 채로 침대에 늘어졌다. 마사키는 아기를 받아 깨끗한 수건으로 감싸고 수향에게 보여주었다.

"딸입니다."

사산된 아기를 보고 수향은 오열했다. 마사키는 수향을 힘껏 안아주었다.

"아기는……. 또 옵니다. 수향 씨가 다시 건강해지면

아기가 엄마를 만나러 올 겁니다."

수향은 마사키의 품속에서 두 눈을 감았다. 눈물이 멈추지 않았다.

뒤늦게 잠에서 깬 세쌍둥이는 달려와서 피범벅이 된 수향과 죽은 아기를 보더니 참담해했다. 마사키가 바늘과 실로 수향의 회음부를 봉합하는 동안 세쌍둥이는 깨끗한 수건과 뜨거운 물을 가져왔다. 그들은 사산된 아기를 무사히 낳을 수 있게 도운 마사키에게 진심으로 고마워했다. 영우가 마사키의 두 손을 꼭 잡았다.

"박 선생님이 아니었다면 큰일 날 뻔했습니다."

마사키는 천천히 미소를 지었다. 이 일로 세쌍둥이와 마사키 사이에 남아 있던 마지막 장벽이 허물어졌다. 세쌍둥이는 제일 연장자인 마사키를 형이라고 부르기 시작했다.

수향은 침대에 누운 채로 계속 울었다. 허전한 배를 만지며.

"눈물도 물이주게. 물이 흐르멍 길이 나주게."

외할머니의 말이 떠올랐다. 외할머니, 정말 그럴까요. 이제는 모르겠어요. 물길을 만들 자신이 없어요. 수향은 속으로 중얼거렸다.

방울이가 침대 위로 깡충 뛰어오르더니 위로하듯이 수향의 눈물을 핥아주었다. 방울이를 안고 울다가 수향은 힘겹게 잠이 들었다.

혼곤하게 잠든 와중에 인영이 느껴졌다. 교코가 치마 잠옷 차림으로 수향의 침대 앞에 서 있었다. 지금이라면 교코와 이야기를 나눌 수 있을까? 수향은 말했다.

"교코……. 첫 아기를 잃었어. 아까 나한테 경고해주려던 거였지?"

"괜찮아."

교코가 부드럽게 속삭였다. 수향은 위로를 받는 기분이 들었다.

눈을 떠보니 교코는 사라지고 없었다. 동이 트고 있었다. 책상 위 교코의 사진이 다정하지만 슬픈 표정으로 수향을 바라보고 있었다.

12

전쟁은 이기리스관 밖의 문제였다.

이기리스관에는 더 심각한 문제가 있었다. 전쟁 초기에 영양실조를 겪었던 수향은 사산으로 더욱 더 쇠약해졌다. 얼굴은 초췌해졌고 살구색이었던 입술은 거의 푸른빛을 띠었다. 사산아를 낳고 출혈이 심했기에 부작용으로 중증 빈혈이 뒤따랐다. 마사키가 준 영양제로는 충분하지 못했다. 세쌍둥이와 마사키는 허약해진 수향을 걱정했다.

"제대로 된 철분제를 먹어야 나을 텐데……."

마사키는 안타까웠다.

고기와 영양가 있는 음식을 잘 챙겨 먹지 못한 수향은 회복이 느렸다. 겨울이 되자 식량 사정이 다시 안 좋아졌다. 세쌍둥이와 마사키도 수시로 굶었다. 네 남자는 논의 끝에 세 명은 식량을 구하러 나가고 나머지 한 명이 집에 남아서 수향을 지키기로 했다. 영일은 영진과 함께 서울 시내의 빈집 털이에 나섰다. 한번은 순찰을 도는 국군에게 걸려 징집될 뻔하기도 했다. 그때마다 가까스로 도망쳐서 이기리스관으로 돌아왔다.

수향은 방에서 요양하면서 줄곧 악몽과 환시에 시달렸다. 자도 자는 것 같지 않았고 깨어 있어도 깨어 있는 것 같지 않았다. 의식과 무의식을 왔다 갔다 하는 동안 저택이 수향에게 말을 걸었다. 마치 나가스 저택이 수향에게 그동안 참고 있던 말을 한꺼번에 쏟아내는 듯했다. 알아들을 수 없는 이상한 소리들이 귀에 들리고 이해할 수 없는 기척들이 느껴졌다.

서로 다른 목소리들이 앞다투어 수향에게 말을 걸려고 시도했다.

속닥속닥속닥.
속닥속닥속닥.
속닥속닥속닥.

수향은 눈 흰자를 뒤집은 채로 의식을 잃기 일쑤였다. 방울이는 침대에서 수향을 지켜주며 옆을 떠나지 않았다.

어렸을 때 앓았던 정체 모를 병을 다시 앓는 느낌이었다. 외할머니가 추는굿을 해줬던 기억이 났다. 이름을 알 수 없는 신이 자신에게 들어왔던 것도.

'몸이 허해지니 귓것들이 더 난리를 치나.'

이대로는 버티기가 힘들었다.

'차라리 혼을 불러내자. 귓것을 만나자.'

수향은 힘겹게 일어나 책상 서랍을 열었다. 외할머니의 요령을 꺼냈다. 낡고 녹슬었지만 아직도 영롱한 소리가 났다. 몸 상태가 안 좋아서 요령을 꺼내는 것만으로도 힘이 들었다. 요령을 한 손에 들고 흔들었다.

딸랑.

딸랑.

딸랑.

딸랑.

아무런 변화도 없었다.

'외할머니가 요령을 흔드는 건 혼령을 부르기 위해서라고 했는데……'

괜히 기대했나. 수향은 요령을 책상 위에 내려놓고 쓴

웃음을 지었다. 문득 주변 공기가 차가워져 재채기를 했다. 코피가 한 줄기 흘렀다. 손으로 코를 막으며 고개를 든 수향은 심호흡을 했다.

교코가 늘 입고 있던 긴 치마 잠옷 차림으로 수향을 쳐다보고 있었다. 수향이 놀라서 입을 벌리자, 교코는 미소를 지으며 왼손 검지를 입술에 댔다. 오른손 검지로는 아래층을 가리켰다.

"교코!"

교코는 입가에 미소를 띤 채로 서서히 옅어지더니 사라졌다. 수향은 어리둥절한 채로 서 있었다. 벽시계를 보니 새벽 2시였다. 1층 거실에서 희미하게 피아노 소리가 들려왔다. 이기리스관에 피아노 소리라니. 누가 전축을 틀었나. 아니면 꿈인가? 귀를 기울였다. 진짜 피아노 소리였다. 1층 거실의 블뤼트너 피아노를 누군가가 연주하고 있었다. 저 선율은? 몇 년 전에 이 집에 처음 왔을 때 들어봤던 곡인데······.

월광.

수향은 기억해냈다.

〈월광 소나타〉였다.

마사키는 밤이 늦도록 잠을 이룰 수 없었다. 나가스 저택에 들어온 지 몇 달이 흘렀다. 세쌍둥이가 집을 비울 때마다 교코의 방을 샅샅이 뒤졌지만 편지를 발견한 이후로 특별한 진전이 없었다.

'그냥 수향 씨에게 정체를 고백할까?'

마사키는 고민했다. 전에 수향이 마사키를 만나고 싶다고 했을 때 그 자리에서 자신이 마사키라고 실토할 뻔했다. 이대로 시간을 흘려보내기만 할 수는 없었다. 결단을 내릴 때가 되었다. 사실을 말한다면 몸이 부쩍 약해진 수향이 혹시라도 충격을 받지는 않을까 걱정은 됐지만 이대로 박남일인 양 네 사람을 속이며 이 집에서 살 순 없었다.

마사키는 잠을 포기하고 일어났다. 집 안이 조용했다. 모두 잠든 것 같았다. 천천히 방문을 열고 작은 거실로 나갔다. 블뤼트너 위에 창백한 달빛이 쏟아지고 있었다. 피아노를 치지 않은 지 꽤 오래되었다. 마사키는 검은 그랜드 피아노를 부드럽게 쓰다듬다가 홀린 듯이 피아노 의자에 앉았다. 뚜껑을 열고 흰 건반 하나를 손가락으로 눌렀다.

딩.

반갑고 그리운 소리였다.

그동안 수향과 세쌍둥이에게 정체를 들킬까 봐 피아노 근처엔 가지도 않았다. 하지만 블뤼트너 소리를 들으니 잊고 있던 기억들이 다가왔다. 어린 시절 어머니의 무릎에 앉아 처음으로 피아노를 배웠던 날. 교코와 자신이 연탄곡으로 륄리의 〈젓가락 행진곡〉을 쳤을 때 박수 치던 새어머니. 아버지가 없던 어느 날, 마사키가 새어머니, 최 집사, 나가스가의 하인들 앞에서 열었던 작은 연주회. 모두가 환호하며 마사키를 칭찬해주었다. 어린 교코는 오빠를 환한 얼굴로 바라보며 앙증맞은 손으로 손뼉을 쳤었다.

'마치 작은 축제 같았지.'

미소를 지으며 마사키는 추억했다. 손이 저절로 건반 위에 놓였다.

마사키와 교코는 의 좋은 오누이였다. 아버지의 억압에 억눌린 채 서로만을 바라봤던 남매였다. 교코. 넌 이 세상에서 하나뿐인 소중한 동생이야. 더 이상 두려워하지 않을게.

'수향 씨에게 모든 것을 털어놓고 도와달라고 해야지. 이제는 아무래도 상관없다. 교코를 찾는 게 제일 중요해.'

마사키는 피아노를 치기 시작했다. 손가락은 기억하고 있었다. 〈월광 소나타〉를.

수향은 비틀거리며 계단을 따라 1층 거실로 내려갔다.

흰 셔츠를 입은 마사키가 프랑스식 창문으로 쏟아지는 달빛을 조명 삼아 그랜드 피아노를 치고 있었다. 하얗고 긴 손가락으로 〈월광 소나타〉를 막힘없이 쳤다. 블뤼트너 특유의 묵직하고 깊은 소리가 거실에 울려 퍼졌다. 아름답고 정확한 연주였다.

수향은 마사키의 뒤로 다가갔다. 맨발로 선 채 정신없이 피아노 연주를 들었다. 마사키는 수향이 있는 걸 까맣게 모르고 피아노 연주에만 집중했다. 연주를 마치고 그가 페달에서 발을 떼자 수향이 천천히 박수를 쳤다. 마사키가 깜짝 놀라서 뒤돌아봤다.

"박 선생님. 훌륭한 연주예요."

"미안합니다. 허락을 구하지 않아서……. 다들 잠든 새벽에는 괜찮을 거라 생각했어요."

마사키가 당황한 표정으로 사과했다.

"허락이라니요. 그런데 피아노를 이렇게 잘 친다는 걸 왜 말하지 않았어요?"

"그건……."

마사키는 고개를 숙이고 대답을 피했다. 두 사람 사이에 긴 침묵이 흘렀다. 흰 셔츠를 입은 마사키의 얼굴은 평소보다 창백해 보였다. 문득 수향은 생각했다.

'왜지. 익숙한 장면 같아.'

한밤중의 달빛. 블뤼트너 피아노. 〈월광 소나타〉. 흰옷을 입은……. 어떤 생각이 수향을 스치고 지나갔다.

수향이 부르튼 입술을 열었다.

"박 선생님은 이 집을 원래 알고 있었죠?"

"네?"

마사키의 눈이 커졌다.

"박 선생님은 대체 누구예요? 이 집에 들어오자마자 어디에 무엇이 있는지 훤히 잘 알고 있더군요. 제 고양이 방울이는 보자마자 박 선생님을 따랐고요. 솔직히 말해주세요. 박 선생님은 예전에 나가스 저택에서 산 적이 있죠? 세 쌍둥이가 처음부터 박 선생님을 수상하게 생각했어요."

마사키는 한숨을 쉬었다. 결국 들켰다. 차라리 잘된 일이었다.

"……의도적으로 속이려고 한 건 아닙니다. 오래전에 이 집에 살았던 적이 있습니다. 미안합니다."

"그럼 제 추측이 맞았네요?"

"……."

마사키는 침묵했다. 수향이 그를 쳐다보며 말했다.

"박 선생님께 처음 말씀드리는 것 같아요. 저는 제주 무당의 외손녀예요. 어린 시절에 추는굿을 받은 뒤부터 때로는 다른 사람들이 보지 못하는 것을 보고, 듣지 못하는 것을 듣곤 해요. 박 선생님이 여기에 들어온 후 이 집 딸 교코가 더 자주 제 꿈에 나타났어요. 제 책상 위의 교코 사진을 보고 박 선생님의 안색이 변하는 걸 봤어요. 방금 전에도 꿈에 교코가 나타나서 1층을 손가락으로 가리켰어요."

수향은 말을 이었다.

"박 선생님은 한때 이 집에 살았고, 교코를 잘 알고 있으며, 블뤼트너를 교코만큼 잘 치는 사람이죠. 이 모든 사실은 단 하나의 진실을 가리켜요."

수향은 마사키를 응시했다.

"당신은 나가스 마사키죠?"

13

두 사람 사이에는 정적이 흘렀다.

마사키는 천천히 미소를 지었다.

"결국 알아냈군요. 수향 씨가 이겼어요. 네. 저는 나가스 마사키입니다."

"그럼 정체를 속이고 이 집에 들어온 건……."

"사라진 여동생 교코에 대한 단서를 찾기 위해서예요. 부탁합니다. 수향 씨. 당신이 정말 무당의 손녀라면 교코를 찾는 걸 도와주세요."

마사키는 깍듯하게 몸을 숙였다.

'그리고 당신을 좋아해서 온 겁니다.'

마사키는 속으로 이 말을 삼켰다. 차마 이 말은 할 수 없었다.

"실은, 제 여동생 교코가 1945년 8월 15일에 편지 한 장만 남겨놓고 사라져버렸습니다. 5년 동안 서울에서 동생을 찾으려고 노력했지만 실패했죠. 마지막 수단으로 이 집에 돌아오면 조금이나마 단서를 찾을 수 있을 것 같아서……. 지푸라기라도 잡는 심정으로 제 정체를 속이고 이 집에 들어온 겁니다. 당신과 쌍둥이들을 속인 건 죄송하게 생각합니다."

"……그랬군요."

수향은 머뭇거리며 마사키를 바라봤다. 그동안 이 남자에게 친밀감을 느껴왔던 이유를 알았다.

마사키의 서재는 수향을 이 집에 정착하게 한 고마운 선물이었다. 그동안 마사키가 남기고 간 신조사 전집과 많은 책을 읽으며 그와 교감해왔다. 마사키의 메모 옆에 자신의 생각을 글로 남기며 수향은 즐겁고 행복했다.

뒤늦게 수향은 깨달았다. 나는 마사키를 만나기 전부터 이미 좋아했던 게 아닐까. 어쩌면 마사키는 수향이 태어나서 처음으로 가져본 진정한 친구였을지도 모른다. 이상하게 마사키와 눈을 마주칠 수 없었다.

'그동안 친구를 눈앞에 두고도 못 알아봤구나.'

수향은 괜히 얼굴이 달아올라 눈을 내리깔았다.

그때 2층, 수향의 방에서 딸랑 소리가 들려왔다. 마사키의 눈이 커졌다.

"저게 무슨 소리죠?"

"쉿."

수향이 손가락을 입술에 대고 가만히 소리를 듣더니 말했다.

"외할머니는 제주도에서 유명한 무당이었어요. 외할머니가 남긴 무구 중 유일하게 챙겨온 게 요령인데 지금 그 요령이 저절로 울리고 있어요."

"저절로? 왜죠?"

"요령이 자신을 데려가라고 해요."

요령이 스스로 울리는 건 처음 있는 일이었다. 수향은 2층으로 올라 낡고 녹슨 요령을 가져왔다. 수향은 마사키 앞에서 요령을 흔들었다. 가볍게 요령을 흔들며 중얼거렸다. 오라. 오라. 나에게 오라. 이 집을 맴도는 혼이여.

      딸랑.

           딸랑.

        딸랑.

           딸랑.

방울 소리가 멈추자 정적이 흘렀다. 겨울바람이 열린 창으로 들어와 두 사람을 스치고 지나갔다. 주변 공기가 차갑게 얼어붙었다. 입에서 입김이 나왔다. 하얀 입김이 공기 중으로 흩어졌다. 수향의 맨발에 소름이 돋았다.

수향은 숨을 들이켰다.

눈앞에 검은 기모노 여인이 나타났다. 여인은 울고 있었다. 여인은 마사키를 보고 몸을 떨면서 더 심하게 흐느껴 울었다. 여인은 수향을 향해 손짓하더니 따라오라는 듯이 뒤를 돌았다. 수향이 몸을 부르르 떨면서 중얼거렸다.

"한 여자가 나타났어요. 제가 전에 만났던, 기모노를 입은 일본 여인이에요. 저한테 자기를 따라오라고 해요.."

수향은 잠옷에 맨발 차림으로 서둘러 이기리스관을 나가려 했다.

"네? 잠깐만 기다려요. 지금 밖이 얼마나 추운지 몰라요?"

마사키는 수향의 말에 어리둥절했다. 기모노를 입은 여인이라고? 눈앞에 아무것도 보이지 않는 그는 수향의 말을 믿을 수 없지만, 쇠약한 환자가 혼자서 추운 바깥으로 나가게 내버려둘 수는 없었다. 마사키는 손전등을 챙겼다. 두꺼운 코트를 가져와 수향에게 입히고 옆에서 부축했다. 수향은 왼팔에 요령을 들었다. 겨울바람이 부는 정원을 지나 두 사람은 함께 흑죽관으로 향했다. 수향은 유령을 따라 걸었다. 눈으로는 검은 기모노 여인을 노려보면서 마사키의 팔을 붙들고 의지했다.

기모노 여인은 흑죽관으로 들어갔다. 수향과 마사키는 계속 여인을 쫓았다. 여인은 복도를 따라 걷다가 검은 기모노가 걸린 벽을 손가락으로 가리키더니 소리 죽여 울기 시작했다. 곧이어 여인은 서서히 투명해지더니 사라졌다. 수향은 다리에 힘이 풀리고 쓰러질 뻔했다. 마사키는 서둘러 수향을 부축하다가 벽에 걸린 기모노를 보고 멈춰 섰다.

"저 기모노는……."

마사키의 얼굴이 굳어졌다.

"마사키 상, 저 검은 기모노를 알아요? 옷감이 고급이던데."

"새어머니가 즐겨 입었던 쿠로토메소데예요. 아버지가 잘 어울린다고 칭찬했던 옷이죠."

"저 기모노가 왜 이 벽에 걸려 있을까요?"

"아버지가…… 새어머니를 그리워하면서 걸었나 봅니다."

마사키가 말을 마치자마자 누군가가 수향을 감전이라도 시킨 것처럼 요령을 든 팔이 요란하게 들썩거리기 시작했다.

"수향 씨!"

"마사키 상, 제가 흔드는 게 아니에요!"

수향이 외쳤다. 요령이 심하게 흔들려 수향은 두 손으로 붙드는 수밖에 없었다. 두 손으로 잡아도 요령은 쉴 새 없이 위아래로 진동했다. 방울 소리가 미친 듯이 빨라지더니 요령을 든 수향의 몸이 벽의 어느 지점으로 밀어붙여졌다. 수향이 벽에 충돌하고 요령 소리가 불현듯 멈췄다. 수향이 바닥에 쓰러지자 언제 그랬냐는 듯 다시 정적이 흘렀다. 마사키는 흠칫 놀라며 수향의 어깨를 붙들었다.

"괜찮아요?"

마사키가 수향에게 걱정스레 물었다. 수향은 창백한 얼굴로 고개를 끄덕였다. 수향은 요령을 바닥에 내려놓고 일어나서 손가락으로 자신이 부딪힌 지점을 짚었다.

"그 여인이 여기를 조사해보라고 하는 것 같아요."

마사키가 입술을 깨물었다. 우울한 표정이었다.

"그러고 보니 이 집에 처음 왔던 몇 년 전에도 저 여인이 이 벽 앞으로 절 데려왔어요. 그때부터 제가 이 벽을 살펴보기를 원했나 봐요."

"잠시만 기다려요."

마사키는 손전등으로 벽을 비췄다.

"벽과 색이 같지만……. 재질이 다른 부분이 있어요."

차분하게 말한 마사키가 벽을 더듬어 숨겨진 손잡이를 발견했다. 그 손잡이를 당기자 감추어진 통로가 열리면서 지하로 내려가는 가파른 계단이 보였다. 마사키는 초조해 보였다. 두 사람은 함께 계단을 내려갔다. 바닥에 도착하자 옻칠이 된 검은 문이 있었다. 마사키가 둥근 문고리를 돌리자 문이 열렸다. 그는 안에 들어가 벽을 더듬더니 조명을 켰다. 눈앞에 붉은 방이 펼쳐졌다.

'여긴…….'

수향은 놀랐다. 분명 나가스 저택에 맨 처음 이사하던 날 환시로 보았던 붉은 방이었다. 사방이 온통 붉은 페인트칠이 된 방의 한쪽 벽면에는 기괴한 도구들이 잔뜩 걸려 있었다. 붉은 밧줄 뭉치, 채찍, 회초리, 입마개, 다양한 크기의 나무로 된 각좆[33]들……. 그중 어떤 도구들은 사람을 위한 것이 아니었다. 소나 말에게나 쓰는 물건들이었다.

용도가 무엇인지 일일이 알긴 어려웠지만 보기만 해도 무시무시한 물건들이었다.

"마사키, 여긴 대체…… 뭘 하는 곳이었을까요?"

마사키는 어두운 얼굴로 대꾸하지 않았다.

---

[33] 남근 모양의 성기구. 주로 나무를 깎아서 만든다.

갑자기 사위가 어두워졌다. 붉은 방은 자신 스스로 검은 문을 쾅 하고 닫았다. 그러고는 수향에게 이 방에서 있었던 일들을 보여주기 시작했다.

"이리 와!"

수향의 몸을 통과해 한 남자와 소녀가 지나갔다. 남자는 거친 태도로 소녀의 가느다란 팔목을 움켜잡고 있었다. 수향은 자신의 손을 내려다보았다. 붉은 방이 비쳐 보였다. 자신의 몸이 투명해졌다는 걸 깨닫고 수향은 두 사람을 쫓았다.

"아버지!"

소녀는 교코였다. 예쁜 벚꽃 문양 유카타를 입은 교코가 남자의 손에 잡힌 채 난폭하게 방바닥에 내동댕이쳐졌다. 아버지라고 불린 남자는 이 저택의 주인인 나가스 시게루 같았다. 교코의 새어머니처럼 보이는 검은 기모노를 입은 여인이 두 사람 사이에 끼어들었다.

"주인님, 제발……."

여인이 시게루를 말리려고 했지만 그녀는 마구 매를 맞고 붉은 방 밖으로 쫓겨났다.

시게루는 방문을 잠근 다음에 교코의 두 팔을 붉은 밧줄로 묶었다. 기모노에서 빠져나온 딸의 우윳빛 다리를 자신의 어깨에 올린 다음 늘씬한 목을 조르며 자신의 욕구를 채우려 했다. 교코는 긴 머리칼을 좌우로 흔들면서 흐느꼈다.

"안 돼!"

수향이 소리치자 시게루가 그 소리를 들은 것처럼 화난 표정으로 뒤를 돌아봤다.

"누구야?"

눈을 떠보니 수향은 바닥에 누운 채 흔들리고 있었다. 마사키가 수향의 어깨를 흔들고 있었다.

"수향 씨. 정신 차려요."

"괜, 괜찮아요. 이 방에서 있었던 일을 본 것뿐이에요."

"한참 기절해 있었어요."

마사키가 안도의 한숨을 쉬었다. 수향은 몸을 부들부들 떨며 힘없이 중얼거렸다.

"저는 이 집에 온 후로 종종 이상한 꿈을 꿔요. 그 꿈에는 주로 교코가 나오죠. 방금 이 방이 저에게 환영을 보여줬어요. 교코가 어떤 일본 남자에게 몹쓸 짓을 당하고 있는 환영이요. 남자는 처음 보는 얼굴이었지만 나가스 시게루 같았어요. 교코가…… 이 방에서 친아버지에게……."

수향은 차마 말을 잇지 못했다. 마사키는 조용해졌다.

"마사키 상. 표정이 왜 그래요?"

"……."

마사키는 두 손으로 머리카락을 헝클어뜨리더니 고개를 숙였다. 곧 몸을 틀어 무시무시한 도구들이 있는 벽으로 향했다. 마사키는 손가락으로 도구들을 부드럽게 쓸어내리면서 침묵했다. 한참 후에 그가 입을 열었다.

"아까 제가 비밀 입구를 너무 빨리 찾았다는 생각은 안 듭니까?"

"네?"

"이 방의 문이나 전등 스위치도 이상하게 잘 찾았죠? 마치 전에 들어와본 적이 있는 사람처럼……."

"하고 싶은 이야기가 뭐예요? 마사키 상."

수향이 불안한 표정으로 물었다. 마사키는 말이 없었다. 그는 벽에서 떨어져 마치 한기라도 느끼는 사람처럼 양팔로 자신의 몸을 껴안았다. 어둡고 고통스러운 표정이었다.

"그 여자아이가 교코라고요? 틀렸어요."

마사키는 방 안을 둘러보면서 비틀린 미소를 지었다.

"당신이 환영에서 본 여자아이와 사진 속의 여자아이, 모두 교코가 아닙니다."

수향은 고개를 들어 마사키를 응시했다. 마사키의 어두운 표정이 수향을 두렵게 만들었다. 왠지 모르게 그의 입에서 나올 다음 말이 두려웠다. 어렵게 입을 뗐다.

"마사키 상. 꺼내기 어려운 이야기라면 말하지 않아도 돼요."

마사키는 고개를 저으며 어색한 미소를 지은 다음 입을 열었다.

"둘 다 저예요."

수향의 두 눈이 커졌다.

"사진 속의 소녀가 마사키라고요? 왜 여장을 했어요?"

"그동안 이 사실을 숨겼던 건 미안합니다. 당신이 놀랄 거라고 생각했어요. 상식적으로 이해하기 쉬운 일도 아니고요."

마사키는 차갑게 미소를 지었다.

"전 아버지에게 어머니의 대체품이었어요."

수향은 숨이 막힐 것 같았다.

"그럼 이 방은?"

"아버지가 저를 데리고 놀기 위해 만든 밀실이죠. 비밀문과 검은 문, 이중으로 숨겨진 방이라 이 방에서 나는 소리는 밖에 절대 들리지 않아요."

수향은 고개를 떨궜다. 믿기지가 않았다.

"이 방에 오랜만에 오니 생각이 나는군요. 예전에 아버지가 저한테 했던 짓이……."

마사키는 중얼거렸다.

"일본의 오래된 화족 가문 출신인 어머니는 우아하고 아름다운 사람이었어요. 화학이나 생리학에도 조예가 깊어서 여자가 아니었다면 학자로 성공했을지도 모릅니다. 어머니는 아버지의 첫사랑이자 아버지가 평생 소유하지 못한 유일한 '물건'이었죠. 아버지는 많은 지참금을 주고 어머니를 데려왔습니다. 아버지는 어머니를 열렬하게 사랑했지만, 어머니는 아버지를 거부했어요."

 수향은 말없이 듣고 있었다. 마사키는 괴로운 표정으로 두 손으로 얼굴을 감싸안았다. 얼굴에 긴 손가락이 만든 그늘이 드리워졌다.

 "아버지의 사랑은 곧 증오로 변했습니다. 두 분은 결혼 생활 내내 불화했어요. 어머니가 돌아가시자 어머니를 많이 닮았던 저에게 아버지의 원망과 화풀이가 쏟아졌습니다. '이제는 네가 어머니를 대신해야 한다!' 언제부턴가 아버지는 이렇게 말하며 제게 항상 여자아이 옷을 입혔습니다. 어머니의 흰 기모노를 축소한 것 같은 작은 기모노를 저에게 입혀서 살아 있는 인형 놀이를 했죠. 머리를 자르거나 사내아이다운 놀이를 하는 건 철저하게 금지됐습니다. 가정교사는 붙여줬지만, 보통학교에는 보내주지 않았죠. 제 방의 서재는 거의 유일한 사치였어요. 밖에 내보내지 않는 대신 집 안에서 자유롭게 독서하는 건 허락했으니까요. 저는 중학교에 가기 전까지 여자아이처럼 허리까지 머리를 기르고 소녀의 옷만 입고 지냈습니다. 열 살 이후 제 몸이 여물자 아버지는 저를 자신의 놀잇감으로 삼았습니다. 더 듣고 싶습니까?"

 수향은 입술을 깨물며 가만히 듣고 있었다. 마사키는 허탈한 표정으로 웃었다.

 "사춘기가 와서 제 목젖이 튀어나오고, 어깨가 넓어지

고, 키가 크게 자라자, 아버지는 제 몸뚱이에 흥미를 잃었죠. 덕분에 저는 자유를 얻었습니다. 머리를 짧게 자르고 학교에 다니게 되었죠. 하지만 가엾게도 교코가 다음 희생물이 되었습니다. 그토록 갈망하던 자유를 얻었지만 저는 괴롭기만 했어요. 한없이 미워했던 아버지였지만 동시에 그의 사랑을 잃은 기분이 들어서……. 속으로 여동생을 질투하는 제가 싫었습니다. 그래서 경성제국대학 의학부에 진학한다는 핑계를 대고 집에서 탈출해버렸죠. 저는 비겁한 인간이었습니다. 아버지에게 학대받는 여동생을 외면하고 도망친……."

"……누구도 마사키 상을 비난할 수 없어요."

"저는 잘 알고 있습니다. 전 정상이 아닙니다. 그런 어린 시절을 보냈는데 정상적인 성인으로 자랐다면 이상한 노릇이겠죠. 어린 시절 전 육체에서 정신이 분리되기를 소망했습니다. 몸은 아버지에게 속박되어 있어도 넋이나마 자유로워지길 바랐던 것 같아요."

마사키가 고개를 푹 숙이자 수향이 그의 손을 잡았다.

"얼마나 괴로웠으면 그랬을까요."

"이젠 지난 일이죠. 평생 미혼으로 살다가 죽는 것이 유일한 소망입니다. 나가스란 이름을 이 세상에서 완전히 사라지게 하는 것이 아버지에게 할 수 있는 최고의 복수니까요. 하지만 그 전에 교코를 찾아야겠습니다. 동생을 아버지 곁에 두고 겁쟁이처럼 도망친 저 자신을 용서할 수 없습니다. 동생을 찾고 그 애에게 용서를 구하고 싶습니다."

마사키는 쓴웃음을 지었다.

"교코가 패망일에 사라졌는데 아버지는 동생의 마지막 행방을 모른다고 했습니다. 결국 전 교코를 찾기 위해 귀환선 탑승을 포기하고 서울에 돌아왔습니다. 우연히 사망한 조선인 의학부 선배의 신분을 도용했습니다. 교코만 찾고 나면 그 선배 가족에게 사죄하고 일본으로 돌아갈 생각이었습니다. 그런데 교코를 찾지 못한 채로 5년이 흘렀고 이제는 의사 박남일이란 신분이 마치 익숙한 옷처럼 저에게 잘 맞게 됐습니다. 선배 가족에게는 사정을 설명하고 평생 가족들을 지원할 작정입니다. 사실 전 일본에서 살아본 적이 단 한 번도 없어서 이 나라가 진정한 고향입니다. 본국에 가더라도 아마 적응하기 어려울 겁니다."

마사키는 중얼거렸다.

"지금 수향 씨가 아기를 잃고 제일 힘들 때인데 이런 무거운 이야기를 꺼내 미안합니다."

"천만에요. 마사키 상이야말로 지금까지 저를 많이 도와줬는데요."

"의사로서 도와준 거 말입니까? 당연한 일을 했을 뿐

입니다."

"아니요. 오래전부터 마사키 상은 절 도와줬어요. 제가 나가스 저택에 처음 왔을 때부터 지금까지 말이에요. 전 그동안 사진 속 소녀가 교코라고 생각했어요. 사진 속 당신이 제 여동생처럼 느껴졌어요. 한 살 터울의 여동생이 있었는데 어린 시절에 사고로 죽었죠. 지난 몇 년간 제가 힘들었던 때마다 당신이 소녀의 모습으로 꿈에 나왔어요. 그 꿈은 저를 매번 새로운 길로 이끌었죠. 이제야 그 아이가 당신이었단 걸 알았네요. 그러니 마사키 상이야말로 지난 몇 년간 제가 가장 많이 의지했던 친구였어요. 고마운 게 또 있어요. 당신이 밑줄을 긋고 메모를 남겼던 책들이 제게 힘을 주고 저를 살아가게 했어요. 책을 통해 늘 당신과 대화를 나눴으니까요. 덕분에 외롭지 않았어요. 당신이 남긴 일기장도 저를 도왔어요. 그 일기장이 아니면 청산가리를 찾지 못했을 테니까요."

"역시……. 수향 씨가 그 일기장을 찾아냈고 암호를 풀었군요. 내가 숨겼던 청산가리병도 썼고요. 아버지를 죽이고 싶어서 어머니 서랍에 몰래 숨겼는데……. 아버지에게 버림받은 후 잊고 있었죠. 한심하네요. 어떻게 그걸 잊었을까."

마사키는 수향과 세쌍둥이들이 부모를 죽였던 일을 떠올리며 한숨을 쉬었다.

"대체 그 청산가리는 어떻게 얻은 거예요?"

수향이 물었다.

"어머니의 장례식 날, 생전에 어머니가 마지막으로 입었던 흰 기모노에서 청산가리가 든 병을 발견했어요. 그땐 어렸을 때라 독약인지 미처 몰랐어요. 어머니가 중요하게 생각한 물건이라 생각해서 소중하게 여기고 책상 깊숙이 보관했죠. 몇 년 지나고 나서야 라벨의 내용을 이해하고 한참 울었던 기억이 납니다. 젊은 어머니는 자살을 꿈꿨던 것 같아요. 아마 본국에 잠시 다녀갔을 때 외삼촌한테서 훔쳐 온 게 아닐까 추측합니다. 외삼촌이 큰 제약 회사 연구실에서 근무하는 의학자였거든요. 어머니는 저랑 교코 때문에 자살을 포기했던 게 아닐까요."

마사키는 쓸쓸한 표정으로 말했다.

"그렇군요."

"제 일기장과 청산가리가 당신을 살인의 길로 이끌었네요. 이제라도 죄송하다고 말씀드리고 싶군요."

마사키가 머리를 숙였다.

"아니에요. 저는 그 일을 후회하지 않아요. 그렇게 하지 않았다면 저는 살아도 산 사람이 아니었을 거예요."

수향은 고개를 저으며 단호하게 말했다. 그러고는 마사키를 똑바로 쳐다봤다.

"그래요. 지금까지 제가 버틴 건 당신 덕분이었어요.

맨 처음 대나무 숲에서 당신을 봤을 때 친숙한 느낌이 들었던 이유를 이제야 알겠어요. 저도 모르는 사이에 당신을 알아본 거예요. 사진 속의 소녀가 당신이란 걸……."

"아……. 그땐……."

마사키는 얼굴이 붉어졌다.

"함부로 엿본 건 죄송하게 생각하고 있습니다."

"그때 당신이 누군지 몰라도 다시 만나고 싶었어요. 다음 날 당신이 우리를 찾아왔을 때 세쌍둥이 앞에선 티를 낼 수 없었지만 속으론 기뻤어요."

"……저도 당신이 같이 살아도 된다고 허락하니 들떴던 게 기억이 나네요."

"지난 몇 년간 마사키 상은 수도 없이 내 꿈에 등장했어요. 당신의 육체는 성인 남자로 자랐지만, 그 시절 당신의 정신은 이 집 안에 갇혀 있었나 봐요. 항상 정신이 육체에서 분리되기를 원했다고 했죠? 그 원망 섞인 소망이 당시 모습 그대로 원념이 된 거예요."

"원념?"

"외할머니가 사람의 원망이 터무니없이 강해지면 형상을 얻는다고 하셨어요."

"아까 부탁드렸듯이 수향 씨에게 그런 쪽으로 재능이 있다면 교코를 찾아달라고 의뢰하고 싶군요. 저는 이제 교코가 죽었을지도 모른다고 생각합니다. 그렇다면 저같이 형편없는 돌팔이 의사보다는 무당이 더 빨리 교코를 찾아낼지도 모르지요."

마사키가 서글픈 미소를 지으며 말하자 수향은 웃었다.

"마사키 상은 절대로 돌팔이가 아니에요. 그리고 의사가 무당을 믿다니요?"

"의사에게 의술이 있듯이 무당에게는 무당만의 능력이 있을 거라 믿습니다."

두 사람은 처음으로 오랫동안 대화를 나누었다. 시간이 이대로 멈췄으면 싶었지만 마사키는 흠칫 정신을 차리고 수향을 계단으로 이끌었다. 목소리가 단호했다.

"추운 밤이에요. 이기리스관으로 돌아가죠. 이 몹쓸 방에서 빨리 나갑시다."

"우리, 세쌍둥이에게도 얘기해서 다 함께 교코를 찾아볼까요?"

마사키에게 대꾸하던 수향은 계단을 오르다가 비틀거렸다. 턱이 무척 높았다.

"아직 환자인데 무리하면 안 됩니다."

마사키가 넘어질 뻔한 수향을 붙들었다. 수향이 가볍게 한숨을 쉬더니 부탁했다.

"그럼 죄송하지만 저 위까지만 좀 데려다주세요."

마사키는 고개를 끄덕이더니 조심스럽게 수향을 두 팔로 안았다. 마사키의 단단한 양팔에 안기자 수향은 볼이 달아올랐다. 마사키의 팔은 보기와는 달리 단단했고 힘도 셌다. 수향은 그의 가슴에 머리를 기댈 수밖에 없었다. 빠르게 뛰는 심장박동이 귀를 울렸다. 수향은 살며시 그의 냄새를 맡았다. 마치 새벽 숲속을 걷다가 코에 닿는 이끼의 신선한 냄새처럼 마음이 차분해지는 향이었다.

어두운 계단을 올라간 후 마사키는 비밀 통로를 닫았다. 두 사람이 흑죽관 마루에 서니 대나무 숲 위에 떠오른 환한 보름달이 보였다. 겨울 달빛에 비친 수향의 창백한 얼굴이 처연하게 아름답다고 마사키는 생각했다. 그는 수향을 내려준 뒤 자신의 겉옷을 벗어서 외투 위에 걸쳐주었다.

"마사키 상은 춥지 않아요?"

와이셔츠 차림인 마사키를 보면서 수향이 걱정스레 물었다.

"견딜 만합니다."

"마사키 상. 이런 말해도 될지 모르겠어요."

수향이 망설이다가 말했다.

"당신을 처음 본 날, 저를 바라보던 눈빛이 잊히지 않아요. 그 시선을 아직도 가끔 생각해요."

마사키는 침묵했다. 무슨 말을 어떻게 해야 할지 알 수 없었다.

수향은 마사키의 두 눈을 들여다보다가 웃었다.

"이 큰 눈을 보니 알겠어요. 그래요. 그 사진 속의 소녀는 마사키가 맞아요."

수향은 손을 위로 뻗어 마사키의 눈썹을 조심스럽게 어루만졌다. 수줍은 손길이었다. 마사키는 자신도 모르게 몸이 떨렸다. 말없이 두 눈을 감았다. 마사키는 그날의 흑죽림에 서 있었다. 노을이 지던 무렵 대나무 사이로 서로를 보던 순간. 수향이 마사키를, 마사키가 수향을 처음으로 알아차렸던 그때로. 매서운 북풍이 대나무 숲을 흔들고 지나갔다. 흑죽관의 마룻바닥이 삐걱거렸다. 마사키는 다시 눈을 떴다. 수향은 여전히 마사키를 바라보고 있었다. 두 사람은 말없이 서로를 응시했다. 마사키가 입을 열었다.

"저도 그때 당신에게서 눈을 뗄 수가 없었습니다."

수향은 슬픈 눈빛으로 담담하게 말하기 시작했다.

"마사키 상. 결혼은 제가 원해서 한 게 아니에요. 강제로 한 결혼이었어요. 매매혼이자 사기극이었죠. 전 부모들의 농간에 세쌍둥이의 아내로 팔려 간 거였어요. 전쟁통이라 혼인신고도 못 했죠. 하지만 지금은 세쌍둥이가 제 가족 같아요."

수향은 잠시 머뭇거리다가 말했다.

"이제 그 가족에는 마사키 당신도 포함돼요."

마사키는 천천히 미소를 지었다.

다음 날 수향은 세쌍둥이를 불러 마사키의 정체를 밝

혔다. 세쌍둥이는 그제야 마사키가 처음부터 저택에 익숙했던 이유를 이해했다. 이미 가족이라고 생각하는 마사키가 일본인이었다는 사실은 새삼 문제가 안 됐다. 수향은 붉은 방에 대해서도 셋에게 알려줬다. 자세한 사연은 굳이 말하지 않았다.

그들 모두 별말 없이 마사키를 받아들였다.

"마사키 형이 교코를 찾을 수 있도록 도와줄게."

영우가 말했다.

"나도."

영진이 말했다.

"몸 쓰는 일이라면 나한테 맡겨."

영일도 말했다.

"모두 고맙다."

마사키는 세쌍둥이에게 말했다.

"지금부터 같이 찾아보자."

다섯 사람은 나가스 저택의 모든 방을 뒤졌다. 이기리스관과 흑죽관을 구석구석 조사했다. 교코의 마지막 단서를 찾아서 샅샅이 집을 탐색했지만 맨 처음 마사키가 찾았던 편지 외엔 따로 나온 것이 없었다. 마사키가 아쉬워하자 수향은 생각에 잠겼다.

"마사키 상. 교코를 정말로 찾고 싶나요?"

"네. 전 동생에게 마음의 빚이 있어요."

"부산에서 못 찾았고 서울에서도 찾지 못했다면…….

교코는……. 마사키 상, 정말 교코가 살아 있지 않다면 요?"

마사키는 입술을 깨물었다. 수향이 무엇을 염려하는지 알 것 같았다.

"그렇다면 받아들일 겁니다."

마사키가 망설이다가 대답했다. 수향은 고개를 끄덕였다.

"만약 교코가 죽었다면 제가 요령을 흔들어 영계와 접촉하는 방법으로 만날 수 있을지도 몰라요."

다음 날, 수향은 기억나는 대로 외할머니가 준비하곤 했던 제물상을 차렸다. 전쟁 중이라 많은 음식을 차리진 못했지만 쌀가루로 만든 떡, 영일이 구해 온 밀주, 말린 곶감, 흑죽림에서 채취한 나물을 올려 보기에 그럴듯했다. 수향은 무복은 생략하고 원피스를 입은 채로 요령을 흔들기 시작했다. 눈을 감고 수향은 요령을 계속 흔들었다. 마음속으로 마사키의 염원과 자신의 소원을 빌었다. 교코 아가씨. 나와요. 더 이상 숨어 있지 말고 우리 앞에 나타나줘요.

딸랑.

    딸랑.

        딸랑.

다섯 사람을 둘러싼 공기가 변했다. 마사키는 뺨을 스치고 가는 차가운 바람을 느꼈다. 구름이 태양을 가렸다. 갑자기 고양이 방울이가 캬아악 하고 험악하게 울음소리를 냈다.

"후쿠야!"

마사키가 놀라서 고양이에게 다가갔다. 고양이는 사납게 울더니 급기야 마사키를 할퀴었다. 앗 소리를 내며 마사키는 피가 흐르는 손등을 내려다보았다. 방울이는 이리 뛰고 저리 뛰며 난동을 피우다가 갑자기 바닥에 쓰러졌다. 수향은 잠이 든 고양이를 안쓰러운 표정으로 쳐다봤다. 가까이 다가가 고양이를 안아 들었다. 수향의 두 눈이 커졌다. 평소와 느낌이 전혀 달랐다. 고양이에게서 뭔가가 빠져나간 게 분명했다.

"교코가……."

수향이 말했다.

"그동안 방울이 안에 깃들어 있었어요. 이제 알았어요."

수향은 마사키를 응시했다.

"교코는 죽었어요."

14

마사키는 큰 충격을 받고 멍하니 서 있었다.

수향이 마사키를 향해 말했다.

"제 고향 제주에서는 1만 8천여 신을 믿어요. 제주 사람들은 온갖 것에 혼이 빙의된다고 믿지요. 나무, 돌, 사물, 개나 고양이한테도요. 외할머니는 동물에 오래 빙의되어 있으면 혼령이 본래의 자아를 잃을 수 있다고 말씀하셨어요. 그럴 땐 굿을 해서 혼이 동물에서 빠져나가게 해주는 게 좋다고 하셨죠."

"그, 그럼 수향 씨는 교코가 죽은 걸 확신하시나요?"

"네. 마사키 상. 이제 교코는 제자리를 찾아간 거예요."

수향의 대답했다.

"마사키. 이제 더 이상 교코를 찾아다닐 필요는 없어

요. 교코가 좋은 곳으로 갔기를 바라줘요. 언젠가 길일을 잡아 해원굿을 해줄게요."

"……."

마사키는 고개를 떨궜다. 네 살 어린 여동생. 그동안 교코가 빙의된 줄도 모르고 고양이 후쿠를 예뻐했다. 옛 주인이라서 잘 따랐다고 생각했는데……. 교코는 오랜만에 오빠를 만나서 좋았던 걸까? 문득 교코와 나가스 저택에 살던 시절 나란히 소파에 앉아 같이 책을 읽던 때가 떠올랐다. 그때 후쿠가 교코와 자신의 사이에서 그르렁거리며 누워 있곤 했었다.

"왜…… 교코는 오빠인 저한텐 한 번도 나타나지 않았을까요. 꿈에라도 나왔으면 좋았을 텐데. 단 한 번만이라도."

마사키가 눈물을 글썽이며 말하자 수향은 힘없이 미소를 지었다.

"혼을 만나는 건……. 결코 유쾌한 일이 아니에요. 제 말을 믿으세요."

"이제 뭘 어떻게 하면 될까요?"

"마사키 상이 교코에게 편지를 쓰면 어떨까요? 동생의 마지막 편지에 아직 답장해주지 않았잖아요. 편지를 태우면, 교코가 하늘에서 읽어줄 거예요. 이 세상의 물건은 불에 타서 재가 되어야 저세상으로 건너갈 수 있거든요."

침묵을 지키던 마사키는 고개를 끄덕였다. 의사인 그는

본래 의심이 많고 신중한 성격이었다. 그러나 지금 이 가냘픈 소녀 무당의 말을 군말 없이 따르는 자신이 신기했다. 이상하게도 수향의 말에는 거부할 수 없는 힘이 있었다. 그는 교코의 방에 있는 타이프라이터로 편지를 썼다.

교코.

못난 오라비가 쓴다.

지난 몇 년간 이 오라비는 네가 이 세상에 아직 머무르는 줄 알고 계속 너를 찾아 헤맸다. 마지막으로 우리 집에 신분을 감추고 들어오기도 했지.

이제 네가 이 세상에 없다는 것을 알았다.

너에게 해주고 싶은 게 많았는데, 이 무능한 오라비는 아무것도 해준 게 없구나.

교코, 너는 스스로 아버지의 둥지에서 벗어나 자신의 삶을 만들어나가려고 했다. 네가 오라비보다 훨씬 나은 사람이었어.

너를 이 집에 두고 도망쳤던 나를 부디 용서해주면 좋겠구나.

남은 평생 너에게 사죄하며 살려고 한다.

언젠가 이 오라비가 너를 만나러 가는 그날, 꼭 안아주지 않겠니?

너를 그리워하는

마사키 오라버니 씀.

저녁에 수향은 예전에 아버지가 신분증과 서류를 불태웠던 드럼통에 마사키의 편지를 넣었다. 영일이 성냥불을 던져 넣자 화염이 치솟았다. 마사키는 두 손을 모아 합장했다. 수향과 세쌍둥이도 손을 모았다. 다섯 사람은 종이가 재가 되어 하늘 위로 올라가는 장면을 묵묵히 지켜보았다. 점점 붉게 물드는 하늘 위로 재가 훨훨 날아올랐다. 마치 검은 나비처럼.

세쌍둥이는 부쩍 친밀해진 수향과 마사키의 사이를 눈치챘다. 두 사람은 전보다 자주 대화를 나누고 가끔 둘이서만 산책을 나갔다. 마사키는 붉은 방에 다녀온 이후 수향을 더 살갑게 챙겼다.

두 사람은 나란히 산책하는 것만으로 만족했다. 수향은 다정한 마사키가 새로 생긴 오라버니 같다는 생각이 들었다. 수향은 느리게 건강을 회복해갔다. 이기리스관에는 평온한 분위기가 흘렀다.

이 시간이 영원히 계속되면 좋겠다고 수향은 생각했다.

3부

1950~1951년, 남편들

1

나가스 저택에 겨울의 기운이 완연하게 내려앉았다. 1950년 겨울에는 폭설이 자주 왔다. 눈이 저택을 모조리 덮었다. 이기리스관의 박공지붕 위에는 희고 고운 눈이 소복이 쌓여 은빛으로 빛났다. 흑죽관은 나무 기둥과 처마 끝마다 서리꽃이 맺혀 고즈넉한 정취를 더했다. 따뜻한 계절에 화려하게 피어났던 장미 정원은 이제 얼어붙은 가지들만 남아 있었다. 넓게 펼쳐진 잔디밭은 광활한 흰 도화지처럼 변했다. 흑죽림만 여전했다. 검고 두꺼운 줄기와 푸른 잎 사이로 차가운 바람이 지나갔다. 이 저택은 전쟁과 아무 상관이 없는 듯했다. 조용히, 깊게 숨을 쉬고 있었다.

초겨울로 접어든 어느 날 저녁, 수향과 마사키는 밤 산

책을 나왔다. 둘이 도란도란 대화를 나누는데 대나무 숲 쪽에서 뭔가가 굴러떨어지는 소리가 났다.

"저 소린 뭐죠?"

수향은 마사키에게 물었다. 두 사람은 서로를 쳐다봤다.

설마 국군?

도둑일 수도 있었다. 식량 사정 때문에 빈집 털이가 기승을 부리는 시절이니.

마사키는 흑죽관에 가서 벽에 전시된 옛날 일본도를 뽑아 왔다.

"위험할지 모르니 일단 이거라도 가져가죠."

시게루가 어디까지나 장식용으로 매달아둔 칼이었는데 도진이 남들에게 뽐내려고 남겨뒀다. 그나마 이 집에 남아 있는 유일한 무기라고 할 법한 물건이었다.

두 사람은 대나무 숲 쪽으로 이동했다. 어둑어둑한 흑죽림 속에 사람의 인영이 보였다. 누군가가 신음을 내면서 우물가 근처에 앉아 있었다. 마사키가 그에게 일본도를 들이밀자 낯선 언어가 들려왔다.

"Hello, who are you?"

갈색 가죽 점퍼를 입은 덩치가 큰 남자였다. 금발의 백인이었다. 마사키는 간단한 영어로 남자와 대화를 나누고 수향에게 말했다.

"미군 전투기 조종사랍니다. 계급은 대위고 전투기가

추락해서 여기까지 걸어왔다고 합니다. 지금은 통증이 심해서 걸을 수가 없다는군요."

미군 조종사는 때와 검댕이 묻은 얼굴로 수향을 보더니 싱긋 웃었다. 미국 말로 뭐라고 이야기했는데 마사키가 통역했다. 불만스러운 표정이었다.

"귀여운 아가씨한테는 미안하지만 걸을 수 있을 때까지만 신세를 지겠다고 합니다."

수향은 통역을 듣고 슬쩍 웃었다. 고개를 숙여 조종사의 다리를 살펴보고 깜짝 놀랐다.

"어? 이 사람 심하게 다쳤어요."

그제야 미군의 왼쪽 허벅다리에 파편이 박혀 있는 게 보였다. 환부에서 검붉은 피가 계속 흘러나오고 있었다. 조종사는 피를 많이 흘렸는지 안색이 좋지 않았다. 그는 품에서 천을 꺼내어 수향에게 내밀었다. 마사키가 낚아채서 읽더니 말했다.

"블러드 칫[34]이네요."

"네?"

"미군이나 유엔군이 항상 몸에 지니고 다니는 구제 보장 증서입니다. 현지 민간인들에게 현지어로 자신의 귀환을 도와달라고 요청하는 문서죠. 추락을 대비해서 모든 미군 조종사가 몸에 지니게 되어 있어요. 미국인들은

---

[34] Blood Chit

한국어를 전혀 못 하니까요."

수향은 마사키가 건네준 블러드 칫을 받았다.

부드러운 실크 천 꼭대기에 커다란 미국 국기가 그려져 있었고 그 아래에 영어, 중국어, 일본어, 한국어로 글이 인쇄되어 있었다. 수향은 한글로 쓰인 부분을 읽었다.

한국인에게
나는 미합중국 시민입니다.
나는 당신 나라 언어를 모릅니다.
잘못돼서 음식, 은신처, 보호를 구하는 데
당신의 도움이 필요합니다.
나를 나의 동료들, 나의 안전을 지켜줄 수 있
는 사람에게 보내주십시오. 나는 당신에게
피해가 가지 않도록 하기 위하여 최선을 다
할 것입니다. 나의 정부가 당신에게 보답할
것입니다.

마사키는 조종사의 상처를 유심히 보더니 말했다.
"다리 부상이 심각하네요. 다친 미군을 집 안에 들일 수 없습니다. 블러드 칫이 있으니 국군 부대에 넘기죠."
"마사키 상. 이 사람 전혀 못 걸어요."
"내일 국군 부대 입구에 몰래 데려다 놓읍시다. 우린 전쟁이 끝날 때까지 이 집에 숨어 살기로 했잖아요."
"이 조종사가 혹시 나가스 저택에 건장한 젊은이들이 남아 있다고 국군에 알리면 어떡하려고요. 어떤 사람인지 모르니 일단은 치료해주고 데리고 있다가 믿을 수 있는 사람이라고 판단하면 그때 데려다줘요."
 수향의 말에 마사키는 망설였다. 맞는 말이었다. 이 미군 조종사를 복귀시키려다가 자신이나 세쌍둥이가 전쟁에 끌려갈 수도 있었다. 신체 멀쩡한 장정은 강제 징집되고 있는 상황이었다.
 수향은 백인 조종사를 호기심 어린 눈으로 바라보았다. 조종사는 통증으로 신음하며 몸을 웅크리고 있었다. 노란 지푸라기를 닮은 금발은 뒤죽박죽 엉켜 있었다. 미군 조종사는 수향의 시선을 피하지 않고 미소를 지었다. 얼굴은 지저분했지만 품위가 있는 사람이었다.
"다친 사람을 이대로 내버려둘 순 없잖아요. 일단은 집으로 데려가요. 혹시 알아요? 우리가 이 조종사 덕을 볼 수 있을지."

수향이 단호한 표정으로 말했다. 마사키는 한숨을 쉬었다. 수향이 일단 저런 표정을 지으면 고집을 꺾을 수 없다는 걸 잘 알고 있었다.

"일단 알았어요. 이 사람 키가 커서 저 혼자는 부축하기 어려울 것 같습니다. 수향 씨가 세쌍둥이를 불러와요."

곧 세쌍둥이가 와서 마사키를 도왔다. 판판한 나무판에 키 큰 대위를 눕히고 네 남자가 들어서 이기리스관으로 옮겼다.

이기리스관에 도착한 후 마사키는 미군 조종사와 대화를 나눴다. 미군 대위는 자신의 이름을 월터 콜린스라고 소개했다. 이기리스관 거실이 임시 수술실이 되었다. 마사키는 마룻바닥에 그를 눕히고 진료 가방을 가져왔다. 그가 초록색 천 위에 수술 도구를 늘어놓고 파편 제거 수술을 준비하는 동안, 수향이 조수 노릇을 했다. 수향은 가위로 조종사의 바지를 잘라냈다. 총탄 파편이 여기저기 박힌 허벅지에서 붉은 피가 쉴 새 없이 흘러내렸다. 수향은 천 위의 수술 도구를 훑어보다가 물었다.

"모르핀은요? 주사기가 안 보이네요."

"마취 못 해요. 모르핀이 모자라서."

마사키는 쓴웃음을 지었다.

젊은 백인 대위는 참을성이 대단했다. 마사키 말로는

이 정도의 부상이라면 정신을 놓는 게 당연한데 잘 버티고 있다고 했다. 수향과 세쌍둥이가 월터의 두 팔과 두 다리를 붙들었다. 월터는 마사키가 수술하는 동안에 마치 푸른 유리구슬 같은 두 눈으로 수향을 계속 응시했다.

수향은 그 벽안에 자신이 꿰뚫리는 것 같았다. 수향은 작게 중얼거렸다.

"이 남자 눈 색깔이 허먼 멜빌의 『모비딕』에 나오는 바다 빛깔 같지 않아요?"

"모비딕……. 바다……. 뭐요?"

파편을 제거하느라 바빴던 마사키는 어이없다는 표정을 지었다.

"저 눈을 보니 마치 새로운 세계를 눈앞에 둔 대항해시대의 스페인 선장 같은 기분이 든다고나 할까요."

수향은 월터의 왼팔을 붙든 채로 멍하니 말했다.

"대항해시대고 뭐고, 일단 팔이나 잘 붙들어요. 이 남자가 움직이다가 파편이 신경을 건드리면 다리 불구가 될 수도 있어요."

마사키는 냉담하게 쏘아붙였다. 수향은 말없이 마사키의 지시를 따르면서도 저 푸른 눈이 궁금해졌다. 월터는 수향이 난생처음 본 백인이자 미국인이었다. 한국전쟁을 도우러 온 미국은 과연 어떤 나라일까. 이 남자는 어떤 사람일까.

마사키가 핀셋으로 파편을 제거할 때마다 월터가 고통스러운지 움찔거렸다. 마사키는 짜증스러운 표정을 지으며 영어로 말했다.

"Don't Move, please."

수향은 엉뚱한 생각이 들었다. 살짝 미소를 지으며 마사키에게 말했다.

"『모비딕』의 에이해브 선장처럼 외다리가 되고 싶지 않으면 꼼짝 말라고 전해줘요."

마사키가 통역하자 월터는 아픔을 참으며 크게 웃었다. 핀셋을 들고 있던 마사키가 기겁을 했다.

"Shut up!"

마사키는 당황해서 월터에게 큰소리로 야단을 쳤다. 그러더니 고개를 휙 돌려서 수향을 나무랐다.

"수술이 끝날 때까진 이 남자에게 말 걸지 말아요."

월터는 마사키를 향해 영어로 몇 마디를 했다.

"이 집에 재치 있는 사람이 있어서 운이 좋았다고 하네요. 마취약보다 유머가 더 잘 듣는다나."

퉁명스러운 어조로 마사키가 통역했다. 화가 난 얼굴의 마사키는 본격적으로 파편을 제거하기 시작했다. 처음엔 수향을 쳐다보면서 잘 버티던 월터의 표정이 점점 일그러지기 시작했다. 그는 수술이 끝나자 작은 목소리로 중얼거리더니 기절했다.

"마사키. 저 남자가 뭐라고 한 거예요?"
"미인 앞에서 정신을 잃긴 싫다네요."
마사키는 퉁명스럽게 대답했다.
수향은 그 말을 듣고 기가 막혀서 깔깔 웃었다. 이 상황에서 허세라니.

2

밀밭이 불어오는 바람에 이리저리 흔들렸다.

광활한 팬핸들[35] 평야에 황금빛 밀 이삭들이 물결치듯 일렁이는 모습이 마치 파도 같았다. 바람에 따라 밭 전체가 출렁대는 밀의 바다. 밀밭과 비슷한 머리색을 한 소년이 평야 사이에 난 길을 따라 천천히 걸어가고 있었다. 재킷을 벗어 어깨에 걸친 소년은 주근깨가 난 코를 벌름거렸다. 코안으로 구수하면서도 풋풋한 밀 냄새와 달콤하면서도 신선한 흙냄새가 들어왔다. 밀알이 여물어 샛노랗게 변할 때에는 햇빛에 데워진 밀의 고소한 향이 더 강해진다. 소년은 그리스식 기둥이 돋보이는 흰 집을 향

---

35) 미국 텍사스주 북쪽의 밀 곡창지대. 팬핸들 평야는 밀 재배로 유명한 넓은 들판이다.

해 부지런히 걸었다.

"월터 도련님!"

현관 포치에서 반가운 표정의 흑인 중년 여성이 나왔다.

"루실라. 오랜만이에요."

"아니, 마중하라고 역으로 남편을 보냈는데 그새를 못 참고 걸어온 거예요?"

"하하, 죄송해요."

월터라 불린 소년은 너털웃음을 지으며 루실라를 껴안았다. 소년은 고개를 돌려 바람에 넘실거리는 밀밭을 내려다보았다.

"밀 냄새를 맡아보고 싶었거든요. 외할아버지의 밀밭은 언제나 장관이에요."

루실라는 웃으면서 고개를 끄덕였다.

"이 일대에서는 제일 큰 밀밭이니까요."

둘은 다정하게 어깨동무를 하고 집 안으로 들어갔다.

"도련님, 작년보다 키가 더 컸어요. 처음 이 집에 왔을 땐 제 가슴께보다도 작았는데. 이제 내년이면 대학에 가니까 당분간 못 보겠네요."

"아니에요. 텍사스 주립대학을 가기로 했으니까, 계속 여기에 올 거예요."

"저야 좋죠."

"루실라, 그거 해줄 수 있어요?"

"프라이드치킨 말이죠? 기차 시간에 맞춰서 벌써 해 놨죠."

루실라는 윙크를 하며 부엌으로 가더니 비스킷과 프라이드치킨이 가득 담긴 접시를 가져왔다. 월터는 탄성을 질렀다.

"역시 루실라가 최고예요!"

월터는 빨간 체크무늬 식탁보가 깔린 테이블로 가서 허겁지겁 치킨을 먹기 시작했다.

월터의 아버지와 어머니는 다복한 가정을 꿈꿨고 그 꿈을 이뤘다. 석유공학자인 아버지와 학교 교사 출신 어머니, 두 사람은 청교도 정신 그 자체였다. 부모님은 부유하고 화목한 가정을 일구며 칠 남매를 낳았는데 월터는 그중에서 아무도 관심을 안 갖는 넷째 아들이었다. 게다가 폐가 약해 어려서부터 방학 때마다 외가댁인 텍사스주 팬핸들 평야로 보내졌다. 루실라 아주머니의 맛있는 음식, 맑은 공기와 함께 외할아버지 댁에서 요양한 덕분인지 기관지가 많이 좋아졌다.

석유공학자인 아버지를 따라 월터도 오스틴 시의 텍사스 주립대학교 석유공학과에 입학했다. 이후 2차대전이 터졌다. 전투기에 관심이 많았던 월터는 훈련을 받고 조종사가 되었다. 유럽으로 파견되어 노르망디 상륙작전[36]과 벌지 전투[37] 같은 굵직한 작전을 수행했다. 독일군 대공포에 자신이 몰던 전투기가 맞아서 추락한 뒤 레지스탕스와 만날 때까지 두 달 넘게 프랑스 민가에 숨어 있었다. 그때 실종 처리되면서 미국에 있던 약혼녀 프랜시스가 파혼 선언을 했다.

레지스탕스의 도움으로 영국으로 넘어간 월터는 드디어 가족에게 생존을 알리는 편지를 보냈다. 그는 프랜시스가 파혼하고 어머니의 루비 반지를 돌려줬다는 첫 답장을 읽고 절망했다. 어머니의 루비 반지는 아버지가 약혼할 때 어머니에게 준 선물로, 어머니는 장남, 차남, 삼남을 제치고 월터에게 그 반지를 물려줬다.

"이제 내가 널 진심으로 사랑한다는 걸 알겠지?"

형들에 비해 주목받지 못하는 월터를 늘 안타깝게 생각했던 어머니의 배려에 월터는 뛸 듯이 기뻐했다. 월터는 그 루비 반지를 프랜시스에게 주며 청혼했었다.

"넌 안 가도 된다."

---

36) 1944년 6월 6일, 연합군이 나치 독일에 맞서 프랑스 노르망디 해안에서 실시한 인류 역사상 최대 규모의 상륙작전.

37) 1944년 12월 16일부터 1945년 1월 25일까지 서부전선에서 벌어진 독일의 마지막 대규모 반격 작전이자, 제2차 세계대전의 최후의 겨울 대공세. 벨기에 아르덴 숲에서 벌어진 이 전투는 독일군의 전력을 소진시켜 유럽 전선의 종전을 앞당긴 계기가 되었다.

아버지가 말렸지만 월터는 말없이 양복을 입었다. 완고한 아들의 모습에 아버지는 고개를 흔들었다. 어머니와 형제자매들도 그런 월터를 그저 바라보고만 있었다.

전쟁이 끝나고 텍사스에 돌아온 월터는 대학에 복학한다는 핑계로 한동안 집을 떠나 있었다. 사실 동네에서 프랜시스와 마주치는 게 싫어서 그랬다. 약혼녀 프랜시스는 파혼한 뒤 불과 몇 달 만에 다른 남자와 결혼해버렸다.

오늘은 교회에서 그 여자의 딸이 세례를 받는 날이었다. 월터는 이번만큼은 프랜시스를 보고 싶었다.

"오랜만이야."

아기를 안고 있는 프랜시스가 월터에게 먼저 인사를 건넸다. 여전히 환하고 예쁜 여자였다.

"아기가 귀엽네."

"고마워. 이 공주님이 밤마다 남편과 나의 혼을 쏙 빼놓긴 하지만."

핑크 리본을 맨 아기를 어르면서 프랜시스는 밝게 웃었다.

"월터, 요즘 만나는 사람 없어? 내가 소개시켜줄까?"

"글쎄……. 전쟁 동안에 밀린 공부를 따라잡기도 바쁜데."

월터가 냉랭하게 대답하자 프랜시스는 난처한 표정을 지었다.

"나는 이렇게 가정을 꾸렸는데 너는 아직도 홀로 있으니 빚을 진 기분이야.

"그 빚은 잊어도 돼. 우린 인생의 행로에서 서로 엇갈린 것뿐이니까."

월터는 퉁명스럽게 대꾸했다. 어머니가 걱정스러운 표정으로 월터에게 다가왔고 프랜시스는 다른 손님과 대화를 시작했다.

세례식에서 프랜시스의 아기가 목사에게 축복받는 모습을 보면서 월터는 아무 말없이 뒤를 돌아 교회를 나왔다. 남편과 딸의 곁에 선 프랜시스는 행복해 보였다.

그날 저녁 가족들과의 식사 자리에서 월터는 부모님에게 깜짝 발표를 했다.

"아버지, 저 한국에 갈 겁니다."

"뭐?"

아버지 콜린스 씨는 놀라서 입을 벌렸다. 어머니와 형제들도 웅성거렸다.

"한국전쟁에 참전하겠습니다. 옛 상사가 재입대 생각이 없냐고 연락이 왔었어요. 조종사 인력이 부족하답니다."

"월터, 다시 생각하렴. 혹시 프랜시스 때문에 그러는 거라면……. 세상에는 좋은 아가씨들이 많단다."

어머니가 상냥하게 타일렀다.

월터는 평화로운 주일 식탁에서 소란을 피우기 싫었다. 단호하게 말했다.

"한국전쟁에 전투기 조종사가 필요해요. 복귀하는 데 필요한 서류는 벌써 냈습니다. 다음 주에 훈련소에 재입소해요."

"월터, 넌 먼 나라 전쟁에는 왜 끼어들려고 해?"

큰형 콜린스 주니어가 입안의 음식을 우물거리며 물었다.

"그럼 형은 동북아시아가 소련에 통째로 먹혀도 괜찮다고 생각해? 히틀러보다 더 악질이 스탈린이라고."

월터는 말을 마치고 식탁에서 일어서며 가족에게 통보했다.

"전 다음 주에 떠납니다."

월터는 F-86 세이버[38]를 몰았다. 단발 단좌 터보 제트 전투기로 소련 미그-15 전투기의 대항마였다. 월터는 한국전쟁 참전 한 달 반 만에 적기 5대를 격추했다. 한번은 미그-15에게 당해서 추락했다가 헬기에 구조돼서 극적으로 복귀했다. 두 번째 격추는 운이 좋지 않았다. 적기의 박격포에 허벅지를 여러 군데 맞았다. 탈출 버튼을

---

[38] 미국 노스아메리칸 항공사가 개발한 대표적인 아음속 제트 전투기. 1949년부터 실전 배치되었다. 한국전쟁에서 미그-15와 세계 최초의 제트기 간 도그파이트를 벌인 역사적 기체.

누르고 낙하산을 타고 내려온 건 기억나는데 그다음 기억이 없었다.

눈을 떠보니 서울의 어딘가였다. 저 멀리서 검은 연기가 올라오고 있었다.

몸을 뒤져보니 권총은 잃어버렸다. 낭패였다. 다행히 블러드 칫은 남아 있었다.

가까운 한국인 민가로 가서 도움을 요청해야 할 것 같았다. 월터는 조심스럽게 일어났다. 걸으려 시도했지만 통증이 먼저 올라왔다. 왼발 허벅지에 총상이 여러 군데 보였다. 근처 나뭇가지를 꺾어서 지팡이를 만들었다. 입술을 깨물며 천천히 발을 내디뎠다. 한 발, 그리고 두 발.

3

월터는 눈을 몇 번 깜빡거렸다. 미간을 찌푸리며 초점을 맞추려고 애썼다.

'여긴 어디지?'

처음 시야에 들어온 건 독특한 문양의 벽지였다. 그다음 눈에 들어온 건 자신의 다리였다. 붕대에 칭칭 감긴 왼쪽 허벅지. 바지를 서둘러 찢었는지 천이 너덜거렸다.

이마가 축축했다. 손을 들어 만져보니 물수건이 올라와 있었다. 미지근해진 물수건이 미끄러져 떨어졌다. 월터는 큰 침대 위에 누워 있었다.

월터는 이곳이 어딘지 왜 자기가 여기에 누워 있는지 기억이 나지 않았다. 이곳이 미군 제5공군 부대가 아닌 것은 분명했다. 한참 지나서 머리가 맑아지자 이곳이 자신이 몰던 F-86 세이버가 추락한 후 다친 다리로 힘겹게 걸어서 도착한 민가인 걸 기억해냈다.

옛 시절 꿈은 왜 꾼 걸까. 외할아버지의 밀 농장과 약혼녀가 나오는 꿈이라니. 전투기 추락 순간까지. 팬핸들 평야를 천천히 걸어가던 오후가 까마득한 옛날처럼 느껴졌다. 루실라 아줌마는 그다음 해에 교통사고로 죽었다. 장례식에 참석해 루실라의 남편과 아들을 위로했던 일은 인생의 슬픈 기억 중 한 조각이었다. 텍사스주 북쪽을 통틀어 아줌마만큼 닭을 잘 튀기는 사람은 없었다. 그리고 월터를 진심으로 사랑해준 분이었다.

전 약혼녀 프랜시스는 그 뒤에 둘째를 임신했다고 어머니한테 전해 들었다.

텍사스로부터 너무 멀리 떠나왔다. 한국에 와보니 가족들 말이 맞았다. 이 동양의 작은 나라에서 벌어지는 전쟁에 끼어드는 게 아니었다. 월터는 우울한 마음이 들었다.

문이 열리고 검은 머리의 한국인 아가씨가 들어왔다. 월터는 어제 저 아가씨가 자신의 수술을 도왔던 게 떠올랐다. 내 팔을 붙들고 외다리가 되기 싫으면 가만히 있으라고 농담을 던졌지. 아가씨를 보면서 월터는 싱긋 웃었다. 맑은 갈색 눈이 귀엽단 생각이 들었다. 아가씨 뒤로 어젯밤에 자신을 수술해준 창백한 얼굴의 여윈 남자와, 얼굴이 똑같이 생긴 세 명의 청년이 따라 들어왔다.

"나를 치료해줘서 고맙습니다."

월터는 그들 모두에게 영어로 인사를 건넸다.

"천만에요. 저는 나가스 마사키라고 합니다. 그리고 이 삼 형제는 쌍둥이예요. 영일, 영진, 영우."

마른 남자가 영어로 대답했다.

월터와 네 남자는 어색하게 인사를 나눴다. 잠시 후 마사키와 세쌍둥이는 방을 나가버렸다.

아가씨도 한국어로 인사를 했다. 무슨 말인지 알아들을 수 없는 월터는 웃기만 했다. 아가씨는 종이를 내밀었다. 거기엔 서툰 영어 글씨로 '저는 수향입니다. 반갑습니다.'라고 적혀 있었다.

"영어를 읽을 수 있어요?"

월터가 물었다. 수향은 난처한 표정을 짓더니 연필을 들었다.

학교에서 배웠어요. 읽고 쓰는 것만 조금. 말은 못 해요.

이렇게 종이에 적었다.

훌륭해요. 우선 필담으로 대화할까요?

월터가 이렇게 쓰자 수향은 반가운 얼굴로 고개를 끄

덕였다. 두 사람은 월터가 피로를 느낄 때까지 한 시간이나 필담으로 이야기를 나눴다.

월터가 기운을 차리자 수향은 매일 간병을 도맡았다. 다리가 불편한 월터는 1층 안방에 기거했다. 그는 세쌍둥이나 마사키와는 전혀 다른 종이었다. 여린 소년이 아니라 단단한 바위 같은 남자였다. 월터는 여자를 우습게 여기는 조선 남자들이나 일본 남자들과는 달랐다. 수향을 존중했고 최고로 완벽한 숙녀처럼 대했다. 월터 앞에서 수향은 자신이 얼마 전에 아기를 잃은 불행한 여자가 아니라 세상에서 가장 아름다운 여성처럼 느껴졌다.

기대를 받은 사람은 그 기대에 부응하고 싶어진다. 수향은 자신도 모르게 월터 앞에서 말과 태도가 부드러워졌다. 월터와 많이 소통하고 싶었다. 그를 통해 새로운 세계를 알고 싶었다. 마침 마사키의 서가에는 영어 회화책과 교재가 있었다. 수향은 월터의 재활을 도왔고 월터는 그 보답으로 기꺼이 수향의 영어 회화 공부를 돕기로 했다. 월터가 걷기 연습을 10분 더 하면 수향은 영어 수업을 10분 더 받는 식으로 두 사람은 타협과 거래를 했다.

매일 아침마다 월터는 수향의 조그만 어깨에 손을 올리고 식은땀을 흘리며 걷기 연습을 했다. 재활이 끝나면 부엌 식탁이 두 사람의 영어 교실이 되었다. 수향과 월터는 오전에 한 시간씩 영어 회화를 공부했다. 월터는 그녀가 간단한 생활 회화를 익히게 도와줬다. 인내심이 있는 선생님과 총명한 학생의 만남이었다. 월터와 수향은 금세 간단한 대화를 나눌 수 있게 되었다. 월터는 수향이 정말 똑똑한 학생이라며 칭찬을 아끼지 않았다.

"네? 미국으로 이민 갈 수 있다고요?"

"독신도 이민 갈 수 있어요. 일정 기간 세금을 내고 열심히 살았다는 걸 증명하면 시민권도 나오고."

월터가 미국 이민에 대해 가르쳐줬을 때 수향은 신세계가 열린 것 같았다.

미국. 그곳에 가면 한국과는 다른 삶을 살 수 있지 않을까?

수향은 월터에게 딱 붙어 밝게 웃으며 지냈다. 미국에 대해 더 배우고 싶었다.

월터는 천연덕스럽게 이기리스관에 녹아들었다. 그는 만만치 않은 남자였다. 예의가 바르고 어른스러운 성격이었다. 본능적으로 월터는 수향이 이 무리의 우두머리인 걸 간파했다.

작고 여리여리한 이 동양인 아가씨가 거대한 저택을 지배했다. 월터는 네 명의 남자를 거느리고 사는 수향에게 관심과 흥미가 치솟았다.

마사키는 곧 자신이 수향의 우선순위에서 밀려난 걸 깨달았다. 세쌍둥이도 비슷한 기분인지 침울해 보였다. 여왕개미가 다른 곳에서 온 수개미에게 마음을 내주다니…….

마사키는 부쩍 친해진 월터와 수향을 보며 마음이 쓰라렸지만 내색하지 않았다. 그저 착잡한 기분으로 두 사람을 지켜보고 있었다. 수향과 마음이 통했다고 생각하자마자 등장한 낯선 백인 남자에게 수향을 빼앗긴 느낌이었다.

"마사키 상. 요즘 말수가 줄었네요. 뭐 고민하는 거라도 있어요?"

어느 날, 수향이 다가와 걱정스러운 표정으로 말을 걸었다.

"별거 아닙니다."

"예전처럼 마사키 상과 산책 다니고 싶은데 요즘 집에 잘 없네요."

"수향 씨가 월터와 바빠 보여서 저는 제 볼일을 보러 다닌 것뿐입니다. 신경 쓰지 마세요. 그럼 이만……."

마사키는 옅게 웃으며 수향을 피했다. 그는 월터와 수향이 이기리스관에서 히히덕거리는 꼴을 보고 싶지 않아 밖으로 나돌았다. 세쌍둥이를 도와 식량을 찾으러 나가거나 장터에서 시래기를 구해 오기도 했다.

마사키는 자신이 월터를 질투하고 있다는 걸 인정하고 싶지 않았다. 그건 자존심이 구겨지는 일이었다. 쓴웃음을 지으며 그는 기대를 내려놓기로 했다.

자신이 알고 있는 수향은 끊임없이 새로운 세계를 갈망하는 여자였다. 나가스 저택에 와서 자신과 자신의 책에 관심을 가졌던 이유도 그 때문이었다. 수향이 바다 건너 미국이라는 큰 나라에서 온 저 푸른 눈의 이방인에게 호기심을 갖는 건 어쩔 수 없는 일이었다. 유산 후 몸이 약해진 수향이었지만 월터가 이 집에 오면서 활력이 넘치게 된 건 다행이었다. 수향의 건강을 생각하면 월터와 친하게 지내는 건 좋은 일이라고 생각하기로 했다.

얼마 후 마사키는 월터의 부대 복귀를 알아보다가 그만두었다. 그러려면 국군에 월터를 신고해야 되는데 전선 상황이 좋지 않았다. 국군이 곧 서울에서 밀려날 것 같았다. 월터를 이기리스관에 데리고 있어야 한다는 수향의 생각은 옳았다.

"아무리 생각해봐도 전황이 나아지기 전까진 월터와 같이 지내야 할 것 같아."

마사키가 세쌍둥이들에게 말했다.

"맞아."

영우도 동의했다.

월터 본인도 다리가 완전히 나을 때까진 이기리스관에서 지내고 싶다고 했다.

"복귀하면 상사에게 말해서 너희들 모두에게 충분한 식량이 돌아가게 할 거야."

월터는 이렇게 말했다.

마사키와 세쌍둥이는 우울하게 지냈다. 반면 수향은 월터와 즐겁게 지냈다. 수향이 도운 덕분에 월터의 재활은 순조로웠다. 다리가 많이 좋아져서 이제 지팡이를 짚고 대나무 숲까지 걸어갈 수도 있었다.

4

검은 기모노 여인은 나가스 저택에 한동안 나타나지 않았다.

그사이 수향은 건강을 많이 회복했다. 수향은 외할머니의 요령을 쓰다듬으며 기모노 여인이 왜 자신과 마사키를 붉은 방으로 데려갔는지 곰곰이 생각했다. 일전에 검은 기모노가 걸린 벽 앞에서 마사키가 이렇게 말했다.

"새어머니가 저 기모노를 즐겨 입었어요."

혹시 그 기모노 여인은, 마사키와 교코의 새어머니였던 설영이란 사람이 아닐까. 그 새어머니가…… 죽고 나서도 마사키와 교코를 걱정해서 수향에게 이 저택의 가장 사악한 장소를 보여준 걸까. 붉은 방을 알려준 덕분에 마사키와 마음을 터놓고 지내게 되었지만······.

그 여인이 모든 걸 알려준 것 같지는 않았다.

기모노 여인을 다시 만나고 싶었다. 미처 말해지지 못한 것들은 말해져야 한다. 수향은 그 여인이 말하지 못한 비밀을 모조리 알아내고 싶었다.

모두가 잠든 밤, 수향은 흑죽관으로 향했다. 붉은 방 입구가 있는 검은 기모노가 걸린 벽 앞에서 요령을 흔들었다.

딸랑.

딸랑.

딸랑.

딸랑.

입김이 피어올랐다. 주변 공기가 서늘해졌다. 수향은 한기를 느끼며 입고 있던 외투 주머니에 두 손을 넣었다.

입김이 계속 올라왔다. 추위에 몸을 움츠리고 있다가 고개를 드니 기모노 여인이 서 있었다. 여인은 슬픈 얼굴을 하고 손가락으로 붉은 방의 입구를 가리켰다. 수향이 고개를 끄덕이고 손잡이를 찾아서 붉은 방의 비밀 입구를 열자, 기모노 여인은 앞장서서 계단을 내려갔다.

전등불을 켜고 붉은 방에 들어간 수향의 눈앞에서 기모노 여인은 슬피 울며 방구석을 맴돌았다. 수향이 자신을 눈여겨 보아주기를 바라는 눈치였다. 방을 뱅뱅 돌던 여인이 한 지점에서 멈춰 섰다. 그리고 두 손으로 얼굴을 가리고 서럽게 울었다.

"도대체 뭘 원하는 거예요. 말씀을 해보세요."

수향은 답답했다. 저 여인이 바라는 게 뭔지 가늠할 수가 없었다. 미간을 찌푸리고 고민하다가 갑자기 좋은 생각이 났다. 수향은 기모노 여인의 반투명한 몸체 안으로 뛰어들었다.

그러자 수향의 눈앞에 다른 시간대의 붉은 방이 펼쳐졌다. 눈앞에 붉은 밧줄이 보였다. 두껍고 큰 손이 밧줄을 잡고 있었다. 그다음엔 두 사람이 일본어로 싸우는 소리가 들렸다. 말하는 속도가 너무 빨라서 거의 알아들을 수 없었다. 누군가가 밀쳐지는 소리, 새된 비명. 고막을 찢을 듯한 비명에 수향은 귀를 틀어막았다.

수향이 여인의 몸 밖으로 뛰쳐나가자 비명이 멈췄다.

낯선 존재가 눈앞에 서 있었다. 키가 크고 어깨가 넓은 남자였다. 회색 유카타를 입은 흰 얼굴의 남자는 수향을 노려봤다.

"父さんの言うことが聞けないのか!(아비 말을 못 듣겠다는 거냐!)"

수향은 흠칫 놀라 두리번거렸다. 검은 기모노 여인은 사라지고 없었다. 수향이 뒷걸음질을 치자 일본인 남자는 계속 호통을 쳤다.

"正木! 京子! 父さんの言うことを聞きなさい!(마사키! 교코! 이 아비 말을 들어야지!)"

남자가 무서운 얼굴로 다가왔다. 기겁한 수향이 뒤를 돌아 나오려고 했다.

"ちくしょうめ!(짐승 같은 놈!)"

남자는 화를 내며 수향을 쫓아왔다. 수향은 그에게 잡힐까 두려워 요령을 들고 젖 먹던 힘을 다해 붉은 방 밖으로 도망쳤다. 저절로 비명이 나왔다. 남자의 손이 금세 수향의 옷깃에 닿을 것만 같았다. 바로 뒤에서 남자의 거센 입김 소리가 들렸다.

수향이 뛰다시피 계단을 겅중겅중 올라갔다. 비밀 입구를 통해 마루로 나오자 남자는 계단 제일 위 칸에서 멈춰 섰다.

"お前たちは、この父をもう愛していないのか……?(너희들은 더 이상 이 아비를 사랑하지 않는 거냐……?)"

남자는 분노와 슬픔이 느껴지는 말투로 중얼거리더니 서서히 투명해졌다. 이윽고 남자는 사라졌다.

수향은 숨을 헐떡거리며 서 있었다.

저 남자는 붉은 방에 도사리고 있는 시게루의 생령이

다! 계단에서 더 이상 나오지 못하는 걸 보니 붉은 방 밖에서는 힘을 못 쓰는 모양이었다.

'대체 나는 무슨 짓을 한 거지. 저 무시무시한 존재를 깨워버리다니.'

흑죽관 밖으로 나온 수향은 긴장이 풀리자 주저앉았다. 숨을 몰아쉬고 있는데 누군가가 말을 건넸다.

"수향. 괜찮습니까?"

월터였다. 지팡이를 짚고 수향을 내려다보고 있었다.

"비명이 들려서 잠에서 깼어요. 소리가 이쪽에서 나더라고요."

수향은 자세한 설명은 하지 말아야겠다고 생각했다.

"미안해요. 산책을 나왔다가 들개를 만났어요."

월터는 말없이 손을 내밀었다. 수향은 월터가 내민 손을 잡고 일어났다. 건조하고 두툼한 손이었다. 두 사람은 이기리스관까지 걸으면서 영어로 대화를 나눴다.

"이제 다리가 많이 좋아졌네요."

수향이 월터의 걸음걸이를 눈여겨보며 말했다.

"본대에 복귀해도 좋겠어요."

월터는 말이 없었다. 한참 침묵하다가 입을 열었다.

"정말 내가 복귀하면 좋겠어요?"

"네. 본대에서는 월터를 애타게 기다릴 거예요. 조종사는 귀하니까요. 걸어갈 수 있을 때가 되면 언제라도……."

여기까지 말하던 수향은 월터의 표정을 보고 말을 멈췄다. 엄숙하고 슬픈 얼굴이었다.

"미안합니다. 난 거짓말쟁이는 못 되는 것 같아요."

"거짓말쟁이라뇨?"

"난 본대에 복귀하고 싶지 않아요."

월터가 망설이다가 말을 이었다.

"알아요. 형편없는 군인이라고 욕해도 할 말 없어요. 그저 당신과 같이 있고 싶어서예요. 수향, 당신을 좋아합니다."

수향은 놀라서 월터를 응시했다. 어둠에 잠긴 그의 얼굴을 읽을 수가 없었다. 잠시 후 구름에서 달이 벗어나자, 환한 달빛을 받은 금발과 푸른 눈이 빛났다. 수향은 그 눈 색이 제주의 바다를 연상케 한다고 생각했다. 보름달에 비친 월터의 얼굴은 신비로웠다.

"월터…… 뭐라고 대답해야 할지……."

"대답은 할 필요 없어요. 저 혼자서 수향을 좋아하는 거니까요. 그리고 당신 곁에 세쌍둥이와 마사키가 있는 것도 알아요. 그 사람들과 끈끈한 사이인 것도."

"우린 모두 친구예요."

"수향과 마사키 사이는 특별해 보이던데요."

수향은 머뭇거렸다. 요즘 자신과 월터가 친하게 지내자 마사키와 세쌍둥이들의 분위기가 어두워졌다. 특히 마사키는 월터를 질투하는 모양이었다. 정작 월터는 마사키와 수향이 가깝다고 생각하고 있었다니. 모두와 사이좋게 지낸다는 건 쉽지 않았다. 한 여자와 다섯 남자의 조합은 특히 더 그랬다.

"전 마사키를……."

수향이 망설이다가 말을 이었다.

"그리고 세쌍둥이도 모두 소중하게 생각해요. 우린…… 가족 같은 사이예요."

"저는 그 사람들은 신경 쓰지 않아요. 수향은 이렇게만 말해주면 돼요. '나를 좋아해도 괜찮아요.'라고."

월터가 속삭였다. 제주의 쪽빛 바다를 닮은 그 눈동자를 보면서 수향은 가슴이 일렁이는 기분이 들었다.

"누군가를 좋아하는 건 허락이 필요하지 않은 일이에요."

수향이 작게 중얼거리자 월터는 기쁨의 함성을 지르며 수향을 번쩍 안아 올렸다. 그 바람에 지팡이는 바닥에 쓰러졌다. 수향은 월터의 두 팔에 안긴 채 공중을 한 바퀴 돌았다. 다친 다리가 아팠는지 월터는 바로 수향을 내려놓고 인상을 찌푸렸다.

"아야야, 다리를 깜빡했네요."

수향은 월터와 함께 웃어버렸다.

수향과 월터를 둘러싼 기류가 심상치 않았다. 두 사람

은 전보다 더 친밀해졌다. 마사키는 집안일에 열중하며 질투심을 이겨내려 했다. 월터가 처음부터 마음에 들지 않았던 이유를 뒤늦게 깨달았다. 직감적으로 이 백인과 수향이 가까워질 것이라고 생각해서 거부감을 가졌던 게 아닐까.

마사키는 알고 있었다. 수향이 살아온 삶은 억압과 속박으로 가득 차 있었다. 그녀는 자신을 팔아넘긴 부모와 자신을 속인 세쌍둥이의 아버지를 죽임으로써 진정한 자신의 삶을 찾으려 했다. 수향은 어느 길이 자신이 원하는 길인지 알아낼 때까지 모든 가능성을 시험하고도 남을 여자다. 그녀는 무엇이든 자신이 원하는 대로 할 권리가 있다.

마사키는 자신의 마음을 달래기 위해 오랜만에 박남일 선배의 카메라를 꺼냈다. 이기리스관과 흑죽관 주변을 혼자 산책하면서 겨울새를 찍는 걸 새로운 낙으로 삼았다.

겨울이 되자 전쟁이 또 뒤집어졌다. 중공군이라는 변수가 발생했다. 국군은 인천상륙작전으로 서울을 수복하고 내친김에 삼팔선 위로 밀고 올라가 평양까지 점령했지만, 중공군의 가세에 다시 밀리는 형국이었다. 북진 통일을 외치던 유엔군과 국군은 후퇴하기 시작했다. 12월부터 북한에서 유엔군이 철수 작전에 들어가자, 수십만 명의 피난민들이 그들을 따랐다. 크리스마스의 기적이라는 흥남 철수 작전[39]이 성공했다.

12월 24일 밤에는 월터의 제안으로 작게 크리스마스 파티를 열었다. 월터는 집에 있던 낡은 잡지들의 색면을 가위로 오려 눈송이와 별 장식을 만들더니 정원에서 베어 온 작은 소나무에 장식했다. 순식간에 크리스마스트리가 완성되었다. 월터는 덩치에 비해 손재주가 섬세한 편이었다. 세쌍둥이가 밀가루를 구해오자 수향은 월터의 도움을 받아서 스펀지케이크를 만들었다. 케이크, 소고기 볶음, 쌀죽을 놓고 여섯 명은 조촐한 만찬을 즐겼다.

마사키는 서재에서 크리스마스캐럴이 들어 있는 낡은 영국 악보집을 찾아냈다. 크리스마스 날, 여섯 명은 블뤼트너 앞에 모였다. 마사키가 크리스마스캐럴 메들리를 쳤다. 〈징글벨〉과 〈기쁘다 구주 오셨네〉의 선율이 이기리스관을 채웠다. 그가 연주를 마치자 모두 박수를 쳤다. 교회를 다녔던 영우가 〈고요한 밤 거룩한 밤〉을 다 같이 부르자고 했다. 마사키가 반주를 맡았다. 1절은 수향, 마사키, 세쌍둥이가 한국어로 부르고 2절은 월터가 영어로 불렀다. 성가대 출신인 월터는 놀라울 정도로 풍부한 성량을 가지고 있었다. 마사키의 아름다운 피아노 반주에 월터의

---

[39] 장진호 전투에서 중공군에 밀려 큰 피해를 입고 퇴로가 차단된 미 제10군단과 국군 제1군단이 1950년 12월 15일부터 24일까지 흥남항을 통해 철수한 작전.

우렁찬 목소리가 합쳐지니 수향은 귀가 황홀했다.

  3절과 4절은 한국어와 영어를 섞어 다 같이 불렀다.

  고요한 밤 거룩한 밤
  어둠에 묻힌 밤
  주의 부모 앉아서
  감사 기도 드릴 때
  아기 잘도 잔다
  아기 잘도 잔다

  고요한 밤 거룩한 밤
  영광에 둘린 밤
  천군천사 나타나
  기뻐 노래 불렀네
  구주 나셨도다
  구주 나셨도다

이날만큼은 전쟁을 잊고 모두가 즐겁게 보냈다.

고요하고 거룩한 밤이었다.

5

어느 날 월터는 마사키의 콘탁스 카메라를 눈여겨 보더니 말했다.

"자네는 좋은 카메라를 가지고 있군. 나한테 컬러슬라이드 필름이 몇 통 있어. 우리 모두가 이 대저택에서 만나 이렇게 같이 시간을 보내는 것도 일종의 운명이니 기념사진을 한 장 남기는 게 어때?"

"일단 모두에게 얘기해보지."

마사키는 담담하게 월터의 말을 모두에게 통역했다. 세쌍둥이는 월터를 탐탁지 않게 여겼지만 사진을 찍어본 적이 없었기에 어린 소년들처럼 신나하며 수향 옆에 모였고 월터도 질 수 없다는 듯이 수향 옆에 바짝 붙었다.

"난 사진 찍히는 거 싫어. 내가 사진을 찍어줄게."

마사키는 작은 목소리로 말했다. 아버지가 여장한 자신을 촬영했던 어린 시절 기억 때문에 마사키는 사진 찍히는 것을 극도로 혐오했다.

월터가 능청스럽게 말했다.

"마사키, 괜찮아. 셀프타이머 기능으로 찍으면 우리 모두 사진에 나올 수 있어. 걱정할 필요 없다고. 내가 조작할게."

어디서 사진을 찍을까를 놓고 대토론이 벌어졌다. 결국 대나무 숲 앞 눈밭으로 결정이 났다. 컬러필름이니까 흰 배경 위에서 찍으면 선명하게 잘 찍힐 거라고 월터가 말했다.

여섯 명 모두 사진을 찍어야 한다는 월터의 고집 때문에 마사키는 할 수 없이 일행으로부터 멀리 떨어져서 자세를 잡았다. 그는 감기 기운이 있어서 목도리를 여러 번 두르고 흰 가운을 걸쳤다. 세쌍둥이와 월터 사이에 낀 수향이 웃으며 자신을 바라보자, 마사키는 덤덤한 표정을 지었다.

월터가 말했다.

"1부터 10까지 세면 촬영이야. 자, 웃어!"

삼색 고양이 방울이가 마사키에게 다가와 발에 온몸을 부벼댔다.

"방울이도 같이 찍고 싶은가 봐."

수향이 말하자 마사키를 제외한 모두가 웃었다. 마사키는 한숨을 쉬며 방울이를 두 손으로 안아 들었다. 방울이가 마사키 품에 안겨 꼬리를 밑으로 늘어뜨리자마자 셔터가 달렸다.

찰칵.

"언젠가 내가 미국으로 돌아가면 이 사진을 여섯 장 인화해서 한 장은 내가 갖고 모두에게 한 장씩 보낼게. 약속해."

월터가 싱긋 웃으며 말하자 마사키는 모두에게 통역했다.

이날을 계기로 월터는 마사키의 카메라를 종종 빌려서 세쌍둥이, 수향, 마사키를 마구 찍어대기 시작했다. 다리를 다쳐서 움직이기 어렵고 할 일이 없으니 사진에 취미를 붙인 것 같았다. 식량을 구하고 땔감을 주워 오고 이것저것 일하느라 바쁜 마사키는 신경을 쓰지 않았다. 가끔 월터가 자신을 카메라로 찍는 게 이상하긴 했지만.

'설마 나를 의식하나?'

패배자는 난데. 승자는 월터였다. 마사키는 우울했다.

반면 수향은 월터에게 사진 찍히기를 좋아했다. 월터가 자신의 새로운 면을 발견해내는 것 같다며 좋아했다. 마사키는 자신에게서도 무언가를 찾아내려는 듯이 집요하게 카메라를 들이대는 월터의 관심이 불편하기만 했다. 무시하는 게 상책이었다.

월터는 부상이 회복되면 바로 미군 부대에 복귀하려고 했으나 그 계획은 무기한 연기됐다. 영일이 밖에서 가져온 전쟁 소식에 나가스 저택에 침울한 분위기가 감돌았다.

"큰일 났어! 국군이 다시 후퇴한대."

마사키의 예상대로 국군이 서울에서 밀려났다. 1·4 후퇴로 국군과 미군, 유엔군이 모두 서울에서 철수하는 상황이 닥쳤다. 다들 인민군이 다시 쳐들어오기 전에 피난 가야 하나 고민했다. 하지만 아직 다리가 회복되지 않은 월터, 여전히 몸이 약한 수향을 데리고 이 추운 겨울에 도보로 피난 가는 건 불가능했다. 지금까지처럼 나가스 저택에 숨어 사는 것이 유일한 대안이었다.

한강 인도교의 교훈은 엄혹했다. 90일 동안 혹독한 인민군 점령 시기를 겪었던 서울 시민들은 국군 철수 소식을 듣자 과반수가 피난길에 올랐다. 140만 명 인구의 서울은 유령도시가 되어 버렸다. 남아 있는 이들은 노약자나 이동할 수 없는 환자들 뿐이었다. 겨우 활기를 띠었던 거리, 시장, 학교에서 사람의 인기척이 사라졌다.

엎친 데 덮친 격으로 영하 20도가 넘는 기록적인 한파가 닥쳤다. 겨울바람을 막아보겠다고 이불보, 헝겊, 신문을 몸에 두른 피난민들은 얼어붙은 한강을 건너 필사적으로 서울을 탈출했다.

 1951년 겨울, 서울은 매서운 칼바람, 얼음, 눈으로 뒤덮였다. 나가스 저택 역시 겨울 한파를 피해 가지 못했다. 박공지붕과 철 대문에 고드름이 주렁주렁 달렸고, 모두 추위와 배고픔에 시달리고 있었다. 세쌍둥이와 마사키는 불을 피울 수 있는 것이라면 무엇이든 태웠다. 이기리스관의 마룻널을 뜯어 난로에 던져 넣었다. 마사키의 책 상당수가 불 속으로 사라졌다. 우아하던 거실 마루는 여기저기 널이 빠져서 마치 이빨 빠진 노인 같은 모습이었다.

 폭설이 내린 다음 날, 눈보라가 심하게 쳤다. 이기리스관과 흑죽관은 눈옷을 입었다. 흑죽림도 마찬가지였다. 마사키는 이웃 동네에서 구해온 배추를 이기리스관으로 나르고 있었다. 눈보라를 맞으며 몰래 식량을 구하러 나갔던 영일과 영진이 나가스 저택으로 다급하게 뛰어오는 걸 보고 마사키의 두 눈이 커졌다. 영진이 다급하게 외쳤다.

 "마사키 형, 마사키 형! 얼른 윌, 월터를 숨겨!"
 "형! 인민군이 여기로 오고 있어!"
 영일도 소리쳤다. 마사키는 두 사람의 말을 듣고 정문 쪽을 바라봤다. 인민군으로 보이는 군인들이 대문의 쇠사슬을 제거하고 있었다.

마사키는 배추를 내던지고 이기리스관으로 뛰어 들어가 다정하게 담소 중인 수향과 월터에게 소리쳤다.

"인민군들이 이 집에 들어오려고 해! 월터를 숨겨야 해!"

"영일아, 영진아, 월터를 붉은 방으로 보내!"

수향이 외쳤다. 붉은 방은 이 나가스 저택의 유일한 밀실이었다. 다른 대안은 없었다. 마사키가 초조한 표정으로 고개를 끄덕였다.

"차라리 지금 나를 인민군에게 넘기는 편이 낫지 않을까? 혹시 들키면 수향과 이 친구들이 더 큰 고초를 치를 텐데."

월터가 담담히 말했다.

"쓸데없는 소리 말고, 영일이, 영진이를 따라가기나 해."

수향이 말을 잘랐다. 월터는 고개를 끄덕이고 지팡이를 짚었다.

영일, 영진이 월터를 부축해서 흑죽관의 붉은 방으로 옮기는 동안에 수향, 마사키, 영우는 이기리스관에 남아 있는 월터의 흔적을 서둘러 없앴다. 영우가 월터의 짐을 모두 담요로 감싸서 흑죽관으로 옮겼다.

소련제 야전 차량 여러 대와 인민군 수십 명이 탄 트럭 두 대가 나가스 저택 철 대문을 통과했다. 그중 가장 앞에 있던 차가 멈추자 인민군 군복을 입은 키 큰 장교가 제일 먼저 내렸다. 이 부대를 이끄는 대장인 모양이었다. 그다음에 키가 작고 흰 피부의 청년 장교가 따라 내렸다. 부관인 듯했다. 마지막으로 심부름꾼처럼 보이는 어린 인민군이 짐 가방을 들고 내렸다.

수향과 마사키는 시간을 끌기 위해 그들에게 인사를 하기로 했다. 월터가 숨을 시간이 필요했다. 두 사람은 이기리스관 밖으로 나가서 인민군을 향해 걸었다. 그때, 마사키가 갑자기 '아……!' 하고 탄식하는 걸 보고 수향은 의아했다.

"마사키 상, 왜 그래요?"

"아무래도 앞으로 문제가 일어날 것 같네요."

마사키는 창백해진 얼굴로 중얼거렸다.

"저 대장 옆에 있는 키 작은 장교가 보입니까?"

수향이 마사키가 가리키는 사람을 봤다.

"저 사람은 돌아가신 제 새어머니의 외아들, 서창훈입니다."

"뭐라고요?"

마사키는 얼굴이 굳어진 채로 말했다.

"이 세상에서 제가 나가스 마사키라는 걸 아는 몇 사람 중 한 명이죠."

6

눈바람이 휘몰아쳤다. 인민군 대장과 부하들은 수향과 마사키를 향해 걸어왔다. 잠시 후 대장 격인 남자가 수향 앞에 멈춰 섰다. 주름 하나 없이 단정한 군복을 입은 남자는 한 손으로 군모와 군복 견장에 붙은 눈을 털어냈다. 반들반들한 장화를 신은 발로 바닥을 몇 번 굴러 신발 바닥의 눈을 떨쳐냈다.

떡 벌어진 어깨에 큰 키, 검게 그을은 날렵한 얼굴. 인민군의 우두머리는 마치 검은 흑표범처럼 위풍당당한 남자였다. 수향은 마사키의 책에서 아프리카 흑표범의 사진을 본 적이 있었다. 온몸을 뒤덮은 짙은 흑색 털, 매섭고 신비로운 시선, 조용히 먹이에 접근하는 매끄러운 움직임. 검고 반들거리는 이 남자 앞에서 수향은 자신이 맹

수 앞의 사냥감이 된 듯한 기분이 들었다.

 남자가 씨익 웃자 수향은 극도로 긴장했다. 위압감. 남자는 수향을 두렵게 했다. 입가에 환한 미소가 걸렸는데도 호감을 느낄 수 없었다. 눈은 전혀 웃고 있지 않았다.

 "안녕하심둥? 조선민주주의인민공화국 인민군 대좌 김은도입구마."

 "권수향이라고 합니다. 이 집 안주인입니다."

 "반갑습구마. 우리 악수나 하깁소."

 "아, 네……."

 김은도는 황토색 군복 밖으로 튀어나온 큰 손으로 수향의 손을 덥석 잡았다. 수향은 마지못해 손을 잡힌 채 힘없이 웃었다. 차갑고 건조한 손이었다. 은도는 수향의 손을 잡고 거세게 흔들었다. 곧 그의 날카로운 눈초리가 마사키에게 향했다.

 "실례하오. 선생으느 뉘기오?"

 "저는 박남일이라고 합니다. 시내에서 작은 의원을 운영했는데 지금은 이 저택에서 수향 씨 부부를 도우며 같이 지내고 있습니다."

 "의사 선생? 다행이오. 우리 부대에 크구 작은 부상으닙은 동무들이 자꾸 생기구 있소. 수고스럽겠소마느 잘 부탁디리겠소."

 은도는 정중하게 웃으며 마사키의 손도 잡아 흔들었다.

서창훈이 그들 사이에 끼어들었다. 은도가 창훈을 수향과 마사키에게 소개했다.

"내 부관 서창훈 대위입구마. 실은 이 서 대위 어레실 때 이 저택에서 살았던 적이 있다구 해서, 여기르 님시 지휘소르 하자구 내게 권합데. 조금 둘러보았는데 정말 소문대르 훌륭했소. 실례 아니 된다무 이 저택으 우리 지휘소로 당분간 써두 일없겠슴둥?"

"……어렵진 않습니다만 저랑 제 남편, 그리고 여기 계신 박 선생은 그럼 어디에서……."

수향이 조심스레 물었다.

"아, 서창훈 대위 하는 말으 들어보니 여기 흑죽관이라 가는 별관이 있답데. 좀 불편하더래두 경게서 지내보무 어떻겠소?"

수향과 마사키는 억지로 미소를 지었다. 정중한 척하면서 흑죽관으로 내쫓는구나.

"여부가 있겠습니까. 혹시 저희가 짐을 싸서 옮길 시간을 잠시 주실 수 있을까요?"

"응당 그렇게 해드려야지요."

마사키는 안절부절하며 수향 뒤에 서 있었다. 창훈이 유심히 마사키를 바라보더니 입을 열었다.

"박남일 선생님? 얼굴이 낯이 익어서 말입니다. 우리가 전에 만난 적이 있던가요."

"글쎄요. 제가 서울에 산 지는 몇 년 되지 않았습니다."

마사키는 시선을 피하면서 짧게 대꾸했다. 그 말을 듣는 창훈의 입가에 삐뚜름한 미소가 걸렸다.

영우가 절룩거리며 빠른 걸음으로 걸어와 수향 옆에 섰다. 수향이 영우를 김은도에게 소개했다.

"제 남편 최영우입니다."

은도는 영우의 불편한 다리에 시선을 두더니 가볍게 웃었다. 영우 역시 은도의 힘찬 악수를 피하지 못했다. 은도는 부관과 심부름꾼 소년을 데리고 이기리스관으로 걸어갔다. 그러고는 마치 자기 집인 양 이기리스관의 문을 활짝 열고 들어갔다.

영일, 영진은 월터와 함께 붉은 방에서 숨어서 지내기로 했다. 징집을 피하기 위해 숨어 지냈다는 걸 들킬까 봐 내린 결정이었다. 짐을 꾸려 흑죽관으로 이사한 수향, 마사키, 영우는 다다미방을 하나씩 차지했다. 마사키가 어두운 얼굴로 수향에게 말했다.

"역시 서창훈이 저를 알아봤네요. 나가스 저택에서 오랫동안 같이 살았으니까요. 새어머니 장례식에서 우리한테 폭언을 퍼붓고 사라졌어요. 몇 년 후에 인민군 장교가 되어서 이곳에 나타날 줄이야……."

"어떻게 하면 좋죠?"

"창훈이 어떻게 나올지 전혀 예상이 안 됩니다. 제가 그냥 떠나겠습니다. 새벽에 간단한 짐을 꾸려서……."

"네? 어디로 가려고요?"

"우선 의원에 가 있어야지요."

"그다음에는요?"

"봐서 남쪽으로 피난을 가는 게 나을 수도 있어요. 만약에 서창훈이 제 정체를 폭로하기로 마음먹으면 우리 모두에게 어떤 불똥이 튈지 아무도 모릅니다. 북한 사람들도 조선총독부와 일본인들에게 이루 말할 수 없는 고초를 겪었으니까요. 당시 총독부는 석탄 같은 북한의 자원을 수탈했고 수많은 사람들을 강제 동원하거나 죽게 만들었습니다. 제 정체가 들통나면 김은도 대좌가 어떻게 나올지……."

"마사키 나라의 잘못이지, 마사키의 잘못은 아니죠."

"하지만 제 나라가 그렇게 했지요."

마사키가 쓸쓸하게 말했다.

수향은 마사키가 나가스 저택을 떠난다고 생각하니 마음이 아팠다. 자신도 모르게 이 조용한 남자에게 많이 의지하고 있었다. 마사키가 곁에 없다는 건 상상만 해도 쓸쓸한 일이었다. 수향은 생각에 잠겼다가 불쑥 말했다.

"그 사람한테 뇌물을 주면 어떨까요? 혹시 돈이나 보석을 좋아하나요?"

수향은 몰래 숨겨왔던 난실의 패물을 마사키에게 주었다. 혹시 피난 갈 경우를 대비해서 모아놓은 것들이었다. 마사키는 걱정스러운 표정을 지었다.

"일단 시도는 해보겠지만 잘 안 될지도 모릅니다."

"그래도 마사키가 이 집을 떠나는 건 찬성할 수 없어요."

수향이 주장했다.

마사키는 불안한 마음이 들었지만 패물을 몸에 숨기고 이기리스관으로 갔다. 이기리스관 앞에서 심부름꾼인 어린 인민군에게 부탁했다.

"서창훈 대위님을 좀 만나고 싶습니다."

"무슨 용건입니까?"

소년은 차가운 표정으로 물었다.

"집 관리 때문에…… 이기리스관에 대한 내부 사항을 알려드려야 합니다."

"잠깐 기다리십시오."

한참 지나서 창훈이 담배를 꼬나물고 나왔다. 마사키를 보자 창훈은 두 눈을 활처럼 휘며 웃었다.

"의사 선생, 무슨 일이요?"

"여기 말고, 저쪽에 가서 이야기 좀 하면 안 될까요?"

마사키가 부탁하자 창훈은 인민군 소년에게 고개를 끄덕여 보이고 이기리스관 뒤 후원으로 갔다. 겨울을 맞아 검어진 흑죽림과 그 앞의 흰 눈으로 덮인 마당은 완벽하게 대비되었다. 흑죽림 앞에서 창훈은 꽁초가 된 담배를 내던지고 새 담배를 입에 물었다.

"야야, 이거 정말 오랜만이다. 마사키."

"그래……. 어머니 장례식에서 보고 처음이지."

창훈의 표정이 싸늘하게 식었다. 그는 언제나 마사키가 설영을 어머니라고 부르면 싫어하곤 했다.

"어머니? 어머니라?"

창훈이 성냥을 그어 새 담배에 불을 붙이더니 말했다.

"어이, 마사키. 내가 아니면 놀 친구가 없어서 징징거리던 어린 시절 기억 안 나? 아까 네 옆에 있던 그 수향이란 여자. 너 그 여자 좋아하지? 유부녀던데. 그 여자는 네가 어렸을 때 여자 옷만 입고 지내던 변태라는 것도 알고 있냐?"

마사키는 쓴웃음을 지었다.

"수향 씨는 끌어들이지 마. 창훈아, 제발 우리를 가만히 내버려두면 안 되겠냐."

"나가스가의 장자이자 도련님이…… 한국인 의사인 척하고 서울에 남아 있을 줄이야?"

"그럴 수밖에 없는 여러 가지 사정이 있었어. 교코를 찾느라고 나만 한국에 남았어."

"교코를 찾으러?"

"해방일에 가출한 뒤로 아직까지 실종 상태야."

마사키는 자세한 사정은 굳이 털어놓고 싶지 않았다.

"그건 그렇고 박남일이라. 머릴 잘 썼군. 그 사람 네 학교 선배 아니었어? 일본인으로 행세하기 곤란하니 한국인 신분을 훔친 게로구만."

마사키는 침묵했다. 역시 창훈에게 오는 게 아니었다. 하지만 수향을 생각하며 참았다. 그는 외투에서 수향이 준 패물 주머니를 꺼내 말없이 창훈에게 내밀었다. 창훈은 눈이 커지면서 주머니 안을 확인하더니 입가에 미소를 지었다. 그러고는 너털웃음을 웃으며 마사키의 손을 붙잡더니 마구 흔들었다.

"걱정 말게, 이 친구야. 내 어머니와 자네 아버지가 결혼했으니 우린 친형제나 다름없는 사이 아니야? 아니라면 내가 아까 우리 대좌님 앞에서 바로 말했겠지."

창훈은 낄낄 웃었다.

"아참, 내가 말 안 했던가. 김은도 대좌는 식민지 시절에 아버지와 형이 항일투쟁을 하다가 일본군에게 죽었어. 그러니까 내가 더 입을 꾹 다물어줘야지. 암, 나만 믿어."

말을 마치고 서창훈은 불붙은 담배를 그대로 눈 위에 던졌다. 눈이 녹으며 꽁초가 가라앉았다.

7

김은도는 이 거대한 적산가옥에 들어설 때부터 불길한 예감을 느꼈다.

두 가지가 그의 마음에 걸렸다.

우선 이 집 사람들이 의심스러웠다. 집주인이라는 젊은 부부가 수상쩍기 그지없었다. 발을 약간 저는 남편과 얼굴은 예쁘장하지만 뭔가 숨기는 것이 많아 보이는 아내. 의사라는 박 선생도 꺼림칙했다. 그 의사 선생이 서창훈 대위와 주고받은 눈빛이 심상치 않았다. 나중에 대위를 불러 캐내봐야겠다는 생각이 들었다.

은도는 자신의 의심 많은 성격을 믿었다. 아무도 믿지 않았던 덕분에 그동안 죽을 뻔한 고비를 여러 번 넘겼다. 게다가 지금은 전쟁 중이고, 여긴 적진의 한복판인 서울이 아닌가.

 다음으로 이상한 점은 남들에게는 말하기 곤란한 지극히 사적인 것이었다.

 이기리스관의 안방을 쓰기로 한 은도는 짐 가방을 풀자마자 보급받은 보드카를 한잔 걸치고 늘어지게 잤다. 개전 이후 이어진 전투와 격무에 시달린 뒤로 간만에 맛보는 꿀맛 같은 휴식이었다. 일어나니 사위가 어두워졌다. 해가 지고 있었다. 은도는 결재해야 할 서류가 있어서 책상 앞에 앉아 스탠드 조명만 켜놓고 한참 동안 일했다. 꼼꼼하고 철저한 성격이라 모든 결재란에 45도 각도로 똑같은 사인을 마치고 한숨을 돌렸.

 갑자기 공기가 차가워졌다. 방 안에는 작은 석유 곤로가 있었다. 은도는 곤로를 조금 더 가까이 끌어다 놓고 계속 일했다.

 입에서 입김이 피어올랐다. 못 견딜 추위에 은도는 속으로 욕이 나왔다. 이 이기리스관은 쓸데없이 넓기만 하고 난방은 엉망이었다.

 인기척이 느껴져서 뒤를 돌아봤다.

 책상 바로 뒤에 한 여자가 서 있었다. 스탠드 조명을 받은 얼굴은 밝게 빛나고 어둠에 잠긴 몸은 거의 보이지 않았다. 창백한 얼굴과 백금발. 은도가 기억하는 모습 그대로였다.

"소피아?"

소피아는 말없이 서 있었다.

"Ты пришла за мной?(나를 찾으러 온 거야?)"

러시아어로 은도가 중얼거렸다.

소피아는 대답하지 않았다. 그저 그 자리에 서서 은도를 쳐다보기만 할 뿐이었다. 그도 그럴 것이 소피아는 유령이었으니까. 은도는 천천히 의자에서 일어나 죽은 전처에게 다가갔다.

"Я скучал по тебе.(보고 싶었어.)"

유령 아내는 아무 대꾸를 하지 않았다.

가까이 다가가니 머리의 삼분지 일을 날린 붉은 구멍이 더 잘 보였다. 토카레프 권총이 만든 흔적이.

"유리. 난 이렇게는 못 살아."

"소피아. 몇 번이나 말했어? 지금은 당에 충성을 해야 할 때라고. 장인어른도 내가 출세하기를 바라시잖아. 당분간은 집에 자주 못 와."

"유산하고 수술한 날도 집에 안 왔잖아."

소피아의 눈에 눈물이 차올랐다. 은도는 한숨을 쉬었다.

"그날 당 정책 회의에 빠질 수 없었어. 의장이 무려 당신 아버지야."

우즈베키스탄에서 살던 시절 김은도는 유리 일리치 김으로 불렸다. 은도는 당 고위직 관료의 딸인 소피아와 결혼한 후부터 출세 가도를 달렸다. 고려인 출신이지만 러시아어에 능통했고 유능하다는 평을 받은 은도는 소비에트 연맹[40]에서 촉망받는 젊은 간부였다. 비참했던 이주 초창기를 생각하면 대단한 성공이었다.

은도가 어릴 적, 온 가족이 일제를 피해 연해주로 이주했다. 아버지와 형은 독립군이 되어 항일투쟁을 하다가 일본군에게 목숨을 잃었다. 독립군은 몇몇 전투에서 일본군에게 이겼지만 여전히 열세였다.

어린 김은도는 하루아침에 가장이 되었다. 어머니, 여동생과 연해주에서 밭농사를 지으면서 살았다. 풍족하진 않아도 그럭저럭 먹고살 순 있었다. 그러나 그 평화도 금세 깨졌다. 1937년 스탈린의 고려인 강제 이주 정책[41]에 의해 그들은 중앙아시아행 열차에 타야 했다. 어렵게 일궜던 밭과 집을 다 버렸다. 세 사람은 작은 여행 가방 두어 개만 들고 수십 일 동안 화물열차로 이동했다. 목적지 우즈베키스탄까지 6,200킬로미터에 달하는 대장정이었다. 이동 과정 중에 굶주림과 질병으로 고려인 2만 명 이

---

40) 1922년에 성립된 사회주의 국가 연합. 1991년 해체 전까지 러시아를 중심으로 다수의 공화국으로 이루어진 초강대국.

41) 1937년 소련 전역의 고려인을 중앙아시아로 강제 이주시킨 대규모 민족 탄압 정책. 혹독한 이동과 그 후유증으로 수만 명의 희생자를 낳았다.

상이 사망했다. 여동생 은실이 그 사망자 명단에 숫자를 보탰다. 은도는 열차가 운행을 쉬는 사이에 지금은 이름조차 기억나지 않는 간이역 근처에 은실을 묻었다. 삽으로 동토를 파서 여동생의 무덤을 만들었다. 기차 안에서 쇠약해진 어머니를 돌보면서 김은도는 절망했다. 며칠 후 어머니도 굶주림 끝에 세상을 떠났다.

김은도는 이를 악물고 결심했다.

'무슨 수를 써서라도 위로 올라가고야 말겠다.'

그날부터 그는 모스크바 유학생 출신인 고려인 선생에게 러시아어를 배우기 시작했다.

우즈베키스탄에서 그는 타슈켄트 사범대학[42]을 최우등으로 졸업하고 선생님이 되었다. 젊고 잘생긴 청년 교원 유리 일리치 김은 학생들에게 인기가 많았다. 불과 몇 년 만에 부장 교원으로 승진했다. 은도는 교직이 적성에 맞는 게 아닐까, 고민하기도 했다. 하지만 그의 야심은 교직 그 이상을 원했다.

은도는 당의 교육정책 간부로 시작해서 점점 위로 올라갔다. 당 고위직 관료 니콜라이 안드레예비치 모로조프의 눈에 든 뒤로 그의 심복이 되었다. 자연스럽게 모로조프의 집에 들락날락거렸다. 그 집의 외동딸 소피아는

---

[42] 1935년 타슈켄트에 설립한 초등·중등·고등학교 교사 양성을 목표로 한 국립대학교. 소비에트 연방의 강제 이주 정책 이후 우즈베키스탄 타슈켄트에 정착한 고려인들의 한국어 교육과 민족문화 복원에 중요한 역할을 했던 교육기관.

머리에 피도 안 마른 어린 여학생이었다. 은도는 소피아를 귀여워했지만 나이 차이가 많이 나서 여자로 본 적은 없었다.

그래서 모로조프로부터 소피아와의 결혼 제안이 왔을 때 그의 머릿속에는 '왜?' 이 한 단어만 떠올랐다. 그 창백한 어린 숙녀가 숙제를 도와달라고 부탁했을 때 나란히 식탁에 앉아 수학 문제를 같이 풀었고, 모로조프가 집에 없을 때 두어 번 체스를 둔 게 다였다. 자신을 좋아하고 있다는 건 상상조차 하지 못했다.

"정말 제가 따님과 결혼하길 원하십니까?"

은도는 모로조프에게 물었다. 만약 명령이라면 따르는 편이 현명했다. 모로조프는 어깨를 으쓱하더니 말했다.

"나도 모르겠네. 나는 내 딸을 이길 수가 없으니 나한텐 묻지 말게."

사실 모로조프도 자신의 딸이 이 시커먼 고려인과 결혼을 원한다는 게 불만이었다. 은도는 모로조프에게 직접 소피아를 만나게 해달라고 부탁했다.

집에서 만난 소피아는 겁에 질린 얼굴이었다. 긴장한 표정으로 은도 앞에서 쭈뼛거렸다.

"아버님한테 들었습니다. 저와 결혼하고 싶습니까?"

"네, 유리 일리치 김."

"당신도 알다시피 저는 고려인입니다. 조만간 북조선

에 파견될지도 몰라요. 일제로부터 북조선을 해방시켜야 하는 중차대한 사명을 앞두고 있지요. 그럼 몇 년이나 그곳으로 가서 안 돌아올지도 몰라요. 이래저래 소피아의 남편감으론 적절하지 않습니다."

은도는 선생님이 어린 학생에게 타이르듯이 자상하게 말했다. 소피아는 고개를 푹 숙이고 있다가 손톱을 물어뜯더니 외쳤다.

"전 그런 거 몰라요! 유리 일리치 김. 당신이 처음 검은 양복을 입고 우리 집 문지방에 나타났을 때 이 모든 게 시작됐어요. 제가 아는 단 한 가지 사실은 전 당신이 필요하다는 것뿐이에요."

소피아는 말을 마치고 자신의 방으로 줄행랑을 쳐버렸다. 은도는 어안이 벙벙했다. 이윽고 입가에 미소가 떠올랐다. 요 맹랑한 꼬마 아가씨. 네가 나를 필요로 한다면 그 소원을 들어주지. 앞날을 생각하면 당 고위직 관료 딸과의 결혼을 마다할 이유는 없었다.

은도와 소피아는 3개월 뒤에 결혼식을 올렸다. 촉망받는 당 간부와 고위 관료 딸의 결합은 많은 이들의 축복을 받았고 결혼 후 1년은 정말 행복했다. 소피아에게는 그랬다. 하지만 그다음 해 유산을 하게 된 소피아는 우울증에 걸리고 말았다.

은도는 어린 아내에게 최대한 신경을 써주려고 노력했지만 소피아는 언제나 불평불만만 늘어놓았다. 손톱 밑 살은 하도 물어뜯어서 늘 벌겋게 터져 있었다.

 어느 날 소피아와 은도가 같이 아침 식사를 하고 있을 때였다. 난로 위에는 사모바르[43]가 끓고 있었고 은도는 식후 차를 준비하고 있었다.

 "유리. 당신은 아무도 사랑하지 않는 사람이야. 내가 그걸 몰랐어."

 소피아가 이렇게 중얼거렸을 때 은도는 대꾸하지 않았다. 아내가 바가지를 긁는 데 지칠 대로 지쳐 있었다. 그리고 일면 아내의 말이 맞다고 생각했다. 그는 잘 웃고 다녔지만 아무에게도 곁을 주지 않았다. 그는 자신의 안에 남아 있던 인간성을 언젠가 잃어버린 것 같았다. 거적에 덮인 아버지와 형의 시신을 봤을 때인지 여동생을 얼어붙은 땅속에 묻었을 때인지 열흘을 굶은 어머니조차 쓰러지고 말았을 때인지 기억이 잘 나진 않았지만.

 "당신 말이 맞아. 난 그런 인간이야."

 은도는 성의 없이 대꾸했다.

 "그런 당신을 사랑해줄 수 있는 사람은 나밖에 없어. 모르겠어, 유리? 당신이 우리 집에 온 건 운명이었어."

---

43) 러시아와 주변 지역에서 물을 끓이거나 차를 우리기 위해 사용하는 전통적인 주전자.

"소피아. 내가 뭘 어떻게 해줘야 만족하겠어?"

"유리. 우리의 사랑을 완성할 방법을 찾아냈어."

"그게 뭔데?"

은도는 잼을 넣은 차를 마시면서 담담한 어조로 물었다.

"죽음. 그것밖에 없어."

은도는 화가 치밀어 오르려고 했다. 곱게 잘 자란 어린 공주님. 은도는 소피아를 늘 이렇게 생각했다. 그는 아내의 헛소리에 놀아날 마음의 여유가 없었다. 찻잔을 내려다보면서 싸늘하게 내뱉었다.

"그래? 그럼 어디 죽어봐."

소피아는 말이 없었다.

이제야 저 입을 다무는 건가. 은도는 안도의 한숨을 쉬었다.

티스푼으로 찻잔 안을 휘젓고 있던 은도는 약실에 총알이 장전되는 소리를 들었다. 머리를 드니 소피아가 토카레프를 양손으로 잡고 은도를 겨누고 있었다. 은도는 아찔했다. 아버지 집에 가서 가져온 건가? 아무리 생각해봐도 소피아가 권총을 구할 데는 모로조프의 집밖에 없었다. 은도는 의자에서 일어났다.

"소피아! 무슨 짓이야."

"명심해, 유리. 당신은 아무도 사랑할 수 없는 사람이지만 나는 그런 당신을 사랑했어. 하지만 나 이후로는 누구도 당신을 사랑하지 않을 거야. 당신은 이제부터 죽을 때까지 누구에게서도 사랑받지 못해. 그것만이 내가 당신한테 할 수 있는 최고의 복수야."

소피아가 권총의 방향을 은도에게서 자신에게로 돌렸다. 방아쇠에 손가락을 걸려는 순간 은도는 아내를 향해 뛰었다. 그보다 토카레프가 더 빨랐다. 탕! 총성이 귀를 찢었고 은도의 **뺨**과 셔츠 앞자락에 피의 파편이 튀었다. 소피아는 카펫 위로 쓰러졌다. 은도는 피범벅이 된 아내를 얼싸안고 흐느꼈다.

10년 만에 처음 흘리는 눈물이었다.

소피아의 머리 절반 가까이가 날아갔다. 언제나 윤기가 흘렀던 아름다운 백금발은 소비에트의 붉은 별처럼 온통 핏빛이었다.

그날 밤, 천장에 매달린 알전구가 흔들리는 고문실에서 모로조프는 은도에게 선택을 하라고 했다.

"지금 내 손에 죽을 건가, 아니면 자발적으로 북조선에 갈 건가?"

퉁퉁 부은 얼굴로 의자에 묶여 있던 은도는 기어들어가는 목소리로 떠나겠다고 했다. 그에게 북조선까지 가는 여비와 작은 여행 가방이 주어졌다. 은도는 형편없이 부어올라 눈을 채 뜨지도 못하는 몰골로 장인에게 부탁했다.

"장인어른, 소피아의 장례식에는 참석하겠습니다."

"그건 안 돼. 내 딸이 죽었으니 너는 더 이상 가족이 아니야."

모로조프는 거절했다.

"네 고향으로 가서 잘해봐. 지역 위원회에 잘 말해두었어. 이게 내가 너한테 베풀 수 있는 마지막 자비다."

몇 시간 후, 기차에 몸을 싣고 극동으로 향하면서 은도는 스스로를 조소했다. 빈 몸으로 중앙아시아에 왔다가 빈 몸으로 고국으로 돌아간다. 다시 한번 운명에 모든 것을 맡겨보자. 그는 해방된 조국의 북쪽으로 향했다.

은도는 운이 좋았다. 북한에는 러시아어를 잘하는 연락장교가 필요했다. 김일성 장군이 새로운 정부를 조각(組閣)[44]하고 있었고 김은도는 러시아 쪽 경력을 인정받아 하급 장교가 되었다. 평양에서 만난 당 간부가 김선희란 여자를 소개해주었다. 소피아를 겪은 후로 그는 결혼할 마음이 없었다. 하지만 그 간부가 북한에선 장교가 결혼을 해야 승진하는 데 유리하다고 했다. 선희는 단단하고 성숙한 여자로 보였고 은도는 승진을 해야 했다. 둘은 식

---

44) 짜서 세운다는 뜻. 내각책임제나 대통령제 등에서 총리나 대통령이 각료를 임명하여 내각을 꾸리는 일련의 절차.

을 올렸고 딸을 낳았다. 딸 애영이 태어났을 때 은도는 자신의 메마른 인간성이 조금은 회복되는 느낌이 들었다.

결혼하고 3년이 지나자, 선희는 딸을 데리고 친정으로 가버렸다.

"당신과는 같이 살 수 없을 것 같아요."

아내가 보내온 편지 내용이었다.

은도는 머리가 차가워졌다. 소피아의 저주가 통한 건가. 아내는 이혼을 원했지만 은도는 답장을 하지 않았다. 전쟁이 나자 그는 당의 명령을 받아 부대를 이끌고 남한으로 갔다. 전선을 누비던 그는 장모가 보낸 편지를 뒤늦게 전달받았다. 선희와 딸이 전염병으로 죽었다는 내용이었다.

은도는 소피아에게 뚜벅뚜벅 걸어가 러시아어로 말했다.

"소피아. 네 저주 덕분에 재혼도 실패했어. 만족해?"

유령은 묵묵부답이었다.

"난 이제 인정할 수밖에 없어."

은도는 소피아의 얼굴에 손을 가져다 댔다. 아무것도 느껴지지 않았다. 실체 없는 환영. 유령은 가만히 그 자리에 서 있었다.

"나는 영원히 네 거야. 날 가져."

은도는 속삭였다. 유령의 입가에 희미한 미소가 떠오

른 것 같기도 했다. 소피아는 서서히 투명해지더니 사라져버렸다.

은도는 보드카를 큰 유리잔에 콸콸 따랐다. 오늘 밤 맨정신으로는 잠들 수 없을 것 같았다.

역시 이 집은 이상한 곳임이 분명했다.

귀신 들린 집이었다.

8

소피아는 은도의 방으로 매일 밤 찾아왔다.

은도는 방에서 홀로 서류 작업을 하다가 소피아가 찾아오면 말을 걸었다. 소피아가 사라지면 보드카를 유리컵 가득 따라서 마셨다. 이제 술기운을 빌리지 않으면 잠에 들지 못했다.

낮에는 정신없이 바쁘게 지냈다. 전선에서 확실한 우위를 점하라는 상부의 압박이 심했다. 중공군의 가세로 인민군이 서울을 재탈환했지만 미 공군이 인민군 공군을 제압하고 있는 상황이었다. 방심하면 전선이 다시 위로 밀릴 수도 있었다. 오전에는 서울에서 열리는 인민군 본부 회의나 소련 군사고문단과의 전략 회의에 수시로 차출되어 쉴 틈이 없었다.

오후에 이기리스관에 들어오면 땔감을 줍거나 우물물을 길어 오는 수향과 마주치곤 했다.

은도의 관심은 수향에게로 향했다. 처음에는 평범하다고 생각했는데 갈수록 관심을 잡아 끌었다. 고운 피부와 부드러운 눈빛이 눈길을 사로잡았다. 하지만 저 여자에게 끌리는 건 단지 외모 때문이 아니었다. 은도는 매일 밤 소피아에게 시달리다가 새벽에 식은땀을 흘리며 침대에서 일어났다. 그런 뒤에 수향을 마주하면 이유를 알 수 없는 안도감이 들었다. 작고 야위었지만 눈빛이 살아 있는 강인한 여자였다.

다만 한 가지 마음에 안 드는 것은 박 선생이란 존재였다. 수향과 그 의사 선생은 마치 단짝처럼 붙어 다녔다. 흰 의사 가운을 입고 있는 박 선생은 은도가 가장 싫어하는 부류의 인간이었다. 좋은 집안 출신에 의대를 나온 도련님. 선량해 보이는 맑은 얼굴에 혐오감이 솟았다. 저 얼굴을 형편없이 일그러지게 만들어줄까. 저 의사 선생을 손보면 수향을 가지는 게 쉬워질지도 모른다. 박 선생에 비하면 상대적으로 남편이란 작자는 아내에게 그다지 큰 영향력을 미치는 것 같지 않았다.

은도는 수향을 관찰하기 시작했다. 매일 찾아오는 뒤통수가 날아간 소피아를 잊기 위해서라도.

수향은 은도와 자주 마주쳤다. 그가 일부러 흑죽관 근

처를 배회하며 자신을 만나려고 한다는 생각이 들었다.

"수향 동무, 어드메 그리 급히 가오?"

"대좌 동지. 안, 안녕하세요."

은도는 수향이 대나무 숲의 우물로 물을 길으러 가는데 쫓아오기도 했다. 수향은 당황하며 인사를 한 다음 물 뜨는 걸 포기하고 허둥지둥 흑죽관으로 돌아왔다.

세쌍둥이와 마사키, 월터도 이 상황을 눈치챘다. 모두 걱정했다. 수향은 은도에게 최대한 예의를 지키려고 노력했다. 인민군 부대가 이기리스관에 머무는 동안, 모두의 생사여탈권을 쥔 은도에게 대놓고 싫은 기색을 할 수는 없었다. 마사키도 은도가 시키는 대로 이기리스관의 작은 방 하나를 의무실로 만들어 인민군 장병들의 크고 작은 부상을 치료하고 있었다.

어느 날, 은도가 바깥에 나갔다가 두 명의 국군 포로와 같이 이기리스관으로 돌아왔다. 인민군 본부에서 국군 이동 경로를 놓고 여러 날 취조했는데 끝까지 자백하지 않아서 건진 게 없는 포로들이었다. 은도가 자발적으로 그들을 인계받아 왔다. 이기리스관의 정원 야외 테이블에서 은도는 며칠 동안 굶은 것 같은 초췌한 몰골의 두 포로들에게 식사를 대접했다. 주먹밥과 수육이었다.

"자, 먹소!"

은도가 인자하게 말했다.

손목이 밧줄로 묶인 포로들은 처음엔 눈치만 보다가 사양하지 않고 마음껏 먹었다. 은도는 미소를 짓더니 두 포로가 식사하는 장면을 의자까지 당겨가며 가까이 붙어서 구경했다.

"다 먹었으무 이제 가오."

"대좌 동지, 그게 무슨 말씀이십니까."

창훈의 제지에도 불구하고 은도는 여유 있게 말을 이었다.

"그동안 수고했소. 조선민주주의인민공화국은 저네 수고르 잘 알겠소. 이제 풀어줄테니 자유롭기 가갭은 데르 가오."

포로들은 서로를 쳐다봤다.

"나느 지금 진심이오. 장난이 아니오. 가오."

포로들은 계속 의심하는 표정으로 은도를 쳐다봤다. 그는 웃더니 한 손으로 가슴을 툭 쳤다.

"이룧기 사람으 믿디 못하구야 무스게 되겠소?"

맞아서 얼굴이 퉁퉁 부은 두 명의 국군 포로는 반신반의하는 표정을 지었다. 은도가 밧줄을 풀어주자 그제야 믿는 눈치였다. 두 사람은 서둘러 대문을 향해 뛰기 시작했다.

은도는 둘을 쳐다보다가 가죽 혁대에 달린 권총을 꺼내 총을 쏘았다. 탕. 대문에 거의 도달한 포로가 쓰러졌다. 시신 주변 눈밭에 피가 번졌다. 다른 포로는 뛰다 말고 두 팔을 위로 들더니 외쳤다.

"항복! 살려주세요!"

포로는 눈 위에 주저앉아 그대로 무릎을 꿇었다. 오줌을 지렸는지 바지가 젖어 있었다. 은도는 걸어가 살아남은 포로의 멱살을 질질 끌고 이기리스관에 데려갔다. 그 길로 국군 이동 경로를 술술 받아내 본부에 보고했다.

흑죽관의 사람들은 이 일을 고스란히 목격했다. 탕 소리가 난 후 쓰러진 포로를 보면서 수향은 온몸을 떨었다. 월터의 존재를 들키는 순간 모두가 끝장이었다. 은도가 수향에게 무언가를 요구한다면 일단은 들어줘야 했다.

다음 날, 심부름꾼인 인민군 소년이 수향에게 초대장을 전달했다. 흰 마분지로 된 고급스러운 카드에 이렇게 적혀 있었다. 날카롭고 각진 글씨였다.

권수향 동무
신세를 지고 있는 형편에
식사 대접 한 번 한 적 없군요.
괜찮다면 오늘 저녁 7시 제 방에서 러시아식 정찬을 대접하고 싶습니다.

김은도

소년은 부스럭거리는 종이 가방을 내밀었다. 가방 안에는 붉은 드레스와 스타킹이 들어 있었다. 입고 오란 뜻이었다. 수향이 이 초대를 거절하면 어떤 결과가 돌아올지 뻔했다.

"답변까지 듣고 오랍니다."

소년이 재촉했다.

"대좌 동지에게 감사하다고, 꼭 간다고 전해주세요."

수향은 대답했다.

수향이 은도를 무서워한 건 단지 권력 때문만은 아니었다. 은도를 혐오하면서도 동시에 매혹을 느끼는 제 감정을 이해할 수 없었기 때문이었다. 세쌍둥이, 마사키, 월터를 좋아하는 마음과는 전혀 다른 종류의 감정이었다.

저자는 타고난 수컷이었다.

웬만한 장정보다 머리 하나 큰 키, 두꺼운 허벅지, 허리에 날렵하게 올라붙은 엉덩이, 군화를 신은 죽 뻗은 두 다리. 저 강건한 육체에서 뿜어져 나오는 힘의 근원은 저자가 강한 수컷이라는 데에 있었다.

은도는 남의 눈치를 보지 않았다. 자신이 원하는 대로 말하고 행동했다. 그리고 사람들이 그의 말을 듣게끔 만들었다. 그 사실이 수향을 불편하게 했다.

웃을 때마다 볼에 보조개가 움푹 패는 저 잘생긴 얼굴

을 볼 때마다 자신이 한없이 작아지는 기분이 들었다. 웃는 표정과 달리 웃음기가 전혀 없는 저 싸늘한 두 눈을 보면 달아나고 싶으면서도 동시에 다가가고 싶은 묘한 호기심이 들었다.

저녁에 붉은 방에서 수향은 오랜만에 화장을 하고 은도가 보낸 드레스를 입었다. 마침 난실의 검은 구두가 한 켤레 있어서 한 치수 컸지만 그냥 신었다. 마지막으로 거울 앞에서 붉은 립스틱을 바르는 수향에게 마사키가 다가왔다. 조심스럽게 그가 말했다.

"혹시 그자가 이상하게 굴면 바로 나와요."

"걱정 말아요. 보는 눈이 많아서 허튼짓은 못 하겠죠."

마사키는 가지 말라고 말하고 싶었지만 입을 다물었다. 자신보다 수향이 더 괴로울 것이란 생각이 들어서였다. 현재 상황에서 은도란 자에게 밉보이면 안 됐다. 저자가 지시를 내리면 인민군이 언제 어느 때 흑죽관에 들이닥쳐 수색할지 몰랐다. 창훈은 붉은 방의 존재를 아직 몰랐다. 최 집사와 새어머니만 알고 있었다. 붉은 방의 입구가 잘 감춰져 있긴 하지만 김은도 대좌는 그 문을 찾아내고도 남을 인간이었다. 마사키는 그가 월터를 금세 찾아낼까 두려웠다.

월터는 침울한 표정이었다.

"차라리 내가 자수할 걸 그랬어."

"월터, 제발 그렇게 생각하지 말아. 밥 한 끼인데, 뭘."

수향은 월터의 손등을 두들기며 애써 밝게 말했다. 늘 치마저고리 차림이었던 수향이 붉은 드레스를 입고 붉은 립스틱을 바르자 평소와 달라 보였다.

"수향이가 아닌 것 같아."

영일이 말했다.

"안 가면 안 돼?"

영진이 투덜거렸다.

"이런 상황만 아니면 정말 예쁘다고 했을 거야."

영우가 중얼댔다.

"자, 이제 다녀올게."

수향은 네 남자를 향해 가냘프게 미소를 지었다. 붉은 방을 몰래 빠져나와 이기리스관으로 향했다. 겨울밤의 공기가 싸늘했다. 얇은 드레스 위에 입은 코트를 꼭 여몄다.

은도는 난실과 월터가 쓰던 안방을 쓰고 있었다.

당번병에게 안내받은 수향은 안방으로 가서 문을 노크했다. 뜻밖에도 은도는 군복이 아니라 검은 양복을 입고 있었다. 군모도 벗었다. 살짝 곱슬기가 있는 앞머리가 이마에 늘어졌다. 넥타이는 매지 않았고 흰 와이셔츠 단추는 세 개를 풀었다. 풀어헤쳐진 셔츠 안으로 잘 발달된 근육이 얼핏 보였다. 이 모든 것이 흠잡을 데 없이 잘 어우러져서 수향은 숨이 막힐 것 같았다. 양복을 입은 은도는 머리부터 꼬리까지 단 한 올의 털도 빠짐없이 윤기가 흐르는 흑표범 같았다. 한마디로 완벽했다.

"수향 동무, 어째 입을 닫고 있소?"

은도가 슬며시 웃었다.

"그게…… 대좌 동지, 양복이 잘 어울리세요."

"나느 군대에 오기 전에느 교원이었소. 우즈베크에서 부장 교원꺼지 했었소."

"그랬군요."

이 남자가 교원이었다고? 수향도 전쟁이 나기 전에는 교원을 꿈꿨다. 학생들 앞에서 수업을 하는 김은도의 모습이 상상이 되지 않았다. 그렇지만 이 남자가 교원 시절에도 유능했을 거란 생각은 들었다. 똑똑하고 매력적인 선생님이었겠지. 저 카랑카랑한 목소리가 교실 안을 가득 채우고, 학생들은 진심으로 수업에 집중했을 거야. 수향은 자신도 모르게 이 남자에게 점점 끌리고 있었다. 고개를 숙이고 작게 한숨을 쉬었다.

"그때느 언제나 양복으 닙구 댕겼소. 모처럼 수향 동무르 식사에 초대했는데 권총 찬 군복 차림으르 나갈 수야 없디 않겠소."

침대 앞에 두 명이 식사할 수 있게 테이블이 잘 차려져 있었다. 은도는 수향이 방에 들어오자 외투를 받아서 옷걸이에 걸었다. 그리고 정중하게 식탁에서 의자를 빼주었다. 이런 대접을 생전 처음 받아보는 수향은 당황했다. 속마음을 감추고 무표정한 얼굴로 의자에 앉았다.

"수향 동무, 그거 아오? 코스 요리르 처음 생각해낸 나라 로씨야랍데."

"몰랐어요."

"프란치야에서 로씨야 거르 그대르 따라서 했디."

당번병이 차례대로 코스 요리를 날라 왔다. 전채로는 올리비에 샐러드, 수프는 보르시, 주 요리로는 뵈프 스트로가노프, 곁들임 요리로는 파스타, 마지막으로 디저트는 메도빅이라는 꿀 케이크가 나왔다. 요리가 나올 때마다 은도가 나직하게 러시아어로 이름을 알려줬다. 수향은 평생 이런 고급 식사를 해본 적이 없었다. 그녀가 포크와 나이프를 쓰는 법을 전혀 모른다는 걸 눈치챈 은도가 수향의 접시를 가져가더니 소고기를 먹기 좋게 잘라서 건네줬다.

"고맙습니다. 이렇게 맛있는 요리는 처음이에요. 전부 러시아 요리라고요?"

"로씨야 음식들이 프란치야 요리마 진짜 나슨데, 사름들이 잘 몰라서 기래오."

은도와의 대화는 지적이고 흥미로웠다. 수향은 유쾌한

기분을 느꼈다가 정신을 차리고 자책했다. 이자가 어제 국군 포로를 죽이는 장면을 목격하지 않았다면 이 식사 자리를 즐겁다고 생각할 뻔했다. 이 남자는 수향에게 소고기를 먹기 좋게 잘라준 저 손으로 포로를 인정사정없이 처형해버렸다. 긴장을 놓으면 안 됐다. 음식은 맛있었다. 지금 초라한 저녁을 먹고 있을 마사키, 세쌍둥이, 월터를 떠올렸다. 흑죽관의 겨울철 식량 사정은 뻔했다. 시래깃국에 콩밥 아니면 죽이었다.

문제는 이자가 왜 수향을 불렀느냐는 점이었다. 무슨 속셈일까. 수향은 잘게 썬 소고기를 입에 넣으면서 눈앞의 남자를 쳐다봤다. 천연덕스럽고 우아하게 식사를 하고 있는 은도의 속마음을 도통 알 수 없었다.

"그, 박남일 선생가느 어째 같이 살구 있소? 친척두 아니구……."

"제 부모님이 병으로 돌아가셨을 때 돌봐주셨어요. 그 후에 박 선생님이 의원 문을 닫게 되어서 같이 살게 되었어요. 전쟁이 나고 의약품이 부족해져서 더 이상 의원을 운영할 수 없었고요."

"수향 동무가 무척 친밀해 보입데."

"저한테는 오라버니 같은 분이에요."

은도는 수향의 표정을 세밀하게 살폈다. 박 선생 이야기가 나오니 수향의 얼굴이 밝아졌다. 역시. 저 박 선생을 어떻게 해야 나한테까지 기회가 오겠군. 은도는 생각했다.

주요리가 나왔을 때까지만 해도 은도는 기분이 아주 좋았다. 자신이 보낸 드레스를 입고 나타난 수향은 눈부셨다. 검은 머리를 땋아서 위로 틀어 올리고 귀에는 작고 달랑거리는 진주 귀걸이를 착용하고 있었다. 붉은 드레스에 어울리는 붉은 입술, 작은 발을 감싼 검은 구두. 오늘 밤 침대로 데려가고 싶을 정도였다.

소피아가 나타나지만 않았다면 더할 나위 없이 완벽한 식사였다.

메도빅을 먹을 때쯤 소피아가 방에 나타났다. 은도는 입으로 가져가려던 포크를 멈췄다. 소피아는 수향 바로 옆에 서 있었다.

수향은 차분하게 메도빅을 포크로 쪼개고 있었다. 은도는 식은땀이 나기 시작했다. 수향을 초대하면 오늘 하루만은 소피아가 나타나지 않을 거라고 기대했다. 오판이었다. 소피아는 굽히지 않았다. 작고 귀여운 여자였지만 의지만큼은 우즈베키스탄 공산당 지부를 호령했던 아버지 모로조프를 그대로 빼다 박았다.

"이만 가오. 밤이 벌써 늦었소."

수향은 고개를 들었다. 메도빅을 미처 다 먹지도 못했

는데 은도가 싸늘한 표정으로 자신을 노려보고 있었다. 갑자기 왜 가라는 걸까. 의문을 뒤로 하고 수향은 고개를 끄덕이며 의자에서 일어났다. 은도는 외투를 내주거나 배웅하지 않았다. 자리에 앉은 채 아무 말을 하지 않았다. 입술은 살짝 벌어졌고 눈은 멍해 보였다. 넋을 잃은 표정이었다.

수향은 방 안에 아까와 다른 기운이 감도는 것을 느꼈다. 설명할 수 없는 으스스한 기운에 드레스 밖으로 노출된 목과 등에 소름이 돋았다.

'추워진 것 같은데.'

방안에 석유 곤로가 있는데도 입김이 피어올랐다. 수향은 안방 문을 열고 나왔다. 열린 문틈으로 은도가 누군가에게 러시아어로 말을 거는 소리가 들렸다. 러시아어를 잘 모르지만 소피아란 이름이 반복해서 나왔다.

방에는 전화기가 없었다.

저 남자는 대체 누구와 대화를 하고 있는 걸까.

9

수향에게 관심이 있는 인민군은 김은도만이 아니었다.

폭설이 내린 다음 날 오전, 수향이 흑죽림 우물에 물을 길으러 갔는데 창훈이 있었다. 그를 보고 수향은 고개를 숙였다. 창훈은 성큼성큼 다가오더니 두레박으로 물을 길으려는 수향에게 말을 걸었다.

"마사키하고는 무슨 사이야?"

처음부터 반말이었다. 수향은 말없이 우물에서 두레박을 끌어 올렸다.

"어? 대답 안 해? 난 사람으로 보이지도 않아?"

화가 난 듯한 창훈이 수향의 어깨를 붙잡았다. 수향이 할 수 없이 대꾸했다.

"대위님. 마사키는 저에게 친정 오라버니 같은 사람이

에요. 그리고 전 결혼한 몸이고요. 제 신랑은 최영우 씨고. 알잖아요."

"어제 대좌님하고 식사 좀 했다고 혹시 자기가 뭐라도 된 것처럼 착각하는 거야?"

"오해예요. 대좌님은 어제 과분할 정도로 친절하셨고, 전 그 친절에 감사드리고 있어요."

수향이 최선을 다해 부드럽게 말했다. 그러자 창훈은 조금 누그러진 듯했다.

"그렇지 않아도 전할 말이 있어. 대좌님은 보통 사람이 아니야. 러시아에서 혈혈단신으로 귀국해서 저 자리까지 올라간 입지전적인 분이지. 그분이 당신들을 수상하게 생각하고 있어. 그 부분은 내가 좀 도와줄 수 있어. 마사키한테 사정은 들었어. 전해준 선물도 잘 받았고."

"도와줄 수 있다고요?"

수향은 희망이 솟아서 창훈을 쳐다봤다.

"대좌님이 나를 전폭적으로 신임하시거든. 내가 잘 말씀드려서 주둔지를 다른 곳으로 옮기고 당신들 모두 무사하게 해줄게."

"감사합니다."

"대신 당신도 날 도와줘야 할 것 같은데 말이야."

수향은 좋지 않은 예감이 들었다. 물끄러미 창훈을 쳐다봤다. 그가 씨익 웃었다.

"마사키와 아무 사이가 아니라면 나랑은 어때? 다리 병신 신랑보다는 내가 더 잘해줄 수 있는데. 시험해볼래?"

창훈이 수향의 몸을 낚아챘다. 두레박이 눈밭에 떨어졌다. 그가 다짜고짜 수향을 들쳐 메고 흑죽림 속으로 끌고 가려 하자 수향은 그의 어깨 위에서 발버둥을 치며 반항했다.

"안 돼!"

"이게!"

창훈이 수향을 내려놓더니 허리춤에서 러시아제 권총을 뽑아 관자놀이를 찔렀다.

"마사키와 무슨 관계지? 응? 둘이 툭 하면 붙어 있던데. 실은 남편 몰래 둘이 그렇고 그런 사이지? 그렇지?"

"전혀 아니에요. 제발 보내줘요."

수향은 고개를 저으면서 눈물을 흘렸다. 이를 악물고 말했다.

"대좌 동지가 알면 어쩌려고 이러세요!"

"그분께 알릴 필요는 없지. 이건 어디까지나 수향 동무와 나 사이의 일이니까."

창훈이 권총을 더 세게 누르면서 속삭였다.

"나도 마사키의 여자 맛 좀 보자."

창훈은 수향이 입은 두툼한 누비옷을 벗겼다. 찬바람 속에 홑겹 저고리 차림이 된 수향은 추위에 온몸을 부들

부들 떨었다. 수향은 그가 옷을 벗기는 사이에 벌떡 일어났다. 누비옷이 창훈의 손에 남고 수향은 빠져나왔다. 뒤돌아서 도망치려고 했지만 창훈이 뒤에서 발을 걸었다. 두 사람은 눈밭을 같이 굴렀다. 창훈이 수향을 몸으로 제압했다.

"이년이…… 네가 뭐라도 돼? 갈보 같은 년이."

창훈이 수향을 붙들고 욕설을 퍼부으며 다시 권총을 이마에 들이댔다. 창훈은 서둘러 수향의 저고리를 벗겨버렸다. 새하얀 눈밭 위에 흰 가슴이 드러났다. 곧이어 우악스러운 손길이 치마 안으로 들어왔다. 더듬더니 속바지를 벗겨냈다.

수향은 두 눈을 감았다. 틀렸다. 힘으론 창훈을 당해낼 수가 없었다. 차라리 빨리 끝나기만을 기도하는 수밖에.

갑자기 창훈의 손이 멈췄다.

수향이 눈을 떴다. 검은 외투를 입은 사람이 창훈을 눈 위에 넘어뜨리고 주먹질을 하고 있었다. 마사키였다.

"이 자식. 무슨 짓이야!"

하얗게 펼쳐진 눈밭에서 마사키는 창훈에게 계속 주먹을 날렸다. 창훈의 입술이 터졌다. 차가운 공기 속에서 두 남자의 입김이 위로 피어올랐다. 수향은 겁에 질렸다. 눈 위에 점점이 창훈의 피가 떨어졌다. 마사키에게 얻어터진 창훈이 피투성이가 된 얼굴로 외쳤다.

"쪽바리 새끼, 두고 보자!"

창훈은 비틀거리며 이기리스관으로 들어갔다. 수향은 황급히 저고리를 주워 입으며 옷을 추슬렀다. 마사키는 숨이 찬지 호흡이 거칠어졌다. 잠시 숨을 고르던 마사키는 체념한 표정으로 수향에게 말했다.

"이렇게 됐으니 이제 창훈이가 저를 가만두지 않을 겁니다."

"어떡하면 좋죠. 저 때문에……."

"수향 씨 잘못이 아닙니다. 그 녀석을 떼어놓기만 했어야 했는데, 참지 못하고 주먹이 먼저 나갔어요. 저의 경솔한 행동 때문에 모두가 위험에 빠지게 생겼네요."

마사키는 창훈의 피가 묻은 자신의 주먹을 내려다보면서 말했다. 두 주먹이 부들부들 떨고 있었다.

"마사키. 자책하지 마세요."

수향은 작은 두 손으로 마사키의 주먹을 감싸안았다. 두 사람은 서로를 응시했다.

"이런 일이 또 벌어져도 저는 똑같이 할 겁니다."

마사키는 담담하게 말했다.

두 사람은 이기리스관을 바라보았다. 짙은 회색 눈구름이 박공지붕 위로 몰려들고 있었다.

마사키 말이 맞았다.

창훈이 바로 은도에게 일러바친 모양이었다. 은도가 창훈과 함께 부대원을 거느리고 흑죽관에 들이닥쳤다. 마사키, 수향, 영우는 긴장한 채 그들을 맞이했다.

"영게 뉘기 숨어 있다메?"

군복을 입은 은도가 차분하게 물었다. 부어오른 얼굴의 창훈에 비하면 분노한 기색은 아니었다. 창훈이 말했다.

"대좌 동지, 실은 저 의사 놈이 일본인입니다. 이 집 장자, 나가스 마사키라는 놈이죠."

"의사 냥반, 실망이오. 우리 전사들으 잘 돌바줄 게라 믿었는데……."

마사키는 수향과 영우 앞에 나섰다.

"대좌 동지. 저와 이 사람들은 아무 상관이 없습니다. 제가 일본인인 걸 부정하진 않겠습니다. 하지만 저는 이 나라에서 태어나고 자란 사람이고, 보시다시피 한국어도 잘합니다. 대좌 동지만 허락하신다면 의사로서 인민군을 계속 돕겠습니다."

마사키가 말했다.

은도는 혀를 차면서 고민하는 표정을 지었다.

은도는 독립군 전투에서 죽은 아버지와 큰형을 생각했다. 거적때기에 싸인 그들의 시체 앞에서 맹세했다. 일본을 물리치겠다고. 조선은 일제로부터 해방됐고 지금은 전쟁 중이라 감상에 젖을 때는 아니지만 저 의사가 일본인인 것을 안 이상 이대로 둘 수는 없었다. 게다가 수향이 믿고 의지하는 인물이니 이번 기회에 손봐두는 게 좋았다. 오히려 저 박 선생이 일본인이란 걸 고자질한 창훈이 고마울 따름이었다. 손 안 대고 코 풀 수 있는 상황이 됐다.

은도는 천천히 마사키 앞으로 다가왔다.

"하나, 마음속으느 동무 같은 왜놈들으 다 죽어뻐렜으무 좋겠는데 엇디문 좋겠소?"

말을 마치고 은도는 슬며시 미소를 지었다. 마사키는 입술을 꾹 다물었다.

"대좌 동지……."

수향이 앞으로 나서서 입을 열려고 했지만 마사키가 손으로 가로막았다. 그의 필사적인 몸짓에 수향은 멈춰섰다. 영우가 수향의 손을 잡아당겼다.

"대좌 동지, 그럼 하나만 부탁드립니다. 저는 어떻게 해도 좋으니 수향 씨 부부는 내버려두세요. 저 부부는 제가 일본인인 줄 모르고 이 집에 머무르게 도와준 것뿐입니다."

마사키가 말했다.

"잘 알겠소."

은도는 마사키에게 고개를 끄덕이더니 창훈을 바라보

면서 말했다.

"내 손으 더럽히기 슳으니 저 왜놈으느 동무 당신이 처리하오. 그동안 내게 충성한 대가라구 생각하오."

"감사합니다, 대좌 동지! 자, 들었지. 큰 집 내 방으로 데려가."

창훈은 회심의 미소를 짓더니 부하들에게 지시했다.

"마사키!"

수향이 외치자 마사키는 침착하게 말했다.

"그동안 고마웠습니다. 수향 씨."

그는 그대로 창훈과 인민군에게 이기리스관으로 끌려갔다. 은도가 수향을 지나가면서 비웃듯 말했다.

"수향 동무. 동무에게 실망했디만 이번에느 특별히 용서하겠소. 비밀이 많은 사름이었구만. 다른 비밀르느 또 무스게 있소?"

수향은 입술을 깨물었다.

마사키는 발길질을 당하며 창훈이 쓰는 방에 밀어 넣어졌다. 창훈은 마사키의 두 손목을 위로 당겨 밧줄로 단단하게 묶고 그 줄의 끝을 방의 기둥에 연결했다. 일부러 줄 길이를 짧게 해서 요강과 밥그릇에 겨우 닿게 했다. 이렇게 마사키를 묶어놓고는 바로 얼굴에 주먹질을 시작했다. 마치 인간 샌드백처럼. 코피가 터졌고 눈과 볼이 형편없이 부어올랐다.

"내 어머니를 돌려줘! 이 쪽바리 새끼야!"

창훈은 자신의 어머니가 나가스 가족을 위해 평생 헌신하다가 젊은 나이에 세상을 떠난 것을 잊을 수가 없었다. 친아들인 자신보다 일본인 남매를 더 사랑한 것도. 마치 마사키에게 화풀이를 해야 죽은 어머니가 살아 돌아오기라도 할 것처럼 악랄하게 굴었다.

"마사키. 일본으로 돌아가지 그랬어? 왜 미련하게 조선 땅에 남아 있다가 이 꼴이야?"

매일매일 창훈에게 얻어맞으면서 마사키는 온몸이 너덜너덜해졌다. 창훈은 시도 때도 없이, 이유도 없이 계속 주먹을 휘둘렀다. 마사키는 수시로 기절했다. 창훈은 마사키가 쓰러지면 물을 퍼붓거나 뺨을 때려서 깨웠다. 의식을 찾으면 다시 폭행이 시작됐다.

마사키는 의식와 무의식의 경계를 오고 갔다. 몽롱한 정신으로 잠들었다가 정신을 차리면 창훈에게 맞고 있었다. 창훈이 항상 창문에 두꺼운 커튼을 쳐놓았기에 밤인지 낮인지 시간도 몰랐다. 맞아서 피투성이가 된 얼굴로 오늘이 무슨 요일인지 생각해보려고 애썼지만 아무 생각도 떠오르지 않았다. 모든 희망이 남김없이 사라진 것 같았다. 얼굴 상처가 나을 만하면 창훈은 같은 곳을 또 때렸다. 음식은 개미 모이만큼만 주었고 물도 하루에 한 그

릇뿐이었다.

'이제 정말 끝이야.'

마사키는 바람 앞의 등불처럼 쇠약해져갔다.

의식이 가물가물해진 밤, 누군가가 마사키에게 물그릇을 가져다주었다. 그 사람이 손으로 물그릇을 받쳐주어서 마사키는 물을 정신없이 들이켰다. 흐린 시야로 검은 옷을 입은 여자가 들어왔다. 의식을 잃어가며 마사키는 그 여자가 인민군이 데려온 군속이라고 생각했다.

아침이 되니 텅 빈 물그릇만 있었다.

흑죽관 붉은 방에 모두가 모였다. 긴급회의였다. 월터는 수향에게 상황을 듣더니 곰곰이 생각하다가 말했다.

"아무리 생각해봐도 방법은 하나야. 내가 김은도 대좌라는 사람한테 가서 자수하는 게 좋겠어."

수향이 통역하자 모두 격렬하게 반대했다. 월터가 자수하는 것과 동시에 모두가 끌려가서 끝장이 날 게 분명했다.

"나는 군인 신분이니까 전쟁으로 인한 죽음을 감수할 수 있어. 그렇게 훈련을 받아왔고. 하지만 당신들은 달라. 자수하는 대신 민간인인 당신들은 내버려두라고 말할게."

"안 돼. 그건 어떤 경우에도 선택 사항이 아니야."

수향이 단호하게 말했다. 월터가 수향의 어깨를 잡고 푸른 눈에 굳건한 의지를 담으며 말했다.

"저놈들이 미군을 얼마나 증오하는데. 이 전쟁에서 미 공군이 제공권을 장악했기 때문에 나를 거의 악마처럼 생각한단 말이지. 숙적인 미군 조종사에게 모든 신경이 집중될 거고 당신들은 내버려 둘걸."

"정보를 캔다는 미명하에 당신을 계속 고문할 거야. 그리고 다리가 불편하니까 이동시키기에 번거로워서 총살할지도 몰라."

수향은 냉정하게 영어로 말했다.

"월터는 영일 형과 영진 형이 같이 붉은 방에 머물면서 최선을 다해 지켜줄 거야. 지금으로서는 그 방법밖에 없어."

영우가 말했다.

보름달이 하늘에 떠올랐다.

수향은 잠을 이룰 수가 없었다. 가까운 이기리스관에 마사키가 갇혀 있었다. 창훈이 절대 그냥 내버려두지 않을 텐데. 제대로 식사는 하고 있는지. 얼굴을 못 본 지 열흘이 넘었다. 마사키가 끌려가고 나서야 자신의 마음을 알았다. 그의 존재가 수향에게 얼마나 컸는지…….

나가스 저택에 들어왔던 첫날부터 마사키는 늘 수향과

함께였다. 대나무 숲에서 처음 봤을 때부터 그를 원했다. 왜 사람은 소중한 존재를 잃을 지경이 되어야 그 가치를 깨닫는 걸까?

이제 마사키의 목숨이 위태롭다. 수향과 세쌍둥이와 월터는 마사키를 구출할 방법을 필사적으로 궁리했다.

그동안 수향과 마주칠 때마다 미묘한 추파를 던지던 은도는 마사키를 구금하자 더 이상 점잔을 떨지 않았다. 눈엣가시처럼 생각했던 박 선생, 아니 마사키란 인물을 수향 곁에서 치우니 거칠 것이 없었다.

은도는 흑죽관으로 찾아와 수향을 유혹했다.

"수향 동무. 잘 생각하오. 내인데 아니 오무 저네 남편으 전선으르 보내뻐리구 저 왜놈우 총살해뻐리겠소!"

"……."

"하루라두 빨리 동무 제 발르 내 방에 오는 게 좋을 게오."

수향은 생각했다. 만약 내가 저자에게 가지 않는다면 마사키가 어떻게 될까. 상상만 해도 끔찍했다.

"대좌에게 갔다 올게."

수향이 자신의 결심을 말하자, 월터와 세쌍둥이는 괴로워했다. 화장을 마친 수향은 예전에 물려받았던 교코의 옷 중에서 가장 화려한 드레스를 찾아 입었다. 은도가 어떻게 나올지, 이게 과연 현명한 방법인지 계속 고민이 되었지만 마사키를 살려야겠다는 생각이 우선이었다.

은도의 방으로 찾아가 두려움 속에 문을 두드렸던 수향은 막상 은도를 보자 맥이 풀렸다. 문을 열어준 은도는 멍한 표정이었다. 눈 밑이 초췌했다. 평상시 맹수처럼 용맹한 모습이 아니라 기력이 쇠한 느낌이었다.

방에 들어가자 수향은 그 자리에서 얼어붙었다. 지난번처럼 방 안에 으스스한 기운이 돌았다. 한기가 느껴졌다. 실내인데도 입김이 솟았다. 테이블 위에 보드카와 유리컵이 놓여 있었다. 은도 혼자 술을 마시고 있었다. 은도는 우울한 얼굴로 수향을 보더니 고개를 흔들었다.

"오늘으느 내 도저히 안 되겠소. 그냥 가오."

"잠깐만요."

수향은 은도를 제지했다.

"대좌 동지, 혹시 남들 눈에 보이지 않는 뭔가를 보고 계시는 거 아니에요?"

은도의 두 눈이 커졌다.

"지난번 식사 자리에서도 그게 보였던 거죠. 그렇죠?"

"어, 어띠 알았소?"

"대좌님의 표정이 이 세상의 존재가 아닌 무엇인가를 보는 듯했어요. 저는……. 제주도 무당의 손녀인 아기 무당이에요. 신통력이 강한 건 아니지만 세상 사람들 눈에 안 보이는 걸 보기도 해요."

"그럼 저거르…… 내 눈앞에서 치워줄 수 있겠소?"

수향은 은도가 눈짓하는 방향을 바라봤다. 아무것도 보이지 않았다. 은도는 두 손을 머리에 올리며 괴로워했다. 눈 밑이 어두운 게 잠을 설치는 것 같았다.

"한번 해볼게요. 대신…… 마사키를 풀어주세요."

"저거르 없애주겠담사……."

기어들어가는 목소리로 은도가 약속했다.

수향은 흑죽관에서 외할머니의 요령을 가져왔다. 은도는 어두운 얼굴로 기다리고 있었다.

"그게 무스게오?"

"요령이에요. 이 방울을 흔들면 영계와 접속하게 돼요."

수향은 천천히 요령을 흔들었다. 은도는 초조한 표정을 지었다.

딸랑.

딸랑.

딸랑.

딸랑.

입김이 피어올랐다. 등에 소름이 돋았고 추위를 느꼈다.

잠시 후 수향은 고개를 돌리다가 방 한구석에 서 있는 여자를 발견했다. 밝은 금발에 청록색 눈의 백인. 뒤통수가 멀쩡했다면 보기 드물게 아름다운 여성일…….

 "저…… 저 사람은 누군가요."

 수향이 떨리는 목소리로 물었다.

 "내 전처, 소피아디. 우즈베크에 있을 적에 혼인했소. 이 집에 들어온 첫날 밤부터 할럴두 아니 빼놓구 나르 찾아오구 있디 않겠소."

 은도가 슬픈 미소를 지었다.

 "말을 걸어봤나요."

 "이야기 하나투 아니 통했소."

 수향은 생각에 잠겼다.

 "혹시 소피아가 살아생전에 좋아하던 노래가 있나요?"

 무복도, 제물상도 없이 해원굿을 할 순 없었다. 하지만 좋아하는 노래를 들려준다면, 저 원혼의 한이 잠시는 가라앉을지도 몰랐다. 은도가 천천히 고개를 끄덕이더니 레코드를 한 장 가져와서 전축에 걸었다.

 "소피아느 붉은 군대 합창단이 불렀던 〈쫌나야 노치(Тёмная ночь)〉라느 곡으 좋아했소. 대조국전쟁 때 러시아 인민한테 크게 인기를 끌었던 곡인데 제목으느 '어둡은 밤'이라는 뜻이오. 집에서 소피아가 내 자주루 따라 부르기두 했소."

피아노 반주와 함께 젊은 남성의 우울한 목소리가 방 안에 울려 퍼졌다. 은도는 노래를 따라 부르기 시작했다. 슬프고 따뜻한 가곡이었다.

소피아는 미동도 없이 서 있었다. 처음엔 아무 효과가 없는 것 같았다. 이윽고 유령은 조금씩 흐려지기 시작했다. 마침내 은도가 1절을 다 불렀을 때쯤 소피아는 사라졌다.

"이릏기 언녕 없어졌구만!"

은도는 기뻐하는 기색이었다. 그는 곧장 책상 앞에 앉더니 타자기로 서류를 작성하기 시작했다.

"대좌님. 약속은 지키시는 거죠?"

수향이 불안한 얼굴로 물었다.

은도는 아무 말 없이 두 장의 종이를 타자기에서 떼어냈다.

"이 서류들이 무스겐두 아오?"

의기양양한 그의 표정은 수향을 불안하게 했다.

"수향 동무게 이런 능력이 있다는 거르 알게 된 이상, 앞으르느 내 옆에서 함께 움직여야겠소."

"네? 그게 무슨 말씀이에요?"

"이거느 저 왜놈 총살 집행 문서디. 혐의느 간첩 행위로 써넣었소. 그리구 이거느 동무 남편 징발 문서디. 동무 남편으 후송 부대에 넘긴다는 내용이디. 다리 성치 않은 거르 봐서 특별히 배려한 게오. 두 서류 모두 아직 서명으느 아니 했소."

수향은 기가 막혀 은도를 노려봤다.

"약속과 반대잖아요!"

"소피아 다시느 내 앞에 아니 나타난다는 담보 없디 않소? 그러니 수향 동무느 내 곁에서 이 전쟁이 끝까지 수행해줘야 하오. 그리고 동무가 함께 하자무 제일 걸림돌이 되는 거이 저네 남편가 저 왜놈이니, 나로서느 이게 가장 이성적인 해결 방도디. 남편 목숨이라두 겅질라무 내 지시르 따르는 게 좋을 게오."

수향은 눈앞이 캄캄해진 기분이었다. 이기리스관에 은도와 인민군 부대가 주둔하고 있는 것만도 벅찬데 이제는 전쟁 내내 이 작자와 같이 지내야 한다고? 자칫하면 북한까지 끌려갈지도 몰랐다. 게다가 자신의 말을 안 들으면 마사키를 총살하고 영우를 후방 부대로 보내버린다고 한다. 입술을 깨물고 멍하니 서 있었다.

은도가 수향에게 다가왔다. 그에게서는 잘 무두질된 소가죽 같은 냄새가 났다. 은도는 검고 큰 손으로 수향의 가는 손목을 붙잡았다. 수향이 당황해서 뿌리치려고 했지만 그럴수록 은도는 더 세게 손목을 옥죄었다. 그가 한 팔로 손목을 단단하게 붙잡은 채 벽에 수향을 밀어붙였다. 수향은 몸을 비틀어 빠져나가려고 했지만 은도는 온몸으로 수향을 눌렀다. 남자와 벽 사이에서 수향은 숨이 막힐 것만 같았다.

"놔요!"

"쉬……."

마치 대여섯 살짜리 여자아이를 달래듯 은도는 수향의 귀에 대고 달콤하게 속삭였다.

"저 얼굴이 백짓자이 같은 의사 선생, 그리고 저네 절뚜배기 남편……. 다 약해빠뎄소. 저네느 강한 여성이오. 강한 여성게느 진짜 남자 필요한 게디. 다 집어치우고 내인데 오오."

은도의 손이 드레스 안으로 들어왔다. 옷 안으로 한쪽 가슴을 주무르면서 그의 입술이 수향의 입술을 덮쳤다. 이윽고 뜨겁고 물컹한 혀가 수향의 혀를 농락했다. 이 남자가 풍기는 짙은 체향에 수향은 숨이 막혔다.

수향은 고개를 틀고 격렬하게 저항했다. 그러다가 은도의 혀를 깨물었다.

"으앗, 이 쌍간나!"

혀를 깨물린 은도는 수향을 놔줄 수밖에 없었다. 그는 분이 난 듯 수향의 뺨을 세차게 후려쳤다. 수향은 그대로 바닥에 쓰러졌다. 입안에서 피 맛이 느껴졌다.

"처지르 안즉 파악 못 했소?"

은도가 냉랭하게 말했다.

"동무게느 선택할 권리란 없고, 오직 선택당할 권리밖에 없소. 내 말으 듣는 게 낫소. 당분간 내 부르기 전에느 영게 얼씬두 하디 마오."

간신히 일어난 수향은 요령을 챙겨 은도의 방에서 나왔다. 얼굴에 피멍이 든 채로 흑죽관 붉은 방에 돌아온 수향을 보며 월터와 세쌍둥이는 분개했다. 수향은 마사키의 총살 집행 문서와 영우의 징발 문서 이야기를 했다.

"시간이 없어. 마사키를 어서 구해야 해."

이대로 김은도를 놔두면 마사키가 죽는다. 수향과 세쌍둥이와 월터는 의견을 하나로 모았다.

"김은도를 죽이자."

10

다음 날은 기온이 올라간 따뜻한 겨울날이었다.

저녁이 되자 수향은 얼굴의 멍을 화장으로 가렸다.

'특별한 것이 필요해.'

수향은 교코의 옷 가방을 샅샅이 뒤졌다. 평범한 드레스가 아닌, 무엇인가 다른 것이 필요했다. 은도는 의심이 많고 신중한 남자다. 그의 시선을 확 잡아 끌 무엇인가가 필요해. 가방 안의 옷을 급하게 바닥에 집어 던지던 수향은 제일 밑바닥에 놓인 어떤 옷을 보고 웃었다. 그래, 이거야.

수향이 이기리스관 현관에 나타나자 보초들은 별말 없이 들여보내줬다.

"무스게오, 그 옷차림으느?"

문을 반쯤 연 은도는 당황한 표정이었다.

"왜놈가 어울리더니 물들어버린 게 아니오?"

"그건 오해예요. 어울리나요?"

수향이 문가에 기댄 채 수줍게 속삭였다. 조명에 비친 얼굴엔 윤기가 흘렀고 몸에 달라붙는 붉은 기모노는 피처럼 붉었다. 입술에는 붉디붉은 립스틱을 발랐다. 교코가 아끼던 기모노를 입은 수향은 정말 일본 여자처럼 보였다. 머리에 꽂은 비녀도 일본풍이었다.

"이 집 딸의 기모노예요. 이름은 교코였죠."

"어째 온 게오? 내 부르기 전에느 얼씬두 하디 말라구 하댢앴소?"

"……이 집에 처음 왔을 때 교코의 옷이 트렁크째로 다락방에 버려져 있었어요. 새어머니가 그 트렁크를 저한테 줬죠. 전 그 여자 옷을 전부 물려받아서 입었어요. 낯선 일본인 여자의 옷. 마치 제가 일본인이 된 기분이 들기도 했어요. 그 옷들 중에서 이 기모노가 특히 마음에 들어요."

"……."

은도는 대꾸하지 않았다. 상기된 표정이었다. 동공이 커졌다. 수향에게서 눈을 떼지 못하고 있었다.

"기모노를 입으니까 정말 일본 여자가 된 것 같아요. 걸음걸이가 달라지고……."

수향이 말을 이었다.

"태도가 달라지고, 몸짓이 달라지고······."

은도를 쳐다보며 작게 웃었다.

"마음가짐이 달라지네요."

"다시 한번 묻겠는데, 어째 왔니?"

잠긴 목소리로 은도가 물었다. 은도는 문지방을 넘어 수향에게 가까이 다가왔다. 목에 찰랑거리는 군번줄과 어깨에 달린 계급장이 보였다.

"생각이 바뀐 게니?"

수향은 고개를 끄덕였다.

"맞아요. 당신이 그토록 싫어하는 일본 여자를 한번 정복해보지 않겠어요?"

은도의 두 눈이 빛났다. 야생동물 같은 눈빛이었다. 수향은 천천히 미소를 지었다. 은도는 뒤로 한 걸음 물러서더니 문을 활짝 열었다. 초대의 몸짓이었다.

"여긴 싫어요."

수향이 다정하게 말했다.

"여기보다 좋은 곳이 있어요."

수향이 은도를 상대하는 사이에 영진은 이기리스관에 몰래 숨어들었다. 보초병이 자리를 비운 틈에 뒷문을 통해 창훈의 방으로 들어갔다. 창훈은 침대에 누운 채로 술에 곯아떨어져 있었다. 방구석에 묶인 채로 벽에 기대어 앉아 있는 마사키가 보였다. 생기라곤 전혀 느껴지지 않아서 영진은 가슴이 철렁했다. 손가락을 코에 대보니 숨을 쉬고 있었다. 아직 살아 있었다.

영진은 가져온 과도로 마사키를 묶은 끈을 끊었다. 손목의 밧줄이 풀리자마자 마사키는 힘없이 바닥에 쓰러졌다. 의식이 없었다. 맞아서 형편없이 부어오른 얼굴을 보며 영진은 입술을 깨물었다.

"마사키 형, 정신 차려!"

영진이 몇 번이나 흔들고 뺨을 때리고 나서야 마사키가 중얼거렸다.

"영, 영우?"

"영진이야. 나가야 돼. 힘들어도 조금만 참아."

영진은 겨우 정신을 차린 마사키를 부축했다. 마사키는 다리가 자꾸 풀려서 혼자 힘으로 설 수가 없었다.

창훈이 신음을 냈다. 두 사람은 황급히 커튼 뒤에 숨었다. 창훈은 침대에서 내려오더니 바지를 내리고 요강에 소변을 봤다. 쏟아지는 오줌 줄기가 요강에 부딪히는 소리를 들으며 영진과 마사키는 긴장했다.

"어? 이 새끼 어디 갔어?"

습관처럼 마사키가 있는 자리를 본 창훈이 소리를 질렀다. 그 순간 튀어 나간 영진이 왼손으로 창훈의 입을 막고 오른손으로 날카로운 과도를 목에 들이댔다. 맥박이 뛰는 부위에 더 깊이 들이댔다.

"다른 사람 부르면 찌른다."

창훈이 취한 몸으로 뻗대며 혁대의 권총을 꺼내려 했지만 영진이 더 빨랐다. 영진은 러시아제 권총을 먼저 빼내 마사키에게 던졌다. 마사키가 총을 받고 잠금장치를 풀었다. 흔들리는 몸을 벽에 기대 지탱하면서 마사키가 권총을 겨누자 창훈은 두 손을 들었다.

"형, 이 새끼 죽여버릴까?"

영진이 속삭였다.

"아니야, 여기에 묶, 묶어."

"지금 죽여버리는 게 낫지 않을까?"

마사키는 힘겹게 고개를 저었다.

"한때 나한테 유일한 친구였던 사람이야."

영진은 할 수 없이 고개를 끄덕였다. 마사키를 묶었던 밧줄로 창훈을 기둥에 묶었다. 방에서 찾은 수건으로 입도 틀어막았다.

"마사키 형. 할 말이 있어. 수향이의 계획을 얘기해줄게."

영진이 말했다.

은도는 수향에게 이끌려 흑죽관으로 향했다. 보초들이 끝까지 따라오려고 했지만 은도가 흑죽관 앞에 대기하라고 지시했다. 수향이 검은 기모노가 있는 벽에서 비밀 입구를 열어젖히자 지하로 향하는 계단이 나타났다. 은도는 감탄을 연발했다.

"이 집에 이런 곳이 다 있었단 말이요?"

"대좌 동지를 위해 특별히 아껴놓은 곳이죠."

그사이 월터, 영일, 영우는 붉은 방에 있는 붙박이장에 숨어 있었다.

수향은 은도와 함께 계단을 내려가 붉은 방에 들어갔다. 방 한가운데에는 미리 펼쳐 놓은 이부자리가 있었다. 수향은 발돋움을 해서 키 큰 은도의 어깨에 살짝 두 손을 올렸다.

"대좌 동지, 여기에 누우세요."

은도는 수향에게 떠밀리듯 붉은 방 마루의 이부자리에 누웠다. 수향은 이부자리에 누운 김은도의 옆에 누웠다. 그의 뺨과 귀에 키스하며 군복 상의 단추를 풀기 시작했다. 은도는 두 눈을 감고 신음을 냈다. 얼굴에 황홀한 표정이 떠올랐다. 잠시 후 은도가 눈을 뜨고 거칠게 수향을 붙잡으려고 했다. 수향이 부드럽게 두 손으로 그의 가슴을 눌렀다.

"아직 시간은 많아요."

은도에게 속삭였다.

은도는 이불에 눕다가 문득 벽에 걸린 거울을 보았다. 거울에 비친 붙박이장 틈 사이로 무엇인가가 빛났다.

'사름으…… 눈?'

눈앞의 여자를 봤다. 수향은 어색한 미소를 지으며 자신을 내려다보고 있었다. 이게 함정이라면? 은도는 수향을 붙들고 옷을 거칠게 벗기는 시늉을 하면서 주변을 살폈다. 여차하면 바지 밑 발목에 숨긴 권총을 뽑을 생각을 하며 한 손을 발목에 가까이 가져갔다. 수향이 머뭇거리자 은도는 번개같이 전세를 역전해 수향을 자신의 밑으로 눕혀버렸다. 한 손을 불쑥 기모노 아랫단 안으로 넣었다. 말캉한 허벅지가 만져졌다. 수향이 기겁했다.

"천진한 체하지 마오."

은도가 비웃는 어조로 말했다.

'이 여자느 나르 유혹할 마음이 없다. 이거느 덫이다.'

동시에 그는 한 손으로 발목의 권총을 잡았다.

은도가 수향을 덮칠 것 같은 상황이 되자 붙박이장에 숨어 있던 영일, 영우, 월터는 고민했다. 당장이라도 나가야 수향을 구할 수 있다는 생각이 들어서였다. 하지만 수향은 은도의 아래에 깔린 채로 붙박이장을 향해 가만있으라는 눈빛을 보냈다. 서두르다가 이 교활한 남자가 자칫 눈치라도 채면 모든 것이 파국이었다.

수향은 은도를 끌어안으며 그의 혁대에 있는 권총을 향해 손을 뻗으려 했다. 그 찰나 은도가 먼저 권총을 잡았다. 은도가 싱긋 웃으며 수향의 손목을 툭 하고 쳤다.

"여자 개지구 놀기에느 위험한 놀잇감 같소마느……."

"우리 사이에 총은 필요 없잖아요. 옆에 내려놓으려고 했지요. 대좌 동지가 불편하실 테고."

"배려느 고맙디만, 총으느 내 살갗가 같은 존재오. 이대르 하깁소."

은도가 이렇게 말하자 수향은 틀어 올린 머리에 꽂았던 비녀를 뽑았다. 그것이 신호였다. 붙박이장 문이 벌컥 열렸다. 영일, 영우, 월터가 은도를 덮쳤다.

"이 반동 새끼들이!"

월터는 은도가 혁대의 권총을 뽑기 전에 제일 먼저 권총을 빼앗았다.

월터가 권총으로 은도를 겨누자 그의 두 눈이 커졌다.

"미 제국주의자 놈두 있다니. 수향 동무. 정말 큰 비밀으 감치우구 있었구만!"

은도가 달려들어 월터로부터 총을 빼앗았다.

탕!

총이 발사됐고 월터는 넘어졌다. 천장에 구멍이 생겼다. 총은 바닥으로 떨어졌다.

영일과 영우가 은도를 덮치고 붉은 밧줄로 그를 묶으

려고 했다. 덩치 큰 은도는 발버둥을 치면서 호락호락 넘어가지 않았다. 월터가 겨우 기어가다시피 해서 영일과 영우에게 합류했다. 세 사람이 온몸으로 은도를 제압한 끝에 그를 붉은 밧줄로 묶는 데 성공했다.

붉은 방에 갑자기 한기가 돌았다. 수향은 입에서 입김이 나오는 걸 깨달았다.

이 냉기는……

붉은 밧줄로 묶인 은도의 흰자가 뒤집혔다. 다시 검은자가 돌아왔을 때는 눈빛이 완전히 변했다. 수향은 그 낯선 눈에서 어두운 기운을 느꼈다. 세상의 것이 아닌. 은도가 냉정을 되찾더니 붉은 기모노를 입은 수향을 바라보며 갑자기 일본어로 말했다.

"京子? この父をまだ忘れられぬのか。(교코? 이 아버지를 아직 못 잊은 게냐.)"

수향은 그 자리에 얼어붙었다. 겁이 나서 온몸이 떨렸다. '저것'은 은도가 아니다.

수향이 검은 기모노 여인을 만나려다가 우연히 불러내 버린 나가스 시게루다.

붉은 방에 남아 있던 나가스 시게루의 생령이 은도에게 씌었다.

수향은 직감했다.

은도는 전처의 망령과 더불어 사는 사람이다. 은도가 이 집에 들어온 후 유독 그의 앞에서는 이승과 저승의 경계가 흐릿해졌다. 영계와 접속할 수 있는 인간은, 붉은 방과 흑죽관을 떠나지 못하는 시게루의 생령에게는 좋은 먹잇감이었다.

시계루의 생령이 씐 은도의 괴력이 몇 배로 세졌다. 은도는 기괴한 소리를 지르며 온몸으로 로프를 끊고 비상용으로 발목에 차고 있던 권총을 꺼내 세쌍둥이와 월터를 마구 쐈다. 월터는 어깨에 총을 맞고 쓰러졌다.

수향은 비명을 지르며 달려가 월터를 살펴봤다. 다행히 총알이 스치기만 한 것 같았다. 월터는 피를 흘리며 수향에게 외쳤다.

"난 괜찮아. 조심해! 수향, 저자를 봐."

수향이 고개를 돌렸다. 은도가 권총을 수향에게 정조준하고 있었다. 눈빛이 정상이 아니었다. 은도는 괴이한 미소를 지으며 고개를 갸웃하더니 일본어로 수향에게 말했다.

"京子? 父さんのところへおいで。いつものように父さんといいことをしよう。(교코? 이 아비에게 오렴. 아비와 늘 하던 좋은 것을 하자.)"

위기 상황이었다. 모두 죽을 판이었다. 그때 형편없는 몰골의 마사키가 영진과 함께 구르듯이 붉은 방에 내려왔다. 얼굴이 부어오르고 피투성이가 된 마사키는 쓰러진 월터를 보더니 분노했다. 마사키가 말리는 영진을 뿌리치고 뒤에서부터 괴성을 지르며 은도에게 달려들어 그의 권총을 떨어뜨렸다.

은도는 뒤를 돌아 마사키를 보더니 씨익 웃고 일본어로 말했다.

"正木! お前も父親をまだ愛しているんだな。間違いない。(마사키! 너도 아비를 아직 사랑하는구나. 틀림없어.)"

은도의 목소리가 아버지 시게루의 목소리와 똑같았다. 마사키는 경악했다. 놀란 그의 표정을 보더니 수향이 말했다.

"마사키. 저자는 김은도가 아니예요."

은도는 마사키가 흠칫하는 사이에 권총을 집어 들더니 사방에 마구 난사했다. 마사키가 수향을 몸으로 막는 사이에 영일과 영진이 쓰러졌다. 영우의 안경도 마루 구석으로 날아갔다.

"영일아! 영진아! 영우야!"

수향과 마사키가 고함을 질렀다.

"영우야. 넌 괜찮아?"

수향이 묻자 안경을 바닥에서 집어서 쓴 영우가 외쳤다.

"나는 괜찮아."

수향은 가까이 다가가서 영일과 영진 쌍둥이들을 살펴봤다. 즉사였다. 영일과 영진이 죽었다. 이 적산가옥에서 전쟁을 함께 겪었던 가족들이 죽었다. 수향은 울부짖었다. 얼굴에서 눈물이 흘러내렸다. 마사키도 쌍둥이들 곁에서 오열했다.

"눈물도 물이주게. 물이 흐르멍 길이 나주게."

수향은 외할머니를 떠올렸다.

"더 이상은 안 돼."

수향은 중얼거렸다.

이 눈물로 길을 내자. 이 눈물로 물길을 만들자.

마사키가 눈물 젖은 눈으로 수향을 바라보자 그를 향해 고개를 끄덕여 보였다.

"마사키. 저것은 내가 상대할게요."

쌍둥이들의 죽음에 머리끝까지 격노에 사로잡힌 수향은 외할머니의 요령을 집어 들었다.

"세상의 것이 아닌 존재는 세상의 것이 아닌 것으로 상대해야 해요."

수향은 일본식 버선을 벗고 기모노도 벗어 던졌다. 눈에 보이는 것이 없었다. 수향은 맨발에 속치마 바람으로 붉은 방 마루에 섰다. 가진 것이라곤 요령과 성난 마음뿐이었다.

"*심방은 느 몸을 속박허는게 아니난 모다 벗어 댕겨뒁 맨몸으로 귀영 신을 만나사 헌다. 방울을 쓰민 더 재게 만날 수 이신다.*[45]"

외할머니는 말하곤 했다. 수향은 외할머니가 가르쳐준 대로 요령을 흔들며 귀와 신을 불렀다. 이 저택에 깃든 모든 귀와 신이여, 나에게 오소서. 나를 도와 저 악한 생

---

45) 무당은 네 몸을 속박하는 것을 모두 벗어 던지고 맨몸으로 귀와 신을 만나야 한단다. 방울을 사용하면 더 빨리 만날 수 있단다.

령을 무찌르게 해주소서.

  딸랑.

        딸랑.

  딸랑.

방울 소리가 붉은 방에 울려 퍼졌다.

외할머니의 말이 떠올랐다.

"맹심허라. 진짜 용헌 심방은 따로 신당이 필요 어신다.[46]"

외할머니는 다정하게 덧붙였다.

"세상천지가 다 느 신당이라."[47]

요령을 흔들며 두 눈을 감은 채 다가오는 수향을 보며 은도는 시게루의 음성으로 비웃었다.

"気が狂った女め。自分が巫女か何かにでもなったつもりか?(미친년. 지가 무당이라도 되는 줄 아나 보지?)"

은도는 권총으로 수향을 겨눴다.

그가 총을 발사하기 전에 갑자기 검은 기모노가 나타나 펄럭였다. 검은 기모노가 은도의 얼굴을 감싸며 시야를

---

[46] 잊지 마라. 진정 용한 무당에게는 따로 신당이 필요 없단다.

[47] 세상이 다 네 신당이니까.

가로막았다. 앞이 보이지 않게 된 은도가 총을 엉뚱한 곳에 쏘고 비틀거리며 쓰러졌다. 검은 기모노는 바닥에 힘없이 툭 하고 떨어지더니 안에서 흰 기모노가 튀어나왔다.

수향은 온몸을 부들부들 떨더니 멈춰 섰다. 눈 흰자가 돌아갔다. 눈빛과 표정이 변했다. 수향이 김은도에게 달려들려던 마사키에게 또렷한 일본어로 말했다.

"正木兄様、ちょっと待ってください。(마사키 오라버니, 잠시만 기다려주세요.)"

마사키는 소름이 끼쳤다. 수향의 말투며 어조가 교코와 똑같았다.

"교코? 교코니?"

마사키는 자신의 귀를 믿지 못하며 물었다.

"맞아요. 마사키 오라버니. 저예요."

수향이 고개를 들고 손가락으로 붉은 밧줄을 가리키자, 끊어졌던 밧줄이 저절로 이어지더니 은도에게로 향했다. 교코가 빙의된 수향이 일본어로 명령했다.

"しばって。(묶어.)"

붉은 밧줄이 빠르게 은도에게 달려들었다.

"이게 뭐야?"

은도가 당황하는 동안 밧줄이 그의 몸을 칭칭 둘러싸더니 감았다. 은도가 비명을 지르며 벗어나려고 했지만 밧줄은 그럴수록 더 강하게 그의 온몸을 칭칭 감싸며 옥

죄더니 그를 공중에 띄웠다. 밧줄은 마지막으로 김은도의 목을 휘감았다. 밧줄의 한쪽 끝은 마사키에게 나머지 한쪽 끝은 수향에게 툭 떨어졌다. 마치 두 사람에게 당기라고 명령하듯이.

수향과 마사키는 양쪽에서 밧줄의 끝을 잡아 손목에 팽팽하게 감았다.

시게루의 생령이 씌여진 은도가 일본어로 절규했다.

"やめろ、このクソ野郎ども！(하지 마! 이것들아!)"

수향과 마사키는 양쪽에서 힘껏 밧줄을 잡아당겼다. 은도는 목이 밧줄로 칭칭 감긴 채 공중에서 발버둥 쳤다.

"正木！ 京子！ 父さんに何をするつもりだ！ たった一人のこの父に！(마사키! 교코! 아비에게 무슨 짓이냐! 하나뿐인 이 아비에게!)"

시게루의 목소리가 점점 잦아들고 밧줄이 더 세게 목을 파고들었다. 은도가 눈을 부릅떴다. 흰자위의 실핏줄이 터져나갔다.

이윽고 목뼈가 부러지는 소리가 들렸다.

절명이었다.

붉은 밧줄은 힘을 잃고 풀려버렸다. 은도의 몸은 그대로 바닥에 떨어졌다. 은도의 얼굴은 기이한 각도로 꺾여 있었다. 양 눈에서는 피와 눈물이 흘러나왔고 낯빛은 검붉었고 혀가 입 밖으로 늘어졌다.

교코의 혼령은 수향을 떠나지 않고 마사키를 바라봤다. 교코는 그리운 표정을 지으며 수향의 입을 빌려 말하기 시작했다.

"오라버니의 편지는 잘 읽었어요. 고맙습니다. 더 이상은 미안해하지 않으셔도 돼요."

교코는 말을 이었다.

"오라버니. 1945년 8월 15일. 사랑하던 바쿠 상을 만나 서로의 마음을 확인했어요. 마지막으로 아버지에게 조선에 남겠다고 통보하고 짐을 싸서 바쿠 상을 만나러 갈 생각이었어요. 집으로 돌아오니 아버지는 저에게 오라버니와 함께 셋이 부산으로 도망가자고 말했어요."

교코는 말을 이었다.

"저는 조선에 남아서 바쿠 상과 결혼하겠다고 말했어요. 아버지는 얼굴이 일그러졌어요. '다시 말해봐라. 천한 조선 남자랑 살겠다고?' '함부로 말씀하지 마세요. 박 상은 어엿한 의사이자 제가 사랑하는 사람이에요. 그 사람보다 아버지가 더 천해요. 아버지가 오라버니와 저한테 한 짓을 생각해봐요!' 제가 말을 마치자마자 아버지는 저에게 달려들어 목을 세게 졸랐어요. 제가 콜록거리자 아버지는 저를 질질 끌고 이 방으로 내려왔어요. 본때를 보여주겠다고 소리쳤어요. 마지막 기억은 아버지가 제 목에 밧줄을 두르는 장면이에요."

수향은 애틋한 표정으로 마사키에게 다가와 그의 뺨을 어루만졌다.

  "오라버니. 저는 잘 있어요. 이제 과거는 잊고 앞만 보며 살아요."

  마사키는 울먹거리며 대답했다.

  "그래, 교코. 네 몫까지 매일 충실하게 살아갈게."

  수향은 마사키의 마지막 말에 미소를 짓고 고개를 끄덕였다. 수향이 비틀거리자 마사키는 서둘러 부축했다. 잠시 후 흰 비단 기모노를 입은 여인이 붉은 방에 나타나 기쁜 표정으로 수향과 마사키를 번갈아 바라보더니 투명해지면서 사라져갔다.

  수향의 의식이 바람 앞의 촛불처럼 깜빡이다가 갑자기 꺼졌다.

수향은 제주 외할머니 집에 있었다. 제주의 바람이 부는 팽나무 아래서 꺾어 온 고사리를 다듬고 있는 사람. 어머니. 수향의 친모였다. 갈옷[48]을 입은 어머니가 다정한 표정으로 어린 수향을 바라보고 있었다. 수향은 어머니를 도와 함께 고사리를 손질하고 있었다. 그립고 그리운 풍경. 다신 돌아갈 수 없는 저 때. 갑자기 수향은 깨달았다.

 어머니.

 어머니였군요.

 나한테 내렸던 신은 바로 어머니였어요.

 어머니는 다정하게 고개를 끄덕였다. 그러고는 따뜻한 손으로 수향의 작은 손을 잡았다. 포근했다.

---

48) 감즙(풋감물)로 염색하여 갈색을 띠는 제주도의 전통 의상으로 주로 농어민이나 목축업 종사자들이 작업복과 일상복으로 입었다.

잠시 혼절했던 수향이 눈을 깜빡거리더니 정신을 차렸다. 눈을 뜨니 마사키의 무릎에 누워 있었다. 수향은 입을 열었다.

"마사키. 벽에 걸린 검은 기모노는 새어머니가 자주 입었던 옷이라고 했던가요."

"맞아요. 아버지는 조선인 새어머니에게 늘 기모노를 입고 있으라고 강요했거든요."

검은 기모노 여인이 계모 설영이었을까? 마사키와 교코를 사랑했던 설영은 죽어서도 남매를 지켜주려고 한 걸까?

수향과 마사키는 바닥에 떨어진 검은 기모노를 살펴보았다. 검은 기모노 옆에는 흰 비단 기모노가 떨어져 있었다.

수향은 생각에 잠겼다가 다시 말했다.

"아까 흰 비단 기모노를 입은 여인이 보였어요."

마사키가 놀란 표정을 지었다.

"어머니."

"네?"

"흰 비단 기모노는 어머니가 생전에 즐겨 입던 옷입니다. 아버지가 어머니 시신에 입혀서 묻은 걸로 알고 있는데……."

"아마 새어머니께서 그 기모노를 빼돌리고, 벽에 장식할 자신의 기모노 안에 마님의 기모노를 넣어달라고 유언한 게 아니었을까요. 검은 기모노 여인은 마사키의 어머니였을 거예요."

수향의 말을 듣고 마사키는 창훈의 방에 갇혀 있을 때 물을 가져다준 사람도 어머니가 아니었을까 생각했다. 가슴이 이루 말할 수 없이 떨렸다. 희미하게 보였던 검은 옷을 입은 여인. 어머니였을까.

문득 마사키는 깨달았다. 새어머니의 마지막 유언. 설영이 죽으며 했던 말이 이해가 갔다.

"마님께서 너와 교코를 지켜준다고 하셨어. 무슨 일이 있어도."

수향은 천천히 일어섰다. 붉은 방 안을 걷다가 아까 교코의 혼령이 마지막으로 머물렀던 마루에 이르러서 나무 널이 어딘가 삐걱거리는 걸 느꼈다. 교코가 그 자리를 서성인 건 분명 이유가 있을 터였다. 생각해보니 시게루의 생령을 처음 여기서 만났던 날에도 검은 기모노 여인이 바로 이 자리에서 서럽게 울었다.

"마사키. 여길 파봐요."

수향이 말하자 네 사람은 나무 바닥을 들어냈다. 나무 널 몇 개를 빼자, 그 안 깊숙이에서 흙 위로 뼈가 튀어나온 것이 보였다. 넷은 삽을 가져와 흙을 깊숙이 팠다. 드레스를 입은 거의 백골이 된 시신이 나왔다. 유골 목뼈

주변에는 붉은 밧줄이 휘감겨져 있었다.

교코였다.

마사키는 통곡하며 울었다. 이제야 찾았다. 교코는 마사키가 그녀를 찾는 내내 가까이에 있었다. 흑죽관의 붉은 방 안에.

수향, 마사키, 월터, 영우는 서둘러 영일, 영진의 시신을 수습했다. 영일, 영진, 교코를 대나무 숲 안에 묻었다. 쌍둥이들의 무덤을 만들며 영우는 많이 울었다. 수향과 마사키도 눈물을 흘렸다. 월터는 죽은 쌍둥이들을 위해 무덤가에서 찬송가를 불러주었다.

새벽에 수향, 마사키, 영우는 창훈의 밧줄을 풀어주었다. 마사키는 창훈을 데리고 붉은 방으로 가서 은노의 시신을 보여주며 위협했다.

"김은도 대좌가 목매어 죽었어. 이대로 놔두면 네 입장만 곤란해질 거야. 김은도 대좌의 사인을 심장마비로 위장해줄게. 사망진단서와 사체검안서는 모두 내가 작성해줄 수 있어. 우리를 가만히 놔두면 네가 뇌물을 받고 착복한 것을 폭로하지 않겠어. 만약 내 말을 따르지 않으면 네가 비싼 패물을 혼자 독차지한 것을 전 부대원에게 알리겠어."

"내가 네 말을 따를 거라 생각하는 거야?"

창훈은 코웃음을 쳤지만 결국 마사키 말을 따르는 것이 이득이라고 판단했다. 그는 은도의 시체를 이기리스관 안방 침대에 갖다 놓았다. 아침에 창훈은 부대원들에게 김은도가 과로로 인한 심장마비로 죽었다고 발표했다. 사망 관련 서류는 마사키가 작성했다. 은도가 최근 보드카를 과음했던 걸 모르는 부대원은 없었다. 왜 그랬는지 자세한 이유를 아는 건 수향뿐이었지만.

 그 뒤로 창훈과 인민군은 수향 일행을 건드리지 않았다.

 전세가 뒤바뀌자 창훈과 인민군은 서둘러 이기리스관을 떠나 북으로 퇴각했다. 인민군의 마지막 차량이 철 대문을 나가는 것을 보며 모두들 안도의 한숨을 쉬었다.

 국군이 다시 서울로 오고 있다는 소식이 들려왔다.

11

봄이 되고 국군과 미군이 다시 서울을 수복했다. 이기리스관 정원에 진달래가 피었다. 흑죽림에는 죽순이 솟아나기 시작했다. 덕분에 남은 이들은 죽순을 캐다가 실컷 요리를 해 먹었다.

월터는 다리가 많이 좋아져서 절룩거리며 혼자 걸을 수 있게 됐다. 두 다리로 걸을 수 있게 된 어느 날 월터는 수향에게 다가와 무엇인가를 내밀었다. 붉은 루비 반지였다.

"수향. 어머니의 반지야. 나랑 결혼해줄 수 있어?"

수향은 머뭇거렸다. 월터의 푸른 눈을 들여다보며 중얼거렸다.

"월터. 난 당신이 참 좋아. 하지만……."

수향이 주저하자 월터는 담담히 말했다.

"역시 마사키 때문이지?"

"그건……."

수향은 당황하며 고개를 저었다.

"오해야. 마사키와는 상관없어. 내가 당신 아내가 될 자신이 없는 거지."

"수향. 거짓말을 할 필요는 없어. 거짓말은 날 더 비참하게 만들 뿐이야. 두 사람 사이가 어떤지는 잘 알아."

월터는 고개를 숙이더니 수향을 등지고 떠나갔다. 며칠 뒤 월터는 미 공군으로 복귀했다. 도움이 필요하면 언제든지 연락하라며 부대 주소를 가르쳐주었다.

수향은 월터를 보내고 복잡한 마음이 들었다. 그는 수향에게 영어 회화를 가르쳐주었고 미국이라는 신세계를 알려준 고마운 사람이었다. 하지만 자신의 시선은 늘 마사키를 향하고 있었다.

서울이 안정을 되찾자, 영우는 수향에게 말했다.

"부산에 있는 외삼촌 가게에 가서 살길을 찾을게."

마사키와 수향이 말렸지만 영우의 고집은 굳건했다. 마사키의 기분은 가라앉았고, 수향은 많이 울었다. 며칠 뒤 영우는 짐을 쌌다. 마사키가 서울역까지 배웅해주기로 했다. 영우가 여행 가방을 들고 흑죽관을 나서자 수향은 마루에 서서 인사를 건넸다. 착잡한 표정이었다.

영우는 한참이나 수향에게 손을 흔들고는 뒤돌아서서 절룩거리며 걷기 시작했다.

"수향이는 왜 서울역까지 안 온대?"

영우가 조심스럽게 물었다.

"네가 떠나는 걸 도저히 지켜볼 수가 없대."

마사키가 대답했다.

두 사람은 서울역에 도착했다. 마사키는 영우에게 짐을 건넸다.

"잘 가."

"마사키 형. 수향이를 잘 부탁해."

영우는 짐을 멘 채 뒤돌아서서 절룩절룩 걷기 시작했다. 그때 마사키가 영우의 뒷모습을 향해 큰 소리로 불렀다.

"영진아!"

영우는 흠칫거렸다. 그가 주저하며 멈춰 서자 마사키가 말했다.

"너 실은 영진이었지? 알고 있었어."

영우는 뒤돌아섰다. 당황한 표정이었다.

"언제부터?"

"요즘 네가 계속 이상하다는 생각이 들었어. 안경을 안 쓰고도 잘 지낸다든지 가끔 다리를 절지 않는 것처럼 보인다든지."

"……."

"왜 속인 거야?"

영우, 아니 영진은 고개를 푹 숙였다.

"붉은 방에서…… 죽은 사람은 내가 아니라 영우였어. 마루에 굴러다니는 영우 안경을 내가 주워다가 썼어. 수향이가 우리 셋 중에서 영우와 제일 친했잖아. 그런데 영우가 죽은 걸 알면 더 슬퍼할 것 같아서 그동안 내가 영우인 척을 했어."

"그랬구나."

"수향이도 아마 눈치채지 않았을까 싶어. 서로 모르는 척했을 뿐이야. 서로 마음을 잘 아니까. 마사키 형. 이제 나까지 떠나면 수향이한테는 형밖에 없어."

마사키는 고개를 좌우로 저었다.

"수향 씨는 월터를 좋아해."

영진이 머리를 절레절레 흔들었다.

"뭐? 마사키 형. 바보잖아? 의사니까 공부를 많이 해서 똑똑한 줄 알았더니 헛똑똑이로군."

마사키가 놀랄 차례였다.

"월터를 좋아했다면 수향이가 그의 청혼을 거절하지 않았겠지. 수향이는 언제나 마사키 형을 좋아했어."

영진이 말했다.

"하지만 수향은 내가 다가서면 항상 한발 물러서는 걸."

마사키가 한숨을 쉬며 말했다.

"그건 월터 때문이 아니라, 수향이가 마사키 형한테 상처를 주고 싶지 않아서 그런 거야."

"상처?"

"수향이는 미국으로 이민 가고 싶어 해. 그러니 형이랑 사귀면 안 된다고 생각하는 것 같아."

"뭐라고? 이민? 처음 듣는 이야기야."

영진이 조용히 마사키를 쳐다봤다.

"그럴 수밖에. 수향이가 영우에게만 털어놨고, 나도 영우한테 들은 이야기니까. 형. 여기서 나한테 이러고 있을 게 아니라, 수향이하고 대화를 해. 나는 이만 갈게. 이 주소가 외삼촌 가게니까 앞으로는 편지로 소식 전해줘."

영진이 주소를 적은 종이를 내밀었다. 마사키는 말없이 그 종이를 받았다. 영진은 뒤돌아서서 기차를 향해 뚜벅뚜벅 걸어갔다. 그 뒷모습이 쓸쓸해 보였다. 한때 세쌍둥이였다가 유일한 한 명이 되어버린 영진과의 이별이었다.

마사키는 혼란스러웠다. 수향이 이민을 떠나버리면 나는……. 집으로 돌아가자마자 수향의 마음을 확인해야겠단 생각에 발걸음을 서둘렀다.

12

마사키는 서둘러 집으로 향했다. 멀리 이기리스관이 보이기 시작했는데 평소와 달리 이상했다. 지붕이 붉게 달아오르고 있었다. 노을빛이라고 하기엔 선명하게 붉었다. 그것이 화염인 것을 깨닫자 정신이 번쩍 들었다. 마사키는 급하게 달려 나갔다.

이기리스관이 활활 불타오르고 있었다. 화염이 이미 1층을 집어삼켰고 불꽃은 2층을 지나 박공지붕이 있는 3층 다락방까지 향하고 있었다.
그 앞에 작고 검은 그림자가 보였다. 수향이었다. 마사키가 달려가 수향을 잡고 흔들었다.
"이게 무슨 짓이에요!"

"이건 굿이에요. 해원굿."

수향은 넋이 나간 표정이었다.

"이건 저 집에 살다가 죽은 사람들을 기리는 굿이에요. 언젠가 내가 해원굿을 해주겠다고 했잖아요?"

"그렇다고 집을 태워요?"

"그동안 너무 많은 사람들이 죽었잖아요? 다 내 곁을 떠났어요. 이제 영진이까지……."

수향은 중얼거렸다. 현수, 아버지, 새어머니, 두만 노인, 영일, 영우. 다 죽었다.

'수향 씨도 역시 영진이 그동안 영우인 척한 걸 알고 있었구나.'

마사키는 콜록콜록 기침을 하며 집을 바라보았다. 이 기리스관은 이미 틀린 것 같았다. 그동안 수향은 두 손으로 뭔가 찰랑거리는 액체가 든 통을 무겁게 질질 끌며 흑죽관으로 향하고 있었다.

"무슨 짓이에요?"

수향은 자신을 따라오는 마사키의 말을 듣지 않고 끌고 간 석유통 안의 석유를 흑죽관 마루에 부어버렸다. 그러고는 품에서 성냥갑을 꺼내더니 성냥을 그었다. 흑죽관 마루에 불붙은 성냥을 바로 던지자 화염이 솟았다.

"미쳤어요?"

마사키가 고함을 지르며 달려가 겉옷으로 덮어서 불을

꺼버렸다. 그러자 수향이 더 앞으로 뛰어가서 성냥을 또 그어댔다. 겨우 불을 끈 마루에 또 불이 붙었다. 마사키가 자신의 팔뚝으로 마루의 불을 끄려고 하자 수향이 달려들어 막았다. 두 사람이 몸싸움을 하는 사이에 불은 꺼졌다. 마사키과 수향은 둘 다 오른쪽 팔뚝에 화상을 입었다.

마사키는 수향을 붙잡고 성냥갑을 멀리 던져버렸다.

"대체 왜 이래요?"

"놔요! 해원굿이래도! 그러면 죽은 사람들의 모든 한이 다 풀리고 모든 것이 깨끗해질 거예요."

마사키가 수향의 두 어깨를 붙잡았다.

"수향 씨. 집을 모조리 불태워버린다고 해서 우리 과거가 없어지는 게 아니에요."

"놔, 놔!"

수향은 마사키의 품에서 몸부림치더니 빠져나가 바닥에 있는 성냥갑을 다시 집어 들었다.

"안 돼!"

마사키는 성냥갑을 뺏어서 발로 마구 짓밟았다. 성냥은 모두 부서져 흩어졌다. 그사이에 이기리스관은 3층까지 모조리 불이 옮겨붙었다. 활활 타오르는 이기리스관을 바라보자 마사키는 참담해졌다. 자신의 어린 시절과 어머니와의 추억이 있던 곳, 블뤼트너 피아노, 아끼던 책들…….

마사키가 수향의 어깨를 마구 흔들었다. 자신도 모르게 눈물이 터져 나왔다.

 "당신 뜻은 알겠어요. 하지만 이 집을 태운다고 해서 과거가 해결되는 게 아니에요. 화재 때문에 당신이 다치거나 죽으면 난 어떻게 해야 하지. 이제 나한테 남은 사람은 당신뿐이에요."

 마사키가 울먹이자 수향도 울기 시작했다.

 "나한테도 마사키 당신뿐이에요. 미안해. 정말 미안해."
 "제발 부탁입니다. 자신을 아끼세요. 나를 위해서라도."

 마사키가 두 손으로 수향의 얼굴을 감쌌다. 온몸에 검댕이 묻은 두 사람은 말없이 서로를 끌어안았다.

 "알죠? 이 집에는 내 과거도 묻혀 있다는 걸. 난 그 과거를 아무것도 지우고 싶지 않아요. 특히 수향 씨는."

 마사키가 말했다. 수향은 조용히 마사키를 응시했다. 그의 말이 옳다고 느꼈다.

 "당신은 소중한 과거예요."

 마사키가 수향을 껴안고 뜨겁게 입을 맞췄다. 불타오르는 이기리스관 앞에서 두 사람은 또 다른 화염이었다.

 큰 소리가 났다.

 불에 탄 이기리스관이 굉음과 함께 붕괴하기 시작했다. 마사키가 수향을 세게 끌어안았다. 그의 품 안에서 수향은 비로소 안도했다. 세상에서 가장 편안한 곳에 있는 기분이었다. 두 사람은 흑죽관 가까이에서 이기리스관의 몰락을 목도했다. 처음엔 박공지붕이, 이어서 2층이 부서져버렸다. 무너진 1층이 지하까지 부수며 내려앉아버렸다.

두 사람은 탄식했다.

낙담한 마사키는 문득 집안에서 들려오는 소리를 들었다. 익숙한 소리였다. 맑고 묵직한 소리.

"저 소린?"

수향이 귀를 기울이다가 물었다.

"블뤼트너야."

그랜드피아노가 최후의 연주를 하고 있었다.

20분 후 이기리스관이라 불리던 집은 지상에서 사라졌다. 그 자리엔 오직 폐허만이 남았다.

고맙게도 비가 내리기 시작했다. 폭우가 이기리스관에 남아 있던 잔불을 모두 잠재웠다. 온통 재에 그을리고 비까지 맞아 엉망이 된 두 사람은 흑죽관 안으로 들어갔다.

흑죽관은 주거용 방 다섯 개, 부엌, 그리고 주택 전체를 둘러싼 마루로 이루어져 있었다. 빗방울이 흑죽관 지붕을 두들기는 소음은 실로폰 소리 같았다. 두 사람은 빗물받이에서 요란하게 떨어지는 빗소리를 들으며 마루에 걸터앉았다.

　흑죽관에서 마사키는 말이 없어졌다. 마사키는 방에서 가져온 수건으로 수향의 얼굴과 팔을 닦았다. 그러더니 구급상자를 가져와서 자신과 수향의 화상을 치료했다. 수향은 마사키의 눈치를 보면서 치료를 받았다. 마사키는 묵묵히 환부에 연고를 바르고 붕대를 감았다.

13

마사키가 입을 연 건 치료가 끝난 후였다.

"대체 왜 불을 질렀던 거야?"

그가 차분하게 물었다.

"아까 말했잖아. 이건 굿이야. 허망하게 죽은 원혼들을 달래는 해원굿. 저 집을 다 불태워버리고 원혼들의 넋을 기리는 굿."

수향의 눈에서 눈물이 흘러내렸다.

"이제 나 혼자 모든 걸 새로 시작해야겠지. 영진이도 가버렸고."

"난 결코 널 떠나지 않아. 아버지의 나라 따윈 버린 지 오래야. 이름도 버렸고."

마사키가 수향을 안으며 힘주어 말했다. 마사키가 천

천히 고개를 숙여 수향에게 입맞춤을 했다. 그의 입술은 불에 탄 재 맛이 났다. 마사키가 검댕이 묻은 입술로 속삭였다.

"이제는……"

그가 말을 이었다.

"네가 나의 나라야."

수향은 울면서 마사키에게 매달렸다. 마르지 않는 샘처럼 끊임없이 눈물이 나왔다. 재가 눈물에 녹아 검은 물이 되어 양 볼을 타고 흘렀다.

두 사람은 바닥에 누웠다. 불에 그을린 두 사람은 검댕이 묻은 얼굴로 서로를 바라봤다.

"네 얼굴이 온통 까매. 신데렐라 같아. 재투성이 아가씨."

마사키가 말하자 수향이 웃었다.

"마사키. 당신도. 온통 숯검댕이야."

두 사람은 잠시 킥킥거리다가 다시 입맞춤했다. 한참 키스를 나누던 두 사람은 지붕에 떨어지는 빗소리를 들으며 서로를 응시했다.

마사키는 두 손으로 수향의 재가 묻은 얼굴을 감쌌다. 한참 동안 눈을 바라봤다. 손가락을 내밀더니 그 끝으로 얼굴의 윤곽을 따라 선을 그렸다. 간지러워서 수향이 웃자 마사키도 미소를 지었다. 눈, 코, 볼, 그리고 목에 입을 맞췄다. 그의 입술이 더 아래로 내려가더니 수향의 블라우스 단추에서 멈췄다. 이윽고 긴 손가락이 블라우스의 첫 단추 위에 놓였다. 마사키는 '괜찮아?' 묻는 듯한 눈빛으로 수향을 보았다. 수향도 시선으로 '응' 하고 대답했다. 그의 손가락이 단추를 풀었고 블라우스가 마루로 미끄러져 내렸다. 치마를 벗길 때도 그는 허락을 구하는 시선으로 수향을 마주 보았다. 이번에도 수향은 눈으로 승낙했다. 마사키의 손은 이제 속옷으로 향했다. 수향은 눈짓으로 은혜를 베풀었다. 마사키는 면 속옷을 아래로 끌어 내렸다. 이 모든 것이 아주 느리게 이루어졌다. 이윽고 수향이 알몸이 되자 마사키는 옆에 있던 수건을 덮어주었다. 몸을 일으키더니 이번엔 자신의 옷을 벗기 시작했다. 수향의 옷을 벗길 때는 거북이 같더니 자기 옷을 벗을 땐 매 같았다.

수향에게 마사키의 몸은 세쌍둥이와 전혀 다른 느낌이었다. 세쌍둥이는 아버지와 두만에 의해 강제로 맺어진 짝들이었다. 그들은 수향에게 아들들이었고 남동생들 같았다. 하지만 마사키는…… 수향이 진심으로 원하는 남자였다. 마사키의 몸을 바라보면서 새삼 깨달았다. 난 이 남자를 욕망해.

대나무 숲에서 처음 봤을 때부터……. 마사키는 수향이 원했던 남자였다.

수향은 그와 같이 지내면서 알게 됐다. 마사키는 충분히 성숙하고 강한 남자였다. 시게루는 마사키를 지배하려고 했지만 그는 아버지의 자장에서 벗어나 스스로 자랐다.

눈 깜짝할 사이에 옷을 다 벗어버린 마사키가 수향 옆에 누웠다. 입술에 입맞춤을 하면서 그의 손끝이 배꼽을 건너뛰더니 수향의 중심으로 향했다. 그곳을 만지면서 그는 마치 오래된 비밀 서랍을 열듯 조심스러워했다. 경첩이 흔들리진 않을지, 갑자기 열어버리면 서랍이 부서지진 않을지 심각하게 고민하는 사람 같았다. 한 손은 수향의 손등을 쥐고, 다른 한 손으로는 수향의 안을 어루만지고 있었다. 동시에 입술, 이마, 턱, 목덜미, 어깨에 입맞춤을 퍼부어 수향을 정신 차리지 못하게 했다. 마사키는 천천히 수향의 서랍을 열기 시작했다. 처음에는 긴 손가락으로, 그다음에는 그의 입술과 혀로.

수향은 자신이 마치 블뤼트너가 된 기분이었다. 황홀경 속에서 수향은 신음했다.

'이건 마사키가 나를 연주하는 소리야.'

마사키는 수향의 몸을 구석구석 짚으면서 소리를 일일이 확인했다. 수향은 감탄했다. 그의 연주는 얼마나 훌륭한가. 그는 어디서 페달을 밟고 어디서 멈추어야 하는지 잘 알았다. 애를 태울 정도로 오랜 애무가 끝나고 나서야 느리고 조용하게 그가 수향의 안으로 들어왔다. 그 느낌이 너무나 자연스러웠기 때문에 수향은 오히려 어리둥절할 지경이었다. 한참 전부터 그가 자신의 안에 있는 듯한 기분이었다. 그는 멈추듯 움직였고, 움직이듯 멈췄다. 힘으로 밀어붙이지 않고 그저 숨과 숨을 합치려 했다.

마사키는 계속 수향의 표정을 살폈다.

"나를 봐."

그는 수향과 눈을 맞췄다. 눈을 맞추면서 수향은 그와 '지금, 여기'에 함께 있다는 감각을 느꼈다. 마사키는 수향의 신음과 체온을 마치 음표처럼 받아 적어서 그대로 연주했다.

연주가 절정에 도달했을 때 마사키는 수향의 우는 소리를 듣고서도 놓아주지 않았다. 바짝 밀착하고는 커다란 담요처럼 수향의 몸을 조심히 감싸안았다. 아무 말없이 이마에 키스를 해주고는 잠시 후에는 자신만의 최종 악장을 연주했다. 손으로는 수향의 손등을 꼭 잡았고 여전히 수향의 눈을 보는 걸 잊지 않았다. 그러고는 어떠한 소음도 없이 조용해졌다. 그의 절정은 마치 조용한 침몰 같았다. 악보의 피네(Fine).

마사키의 손은 지치지 않고 수향을 어루만졌다. 목덜미, 손등, 가슴, 배⋯⋯. '여기 나와 같이 있어줘'라고 그 손이 말하는 듯했다. 수향은 그의 품에서 알았다. 그동안 그 누구와도 이렇게 끝까지 머문 적이 없었다는 걸. 이 감각을 감각하며 수향은 조금 울었다.

마사키는 살짝 놀란 표정을 짓더니 수향에게 다시 입을 맞췄다. 잠시 후 수향이 울음을 그치자 마사키는 창백하고 야윈 몸을 일으켜서 담요를 가져왔다. 두 사람은 몹시 지쳐 있었다. 더러운 몰골 그대로 담요를 덮고 나란히 잠들었다.

아침이 되고 날이 밝자 수향은 마사키의 기척에 눈을 떴다. 잠든 마사키는 긴장이 풀려서 그런지 마치 소년처럼 어려 보였다. 요 며칠 면도를 제대로 하지 못해서 턱이 거뭇거뭇했다. 수향은 손을 들어 꺼끌꺼끌한 턱을 어루만졌다. 마사키와 알고 지낸 후로 얼굴을 만져볼 정도로 가까이 누워 있던 적은 처음이었다. 기분이 이상했다.

두 사람은 일어나서 각자 씻었다. 수향은 마사키가 전혀 다른 사람처럼 느껴졌다. 듬직한 오라버니 같았던 그가 이제는 연인처럼 굴었다. 그래. 이대로라면 우리는 행복할 테지. 그런데 그래도 되는 걸까. 수향은 머뭇거렸다. 오랫동안 행복이란 단어는 수향에게 낯설었다. 이대로 마사키와 같이 살아도 되는 걸까.

이기리스관은 완전히 무너졌고 두 사람은 흑죽관에서 살았다. 밀월이 이어졌다. 조용하고도 달콤한 나날이었다.

마사키는 들떠 보였다. 앞날에 대한 계획을 기쁜 기색

으로 털어놓았다.

"전쟁이 끝나면 다시 의원을 열 거야. 그럼 내가 힘껏 일해서 넌 아무 걱정 없이 살게 할 거야."

그다음 말에 수향은 정말 놀랐다.

"그리고 너만 괜찮다면 우리 결혼하자. 부모도 친척도 없으니, 단둘만의 결혼식이겠지만……."

분명 마사키는 나가스란 이름을 이 세상에서 영원히 지워버리고 싶다고 했었다. 결혼은 절대 하지 않을 거라고 했는데. 수향은 조심스레 그 사실을 상기시켰다.

"마사키, 결혼은 하고 싶지 않다고 했었잖아?"

마사키는 손으로 수향의 볼을 어루만지며 입맞춤했다.

"네가 나를 변하게 했어."

수향의 눈에 눈물이 고였다. 하지만 마사키의 계획에 무조건 따를 순 없었다.

"저기, 마사키, 난 미국으로 이민 가고 싶은데……."

"아직 전쟁 중이야. 미국 이민은 전쟁이 끝나고 나서 다시 생각해보자. 내가 갑자기 청혼해서 놀랐어? 하지만 내가 결혼을 결심한다면 그 상대는 수향이밖에 없다고 생각했어."

마사키가 수향의 두 눈을 들여다보며 말했다.

"너만 좋다면 아이도 낳고 싶어. 혼자 생각해봤는데 남자아이라면 영수나 성호, 여자아이라면 미경이나 은희 이런 이름을 짓는 거야. 부르기 편한 이름이 듣기도 좋아."

수향은 가만히 있었다. 수향의 망설이는 표정을 보더니 마사키는 손사래를 쳤다.

"답을 서두를 필요는 없어. 청혼을 이렇게 형편없이 해서 미안해. 뭐랄까…… 조급한 마음이 드네."

마사키가 수줍게 미소를 지었다. 잠시 후 그가 장을 본다며 시장에 가자 수향은 우체국에 다녀왔다. 급히 누군가에게 전보를 보내야만 했다.

며칠 후, 수향은 곁에 누운 마사키의 얼굴을 들여다봤다. 깊이 잠든 마사키의 얼굴은 아름다웠다. 눈물이 흘러나왔다. 그의 어깨에 뺨을 부비며 고개를 묻었다. 마사기는 작게 한숨을 쉬더니 반대쪽으로 돌아누웠다. 수향은 그를 깨우고 싶었지만 참았다.

한국을 떠나야 하는 이유는 하나였다. 수향은 미국으로 가고 싶었다. 멋진 신세계. 그 넓은 대륙에 자신의 삶을 내던져보고 싶었다.

떠나지 말아야 할 이유도 하나였다. 마사키였다.

낯선 적산가옥에 들어온 수향을 걱정하고 환영해준 존재는 마사키뿐이었다. 수향은 마사키의 생령과 한밤에 함께 대저택을 거닐었다. 그의 생령이 치는 피아노 연주를 들었고 그가 밑줄을 그어놓은 책을 읽었고 그가 쓴 메모를 따라 읽으며 사유를 넓히는 법을 익혔다. 마사키는 수향에게 스승이자 친구이자 연인이었다. 이 남자를 지금 떠난다면 평생 이런 사람을 만날 수 없다는 건 분명했다.

마사키와 함께 미국으로 가는 것도 생각해보았다. 마사키 곁에서 수향은 안정적인 날들을 살아가리라. 그리고 안주하겠지. 하지만 그건 수향이 꿈꾸는 삶이 아니었다.

'마사키. 당신은 나의 '남편'이 되어서는 안 돼.'

수향 또한 마사키를 자신의 생각 속에 가두고 괴롭힐지도 모른다. 그건 두 사람 모두에게 자유로운 삶이 아니었다.

'나의 가능성, 너의 가능성 모두 포기하지 말기로 해.'

수향은 자신의 생각을 굳혔다.

잠든 마사키 곁에서 수향은 천천히 일어났다. 그를 깨우지 않으려고 조심하면서 깨금발로 걸었다. 부엌으로 가서 밥을 지었다. 고슬고슬한 밥을 짓고 일본식으로 미소 된장국을 끓였다. 반찬은 한국식이었지만 국만큼은 일본식으로 끓여주고 싶었다. 마사키를 위해 준비하는 마지막 식사였으니까.

김이 오르는 쌀밥과 국, 반찬을 작은 소반에 올려 잠든 마사키 곁에 놓았다. 그 위에 보자기를 덮었다. 마사키가 일어나면 밥과 국이 식어 있겠지만 어쩔 수 없었다.

소반 바로 옆에 곱게 접은 편지를 놓았다. 맨정신의 마사키와 작별할 자신이 없었다. 머리를 정성 들여 빗고 땋은 다음에 코트를 입었다. 옷을 최대한 간편하게 입는 게 좋을 거라고 이미 월터가 조언을 했다. 수향은 홀로 미국행을 결심하자마자 월터에게 전보를 보냈다. 월터가 미국행 배표를 수소문해주었다. 부산항에서 규슈로 갔다가 거기서 미국행 배를 타기로 했다. 오늘 서울역에서 부산행 기차를 탈 생각이었다. 서울역까지는 월터가 차를 태워주기로 했다.

살금살금 걸어서 흑죽관의 창고로 갔다. 이미 꾸려놓은 여행 가방이 있었다. 마사키가 잠들었을 때만 몰래 짐을 쌀 수 있었다. 이미 난실의 패물을 처분해 미국행 배표와 생활비를 마련했다. 아무섯노 모르고 자신과의 결혼을 꿈꾸는 마사키를 속이면서 수향은 괴로웠다. 하지만 솔직하게 털어놓는다면 마사키는 미국으로 따라오려고 하겠지. 마사키의 계획대로 결혼을 하고 싶진 않았다. 한국에서든, 미국에서든.

마사키는 상처받겠지. 하지만 마사키는 박남일로 잘 살 수 있을 터였다. 오히려 자신이 마사키 없이 살 수 있을지가 문제다.

수향은 여행 가방을 힘겹게 들고 흑죽관을 걸어 나갔다. 누군가가 자신을 바라보는 느낌이 들었다. 뒤를 도는 순간 흑죽관 지붕 위에 한 소녀가 보였다. 수향은 흠칫 놀랐다.

마사키, 아니 마사키의 생령이었다. 긴 머리의 마사키는 늘 입던 치마 잠옷을 입고 있었다. 생령은 슬픈 표정으로 지붕 위에서 일어나더니 수향을 향해 손을 크게 흔들었다. 수향도 여행 가방을 땅에 내려놓고 생령을 향해 손을 흔들었다. 생령은 조금씩 투명해지더니 완전히 사라졌다. 마치 자신이 더 이상 존재할 필요가 없어서 세상과 수향에게 작별을 고한 것 같았다.

 수향이 한참을 걸어서 큰길로 나오자 시동이 걸린 지프차가 기다리고 있었다. 운전석에는 검은 선글라스를 쓴 월터가 앉아 있었다. 월터는 수향에게 손을 흔들고 차에서 내리더니 여행 가방을 트렁크에 실었다.
 "제시간에 나왔네."
 월터가 싱긋 웃었다. 그러고는 고개를 들더니 멀리 불타버린 이기리스관을 보고 혀를 찼다.
 "아름답고 웅장한 집이었는데, 한순간에 재가 되어버렸군. 꼭 저 집을 태워야만 했어?"
 수향은 차분하게 대답했다.
 "일종의 의식이었어. 죽은 사람들의 영혼을 위로하는……."
 "알았어. 마사키하고는 제대로 인사했어?"
 수향은 좌우로 고개를 저었다.

"아니. 몰래 나왔어."

월터의 얼굴이 일그러졌다.

"마사키가 힘들어할 텐데⋯⋯. 지금이라도 마사키를 설득해서 둘이 같이 미국으로 떠나는 방법도 있잖아?"

"월터. 난 마사키와 결혼하고 싶지 않아. 누구하고도 결혼하고 싶지 않아."

"⋯⋯."

월터는 한숨을 쉬었다.

"할 수 없지. 일단 가자."

수향은 말없이 뒷좌석에 탔다. 월터가 운전대를 돌렸다.

서울역에서 월터는 수향과 트렁크를 내려주었다. 그는 수향에게 작은 엽서를 내밀었다. 앞면에 텍사스주 팬핸들 평야 사진이 있는 엽서였다. 수향은 말없이 엽서를 받은 후 뒤집었다. 뒷면에 영어로 주소가 쓰여 있었다.

"내 본가 주소야."

월터가 말했다.

"난 곧 독일 공군기지에 파견될 것 같아. 그래도 본가 주소만큼은 변함이 없으니까 미국 생활이 힘들 때 도움이 필요하면 여기로 편지를 해줘."

수향은 고개를 끄덕였다. 웃으며 물었다.

"월터. 끝까지 선글라스를 벗지 않을 거야?"

월터가 침묵했다. 곧 그는 천천히 손을 들어 선글라스를 벗었다. 푸른 두 눈이 슬퍼 보였다.

"원하던 대로 잘 지내길 바라. 미국에 잘 적응하길."

"고마워, 월터. 당신도 잘 지내."

수향은 고개를 끄덕이고 여행 가방을 들고 서울역에 들어갔다. 기차가 들어오는 소리가 들렸다. 수향은 그 소리가 희망의 찬가처럼 느껴졌다.

마사키는 눈을 떴다.

'평소보다 늦잠을 잤네.'

옆에 수향은 없었다. 그녀가 누웠던 자리에는 고양이 후쿠가 웅크리고 있었다. 후쿠가 마사키에게 다가와서 다정하게 울었다.

"수향아?"

마사키가 기지개를 켜며 수향을 불렀지만 대답이 돌아오지 않았다. 외출했나? 고개를 돌리니 소반에 아침 식사가 차려져 있었다.

'밥만 차려놓고 어딜 간 거지?'

마사키는 밥상 앞에 앉았다. 배가 고팠다. 밥과 국이 차갑게 식어 있지만 바닥까지 긁어가며 먹었다. 밥을 다 먹고 소반을 부엌으로 내가려는데 발치에 무엇인가가 걸렸다. 곱게 접은 편지였다. 불길한 예감이 들었다. 마사키는 떨리는 손으로 편지를 폈다.

> 마사키.
> 정말 미안해.
> 당신과 결혼하고 싶지 않아. 아마 난 당신을 힘들게 할 거야.
> 난 먼 곳으로 떠나.
> 나를 잊어줘.
>
> 수향.

편지를 다 읽은 마사키는 조용히 그 편지를 내려놓았다.

수향이 떠났다. 자신이 꿈꾸던 미래가 사라졌다. 놀라지 않은 자신이 놀라웠다. 최근 며칠 동안 수향이 자신을 바라보는 표정에서, 마사키의 말에 머뭇거리며 대답하는 태도에서 이미 짐작하고 있었는지도 모른다.

수향이 불태우고 싶은 것은 나가스 저택뿐만이 아니었다. 아마 마사키도 나가스 저택과 함께 버리고 싶은 과거였으리라.

'나도 수향이에게는 장애물이었구나.'

결혼도, 아이가 있는 가정도, 한국에서의 삶도 수향이 바라던 것은 아니었다.

수향은 홀로 미국으로 가기를 원했다.

마사키는 수향이 결국 떠날 거라는 걸 알고 있었다. 그걸 인정하고 싶지 않아서 자신을 속이며 더 들뜨고 행복한 척했는지도 몰랐다.

마사키는 울거나 화내지 않고 가만히 서 있었다. 안에서 무엇인가 무너져 내린 느낌이었다. 이 텅 빈 듯한 공허감은 영원히 채워지지 않을 것만 같았다.

삼색 고양이 후쿠가 마사키에게 다가오더니 다리에 얼굴을 부볐다.

마사키는 후쿠를 안아 올려 털이 북실거리는 몸을 쓰다듬었다. 고양이는 만족스러운 표정으로 고르륵거렸다.

"이제 너를 방울이라고 불러주던 사람이 사라졌구나. 자, 너를 어떻게 불러줄까. 방울이가 좋니, 아니면 후쿠가 좋니?"

마사키는 고양이에게 물었다.

"방울이가 좋으면 야옹 한 번, 후쿠가 좋으면 야옹 두 번이야."

고양이가 야옹 하더니 틈을 두고 한 번 더 야아옹 하고 울었다. 마사키는 힘없이 웃었다.

"후쿠. 너는 떠나면 안 돼."

마사키는 고양이의 귀에 대고 속삭였다.

냐아, 하고 고양이가 대답했다.

14

항해는 길었다.

아직 전쟁 중인 한국에 미국행 직항 배는 없었다. 수향은 부산항에서 월터가 알아봐준 배편을 타고 일본 시모노세키항에 도착했다. 그곳에서 내륙 열차를 타고 요코하마항으로 향했다. 요코하마에서 몇 주를 기다린 끝에 샌프란시스코행 히카와마루 여객선에 승선할 수 있었다. 요코하마를 출발해서 하와이 호놀룰루에서 중간 기항을 했다가 샌프란시스코 항구에 도착하는 노선이었다.

샌프란시스코까지는 2주쯤 걸린다고 했다. 샌프란시스코. 발음하기 복잡하고 어려운 이름이었다. 그리고 앞으로 수향이 아메리카 대륙에서 만날 모든 이름이 그럴 터였다. 샌프란시스코에서 모든 것을 잊고 새로 출발하고 싶었다.

수향은 처음 겪는 긴 항해에 지독한 뱃멀미까지 시달렸다. 삼등실에 제공되는 식사는 형편없었다. 음식 자체가 맛이 없기도 했지만 입맛이 유독 떨어져서 이상할 지경이었다. 며칠 동안 물과 수프로만 연명했더니 양 볼이 쏙 들어갔다. 기운이 없었다. 방 안에 기진맥진한 채로 누워 있을 때가 많았다. 오랜 뱃멀미가 수향을 지치게 했다.

담요를 몸에 두른 채 수향은 생각했다.

'이럴 때 마사키가 있었다면.'

마사키가 그리웠다. 그의 친절과 따뜻한 손길이. 그가 내 곁에 있었다면 유능한 의사답게 간병해줬을 테지. 수향은 마사키를 떠났다는 사실이 배에 와서야 실감이 났다. 마사키는 지금 무엇을 하고 있을까.

'겉보기보다 강한 사람이니까 잘 견디고 있겠지. 하지만 난······.'

그때 구역질이 몰려왔다. 수향은 선실 마룻바닥에 토했다. 위액까지 나왔다. 어제부터 별로 먹은 것이 없는 게 다행이었다. 수건으로 바닥의 토사물을 닦은 다음 침대로 갔다. 두 눈을 감고 잠들었다.

누군가의 기척을 느끼고 눈을 떴다.

마사키가 침대 앞에 서서 자신을 바라보고 있었다. 다

정한 눈빛으로. 수향은 자신이 몸이 약해졌다는 걸 실감했다. 이런 헛것이 보이다니 기가 허해졌다. 서울의 마사키가 샌프란시스코행 배 안에 있을 리가 없다. 수향은 저건 어차피 환시라고 생각하며 중얼거렸다.

"마사키…… 내가 잘못했어."

너는 나를 선택했는데. 내가 너의 나라라고 말해줬는데. 우린 우리만의 가정을, 우리만의 왕국을 세울 수 있었어. 왜 난 말 한마디 통하지 않는 나라, 미국에 가겠다고 널 버렸을까. 미국이란 나라가 어떤 곳인지도 전혀 모르면서.

수향의 눈에서 눈물이 흘러나왔다. 마사키는 조용히 수향을 바라봤다. 나무라거나 원망하는 표정이 전혀 아니었다. 그래. 넌 환상이니까 말을 할 리 없지. 알아. 그래도 좋았다. 오랜만에 마사키를 보니 기운이 났다.

"마사키. 지금이라도 너에게 돌아가고 싶어."

수향은 털어놓았다.

마사키, 아니 마사키의 환상은 고개를 좌우로 저었다. 무슨 뜻이지? 돌아가면 안 된다는 뜻일까. 그는 손가락을 들어 수향의 배를 가리켰다. 그러고는 슬픈 표정으로 수향을 쳐다봤다. 마사키는 천천히 입을 열어 어떤 단어를 공기 중에 내뱉었다. 이상했다. 환상인데도 그의 입술에서 입김이 새어 나왔다. 수향은 그 입술의 움직임을 주목했다. 두 글자. 단어.

'아기.'

깨달았다. 뱃멀미가 아니었다.

수향은 임신했다. 미처 몰랐지만 뱃속에 마사키의 아기를 잉태하고 있었다. 아마도 첫 잠자리에서 생긴 모양이었다. 그러고 보니 일본에 도착한 후부터 몇 주가 지나도록 달거리를 하지 않았다. 멍청하게도 왜 계속 멀미라고 생각한 걸까. 멀미를 이렇게 길게 할 리는 없지 않은가. 마사키의 아이가 엄마에게 자신의 존재를 알리려 하고 있었다. 뱃속을 휘저었던 구역질은 아기의 노크 소리였다. 똑똑똑. 엄마, 내가 왔어요. 이제야 모든 것을 이해할 수 있었다. 수향은 그동안 입덧을 하고 있었다.

수향은 눈물을 흘리며 생각했다. 이 아기를 위해서라면 마사키와 함께 했어야 했다. 마사키 같은 남자는 두 번 다시, 아마 평생 만나지 못하겠지. 그는 일생에 단 한 번만 만날 수 있는 사랑이었다. 마사키라면 틀림없이 좋은 아버지, 멋진 남편이 되었을 텐데. 하지만 수향은 이미 선택을 해버렸다. 잔혹한 방식으로 그를 떠났다. 마사키에게 평생 잊을 수 없는 상처를 입히고 말았다. 이제는 돌이킬 수 없다.

수향은 한참 울었다. 그러다가 정신을 차리니 마사키

의 환상이 아직 가지 않고 있었다. 아직도 한없이 슬픈 표정으로 수향을 바라보고 있었다. 마사키는 다시 한번 고개를 가로저었다. 그리고 입을 열어 또 어떤 단어를 말했다. 이번엔 명사가 아니라 동사였다. 수향은 그의 입술을 읽었다.

'믿어.'

"뭘, 뭘 믿으라는 거야? 이제 와서 뭘? 진짜 마사키도 아닌 주제에."

흐느껴 울면서 수향은 환상에게 소리쳤다.

"썩 꺼져! 내 곁에서 사라져버려!"

수향은 생각했다. 사라져. 더 이상 미혹하지 말고 없어져. 넌 진짜 마사키도 아니고 그의 모습을 띤 연기 따위에 불과하잖아.

하지만 마사키는 사라지지 않았다. 그대로 머물렀다. 괴로운 표정으로 울고 있는 수향을 한동안 지켜봤다. 마사키가 진지한 표정으로 다시 입술을 움직였다.

'너를 믿어.'

수향은 갑자기 정신이 번쩍 들었다. 환상의 말이 맞았다. 아기는 오직 수향만 믿으며 뱃속에서 무럭무럭 자라고 있었다. 이 아기를 책임질 수 있는 존재는 수향뿐이었다. 수향은 눈물을 삼키며 고개를 들었다. 마사키에게 물었다.

"내가 해낼 수…… 있을까?"

마사키가 고개를 끄덕이며 기쁜 눈빛으로 수향을 바라봤다.

'할 수 있어.'

마사키가 입술을 움직였다. 수향은 천천히 미소를 지었다. 그러자 마사키가 처음으로 환하게 웃었다. 환상은 손을 들어 수향의 두 볼을 어루만졌다. 아무 무게감도, 감촉도 느껴지지 않았다. 그랬다. 이 환상은 어차피 신기루였다. 하지만 수향에게 필요한 건 신기루가 아니라 현실이었다.

"고마워. 마사키. 이제 가도 돼."

마사키는 고개를 끄덕였다. 환상은 이제 안심한 듯이 보였다. 목적을 달성했다는 표정이었다. 마사키는 서서히 투명해지기 시작했다. 수향은 어깨를 꼿꼿이 세우고 사라져가는 마사키를 지켜보았다.

맑은 공기가 필요했다.

수향은 비틀거리며 선실을 나와 뱃머리로 향했다. 수향 말고도 많은 승객들이 동트는 장면을 보러 나와 있었다. 망망대해를 가르는 히카와마루 주변에 흰 포말이 사방으로 튀었다.

거센 바닷바람을 정면으로 맞으며 수향은 뱃머리에 섰

다. 몸을 주체할 수 없어 난간을 부여잡았다. 아직 바다와 하늘은 어두웠다. 가장 짙은 어둠이 지나야 태양이 솟기 마련이다. 수향은 가만히 기다렸다.

이윽고 어둠의 경계가 흐려지기 시작했다. 수평선 끝에서 샛노란 빛이 보였다.

해다. 해가 떠오르고 있다.

수향의 눈에 눈물이 차올랐다. 눈물은 바닷바람을 타고 공중으로 흩어졌다.

"눈물도 물이주게. 물이 흐르멍 길이 나주게."

수향은 외할머니가 해줬던 말을 중얼거렸다. 이 눈물로 길을 내자. 쏟아지는 비처럼 흐르는 눈물도 나의 인생에 물길을 만든다. 방법을 생각하고 또 생각하면 틀림없이 길이 날 테지. 늘 그렇게 살아왔으니까.

수향은 몸을 세우고 정면으로 태양을 바라보았다. 해는 어느새 수평선을 박차고 하늘 위에 떠올랐다. 뱃머리에 햇빛이 비쳤다. 이제 울 틈이 없다. 계획을 세워야 한다. 정신을 바짝 차리고 낯선 땅 미국에서 뱃속 작은 존재와 함께 어떻게든 살아나갈 궁리를 해야 한다. 임신한 동양인 여자를 받아줄 만한 안전한 숙소를 찾고, 몸을 푼 뒤에 아기를 맡기고 바로 일할 생각을 하자. 수향은 문득 아기가 아들이면 좋겠다고 생각했다. 마사키처럼 수학과 과학을 잘하는 아들이면 어떨까. 아니야. 미리 상상하지 말

자. 아기가 딸이어도 좋았다. 이 엄마는 무슨 일이 있어도 너를 목숨 걸고 사랑할 거야. 수향은 기운이 났다.

'나는 더 이상 혼자가 아니야.'

수향은 두 눈 가득 해를 담았다.

아무리 힘들어도 나는 이 생명을 포기하지 않으리. 어둠이 지면 해가 뜨고 겨울이 지나면 봄이 온다. 그것이 세상의 이치다.

저 찬란한 해처럼 나는 몇 번이고 일어서리라.

아침 햇살을 맞으며 수향은 천천히 숨을 쉬었다.

살아가리라. 이 아이와 함께.

Epilogue
1990년, 봄

왔다.

저곳이다.

여자는 카페 대나무관이 보이자 발걸음을 멈췄다. 한때 흑죽관이라고 불리던 목조주택. 젊은 건축가가 이 적산가옥을 재해석해서 카페로 탄생시켰다. 외관은 여자가 기억하던 40년 전과 많이 달라졌다. 튼튼한 징크 지붕을 올리고 목재 마감재로 외벽을 마무리한 현대적인 목조건물이었다. 뒤편으로는 넓은 잔디밭과 흑죽림이 보였다. 대나무 숲 덕분에 카페 대나무관에는 인구 천만의 도시 서울의 카페 같지 않은 고즈넉한 분위기가 감돌고 있었다.

붉은 나무로 짜맞춘 현관문 유리창에는 '카페 대나무관'이라고 쓰여 있었다. 문 꼭대기에는 작은 놋쇠 종이 달려 있었다. 저 문을 열고 들어가면 지난 40년 동안 보지 못했던 그 남자가 기다리고 있을 터였다. 여자는 망설였다. 아직 늦지 않았다. 이대로 택시를 불러 호텔로 돌아가도 남자는 자신을 이해해줄 거란 생각이 들었다.

　미안합니다. 제가 오기를 부렸어요. 만나자고 하는 게 아니었어요.

　이렇게 편지를 보내면 된다.
　아마 그 남자는 안도하리라. 마지막 이별을 떠올려보면 그렇다. 그가 나를 다시 만나고 싶을 리가 없다. 어쩌면 카페에 들어가도 그 남자는 없을지도 모른다.
　'그가 나오지 않아도 나에게는 비난할 권리가 없어……'
　여자는 선 채로 심호흡을 했다. 두려움과 떨림 속에 붉은 현관문을 바라보았다. 호텔에서 약속 한 시간 전에 나왔지만 지하철 두 정거장 전에 내려 한참 걸었다. 마음이 좀처럼 진정되지 않았다. 그러다 보니 만나기로 약속한 시간보다 20분이 넘게 흘렀다. 지각이었다.
　그 남자는 어떻게 변했을까. 마른 사람이었는데 이제 나이가 들었으니 살이 좀 붙었을까. 여자는 핸드백을 열어 거울을 꺼냈다. 호텔에서 여러 번 고친 화장은 완벽했다. 이 불안감을 해소할 수 있는 유일한 방법은 남자를 만나는 것뿐이었다. 여자는 다시 한번 숨을 들이쉬었다.
　여자는 카페를 향해 걷기 시작했다. 현관문 앞에 거의 도착하자 대나무 숲을 바라보며 창가 자리에 앉아 있는 사람이 보였다.

그 남자였다.

커피잔을 앞에 놓고 손수건을 움켜쥐고 있었다.

여자는 그 자리에서 얼어붙었다. 뚫어져라 남자를 바라봤다. 눈물이 고였다. 완벽하게 화장한 얼굴 위로 눈물이 흘러내렸다. 그 오랜 시간이 지났어도 남자는 자신의 고유한 속성을 유지하고 있었다. 맑고 깨끗했다.

'그래, 저런 사람이었지.'

그리운 마음을 누르며 여자는 생각했다.

남자는 머리가 하얗게 센 것 빼고는 여자가 기억하던 모습 그대로였다. 예전처럼 얼굴은 창백했고 몸집은 야위었다. 나이에 비해서 얼굴에 주름이 거의 없는 편이었다. 남자는 손수건을 내려놓더니 흑죽림을 바라보면서 커피를 한 모금 마셨다. 소매에서 빠져나온 오른팔에는 화상 흔적이 보였다.

여자는 긴장이 조금 풀렸다. 안도의 한숨을 길게 내쉬었다.

나와주었다.

안심이 된 나머지 주저앉을 뻔했다. 여자는 핸드백에서 티슈를 꺼내 눈물의 흔적을 지웠다. 다시 화장을 점검하고 립스틱을 발랐다. 팔을 뻗어 현관문 손잡이를 잡았다. 여자의 손에도 옅은 화상 흔적이 있었다.

딸랑. 놋쇠 종이 울렸다. 여자는 카페 대나무관에 들어섰다.

"어서 오세요."

카페 직원이 인사했다. 단아한 흰 정장을 차려입은 여자는 하이힐 소리를 내며 바로 백발의 남자 앞으로 걸어갔다. 카페 안에는 빌리 홀리데이의 노래가 흐르고 있었다. 부드러운 벨벳 같은 목소리가 귀를 휘감았다.

남자는 인기척을 느끼고 고개를 들었다. 여자를 바라보는 표정에 놀라움이 가득했다. 그는 묵례를 했다. 여자는 가볍게 고개를 숙이고 의자에 앉았다. 직원이 다가오자 여자는 밀크티를 주문했다. 남자는 여자에게서 눈을 떼지 못했다.

"오랜만이에요. 마사키 상."

여자가 입을 열었다.

"그 이름은 정말 오랜만에 듣는군요. 수향 씨."

마사키가 떨리는 목소리로 말했다. 수향은 미소를 지었다.

"저도 수향이란 이름은 오랜만에 들어봐요. 이젠 캐서린이란 이름이 더 익숙하니까요."

수향이 명함을 내밀자 마사키는 두 손으로 받았다. 영문 명함이었다.

> # **Wives Corporation**
>
> CEO
> *Catherin Su-Hyang Dubois*

마사키는 살짝 웃었다.

"사업을 크게 한다더니…… 대표님이 됐군요. 이 명함대로 캐서린이라고 불러야 하나요?"

"괜찮아요. 예전처럼 수향이라고 불러주시면 충분해요."

수향은 가볍게 미소를 지었다.

마사키가 입을 열었다.

"원하던 대로 미국으로 이민 가더니 성공한 사업가가 되었네요."

"고마워요. 처음엔 작게 시작했는데 꽤 규모가 커지긴 했어요."

마사키는 고개를 숙여 명함을 읽다가 눈이 휘둥그레졌다.

"회사 이름이 한국어로 번역하자면 '아내들' 주식회사인가요?"

수향이 웃었다.

"이 이름엔 사연이 있어요. 말하자면 좀 긴 이야기라 지금 전부 말씀드리지 못하겠네요."

"성을 보니…… 뒤부아. 미국 성이네요. 미국에서 결혼한 겁니까."

수향은 미간을 약간 찌푸렸다.

"글쎄요. 결혼을 한 걸까요, 안 한 걸까요."

수향은 아리송한 답변을 하더니 고개를 돌려 카페를 살펴보았다.

"흑죽관이 카페가 되다니. 많은 것이 변했지만 그래도 뼈대는 그대로인 것 같아요."

이 흑죽관에서 만나자고 제안한 사람은 수향이었다. 두 사람은 흑죽관을 개조한 카페 '대나무관'의 대들보, 서까래, 기둥을 보며 잠시 추억에 젖었다. 화사하게 꾸며진 내부 공간은 현대적이었지만 뼈대만큼은 옛날 그대로였다. 세월이 흘러도 변함없는 것들이 있기 마련이다.

수향이 중얼거렸다.

"어쩌면 집이라는 건 기억과 비슷한지도 모르겠어요. 겉은 변해도 속은 그대로인 걸 보면요."

마사키는 말없이 고개를 끄덕였다. 수향이 조심스럽게 그에게 물었다.

"붉은 방이 아직 있나요?"

"이 흑죽관을 구입한 새 집주인이 지하에 흙을 메워서

없앤 모양이더군요. 아까 비밀 입구가 있던 벽을 살펴봤어요. 이제는 흔적조차 없습니다."

"차라리 잘됐어요."

수향이 대답했다. 두 사람은 조용히 서로를 바라봤다. 마사키가 입을 열었다.

"제 아버지 나가스 시게루가 1951년에 나고야에서 돌연사한 건 아시나요?"

"몰랐어요."

수향은 대답했다.

"합당한 결말이었지요."

마사키가 중얼거렸다. 수향이 의아한 표정을 지었지만 마사키는 입을 다물었다. 1945년, 나가스 시게루는 귀환선을 타고 일본에 무사히 귀국했다. 많은 현금을 일본으로 옮기는 데 성공했지만 본국에서 벌이는 사업마다 실패했다. 결국 폐업 신고를 하고 작은 회사에 경리로 취직한 뒤 박봉을 받으며 가난하게 살았다.

마사키는 1951년 김은도가 밧줄에 목이 졸려 사망한 바로 그 순간에 나가스 시게루 역시 나고야 집에서 사망했다는 이야기는 덧붙이지 않았다. 1950년대 후반에 뒤늦게 마사키와 연락이 된 외삼촌이 한국으로 편지를 보내왔다.

마사키 보아라.

네가 한국에서 잘 살고 있다는 소식을 전해주니 정말 고맙구나.

나도 전할 소식이 있다. 네 아버지가 몇 년 전에 돌아가셨다.

사인은 교사였다. 잠자리에서 죽은 채로 발견된 네 아버지의 목에는 붉은 울혈 자국이 두 개나 또렷하게 나 있었단다. 마치 누군가가 밧줄로 목을 조른 것처럼. 시신 주변에서는 밧줄이 전혀 나오지 않아서 경찰은 난감해했다. 타살로 의심했으나 용의자는 특정하지 못했어. 결국 사건은 미결인 채로 공소권 없음으로 종료되었단다.

놀라운 건 검사관의 소견이었어. 마치 두 명이 반대 방향에서 조른 것처럼 두 개의 밧줄 자국이 목에 나 있었다고 한다. 두 명이 동시에 목을 졸랐다고? 괴이한 일이 아니겠니

아, 그리고 목뼈가 부러져 있었다고 한다.

나가스 가문은 그렇게 파멸했다.

시게루는 죽었고 죄악의 산실은 사라졌다. 붉은 방이 없어진 흑죽관은 카페로 바뀌었다. 두 사람은 카페 의자에 앉은 채 40년 전 그 방에서 겪었던 일들을 반추했다.

한동안 침묵이 흘렀다.

 수향이 입을 열었다.
 "마사키 상. 그동안 어떻게 지냈어요? 저에게 이런 질문을 할 자격이 있는지는 모르겠지만……."
 "당신이 흑죽관을 떠난 후 박남일 선배 부모님 집을 수소문해서 부산에 내려갔지요. 박 선배 부모님은 이미 돌아가신 후였어요. 박 선배는 외동아들이었고……."
 "안타깝네요."
 "그 뒤로 계속 박남일로 살아왔지요. 선배의 이름을 버리는 순간 박 선배가 이 세상에서 영원히 사라져버리고 만다는 생각이 들더군요. 이미 이 이름에 익숙해져 있었고요. 일본에서 살아볼까 생각하지 않은 건 아니지만……."
 "그랬군요. 한국전쟁 당시 일본 경기가 정말 좋았죠. 하지만 전 마사키 상이 아직도 한국에 살고 있을 거라 확신했어요. 제가 아는 당신이라면 박남일이란 이름으로 계속 의사 일을 할 거라 예상했어요. 덕분에 당신 주소를 찾아내기가 수월했지요."
 수향은 찻잔을 들어 한 모금 마시고는 말했다.
 '이 이름으로 살다 보면 언젠가는 당신을 만날 수 있을 것 같았어요.'
 마사키는 속으로 생각했다.

"일본으로 간다면 호적을 회복해서 나가스란 이름으로 돌아가야 할 텐데……. 저에겐 상상조차 할 수 없는 일이었습니다. 한국전쟁이 일본에게 재기의 기회가 됐다는 건 씁쓸한 일 같습니다."

마사키는 쓴웃음을 지었다.

"아참, 방울이, 그러니까 후쿠는 오래 살았나요?"

문득 고양이 생각이 떠오른 수향이 웃으면서 물었다.

"장수했다마다요. 고조할머니가 될 때까지 천수를 누렸습니다."

마사키가 말하며 미소했다.

잠시 침묵이 흘렀다.

"영진이가 세상을 떠날 때 함께했다면서요?"

수향이 담담하게 물었다.

"영진이와 몇 년마다 한 번씩 만났습니다. 계속 편지를 주고받았죠. 그는 부산에서 전쟁 과부와 결혼해서 아들과 딸을 낳고 잘 살았어요. 국제시장 근처에서 유통업을 크게 했지요. 바라던 대로 사업가가 됐어요. 너무 열심히 산 탓인지…… 암으로 쓰러졌어요. 간암이었어요."

"그랬군요."

수향이 작은 목소리로 대답했다. 세쌍둥이와 결혼했던 시절이 까마득한 옛날로 느껴졌다.

"당신이라도 마지막에 같이 있어주어서 다행이에요. 감사해요. 그런데 마사키 상……. 실례지만 왜 결혼을 하지 않았죠?"

"……."

마사키는 대답을 망설이다가 천천히 말했다.

"몇 번 여자를 소개받았지만 이상하게 연이 안 되더군요. 하긴 저는 일본인도 한국인도 아닌 괴상한 존재니까요. 그분들도 뭔가 낌새를 눈치챈 게 아닐까요. 독신으로 이 나이까지 일남의원을 운영해왔습니다. 이제는 혼자가 편해요. 몇 년 전엔 모범 의사 표창도 받았지요. 지금은 나이가 있어서 부원장을 들이고 근무시간을 줄였습니다."

마사키는 빙그레 웃었다.

"어찌 보면 마사키란 인물은 자신의 뜻을 이룬 셈이죠. 나가스란 이름을 영원히 사라지게 하겠다는……."

이 말에 수향은 머뭇거렸다. 고개를 숙이고 대꾸하지 않다가 입을 열었다.

"피아노는 아직도 치나요?"

"이기리스관이 불타 없어진 후, 그만큼 훌륭한 블뤼트너를 구하기가 어려웠지요. 그러다가, 10여 년 전에 오래된 블뤼트너를 구해서 한국으로 공수해 왔어요. 그 피아노를 가끔 연주합니다. 주변에 소음 피해가 있을까 봐 피아노 방을 따로 만들었지요."

"마사키 상이 아직도 피아노를 친다니 다행이네요. 당신이 쳤던 〈월광 소나타〉는 정말 훌륭했으니까요."

마사키는 엷은 미소를 지었다.

"과찬입니다. 전문가들에 비하면 평범한 실력입니다. 레슨은 꾸준히 받고 있습니다. 몇몇 지인들과 돌아가면서 연주회를 열기도 하고요. 들어주는 이들이 없으면 실력이 제자리걸음을 하니까요."

마사키는 이기리스관에서 자신이 연주를 마칠 때마다 힘껏 박수를 치던 수향을 떠올렸다. 한번은 수향의 요청으로 아는 곡을 전부 돌아가며 쳤던 날도 있었다. 월터와 세쌍둥이도 귀를 기울이며 듣다가 찬사를 보냈다. 크리스마스에는 모두를 위해 캐럴 메들리를 쳤다. 마사키는 눈을 감으면 그날 성탄절 이브의 작은 연주회로 돌아갈 수 있을 것만 같았다. 네 명의 한국인, 한 명의 일본인, 그리고 한 명의 미국인이 만든 작은 왕국. 전쟁과 동떨어졌던 우리만의 왕국.

나가스 저택은 귀신 들린 집이었다.

그리고 여섯 명 가난한 영혼들의 보금자리이기도 했다.

우리는 이기리스관과 흑죽관에서 살았다.

두 사람은 말없이 서로를 마주 보았다. 수향이 테이블 위에 놓여 있던 단체 사진을 들어 올렸다. 사진을 보면서 입을 열었다.

"월터가 졸라서 이 사진을 찍었던 날이 기억나요? 월터, 세쌍둥이, 저, 그리고 마사키 상 당신까지······."

"······."

마사키가 잠시 침묵했다가 말했다.

"어떻게 잊겠습니까?"

수향은 찻잔을 내려놓더니 가죽 핸드백에서 마분지 상자를 꺼냈다.

"깜빡했네요. 월터가 이 사진과 함께 보내왔던 스냅사진들이에요. 마사키 상과 같이 보기 위해서 이 사진들은 일부러 보내지 않았어요. 수십 장이나 되니 우편으로 보내기도 어려웠고요."

수향은 넓은 카페 테이블 위에 사진들을 늘어놓았다.

마사키는 시간을 거슬러 40년 전으로 돌아간 기분이 들었다. 월터, 영일, 영진, 영우, 그리고 수향과 자신이 있었다. 젊디젊은 얼굴들이 있었다. 미간을 찌푸리고 한글 교본으로 공부하고 있는 영일, 눈을 사시로 만들어서 원숭이처럼 익살스러운 표정을 짓고 있는 영진, 안경을 쓴 채 엎드려서 독서를 하고 있는 영우, 사다리에 올라가 높은 곳에서 물건을 꺼내고 있는 수향, 의사 가운을 걸친 채로 피아노를 치고 있는 마사키, 수향에게 영어 회화를 가르치고 있는 월터. 얼굴에 면도 거품을 잔뜩 묻히고 있는 세쌍둥이.

40년 전으로 여행을 떠난 기분이었다. 마사키는 자신도 모르게 눈시울이 뜨거워졌다.

그리운 세쌍둥이. 수향, 마사키, 월터를 빼고 모두 세상을 떠났다.

"월터는 언제 이 사진들을 찍은 거죠?"

"그렇죠? 우리 몰래 많이도 찍었더라고요. 그리고 이건…… 월터가 이 사진들은 저와 마사키만 보라고 했어요."

수향이 푸른색 종이봉투를 꺼내며 천천히 봉투 속의 사진을 테이블 위에 펼쳤다.

마사키는 숨을 들이켰다. 수향과 마사키 두 사람만 찍힌 사진들이었다. 아니, 정확하게 말하자면 수향을 쳐다보고 있는 마사키, 아니면 마사키를 쳐다보고 있는 수향을 찍은 사진들. 때로는 멀리서, 때로는 가까이서. 두 사람의 시선은 항상 엇갈렸다.

"이, 이건……."

마사키의 목소리가 흔들렸다.

"월터는 참 짓궂은 사람이죠."

수향이 작게 말했다.

"월터가 나한테 왜 청혼했을까 곰곰이 생각해봤어요. 카메라 렌즈로 우리 두 사람을 찍으며 그 사람은 눈치챘던 거예요. 우리 두 사람이 항상 연결되어 있다는 걸. 월터는 어머니의 반지로 제 마음을 떠보려고 한 거예요. 마사키를 이길 수 있는지 없는지."

"다 지난 일입니다."

마사키가 날카롭게 내뱉었다. 화가 치밀어 올랐다. 수향은 마사키를 떠나 월터의 나라, 미국으로 가버렸다. 긴 세월 동안 이 여자는 자신을 찾지 않았다. 이제 와서 나와 뭘 하자는 걸까? 월터 이야기를 꺼내는 이유는 뭘까?

수향은 눈을 내리깔더니 말이 없었다. 잠시 후 그녀는 물었다.

"저를 가끔은 생각했나요?"

대나무 숲이 봄바람에 흔들리는 걸 지켜보며 마사키는 가만히 있었다. 어떻게 대답해야 할지 망설였다. 혼란스러웠다. 오랫동안 방치해놓았던 모든 기억이 몰려왔다. 그는 커피를 한 모금 마셨다. 식은 커피에서는 쓴맛만 느껴졌다.

마사키는 망설이다가 결국 입을 열었다.

"항상 생각했습니다."

거짓말은 아니었다. 이 여자를 잊은 적이 없으니까.

수향은 마사키를 응시했다.

"마사키 상. 당신을 처음으로 본 순간, 대나무 사이로 저를 바라보던 그 눈빛이 좋았어요. 그 단 한 번의 시선.

전 아직도 그 시선을 잊지 못해요."

"저도 잊지 못합니다."

마사키가 떨리는 목소리로 대답했다. 그때를 잊을 수 없었다. 지금도 눈을 감으면 흑죽림 뒷길에 서 있는 기분이었다. 마사키는 대나무 사이로 엿보았던 그 작은 소녀에게 자신의 마음을 송두리째 뺏겼다. 그 소녀가 자신을 떠난 뒤에도 그 마음은 돌아오지 않았다. 수십 년 동안 가슴 한구석에 텅 빈 구멍을 간직하고 살아왔다. 마사키는 눈을 지그시 감았다. 억눌러왔던 모든 감정이 북받쳐 올라 차마 수향의 얼굴을 정면으로 볼 수 없었다.

당장이라도 이곳을 벗어나고 싶다는 생각이 처음으로 들었다.

카페 대나무관은 적절치 못한 약속 장소였다.

하필이면 저 여자와 짧은 밀월을 함께했던 장소에서 만나다니.

마사키는 아직도 이곳에서 수향의 재투성이 얼굴에 입맞춤했던 그날을 잊을 수 없었다.

두 사람은 침묵했다.

벽시계의 시침은 정오를 향하고 있었다. 대나무 숲 사이로 산들바람이 지나갔다. 물끄러미 바람에 흔들리는 흑죽림을 바라보던 수향이 말했다.

"당신에게 할 말이 있어요."

마사키는 고개를 들었다. 수향은 난처한 표정을 짓고 있었다. 두 손으로 찻잔을 어루만지던 수향이 천천히 입을 열었다.

"사실 마사키 상에게 이 부탁을 하기 위해서 한국에 돌아왔어요."

"무슨……?"

수향이 말했다.

"작년에 제가 제주도에 집을 매입했어요. 제주에 사는 이모와 가끔 연락을 주고받거든요. 외할머니와 살았던 집이 경매에 넘어갔다는 걸 알게 됐어요. 어느 리조트 회사에서 그 집을 사서 밀어버리고 해변가 카페로 만든다더군요. 옛 추억이 관광 카페로 변한다는 게 싫더군요. 그래서 그 집과 주변 몇 집을 한꺼번에 사버렸어요."

"이제는 우리가 고향을 그리워할 나이가 되긴 했죠."

마사키는 담담히 말했다.

"작년에 이모 딸의 도움을 받아서 그 집을 공사했어요. 낡고 헌 곳을 개보수했죠. 2층을 새로 올렸고요."

"그렇군요."

"그 집 2층에 피아노 방을 만들었어요. 그 방에서는 제주의 바다가 아주 잘 보이죠."

마사키의 눈이 커졌다. 수향은 천천히 미소를 지었다.

"그 방에 블뤼트너를 놓았어요. 아주 오래된 피아노예요. 1920년대에 제조된."

마사키는 입을 벌렸다. 1920년대 제작품이라면 이기리스관에 있었던 어머니의 피아노와 비슷한 연식이었다. 자신이 구한 블뤼트너보다도 오래된 피아노였다. 놀라움이 가라앉자 겨우 말을 꺼냈다.

"구하기 어려웠을 텐데요······."

"맞아요. 일본에서 공수해 왔어요. 어느 애호가가 오랫동안 아끼던 물건이라 상태는 아주 좋아요. 복원은 잘 해놓았지만 조율 상태가 엉망이에요. 피아노를 잘 아는 사람이 좀 봐주면 좋겠는데······."

수향이 말끝을 흐렸다.

"아시다시피 전 미국에서 살고 있으니까요. 여기로 와서 피아노 상태를 확인할 여력이 없었고요. 한국에선 누가 실력 있는 조율사인지 도통 모르겠어요. 조율사 추천 좀 해주세요."

마사키는 가죽 가방에서 수첩을 꺼냈다. 펜을 들고 몸을 앞으로 숙였다.

"언제까지 조율해주기를 바라는데요?"

"제가 한국에 있는 동안이면 좋겠어요. 다음 달에 미국으로 돌아가요."

"제 단골 조율사 김 선생님을 추천해드리고 싶네요. 블뤼트너가 까다로운 피아노라 그분한테만 조율을 맡기고 있습니다. 그분께 그 집에 가보라고 하지요. 전국으로 출장 다니는 양반이니까 괜찮을 겁니다."

"그런데 마사키 상이 알다시피 저는 피아노를 전혀 칠 줄 몰라요. 그래서 그분이 조율을 잘 해주셔도 잘되었는지 아닌지 저 혼자서는 확인할 방법이 없어요."

마사키는 눈살을 찌푸렸다. 이 여자는 피아노를 전혀 못 친다면서 왜 제주 집에 피아노 방을 만들었을까. 왜 블뤼트너를 그 방에 넣었고 느닷없이 조율을 부탁하는 걸까.

마사키는 한숨을 쉬었다. 수첩을 넘겨 스케줄을 확인했다.

"가만 보자…… 제가 다음 주 주말엔 일정이 없으니 1박 2일 정도 제주 여행이 가능할 겁니다. 김 선생과 제가 함께 가지요. 지역이 어디죠?"

"구좌읍 세화리예요."

마사키는 스케줄난의 다음 주 주말 칸에 '제주 블뤼트너 조율'이라고 적었다.

"김 선생과 통화한 후에 어디로 연락하면 될까요?"

"내일까지는 이 호텔에 머무르고 있어요. 프런트 데스크에 전화해서 1302호를 연결해달라고 하시면 돼요. 모레에는 제주도로 가니까 내일 중으로 연락 주세요."

수향이 호텔 명함을 건넸다.

마사키는 명함을 받아서 수첩 안에 넣었다. 결국 이 여자가 40년 만에 만나서 하고 싶은 말이라는 게 고작 블뤼트너 조율을 도와달란 거였나. 허망한 마음이 솟았지만 내색하지 않았다.

　"수향 씨. 오랜만에 건강한 모습 보니까 반가웠습니다. 오늘은 오후에 병원으로 출근하는 날이라 이만 가보겠습니다."

　마사키는 정중하게 말하면서 일어섰다. 이 약속 때문에 오전 예약을 모두 취소한 터였다.

　"마사키 상, 잠깐만요."

　수향이 다급하게 말했다.

　"마사키 상에게 꼭 소개하고 싶은 사람이 있어요. 지금 그 사람이 오기로 했어요. 여기 카페 대나무관으로요."

　마사키는 어리둥절했다.

　"소개할 사람이라고요?"

　"마사키를 만난 뒤에 그 사람을 소개하는 게 올바른 순서라고 생각했어요. 이번에 저와 같이 한국으로 왔어요. 미리 말하지 못해서 죄송해요."

　수향이 미안한 기색을 보였다.

　그때 딸랑 하고 현관 종소리가 카페에 울려 퍼졌.

　"그 사람……."

수향이 말했다. 현관문이 열리고 누군가가 카페에 들어왔다.

"이름은 ······에요."

마사키는 수향의 나머지 말이 잘 들리지 않았다. 서둘러 몸을 돌려 현관을 바라봤다. 환한 정오의 햇살을 등진 사람이 마사키와 수향을 향해 걸어오고 있었다. 마룻바닥이 삐걱거리는 소리에 경쾌한 구두 소리가 섞였다.

역광 때문에 낯선 이의 표정은 전혀 보이지 않았다. 그를 둘러싼 햇살이 눈부신 나머지 마사키는 현기증이 날 것 같았다. 카페 안을 채운 환한 빛 속에서 미사키는 눈을 가늘게 뜨고 상대방의 얼굴을 헤아려보려고 했다. 마사키는 몸을 돌려 수향을 쳐다봤다. 그는 눈으로 질문을 던졌다. 수향은 작게 고개를 끄덕였다. 이윽고 마사키의 얼굴에 알 수 없는 표정이 떠올랐다.

수향은 조용히 미소를 지었다. 제주도 집에서 블뤼트너를 치는 마사키와 그 옆에서 연주를 듣는 자신을 상상하면서.

제주의 봄이 그들을 기다리고 있었다.

허즈번즈 연표

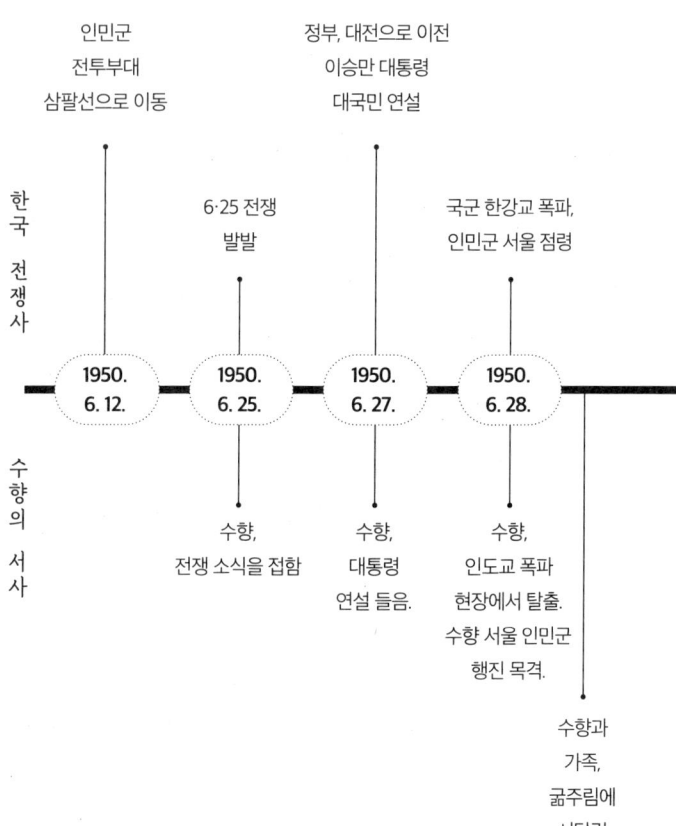

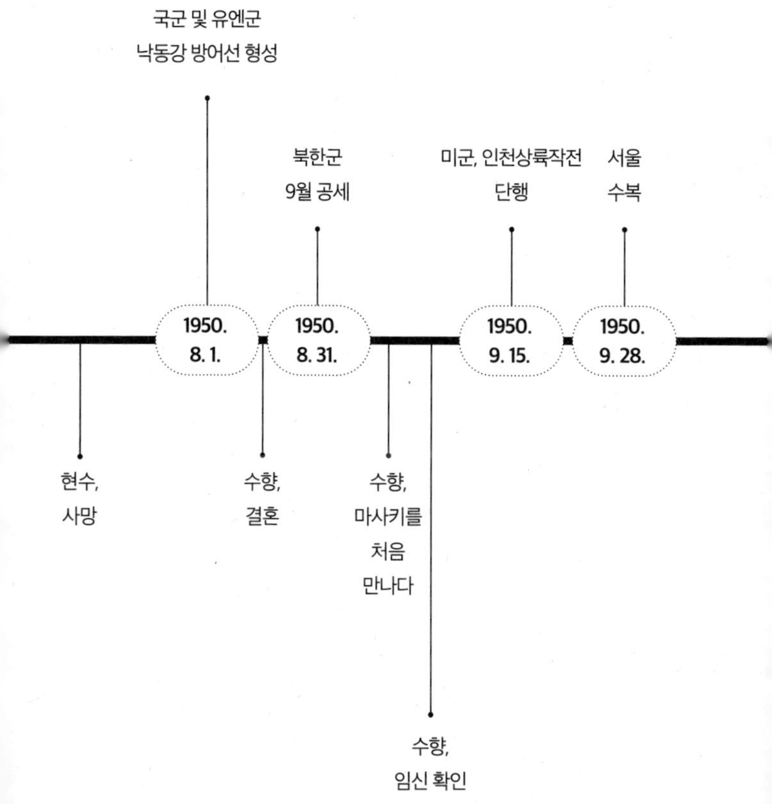

국군 및 유엔군
낙동강 방어선 형성

북한군
9월 공세

미군, 인천상륙작전
단행

서울
수복

1950.
8. 1.

1950.
8. 31.

1950.
9. 15.

1950.
9. 28.

현수,
사망

수향,
결혼

수향,
마사키를
처음
만나다

수향,
임신 확인

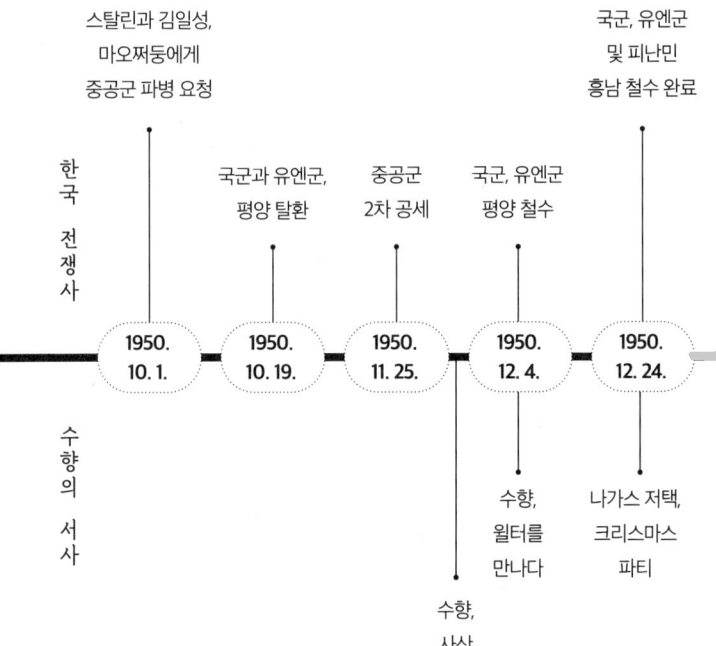

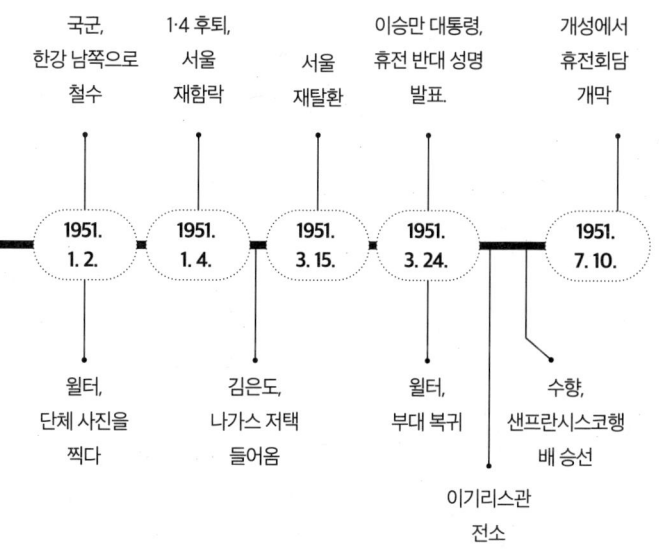

참고 도서 박도 엮음, 미 국립문서기록보관청 사진, 『한국전쟁 Ⅱ』, 눈빛출판사, 2010.

작가의 말

박소해

　해방 후, 그 남자는 아내와 자녀 둘을 뒤로하고 홀로 월남했다. 남쪽에서 그는 다시 결혼했다. 서울에서 새 가정을 꾸린 그는 전쟁이 나자 신혼의 아내와 갓 태어난 딸을 떠나 국군에 입대했다. 키가 크고 영리했던 그는 운전병이 되었다. 서울의 식량 사정은 최악이었다. 아내와 아기를 걱정했던 그는 식량이 생길 때마다 일부러 길을 돌아서 서울 집을 지나갔다. 시동은 끄지 않고 속도만 줄여서 대문가에 쌀 포대와 감자 주머니를 떨구고 갈 길을 갔다. 아내는 남편이 전해준 식량 덕분에 입에 풀칠을 할 수 있었다.

　그는 운전병이라 전투에 참여할 일은 적었지만 포탄이

쏟아지는 격전지를 차로 지나가다가 허벅지에 총상을 입었다. 전쟁이 끝나고 그는 두 아이를 더 낳았다. 세 아이를 먹여 살리기 위해 할 수 있는 모든 일을 했다. 작은 식료품 가게를 운영하다가 택시 회사를 차리기도 했다. 나중에는 방앗간을 했다. 그는 이북 말투를 썼고 상상을 초월할 만큼 부지런했다. 여섯 명의 손주가 조르면 총상의 흔적을 보여주곤 했다.

그는 내 외할아버지다.

해방 무렵, 그 여자는 서울에 살고 있었다. 우연한 계기로 불하받은 적산가옥에서 딸 둘과 아들 하나를 키웠다. 큰딸은 북에서 온 남자와 살림을 차렸다. 큰 딸이 딸을 낳고 1년 후 전쟁이 났다. 서울이 인민군에게 점령될 위기에 처하자 큰딸은 친정집에 들렀다. "엄마. 같이 가요." "나는 죽어도 이 집에서 죽을 거다." 피난을 권고하는 큰딸의 말을 무시하고 그녀는 작은딸과 막내아들과 함께 서울 적산가옥에 남았다. 큰딸은 갓난아기를 업고 한강을 나룻배로 건너 천안으로 피난을 갔다. 국군이 서울을 수복하자 큰딸은 서울 신혼집으로 돌아왔다.

그녀는 두 아이와 함께 인민군 점령기를 버텨냈다. 한번은 총을 든 인민군이 집에 들어와서는 함께 북한으로 가자고 협박했지만 그녀는 굴하지 않았다. "여기가 내

집입니다." 그녀는 젊은 인민군에게 이렇게 말했다. 인민군은 혀를 차더니 나가버렸다. 이어서 국군이 서울을 탈환했다가 빼앗기고, 다시 되찾는 과정을 고스란히 목격했다.

그녀는 전쟁 내내 적산가옥에서 꿋꿋하게 살았다. 전쟁이 끝나고 한참 후, 소원대로 그 집에서 죽었다.

그녀는 내 외증조할머니다.

한 나라의 역사는 한 가정의 역사가 모여 직조된 카펫과도 같다. 외할아버지와 외증조할머니의 역사는 6·25를 살아낸 수많은 한국 민중들의 역사 중 극히 일부분에 불과할지도 모르겠다. 하지만 나에게는 거대한 이야기였다.

『허즈번즈』는 외가댁에 놀러갈 때마다 들었던 6·25 전쟁 이야기와 어느 봄날에 우연히 꾼 꿈에서 시작됐다. 새벽에 눈을 뜬 나는 방금 꾼 꿈에 사로잡혀 있었다.

'어, 정말 이상한 꿈인데.'

수첩에 꿈의 내용을 적었다. 피곤했던 나는 다시 잠들었다. 아침이 되어 수첩을 열어보니 비뚤어진 글씨로 이렇게 적혀 있었다.

'한 여자…… 그 여자가 연인과 사랑을 나누는 모습을 슬픈 표정으로 바라보는 낯선 남자. 그 남자의 시선을 느끼고 놀라는 여자.'

이 꿈에 6·25 전쟁을 더하고, 내가 좋아하는 유령과 고양이 이야기를 추가로 넣었더니 『허즈번즈』가 되었다. 이렇게 전쟁과 사랑, 유령, 그리고 고양이가 나오는 이야기가 탄생했다.

이 소설을 쓰는 동안 많은 이들의 도움을 받았다. 그분들의 조언과 격려 덕분에 소설이 곤경에 처할 때마다 무사히 빠져나올 수 있었다.

무엇보다 먼저 이 책이 나오기까지 끊임없이 인내심을 발휘해준 남편과 세 아이들에게 고맙다는 말을 전하고 싶다. 지난 몇 년 동안 가족의 사랑과 지지가 없었다면 버티지 못했을 테다.

텍스티 조민욱 차장님은 뛰어난 편집자일 뿐만 아니라 훌륭한 동반자였다. 나도 나 자신을 믿지 못했을 때 나보다 나를 더 믿어준 분이다. 조민욱 차장님의 통찰력과 날카로운 안목은 여러 번 나를 수렁에서 구했다. 초기 단계에서 주제 방향과 캐릭터 창조에 큰 도움을 주셨던 박혜림 님도 고마운 은인이다. 교정·교열에 심혈을 기울여주신 신소윤 대리님께도 큰 빚을 졌다. 치밀하고 꼼꼼하게 글을 살펴준 덕분에 『허즈번즈』가 더 향상되었다. 이런 뛰어난 동료들과 이 책을 만들 수 있었던 것에 큰 기쁨을 느낀다.

작가로 성장하는 내내 응원해주신 추리작가협회 한이 회장님, 언제나 격려해주신 문은아 작가님, 나를 호러의 세계로 인도해주신 전건우 작가님과 괴이학회 김선민 대표님, 나에게 장르살롱을 맡겨주신 온라인 독서클럽 그믐 김새섬 대표님, 좋은 작가의 태도를 알려주신 장강명 작가님과 차무진 작가님, 클럽 늪 작가님들, 그 밖에 많은 선후배 및 동료 작가님들께 감사를 전하고 싶다. 제주도 추는굿을 가르쳐주신 한진오 작가님, 제주 방언 감수를 도와주신 김유경, 오승주 작가님을 비롯한 제주 궨당들에게도 감사하다. 어린 시절 작가의 꿈을 가졌던 딸에게 〈동서세계문학전집〉을 사주신 부모님과 나의 집필 과정을 묵묵히 지원해준 남동생 부부, 그리고 제주도의 보배살롱 회원들과 보배서점에게도 고마움을 잊을 수 없다.

특히 걸출한 고딕 호러 소설 『힐 하우스의 유령』은 나에게 문학적 영감을 준 작품이다. 셜리 잭슨 작가님에게 존경을 바친다.

마지막으로
겨울밤, 홀로 깨어 책을 읽던 어린 소녀에게 속삭이고 싶다.
고마워.

같이 읽고 싶은 이야기
텍스티 (TXTY)

텍스티는
모두가 같이 읽고 싶은 이야기를
만들고 제안합니다.

읽고 나면
주변에서 벌어지는 일에 관심이 생기고
다른 이들과 나누고 싶어지는 이야기를 만들겠습니다.

계속해서
이야기의 새로운 재미를 발견하고
이야기를 통한 공감이 널리 퍼지도록 애쓰겠습니다.

텍스티의 독자라면 누구나
이야기 곁에 있도록 돕겠습니다.

허즈번즈

초판 1쇄 발행	2025년 12월 12일
지은이	박소해
책임 편집	조민욱
IP 제작	신소윤 이원석 김하명
출판 마케팅	최연욱
IP 브랜딩	홍은혜 텍수LEE
IP 비즈니스	조민욱 김하명
경영지원	장윤석 박인영 손혜림
교정·교열	신소윤
외국어 감수	고차람(일본어) 넴케비치 스베틀라나(러시아어)
방언 감수	김유경 오승주(제주 방언) 박진혁(육진 방언)
예타단 3기	모혜진 신나라 전지혜
일러스트	박인주
디자인	그리너리케이브
북-음	최희영
북-콘텐츠	유수정 스튜디오오와열
인쇄	올북컴퍼니
배본	문화유통북스
사업 총괄	조민욱
발행인	유택근
발행처	㈜투유드림
출판등록	제2021-000064호
주소	(02810) 서울특별시 성북구 종암로13길 16-10
대표전화	02-3789-8907
이메일	txty42text@toyoudream.com
인스타그램	@txty_is_text
홈페이지	http://www.toyoudream.com
ISBN	979-11-93190-46-3(03810)
정가	19,800원

* 이 책은 저작권법에 따라 보호받는 저작물이므로 무단전재와 무단복제를 금지하며, 이 책 내용의 전부 또는 일부를 이용하려면 반드시 저작권자와 ㈜투유드림의 서면동의를 받아야 합니다.
* 이야기 브랜드, 텍스티(TXTY)는 ㈜투유드림의 임프린트입니다.